WOZU LIEBE IN DER LAGE IST

Band 1 der Serie, Heimkehr nach Green Valley

von

VIRNA DEPAUL

WOZU LIEBE IN DER LAGE IST
Copyright © 2016 by Virna DePaul

INHALT DES BUCHES

Wenn eine süße und schicke Konditorin auf den irischen Neuankömmling der Stadt trifft, fängt die Luft an zu knistern ...

Quinn O'Neill gab seine Karriere als professioneller Rugby-Spieler auf, um seine Mutter nach dem Tod des Vaters zu unterstützen. Und nun ist auch sie verstorben. Alles, was ihm in Dublin geblieben ist? Vier jüngere Brüder und noch nicht definierte Träume.

Als er ein altes Tagebuch entdeckt, das Familiengeheimnisse verbirgt, begibt er sich in das Weinanbaugebiet im Norden Kaliforniens, in dem seine Mutter aufwuchs.

Dort begegnet Quinn *ihr* ...

Lilly Parker. Sie ist Konditorin im B&B. Eine anmutige Dame. Blond. Kurvig. Mit hohen Wangenknochen, die ihr den Look eines altmodischen Pin-up-Girls mit frechen Zügen verleihen.

Sie trägt eine pink-schwarze Schürze mit der Aufschrift *Das Leben ist kurz – leck die Schüssel aus,* und alles, woran Quinn denken kann ist: *Sie,* bekleidet mit nichts als dieser Schürze, und er, lechzend und genießend.

Je mehr Zeit sie miteinander verbringen, desto mehr glaubt Quinn, dass Lilly die Eine ist. Bis sie eine Woche später nach Miami aufbricht, um ihren eigenen Traum zu verfolgen, und er eine Entscheidung treffen muss.

Kehrt er nach Dublin zurück und setzt seine Rugby-Karriere fort? Oder baut er sich ein neues Heim in der zauberhaften Kleinstadt auf, startet in ein neues Leben und hofft, dass die Liebe ausreicht, um Lilly für immer an sich zu binden?

KAPITEL EINS

Nun, das war's wohl. Heute rief ich Dad an, nachdem ich die Nachrichten erhalten hatte, dass Mam von uns gegangen sei. Ich sagte, dass ich nach Hause kommen wolle, um ihn und meine Schwestern zu sehen, und was erwiderte er? „Wir haben keine Tochter, die den Namen Maggie trägt. Sie müssen sich verwählt haben." Klick, und schon legte er auf. Tolle Familie, was? Ich nehme an, dass ich dich nicht länger brauchen werde, liebes Tagebuch. Ich habe nun mein eigenes Leben, einen kleinen Jungen und mehr als genug Aufgaben, die mich beschäftigt halten Außerdem tut es zu sehr weh, durch diese Seiten zu blättern.

So weit aus Dublin.

M.

Quinn O'Neill starrte den Tagebucheintrag an, datiert auf den Dezember 1989. Er war ein Jahr alt gewesen, als er geschrieben worden war. In der Zwischenzeit hatte seine Mutter ihm vier Brüder und so viel Liebe geschenkt, die für ein ganzes Leben ausreichte. Sie *musste* für ein ganzes Leben ausreichen, jetzt, da seine Mam, genau wie sein Vater, von dieser Erde gegangen war.

Mit einem erschöpften Seufzen lehnte sich Quinn an die Schranktür im Schlafzimmer seiner Mutter. Es saß auf dem Boden und schaute den Inhalt der Ledertruhe an, die er darin gefunden hatte.

Die Truhe, die die Geheimnisse der Vergangenheit seiner Mutter verbarg.

Noch vor einer Stunde hatte er im Wohnzimmer gesessen und in die abwartenden Gesichter seiner vier Brüder geschaut, die ganze Palette aus grünen bis hin zu blauen Augen. Alle waren vertreten – Brady hatte Mams blaue, Conor hatte Mamós grüne, sogar Dads braune Augen waren auf Quinn und die Zwillinge übergegangen – das ganze Sortiment des O'Neill-Clans.

In allen Augen hatte Quinn Kummer vermischt mit Unentschlossenheit gesehen. Ihre Mam hatte keine Anweisungen für die Zeit nach ihrem Tod hinterlassen und seine Brüder erwarteten nun wie immer eine gewisse Führungsstärke von ihm.

Die Bedeutung dessen lastete auf ihm wie zehn Schoppen dunkles Bier.

Erst war ihr Vater vor zwei Jahren an einem Herzinfarkt gestorben, nur einige Monate nachdem das Familienrestaurant *The Cranky Yankee* durch einen schweren Brand schweren Schaden genommen hatte. Zu dieser Zeit war Quinn sechsundzwanzig Jahre alt gewesen und hatte noch Profi-Rugby gespielt. Aber als Dad verstorben war, hatte Mam einen Mann gebraucht, der ihr mit dem Haus, dem Restaurant und den weiteren Brüdern helfend zur Seite stand. Deshalb hatte Quinn die Mannschaft verlassen und war eingesprungen.

Dann, vor fünf Tagen – Mam. Nur fünfzig Jahre alt. Hirnaneurysma. Jetzt war ihre Matriarchin verschieden. Hatte sie fünf allein zurückgelassen, mit Quinn als Haushaltsvorstand. Das war jetzt schon eine Menge für ihn zu verkraften.

Er war in Mams Schlafzimmer gegangen in der Hoffnung, Antworten zu finden. Nun hatte er sie und sollte zurück zu seinen Brüdern gehen, um ihnen zu erzählen, was er herausgefunden hatte.

Vor vielen Jahren hatte Mam ihn mit Gute-Nacht-Geschichten zum Einschlafen gebracht, die von einem weit entfernten Ort handelten, an dem sich die Weintrauben in Gold verwandelten, doch Quinn hatte es immer für erfundene Erzählungen gehalten. Nun wusste er, dass dieser Ort tatsächlich existierte.

Die Kiste weiter durchkramend, zog er wahllos ein Foto heraus. Es zeigte die junge Maggie O'Neill, allerdings definitiv vor der Namensänderung zu O'Neill, die eine kornblumenblaue Schlaghose trug. Sie saß am Rand einer klapprigen Brücke und ließ ihre Beine über dem schmalen Fluss baumeln, während sie sich am Geländer festhielt. In ihrem Haar befanden sich Blumenhaarspangen, und ihr Gesicht zeigte dieses besondere vorwitzige Lächeln, das er überall wiedererkennen würde.

„Hallo, Mam", begrüßte er sie lächelnd. Es war absolut verblüffend, sie so jung zu sehen. Auf die Rückseite hatte sie geschrieben: *Forestville, 1980.*

Forestville. Hier kam Mam her.

Der einzige Grund, warum sie ihnen nie von ihrem Geburtsort erzählt hatte, war, dass ihr die Erinnerungen an diesen Ort zu viele Schmerzen bereitet hatten. Kein Wunder. Ihr eigener Vater hatte sie verstoßen, nachdem sie Grant O'Neill, Quinns Vater, kennengelernt, ihre Verlobung zu einem ortsansässigen Mann namens Ken Parker gelöst und GREEN VALLEY verlassen hatte, um sich in Irland eine Zukunft aufzubauen. An diesem Tag hatte sie ihre geliebte Familie und sämtliche Kindheitserinnerungen hinter sich lassen müssen.

In dem Tagebuch schwärmte die junge Maggie entweder von einem Blumenladen, einem Surf-Shop, einer Frühstückspension oder anderen großen Träumen. Sie schrieb, dass es ihr egal wäre, was sie für eine Laufbahn einschlagen würde, solange sie die Beste war.

Quinn verspürte einen stechenden Schmerz in seinem Herzen; es tat wahrhaftig weh.

Solange er sich erinnern konnte, hatten Mam und Dad *The Cranky Yankee* gemanagt. Sie hatte die Buchführung gemacht, Rechnungen bezahlt und alles andere erledigt, was mit dem Innendienst einherging. Weit entfernt von einem Surf-Shop oder einem Blumenladen.

Das nächste Foto war das von ihr und Dad als junges

Paar, wie sie in einem Pub über zwei schaumbeladenen Bieren die Köpfe zusammensteckten. Auf der Rückseite stand – *unser erstes Date, Mulligan's Tavern.*

Quinn hatte von diesem Ort gehört. Ein Kumpel seines Dads von der Uni, Paul irgendwer, war nach Amerika gegangen, und Dad und ein paar andere Freunde hatten ihn während eines Sommers besucht, um ihm bei der Eröffnung und den ersten Anlaufschwierigkeiten des *Mulligun's* zu helfen. Das war das einzige Mal, dass Dad Irland verlassen hatte. Nur in diesem einen Sommer 1986, als er Maggie kennengelernt hatte. Er sagte immer, dass er diese Szene niemals vergessen würde – wie sie plötzlich hereinkam und sagte, sie hätte noch nie ein Guinness getrunken, hätte aber schon immer einmal eines probieren wollen, und nicht weniger als zehn Typen sprangen sofort auf, um ihr eines anzubieten.

„Sie war schon eine echte Augenweide!", hatte sein Dad gelacht.

Zehn Typen! Aber sie hatte *seinen* Dad ausgesucht, weil er sie so zum Lachen bringen konnte wie niemals ein anderer Mann zuvor. *Kapier das endlich, Phillips, du alter Knochen!*

Das war die richtige Entscheidung gewesen. So sehr sein Dad auch das Restaurant geliebt hatte, Mam hatte er weit mehr geliebt. Und sie hatten eine gute Beziehung gehabt, eine, die als Ergebnis Quinn und seine Brüder hervorgebracht hatte. Andererseits konnte Quinn nicht umhin, eine schwere Last in seiner Brust zu bemerken, so als hätte Mam einige Gelegenheiten versäumt, zum

Beispiel hätte sie vielleicht versuchen sollen, mit ihrem Vater die Dinge durchzusprechen, um wieder ins Reine mit ihm zu kommen. Daraus resultierte für ihn eine Frage. Waren er, sein Dad und seine Brüder den Schmerz wert gewesen, ihre *andere* Familie zu verlieren?

Die Familie steht an erster Stelle.

Das hatte Mam immer gesagt. Quinn konnte sich nicht vorstellen, seine Familie je für irgendetwas auf der Welt zu verlassen. Sie bedeutete ihm alles.

Quinn betrachtete die übrigen Dinge der Kiste: Papiere, weitere Fotos, einige zusammengeheftet, ein paar Schmuckstücke, ganz unten eine getrocknete Blume, haufenweise zusammengefaltete Briefe, manche auch in Briefumschlägen, auf denen mit blauer oder schwarzer Tinte etwas geschrieben stand.

In seiner Brust entflammte ein Feuer, als er in hoher Geschwindigkeit durch die Fotos blätterte – ein Bild nach dem anderen von einer kleinen Stadt, von einem Ort namens *Phillips Vineyard & Winery*, von seiner Mam, die vor vielen Reihen von Weinstöcken posierte.

Es würde einen ganzen Tag Zeit in Anspruch nehmen, die ganze Kiste zu durchstöbern, was er aber unbedingt komplett zu tun beabsichtigte. Da seine Brüder das Spiel verfolgten, schlich er sich unbemerkt hinaus und trug das Kästchen zu seinem Zimmer. Nur Con beobachtete ihn, wie er sich still und heimlich wie ein Geist durch das Wohnzimmer und die Treppe hinauf bewegte. *Was hast du da?* schienen seine Augen zu fragen.

Nichts, worüber du Bescheid wissen müsstest, kleiner

Bruder! Noch nicht.

Oben angelangt, konnte Quinn wieder aufatmen. Er betrat sein altes Zimmer, setzte sich auf sein gemachtes Bett, lehnte sich an sein Football-Kissen und legte das Tagebuch offen auf seinen Schoß. Er blätterte zurück auf die Seite, die er zuvor gelesen hatte, die Seite, die ihm verriet, was er und seine Brüder als nächstes zu tun hatten.

November 1985. Sie war noch nicht auf Dad getroffen, aber Quinn konnte aus den Worten, die sie gewählt hatte, herauslesen, dass sie kein unschuldiger Teenager mehr war:

„Es ist mir nicht wirklich wichtig, was ich mit meinem Leben anfangen werde, wohin der Wind mich weht oder wie ich es verbringen werde, solange ich liebe und zwar gut liebe. Und wenn meine Zeit vorüber ist, dann bete ich, dass der Wind mich wieder nach Hause bringen wird, heim nach GREEN VALLEY."

Quinn starrte die Worte an, und ein Adrenalinschub durchfuhr ihn. „ ... *dass der Wind mich wieder nach Hause bringen wird, heim nach GREEN VALLEY ...* " Wenn ihre Zeit vorüber ist.

Die Worte hallten in ihm nach. Bevor sie gestorben war. Mam hatte *The Crazy Yankee* verkauft. Sie hatte Quinn und seinen Brüdern gesagt, sie sollten ihren Träumen folgen, ein neues Leben beginnen, ein neues Zuhause finden, wo sie ihre Träume wahr werden lassen konnten. Das einzige Problem war – Quinn wusste nicht, was er von hier aus tun wollte.

Rugby war immer eine Möglichkeit. Nachdem sie das Restaurant verkauft hatten, hatte Quinns alter Trainer sich mit ihm in Verbindung gesetzt und ihn ermutigt, sich der Mannschaft wieder anzuschließen. Doch je mehr Quinn darüber nachdachte, desto mehr schien es ihm, als wolle er Rugby als eine abgeschlossene Phase der Vergangenheit ruhen lassen. Abgesehen davon, dass er zwei Jahre älter und aus der Übung war – die Vorstellung, ständig auf Achse sein zu müssen, übte keinen solchen Reiz mehr auf ihn aus wie zu früheren Zeiten. Obwohl es ihm zunächst schwer gefallen war, das Team zu verlassen, hatte ihm dieser Schritt die Augen für neue Möglichkeiten geöffnet. Zum ersten Mal in seinem Leben hatte Quinn gemerkt, dass er neben dem Sport auch noch andere Fähigkeiten hatte, in denen er tatsächlich gut war, wie zum Beispiel ein Geschäft zu führen. Sogar als er nach dem Tod seines Vaters versucht hatte, *The Crazy Yankee* zu retten, hatte ihm gefallen, sich vorzustellen, welche Art Restaurant er eröffnen würde, falls sich ihm die Gelegenheit böte.

Seufzend strich sich Quinn durchs Haar. Nein, er wusste nicht, was die Zukunft für ihn bereithielt. Aber genau hier, und gerade jetzt?

Quinn schaute auf seinem Handy auf die Uhr und überschlug, dass es in Forestville ungefähr zehn Uhr vormittags sein musste. Mit zitternden Händen suchte er nach *Phillips Vineyard & Winery* in Kalifornien und war überrascht, dass es immer noch eine voll funktionierende Firma war. Durch ein schnelles Lesen des Artikels in

Wikipedia erfuhr er, dass der Eigentümer immer noch Richard Phillips war, der zwei Töchter hatte, Beatriz und Suzanne Phillips. Der Name Maggie wurde nicht erwähnt. Einerseits wusste er, dass er verrückt war, so etwas auch nur zu denken, andererseits musste er einfach sicher sein. Er musste die Stimme dieses Mannes hören. Er hatte einen Großvater, zum Geier nochmal! Und Tanten! Wahrscheinlich hatte er auch Cousins, womöglich viele. Wussten sie überhaupt etwas von seiner Existenz? Es war nicht richtig, auf welche Weise sie Maggie Phillips einfach aus der Familiengeschichte gestrichen hatten. Und es wäre auch nicht richtig, wenn Quinn oder seine Brüder den innigsten Wunsch ihrer Mutter nicht erfüllen würden, die Heimkehr nach GREEN VALLEY nach ihrem Tod.

Ehe er wusste, was er tat, drückte Quinn mit seinem Daumen auf den Link für die Telefonnummer in der Vereinigten Staaten. Nach kurzer Stille und einer Reihe von Klickgeräuschen ertönte das Klingelzeichen.

„*Phillips Winery*, wie kann ich ihnen helfen?", gab eine weibliche Stimme mit starkem, amerikanischem Akzent zur Antwort.

„Guten Abend, ähm…Morgen. Kann ich bitte mit Richard Phillips sprechen?"

„Herr Phillips kommt am Mittwoch nicht in die Firma, auch an den meisten anderen Tagen nicht, aber ich kann Sie mit seiner Frau Betsy verbinden. Wen darf ich melden?", sagte die freundliche Stimme.

Betsy? Da in Mams Tagebuch vom Tod ihrer Mutter die Rede gewesen war, musste Betsy folglich die zweite

Frau sein. Vielleicht die dritte, das konnte er ja nicht wissen. War auch egal. Solange er durchkam. „Mein Name ist Quinn. Quinn O'Neill."

„Einen Moment, Herr O'Neill."

In der Leitung war nun Swingmusik von Tony Bennett zu hören, und Quinns Herzschlag verdoppelte sich vor Aufregung. Auf einmal fühlte es sich falsch an, diesen Moment ganz für sich allein zu horten. Auch wenn er der Älteste war, verdienten seine Brüder es, zu erfahren, dass sie weitere Familienangehörige hatten. Er rappelte sich auf, schoss aus seinem Zimmer, rannte die Treppe hinunter und platzte ins Wohnzimmer wie ein entkommener Sträfling, der endlich die Freiheit entdeckt.

Seine vier Brüder starrten ihn alle an, als wäre er verrückt geworden. „Was ist denn in dich gefahren?", ächzte Con. „Du siehst ja aus wie Frankenstein persönlich."

Quinn schlug das Tagebuch auf und deutete auf Maggies letzten Willen. „Ich habe es gefunden. Es steht hier…"

„Was ist hier?" Verwirrt blickte Con auf das Smartphone an Quinns Ohr. „Mit wem sprichst du?"

„Wir bringen sie zurück", flüsterte Quinn und legte das Tagebuch auf den Teetisch.

„Zurück wohin? Was meinst du, Quinn?", fragte Brady und sah ihn von der Seite argwöhnisch an.

Alle vier Brüder reckten die Hälse, um einen Blick in das Tagebuch zu erhaschen, während Tony Bennett etwas über Diamantarmbänder in Quinns Ohr schmetterte, und dass *Woolworth* irgendetwas nicht verkauft. „Ich meine, wir werden sie einäschern", flüsterte er. „Das ist das, was sie wollte. Wir werden etwas Asche über Dad verstreuen, aber den Rest…werden wir nach Amerika zurückbringen. Nach GREEN VALLEY in Kalifornien."

Die Zwillinge Sean und Riley tauschten verwirrte Blicke aus.

Brady und Con sahen einander kopfschüttelnd an, ehe sie wieder Quinn anstarrten. „Was zum Geier…?", murmelte Con.

Endlich wurde Tony Bennetts Stimme abrupt von einer netten, zwitschernden Stimme einer älteren Frau unterbrochen. „Hallo?"

„Hallo! Spreche ich mit Betsy?"

„Am Apparat."

„Großartig." Quinn lächelte, nahm das Telefon von seinem Ohr weg und drückte die Taste für den Lautsprecher. „Kann ich bitte Richard Phillips sprechen? Das heißt, wenn er einen Augenblick erübrigen kann?"

Vor Verblüffung stieg die Stimme der Frau namens Betsy noch um einige Tonstufen an. „Naja, ja, aber…wen soll ich melden?"

Quinn betrachtete einen Moment die Gesichter seiner Brüder – seine vorwitzigen Brüder, um die er sich immer kümmern würde, egal, was auch geschah, das hatte er versprochen. Hier in Dublin hatten sie alles verloren – ihre Eltern, ihr Restaurant, Brady sogar ein Kind und dann eine Ehefrau. Höchste Zeit, dass sie Irland eine Zeitlang den Rücken kehrten. Um etwas anderes auszuprobieren, um etwas Neues zu sehen, so wie Mam gesagt hatte. Noch wichtiger, sie konnten ihre Mam nach Hause zurückbringen.

Ein Besuch in Amerika stand an, ob es einem Richard Phillips nun passte oder nicht.

Quinn musste unbedingt sehen, wo seine Mam geboren und aufgewachsen war. Er musste sehen, wo sie gesessen und die Beine hatte baumeln lassen, das Weingut, wo sie aufgewachsen war. All das wollte er in sich aufnehmen und auf sich wirken lassen, ehe er eine Entscheidung treffen wollte, was er mit seinem Leben anfangen wollte. Es wäre nicht richtig, wenn er das nicht täte, nun, da er wusste, dass es noch eine zweite Hälfte seiner Herkunft gab.

Quinn holte tief Atem und erwiderte: „Sagen Sie ihm, seine O'Neill-Enkel wollen ihn sprechen. Maggies Jungs. Alle fünf!"

KAPITEL ZWEI

D as Beste am *Russian River House*, der Bed & Breakfast-Pension an der Westside Road in Forestville, einer Kleinstadt mitten in GREEN VALLEY, Kalifornien, war nicht nur der Blick auf den funkelnden Russian River, die Weinproben auf dem angrenzenden Weingut allabendlich um achtzehn Uhr und auch nicht das allmorgendliche Frühstück von Mellie und Cook. All das war natürlich erstklassig, aber ganz zweifelsfrei und unumstößlich waren das Beste die Muffins.

Lillian Parkers Muffins, um genau zu sein. Und zwar alle dreizehn Sorten.

Zumindest war es das, was jeder, der auf TripAdvisor.com die 1392 Bewertungen für Penny Parkers reizende Pension liest, denken würde.

„Die besten Muffins aller Zeiten!"

„Ihr müsst mal die Karotten-Ingwer-Muffins der Tochter der Besitzerin probieren! Einfach himmlisch!"

„Ein wunderbarer Ort, um mit meiner Frau das

Wochenende zu verbringen. Ja nicht abfahren, ohne die Limonen-Mohn-Muffins probiert zu haben! Stehlt euch am besten zwei oder drei für den Rückflug!"

Das entscheidende Kriterium waren die frischen Zutaten und die Apfelsauce. Ja, in einem Großteil der Rezepte wurde das Öl durch Apfelsauce ersetzt, die nicht nur Feuchtigkeit und ein leichtes, angenehmes Aroma lieferte, sondern auch eine unerwartete Eleganz, die man sonst von den typisch öligen Muffins nicht erwarten konnte. Über die Jahre hatten mehr als nur eine Handvoll Kunden Lilly beiseite gezogen und ihr im Vertrauen zugeflüstert: „Erzähl deiner Mutter nicht, dass ich dir das gesagt habe, aber du vergeudest hier dein Talent!"

Lilly seufzte immer, wenn sie solche Worte hörte.

Als sie ihren College-Abschluss in der Tasche hatte, war ,der Plan' gewesen, die familiengeführte Frühstückspension zu übernehmen, so wie ihre Mutter das immer gewollt hatte, aber wer weiß mit einundzwanzig schon wirklich und wahrhaftig, was er vom Leben will? Seit mehreren Jahren träumte sie davon, durch die Welt zu reisen, ehe sie sich in einer aufstrebenden Stadt niederlassen wollte, um dort ihre eigene Konditorei zu eröffnen. Doch dann war ihr Vater krank geworden; seit seinem Tod war ihre Mutter mehr und mehr von Lilly abhängig geworden. Für Lilly war es viel zu einfach gewesen, ihre Träume beiseitezuschieben, indem sie sich einredete, da sie noch nicht einmal dreißig war, würde sie noch viel genug Zeit haben, um das zu tun, was sie wahrhaftig wollte.

Aufgrund von Ereignissen in jüngster Zeit wurde es jedoch für Lilly höchste Zeit, die Welle des Erfolges auszukosten. Endlich hatte sie die Chance, die Welt außerhalb ihrer kleinen Heimatstadt zu sehen. Gleichzeitig hätte sie die Gelegenheit, Seite an Seite mit dem besten Konditor der Branche zu arbeiten. Das war die Chance ihres Lebens, die sie auf keinen Fall ausschlagen durfte. Lilly musste einfach ihren ganzen Mut zusammennehmen und endlich ihrer Mutter diese gute Nachricht mitteilen, und darauf hoffen, dass diese Verständnis aufbringen würde.

Heute waren die Gäste des *Russian River House* früh aufgebrochen, wahrscheinlich weil für den späteren Nachmittag Regenschauer vorhergesagt waren. Nur ein älteres Ehepaar, die Delfinos, saßen noch in einer Ecke des Speisesaals und probierten Bissen von Kürbis-Gewürz-Muffins und Zitronen-Blaubeer-Muffins. Während Lilly die Kaffeetassen wieder ins Regal der Anrichte stellte, die sich zwischen Speisesaal und Küche befand, beobachtete sie, wie die beiden vor Genuss die Augen verdrehten und vor Wonne aufstöhnten, ein Geräusch, das zu hören Lilly niemals müde wurde. Dann ließ sie den Blick in Richtung Foyer schweifen, wo ihre Mutter an der Rezeption saß. Wenn die Delfinos gegangen waren, könnte Lillian vielleicht ein kurzes Gespräch unter vier Augen führen.

„Lillian, Liebe!"

Lilly wandte ihre Aufmerksamkeit wieder dem Speisesaal zu und sah, dass Frau Delfino, die eine pinkfarbene Strickjacke und taillenhohe Jeans trug, sie mit ihrer faltigen Hand zu sich winkte. „Lillian, weißt du, was in diesen Muffins steckt?", fragte sie, während sie mit zusammengezogenen Augenbrauen auf den Kürbis-Gewürz-Muffin deutete.

„Oh, ja", sagte Lilly und räusperte sich. „Kürbis aus der Dose, frische Bauerneier…"

„Nein", fiel ihr Frau Delfino mit einem Lächeln, das sie nicht zurückhalten konnte, ins Wort. „Der Himmel. In diese Muffins ist der Himmel mit eingebacken, so himmlisch schmecken sie." Sie kicherte und reichte das mit Butter bestrichene Stück an ihren Ehemann weiter. „Habe ich Recht, Jer?"

„Himmlisch", bestätigte Herr Delfino und nickte. Er schob seine Brille etwas höher auf die Nase, ehe er abbiss.

Lilly stieß einen Seufzer der Erleichterung aus. Eine Sekunde lang hatte sie die Befürchtung gehabt, die beiden könnten nicht zufrieden sein. „Das ist sehr nett von Ihnen, dies zu sagen. Vielen Dank." Sie lächelte das Ehepaar an, das weit in den Siebzigern oder schon über achtzig Jahre alt sein musste.

„Kürbis aus der Dose? Stimmt das?" Herr Delfinos Stimme klang heiser und leicht nach New Jersey. Mit den Jahren hatte Lilly gelernt, die verschiedenen Akzente der Gäste zu unterscheiden, und hier handelte es sich definitiv um New Jersey-Italienisch.

„Oh, ja—immer aus der Dose." Sie begab sich zu deren Tisch. „Niemals frisch. Kürbis aus der Dose hat mehr Feuchtigkeit und mehr Aroma als frischer Kürbis. Aber das ist auch die einzige Sorte Muffin, bei der eine

Zutat aus der Dose ist."

„Erstaunlich! Du wirst wohl den ganzen Tag mit Backen verbringen, das Backen studieren und über das Backen nachdenken." Frau Delfino schaute auf Lillys Hände und ihre befleckte Schürze.

„Eigentlich nicht, ich pflanze auch Blumen an und habe einen Kräutergarten. Haben Sie eigentlich die Erdbeer-Basilikum-Muffins probiert? Vielleicht sind Sie der Ansicht, dass Basilikum nicht in ein Dessert gehört, aber ich sage Ihnen, sie schmecken göttlich."

„Da werde ich mir mit Sicherheit den nächsten schnappen", sagte Frau Delfino. „Setz dich hier zu uns auf einen Stuhl, Schätzchen. Ihr jungen Leute heutzutage, begebt euch immer in gebückte Stellung. Bedienungen in Restaurants... immer nur gebückt, gebückt", sagte sie zu ihrem Ehemann.

„Gebückt", stimmte Herr Delfino zu. „Schlecht für das Kreuz."

„Keine schlechte Idee." Lilly wischte sich die Hände an ihrer Schürze ab und zog einen Stuhl heran. Ihre Mutter würde nichts dagegen haben, wenn sie ein wenig mit den Gästen plauderte. Tatsächlich machte dies einen Teil des Charmes und der Atmosphäre einer guten Bed & Breakfast-Pension aus, wenn man mit den Kunden interagierte und ihnen das Gefühl gab, willkommen zu sein. „Wo kommen Sie beide denn her?"

„Long Island", sagte Frau Delfino. „Das ist in New York."

Lilly lächelte. Natürlich wusste sie, wo Long Island

lag, du liebe Güte! Sie mochte zwar nicht viel aus Kalifornien herausgekommen sein, aber sie besaß mehrere Landkarten, einen Globus und Google Earth. „Nett."

„Knapp davor, am Rande des Wahnsinns", ergänzte Herr Delfino und beschmierte seinen Kürbis-Muffin dick mit Erdbeermarmelade. Er zwinkerte Lilly zu.

Lilly erschauerte. Ob der Grund war, weil Herr Delfino ihr vor den Augen seiner Frau flirtend zuzwinkerte oder weil er ihren Kürbis-Muffin mit Erdbeermarmelade malträtierte, oder vielleicht auch wegen allem beiden, da war sie sich nicht sicher. „Am Rande des Wahnsinns wie? Wahnsinn, da haben Sie ja eine weite Reise hinter sich. Vom Regen in den Sturm." Sie kicherte. Forestville lag nicht allzu weit von dieser Beschreibung entfernt.

„Es heißt ‚vom Regen in die Traufe', meine Liebe", berichtigte Frau Delfino, brach den letzten Zitronen-Blaubeer-Muffin entzwei und reichte die Hälfte ihrem Ehemann. „Doch warum sagst du das? Treibt es dich in den *Wahnsinn*, hier inmitten des Nirgendwo zu leben? Versteh mich nicht falsch…es ist absolut fantastisch!"

„Fantastisch."

„Wahnsinnig spektakulär!"

„Wahnsinnig." Herr Delfino drückte eine Stoffserviette an seinen Mund.

„Aber wenn ich an deiner Stelle wäre, würde ich schon leicht verrückt werden, die ganze Zeit hier so weit ab vom Schuss. Die Weinberge sind wirklich hübsch, aber Jerry und ich, wir müssen nah an der Stadt leben. Wir brauchen die Kunst und die Restaurants. Wir brauchen

Kultur, Museen…"

„Wir brauchen den Zug. In der Nähe. Die ganze Zeit. Obwohl dies hier wirklich hübsch ist. Sehr, sehr hübsch."

„Ich verstehe, was Sie sagen wollen. Glauben Sie mir, das tue ich", sagte Lilly, die fasziniert war von der Klangfarbe ihrer Stimmen und wie jeder immer den Satz des jeweils anderen vervollständigte. Sie warf einen prüfenden Blick zu ihrer Mutter hinüber und sah, dass sie sich in der Ecke in einer leisen Diskussion mit Mellie befand, ein bombensicheres Zeichen, dass etwas Schlüpfriges in der Stadt vor sich ging. Schlüpfrig für Mam jedenfalls. Für Lilly war das alles Schnee von gestern. Irgendwer heiratete, irgendwer wurde gefeuert, irgendjemand Neuer wurde in einem der Weingüter eingestellt, und so weiter. Ehrlich gesagt, nach einer gewissen Zeit wurde es auf geradezu lächerliche Weise langweilig. Sie beugte sich näher zu den Delfinos heran. „Können Sie ein Geheimnis bewahren?"

„Können wir ein Geheimnis bewahren?" Frau Delfino zuckte die Schultern. „Schätzchen, weißt du überhaupt, mit wem du sprichst?"

„Mit der Königin der Geheimnisse", sagte Herr Delfino.

„Wir schweigen wie ein Grab." Frau Delfino verschloss ihre Lippen mit einem imaginären Reißverschluss.

„Okay…" Lilly stützte sich auf ihre Ellbogen auf. „Letzten Monat habe ich bei einem Backwettbewerb mitgemacht, der von *Food Network* unterstützt wurde."

„Und du bist schwanger geworden?"

„Was? Nein." Lilly zuckte zusammen. *Was zum Teufel?*

„Tut mir leid, erzähl weiter..."

„Also, gerade erst heute Morgen bekam ich den Anruf..."

„Den bestimmten Anruf?" Frau Delfino kniff die Augen zusammen.

„Ja. Ich habe gewonnen!" Lilly strahlte. „Von über fünfhundert Mitstreitern haben sie die Besten auf zwanzig eingegrenzt. Letzten Monat hatte ich ein Gespräch an meiner alten Uni, wo auch ein Test-Backen durchgeführt wurde. Und heute bekam ich die Nachricht, dass ich ein Praktikum bei Guy Santoli, dem führenden Konditor von *L'Appetite Boulange* gewonnen habe! In drei Wochen geht es los!"

„Das ist ja wundervoll! Wo musst du hin?", fragte Frau Delfino.

„Nach Miami. Und ich bin nie zuvor aus Kalifornien rausgekommen." Lilly versuchte, ihre Stimme gedämpft zu halten.

Erstaunt riss Frau Delfino die Augen auf. „Was? So ein hübsches Mädchen, mit so einem Körper und diesem Gesicht, und du bist nie zuvor aus Kalifornien rausgekommen? Das ist ja unglaublich. Schaut euch diesen Körper an! Jerry, würdest du mal diesen Körper anschauen!"

„Ich schaue, ich schaue ja schon..."

Was einen schönen Körper und ein schönes Gesicht

zu haben, damit zu tun hatten, ob man seinen Heimatstaat schon einmal verlassen hatte oder nicht, das bleibt nun jedem selbst überlassen, das zu erraten. Lilly zuckte bloß mit den Schultern und schwelgte in dem Gefühl, endlich jemandem ihre großartigen Neuigkeiten berichtet zu haben. Ja, ein wenig nagten Schuldgefühle an ihr, weil sie dies nicht Mam als erstes erzählt hatte, aber Mam war ja nicht gerade sehr unterstützend, wenn es darum ging, dass Lilly ihre Heimat verlassen wollte.

„Ich finde das großartig, was ihr jungen Frauen da tut, einige Zeit alleine und auf sich selbst gestellt zu leben, die Karriere vorantreiben. Wirklich, versteh mich nicht falsch, aber es ist auch eine Menge Stress. Was du wirklich brauchst, ist ein Mann…" Frau Delfino nippte von ihrer Teetasse. „Einen reichen Mann, der für dich sorgt, während du dein eigenes Geschäft eröffnest. Dann wirst du viel Freiheit haben, und viele Babys haben—BINGO!"

„Bingo", stimmte ihr Ehemann zu.

„Das solltest du tun." Frau Delfino langte hinüber und drückte Lillys Unterarm. So fehlgeleitet ihr Ratschlag auch war, in ihren haselnussbraunen Augen stand freundliche Aufrichtigkeit. „Ich will dir nicht vorschreiben, was du zu tun hast. Ich sage nur."

„Ich weiß, was Sie meinen", sagte Lilly und beließ es dabei. Was sie wollte, war, raus aus GREEN VALLEY zu kommen, die Welt sehen…Verdammt, allein schon ihr eigenes *Land* zu sehen, würde großartig sein, und das konnte sie mit *oder* ohne Mann machen. „Ich bin schrecklich wild darauf, herumzureisen."

„Wohin denn zum Beispiel?"

Lilly schaute träumerisch zum Fenster hinaus. „Rom wäre schön."

„Ohh, meine Großeltern waren aus Rom. Wunderschöne Stadt, aber alt. Sehr alt. Wohin sonst noch?"

„Australien. London – ich bin schrecklich gespannt darauf, London zu sehen. Und Hawaii. Eigentlich nah, aber doch so weit weg. Wir arbeiten die ganze Zeit, von daher ist es nicht so leicht, einfach alles stehen und liegen zu lassen und abzuhauen. Aber bald werde ich abhauen. In drei Wochen!", sagte Lilly und faltete und entfaltete immer wieder eine Serviette. Zum allerersten Mal hatte sie etwas, weswegen sie aufgeregt sein konnte, und Miami war der ideale Ort für einen Neuanfang.

Sie musste es bloß noch Mam mitteilen.

„Das sind alles wundervolle Orte. Jerry und ich waren dort. Aber sei unbesorgt, du hast noch dein ganzes Leben vor dir. Wie ich schon sagte, suche dir einen reichen Mann. Der dich davontragen wird. Wenn er ein weißes Pferd dabei hat, umso besser." Frau Delfino fuhr fort, schwarzen Kaffee aus ihrer Porzellantasse zu trinken.

„Also jetzt werde ich erst mal alles vom Frühstück abräumen. Ich wollte bloß diese Neuigkeit einmal loswerden." Lilly stand auf, glättete ihre Schürze und schüttelte beiden die Hand. „War mir ein Vergnügen, mit Ihnen beiden zu plaudern. Wir freuen uns sehr, dass sie unsere Gäste sind. Wenn es etwas gibt, was ich tun kann, um Ihren Aufenthalt noch angenehmer zu machen, geben

Sie mir bitte Bescheid."

„Das hast du bereits. Solch großartige Neuigkeiten."
Frau Delfino biss in ihren Kürbis-Gewürz-Muffin und gab
genießerische Geräusche von sich. „Noch einmal, dieses
Ding hier ist köstlich, und dabei hasse ich Kürbis!"

Lilly lächelte und hob eine Stoffserviette auf, die von
einem anderen Tisch zu Boden gefallen war. In dem
Moment rauschte Mam auf ihrem Weg zurück zum
Empfang an Lillian vorbei. Sie war eine recht große,
korpulente Frau gewesen, aber seit Lillys Vater letztes Jahr
gestorben war, hatte sie deutlich nachgelassen, war
zermürbt und nur noch halb die Frau, die sie einmal
gewesen war. „Worüber hast du mit den Delfinos
gesprochen?", fragte sie. „Ihr habt so einen aufgeregten
Eindruck gemacht."

„Ach, nichts", log Lilly und gesellte sich zu ihrer
Mutter ins Foyer. „Sie haben lediglich von den Muffins
geschwärmt."

„Das ist doch klar. Ja, mein Mädchen hat's eben
drauf." Mam lächelte sie an. „Die letzten Gäste kommen
bald, um einzuchecken. Sie riefen im Vorhinein an, um
uns Bescheid zu geben. Hast du die Betten und das
Badezubehör in Zimmer 5 überprüft?"

„Ja, ich habe alles überprüft. Alles ist bereit." Lilly
zupft eine winzige Sonnenblume aus einer Vase mit
herbstorangenen und gelben Sonnenblumen, die auf dem
Empfangsschalter stand, und platzierte sie auf den Kürbis,
der danebenlag. Bald würde sie die Dekoration für
Halloween hervorholen; obwohl sie nicht mehr da sein

würde, um sich daran zu erfreuen; doch ihre Mam würde sie zu schätzen wissen.

„Haben die Delfinos gesagt, dass ihnen das Zimmer gefiel?" Nervös hakte ihre Mutter einen Punkt nach dem anderen auf ihrer Liste ab. „Sie wollten weitere Handtücher. Die gaben wir ihnen. Sie wollten frühmorgens per Anruf geweckt werden. Das machten wir auch."

„Mam, entspanne dich! Alles ist in Ordnung. Es gefällt ihnen hier über alle Maßen!" Lilly erwähnte nicht, dass die Delfinos nur ihren Muffins Komplimente gemacht hatten. Es war nicht so, dass alles Übrige der B&B-Pension nicht auch wunderbar wäre. Alles war außergewöhnlich – naja fast. Drei der Zimmer könnten Möbel etwas neueren Datums vertragen, und die fürchterlich schweren Vorhänge würde Lilly am liebsten durch selbstgenähte, verspielte, luftige Stoffstreifen ersetzen, um ein heiteres Ambiente zu zaubern.

„Das hoffe ich. Sie kamen mir so vor, als würden sie sich recht leicht über irgendeine Kleinigkeit beschweren und dann online gehen, wo sie uns dann nur einen Stern geben, bloß weil uns gerade der Süßstoff ausgegangen ist."

„Das werden sie nicht tun. Sie waren überaus erfreut." Unruhig zerknitterte Lilly die Stoffserviette in ihrer Hand. Sie sollte es erwähnen. Natürlich sollte sie das tun. Und warum auch nicht? „Sie sagten, ich solle meine eigene Bäckerei eröffnen. Ha, ha, stell dir das mal vor!"

Sogleich schnellte Mams Kopf in Lillys Richtung. „Das haben sie gesagt?"

„Ja." Lilly lächelte hoffnungsvoll.

„Hast du ihnen gesagt, dass dies unwahrscheinlich sei, da du ja eines Tages diese Pension übernimmst?"

Lilly schluckte einen Klumpen in ihrer Kehle hinunter. „Stimmt. Ja, das habe ich ihnen gesagt." Sie seufzte und kehrte in den Speisesaal zurück. So viel dazu! Sie hätte es besser wissen müssen, anstatt dieses Thema von der Idee der eigenen Konditorei zur Sprache zu bringen, da ihre Mam ja bereits ihr ganzes Leben für sie vorausgeplant hatte.

Seufz! Wann werde ich wohl den Mut dazu finden? Lilly betrat die Vorratskammer und schleuderte die Stoffserviette auf die Theke.

Noch einmal schaute sie zu Herrn und Frau Delfino hinüber und fragte sich, ob sie wohl auch einmal jemanden finden würde, mit dem sie auf diese Weise ihr Leben verbringen würde. Jemanden, mit dem sie reisen könnte, große Städte besuchen und sich dann irgendwo niederlassen und eine große Familie gründen würde. Diese Vorstellung erschien ihr ganz wundervoll. Aber nun war sie hier – schon siebenundzwanzig und hatte erst einen einzigen festen Freund gehabt. Ben Miller hätte sie gebeten, sie zu heiraten, doch seine Familie war nach Chicago gezogen. Obwohl er zusammen mit Lilly hier in Forestville hätte bleiben können, hatte er es gar nicht ernsthaft versucht. Er hatte behauptet, es wäre ungefähr der langweiligste Ort, um da zu leben, wenn man so jung sei wie sie, doch dann hatte sie später gehört, er hätte geheiratet und wäre nach Elmhurst, Illinois, gezogen.

Elmhurst, Ben? Im Ernst?

Egal. Sie konnte nicht noch mehr Energie darauf verwenden. Dieses Schiff war von dannen gesegelt, *adios,* und tschüs! Das Problem war, es kamen nicht allzu oft neue Schiffe in diesen Hafen gesegelt, ausgenommen sie waren bereits auf Hochzeitsreise, feierten irgendeinen Jahrestag, waren schwul oder ältere Semester. Und Prinzen auf weißen Pferden ritten schon gar nicht durch Forestville, Frau Delfino, egal wie märchenhaft sich der Name dieser Stadt auch anhörte.

Nein, Lilly wusste, dass ihre größte Chance dieser Praktikumsplatz in Miami war, um neu anzufangen. Dann, wenn die sechsmonatige Lehrzeit vorüber war, könnte sie vielleicht einen Laden in San Francisco oder Chicago eröffnen, oder wohin sie ihre Laune gerade so trieb. In ihrer Konditorei würde sie vormittags Muffins und Gebäck verkaufen, Kekse, Cupcakes und andere süße Leckereien nachmittags und abends, Kaffee und Milkshakes natürlich auch, und es wäre ihr völlig egal, was andere Menschen davon hielten.

Doch die brennende Frage blieb bestehen – wie würde Mam die Neuigkeit aufnehmen?

Auf einmal tauchte ihre Mutter auf. „Lillian, gibt es etwas—"

Die Klingel der Eingangstür ertönte, und aus der frühen herbstlichen Kühle schneiten zwei Männer herein, die sich ihre Kapuzen von den Köpfen klappten. Augenblicklich flitzte Mam zurück hinter den Empfangstisch. Neugierig, weil sie einen genaueren Blick erhaschen wollte, folgte Lilly ihr.

Die beiden Männer waren jung, Mitte bis Ende zwanzig. Einer hatte dunkelbraunes Haar und dunkle Augen mit dichten, beeindruckenden Augenbrauen, und der andere hatte etwas helleres Haar mit klaren, grünlichen Augen. Beide sahen heiß aus, aber der braunäugige Typ schien etwas älter zu sein, war größer, und aus irgendeinem Grund schien er der zu sein, der das Sagen hatte. *Hallooo, Jungs...*

Herr Braun-Auge wickelte seinen grauen Schal von seinem Hals, ging zum Empfang und erblickte Lilly und ihre Mam, die ihn praktisch mit offenem Mund anstarrten. Sein Blick traf Lillys, und er blinzelte, und ein schiefes Lächeln breitete sich über seinem Gesicht aus. „Haaallo. Wie geht es Ihnen da?"

Irisch!

Diesen Akzent würde Lilly überall auf der Welt wiedererkennen. Auch in Forestville gab es einen gewissen Anteil Iren im östlichen Stadtteil. In ihrer Brust regte sich ein winziges Flattern der Aufregung. Was hatte sie gerade über das Abreisen aus GREEN VALLEY gesagt? Gab es da nicht etwas, wo sie in drei Wochen sein musste? Wenn sie noch einmal darüber nachdachte, vielleicht konnte Miami doch warten.

Mam eilte hinter die Rezeption. „*Hi*, willkommen im *Russian River House!*"

Hinter Lilly verließen gerade Herr und Frau Delfiono den Speisesaal. Frau Delfino lächelte Lilly mit frisch aufgetragenem Lippenstift an. Sie hatte die Männer am Empfang ausgemacht und deutete verstohlen, hinter vorgehaltener Hand, auf sie. „Weißes Pferd…wird dich mitnehmen."

„Weißes Pferd", wiederholte Herr Delfino wie ein Echo und tätschelte Lilly die Schulter. „Nimmt dich mit."

KAPITEL DREI

Nach einem elfstündigen Flug von Dublin nach New York City, einem Zwischenstopp und weiteren sechs Stunden Flug bis San Francisco, dazu die Fahrzeit mit dem Mietwagen, war das Letzte, was Quinn erwartet hatte, dass er überdeutlich einen ganz bestimmten Druck in einer ganz bestimmten Gegend seines Unterleibes verspürte, als er die amerikanische Blondine sah, die im Empfangsraum des *Russian River House* arbeitete. Sie war definitiv das absolut umwerfendste Mädchen, das er je gesehen hatte. *Heilige Scheiße!*

Aber verdammt, er war völlig erledigt und brauchte ganz dringend ein Bett.

Die letzten zehn Tage hatten einen unglaublich hohen Tribut gefordert. Und zwar von dem Moment an, als seine Mutter gestorben war, bis zu dem Tag, als er Richard Phillips angerufen hatte, seinen Großvater mütterlicherseits, um ihn zu informieren, dass seine Tochter Maggie Phillips O'Neill plötzlich verstorben war.

Der hatte ihn nur feindselig abgefertigt mit: „Ich habe keine Tochter namens Maggie und auch keinen Enkel. Ich habe nur zwei Töchter hier in Forestville." Seitdem hatte Quinn alle Anstrengungen unternommen, um sich seine Laune nicht verderben zu lassen. Der alte Phillips mochte mit seiner kämpferischen Anti-Haltung ja vielleicht Quinns Mam fernhalten können, bei Quinn würde das jedoch nicht funktionieren. Er hatte das Recht, zu erfahren, wo Mam aufgewachsen war; er wollte die Gehwege sehen, die sie entlanggegangen war, den Fluss, den sie so geliebt hatte, und das Tal, das ihr so ans Herz gewachsen war.

Con war etwas weniger erpicht darauf, diese Reise zu machen. Er fand, Mam hätte ihre Entscheidung getroffen, GREEN VALLEY zu verlassen, und das wäre nur gut für alle gewesen, doch Quinn war Con so lange in den Ohren gelegen, bis er doch mitkam. Dies hatte mehrere Gründe gehabt. Erstens: Es war der Versuch, ihn aus seiner Lethargie herauszureißen. Zweitens: Er wollte ihn von Brady fernzuhalten – die beiden hatten während der letzten zehn Tage nur noch wie Küken auf einander eingehackt, mehr als sonst. Und schließlich: Er wollte ihm helfen, zu einem gewissen Abschluss zu kommen bezüglich Mams Tod. Natürlich war dies für alle Brüder wichtig und notwendig, aber Brady, Sean und Riley hatten anderweitige Verpflichtungen. Nachdem alle zugestimmt hatten, Mam einzuäschern, hatten Brady, Sean und Riley sich einverstanden erklärt, dass Quinn und Con als Erste nach Amerika fahren sollten. (Trotz seiner anfänglichen Überzeugung, dass Mam beerdigt werden sollte, hatte

Con, nachdem er Mams Tagebuch gelesen hatte, seine
Meinung geändert.) Wenn Quinn und Con am Ende der
Woche immer noch das Gefühl hätten, dass dies Mams
letzter Wille wäre, würden sie die anderen Brüder anrufen,
die sich dann zu ihnen begeben würden, um ihre Asche zu
verstreuen.

Quinn war relativ optimistisch, dass sich dies alles so
entwickeln würde, wie es sollte. Und er hatte beschlossen,
dass er, falls es ihm in Kalifornien gefiel, seine Reise
verlängern würde; dies hatte er allerdings seinen Brüdern
nicht mitgeteilt. Falls es ihm nicht gefiel, würde er nach
Irland zurückkehren, wie es sich für einen guten Iren
gehörte.

Insoweit gefiel ihm das, was er in dem Empfangsraum
sah, ausnehmend gut.

Noch einmal ließ er seinen Blick über die hinreißende,
blonde Amerikanerin schweifen, eine faszinierende
Gazelle von Frau, während die Pensionsleiterin lang und
breit über die Aktivitäten schwafelte, die man in der
Gegend unternehmen konnte, über den Buchladen am
Ende der Straße, das Restaurant an der Ecke mit
hausgemachtem Kirschkuchen und das Weingut nebenan.
Während die ältere Frau redete, blickte die Blondine – sie
war ziemlich groß und mit Rundungen an den richtigen
Stellen, genau wie er es mochte – immer wieder verstohlen
in seine Richtung. Ihr Haar trug sie in einem ziemlichen
Durcheinander hochgesteckt, als wäre sie gerade mehrere
Runden gelaufen. Sie hatte ein glattes, kantiges Gesicht
mit hohen Wangenknochen, die ihr das Aussehen eines

altmodischen Pin-up-Girls verliehen, das auch eine leicht verruchte Seite hatte. Doch vielleicht ging hier auch seine Fantasie mit ihm durch. Allerdings trug sie eine pink-schwarze Schürze, auf der zu lesen war: *Life is Short – Lick the Bowl.*

„Das würde ich absolut gern tun. Zeig mir nur genau, wo!", sagte Con mit tiefer Stimme, während er auf ihre Brust starrte.

Quinn gab ihm einen festen Klaps auf seinen Arm. „Du gehst ja gleich in die Vollen, wie?"

Die Besitzerin mit den eingefallenen Wangen warf ihm einen missbilligenden Blick zu. Und das, obwohl man sagte, Amerikaner seien freundlich.

„Ich möchte mich für meinen Bruder entschuldigen. Er ist sehr erschöpft und braucht dringend seinen Schlaf. Diese Bemerkung war völlig unangebracht", flüsterte er hörbar.

„Schon gut." Die junge Frau lächelte frech und verschwand dann durch eine kleine Nische hindurch zum Speisesaal. Von dort, wo Quinn stand, konnte er sehen, wie sie eine größere Menge verschiedener Brötchen in Plastiktüten packte. Was würde er darum geben, ihre Muffins zu probieren.

„Sie haben Zimmer Nummer 5", sagte die ältere Frau und lächelte gezwungen. Sie legte den Zimmerschlüssel auf den Empfangsschalter. „Das ist am Ende des Ganges auf der linken Seite. Frühstückszeit beginnt um sechs Uhr dreißig und geht bis zehn Uhr dreißig. Heute sind Sie schon zu spät dran, aber es gibt den ganzen Tag Kaffee, außer die Gentlemen bevorzugen Tee? Wir können Ihnen auch Tee servieren."

„Oh ja, Tee wäre großartig, wenn es nicht zu viele Umstände macht", sagte Quinn, der daran dachte, dass er seit mehr als einer Woche keine einzige Tasse guten, schwarzen Tees mit Milch mehr getrunken hatte. Das wäre für ihn jetzt wirklich das Größte.

„Lillian?", rief die Gastwirtin.

Das blonde Mädchen wandte den Kopf wieder in ihre Richtung. „Ja, Mam?" Sie hatte die Arme voller Muffins. Ihr Blick flackerte zu ihm, zu seinem Bruder, dann wieder zu Quinn zurück. Allein durch diesen winzigen Blickkontakt vollführte er in Gedanken einen kleinen Tanz, obwohl er ja wirklich nicht gerade den Atlantik und den ganzen Kontinent der Vereinigten Staaten überquert hatte, um sich wie hoffnungsloser Irrer zu verhalten.

„Könntest du für Herrn, ähm…" Die ältere Frau sah im Gästeverzeichnis nach seinem Namen nach. „O'Neill und Herrn O'Neill in deren Zimmer etwas Tee servieren, bitte? Sie hatten eine lange Reise von…Dublin, nicht wahr?" Wieder schaute sie ins Gästeverzeichnis, als würde sie die Tatsachen gerne doppelt und dreifach überprüfen.

„Ja! Ja." Quinn zog den Zimmerschlüssel zu sich heran und verstaute seine Papiere in seiner Tasche. „Die ganze lange Strecke von Irland. Bitte, fragen Sie mich nicht, ob ich irgendwelche irischen Kobolde oder Bono kenne. Ehrlich gesagt, ziehe ich die Kobolde vor." Er kicherte.

„Wen?" Die Gastwirtin blinzelte verständnislos.

Quinn wusste, wann er seinen Mund zu halten hatte. „Ähm, nichts. Bloß, ähm…ein dummer Scherz."

Die junge Frau mit den Frühstücksmuffins, die in der Nische immer noch für ihn zu sehen war, schüttelte sich vor stummem Lachen. Mit einer Hand bedeckte sie ihren Mund und verschwand in der Küche, wie Quinn vermutete. Quinn lächelte in sich hinein.

„So ein weiter Weg, nur um Forestville zu besuchen. Ihr jungen Kerle müsst unbedingt auch nach San Fran und L.A., könnte ich mir vorstellen", sagte die ältere Frau und tippte mit ihrem Stift auf ihren Tisch. Die Art und Weise, wie sie immer noch die Augen leicht verdrehte, als würde sie sie einer besonders genauen Musterung unterziehen, beunruhigte ihn. Wusste sie etwa, wer sie waren, oder hatte sie einfach nur Verdauungsprobleme?

„Ziemlich wahrscheinlich", sagte Quinn, einfach, um es auf sich beruhen zu lassen. Er mochte zwar aus einer großen Stadt kommen, aber er wusste, dass die Menschen in Kleinstädten alle gleich waren – sie hörten meist nicht mehr zu reden auf, wenn man ihnen auch nur das kleinste Schnipsel an Information lieferte. Er wollte nicht, dass irgendjemand erfuhr, dass die Söhne von Maggie Phillips hier waren. Andererseits könnte es sich wegen des Telefonats mit seinem Großvater bereits herumgesprochen haben. „Auf jeden Fall vielen herzlichen Dank. Wir sind dann mal weg."

„Rufen Sie uns, wenn Sie etwas brauchen!" Die Gastwirtin nahm wieder Platz und hantierte geschäftig mit den Papieren herum, während Quinn und sein Bruder ihre

Taschen nahm. *Was soll ich Ihnen zurufen?* Fragte sich Quinn kurzzeitig, dann merkte er, dass sie gemeint hatte, er solle sie telefonisch anrufen, wenn er etwas brauchte. Es würde etwas dauern, bis er sich an die ungewohnte Ausdrucksweise gewöhnt haben würde. Ein Schläfchen wäre jetzt genau das Richtige. Ihr Zimmer war recht geräumig und gemütlich mit einem King-size-Bett. Er hätte eigentlich lieber ein Einzelbett gehabt, aber in diesem Fall machte es ihm nichts aus, das Bett mit seinem Bruder zu teilen. Er stellte seine Taschen auf einem Stuhl ab und machte die Tür zu, während Con sein Zeug auf den Boden warf. Ihre Köpfe schlugen im exakt selben Moment auf der Matratze auf, was bei beiden ein prustendes Lachen auslöste.

„Scheiße! Ich werde bis morgen durchschlafen, wenn dir das Recht ist", ächzte Con und breitete seine Arme weit aus, um gleichzeitig die riesige Geräumigkeit des Bettes auszukosten.

„Bruder, du brauchst mal eine Pause. Darum habe ich dich ja mitgebracht." Quinn war zwar auch erschöpft, aber er war auch aufgedreht, wie ein Kind nach einem langen Tag, an dem es zu viele interessante neue Dinge gesehen hat und deshalb die Augen nicht zumachen kann. Ja, jetzt waren sie hier in Forestville in Kalifornien, in Amerika – der Heimatstadt ihrer Mutter. *Endlich!* Irgendwann heute oder morgen würde er losgehen, um sich die Stadt etwas näher anzuschauen und ein Gefühl dafür zu kriegen, was für ein Mensch seine Mutter ungefähr war, ehe sie nach

Irland gezogen war.

Obwohl er keine Ahnung hatte, wo er eigentlich anfangen sollte. Vermutlich sollte er nochmals in Mams Tagebuch hineinlesen und nebenbei Notizen machen von Orten, die er besichtigen wollte, aber zwei wichtige Örtlichkeiten – zumindest für ihn – wären einmal das Haus, wo sie aufgewachsen war, und *Mulligan's Tavern*, der Pub im irischen Stadtteil, wo sie und Dad sich kennengelernt hatten.

Das Geräusch einer Kettensäge, mit der eine gewaltige Eiche gefällt wurde, ertönte neben ihm, und Quinn bemerkte, dass Con bereits auf der Bettdecke eingeschlafen war und nun wie ein Güterzug schnarchte. Quinn seufzte. Einerseits beneidete er seinen Bruder um die Fähigkeit, sich so einfach zu entspannen und sofort einschlafen zu können. Quinn brauchte immer eine gewisse Zeit, vor allem wenn sein Verstand mit so vielen Gedanken überfrachtet war wie jetzt.

Er war nur drei Jahre älter als Con, aber manchmal kam es ihm so vor, als wäre Con der Jüngste aller Brüder und als müsse er für ihn in besonderer Weise Sorge tragen. Beim Aufstehen nahm Quinn die gefaltete Decke vom Ende des Bettes und breitete sie über seinen Bruder. „Es ist ja schon längst nach Schlafenszeit, du Baby." Er lachte, dann eilte er hinaus und machte die Tür sorgsam leise hinter sich zu.

In der Pension gab es einen bezaubernden Aufenthaltsraum mit Sofas, einem offenen Kamin und einigen gemütlichen Lehnstühlen. Dort könnte er eine

Zeitlang sitzen und hoffen, dass die Muffin-Gazelle wieder einmal vorbeikäme. Das heißt, wenn ihre Mam nicht in der Nähe war, um sie auf Trab zu halten. Er hatte gesehen, wie sie ihre Tochter angeschaut hatte – Lillian, das war doch ihr Name – als wäre es nötig, sie im Auge zu behalten.

Es sah nach Regen aus. Quinn hatte es sich gerade auf einer Couch beim Fenster mit Blick auf die Landstraße und ein Kürbisfeld gemütlich gemacht, als Lillian erschien und ein Tablett mit Teekanne und zwei Keramiktassen balancierte. Sie sah ihn nicht und steuerte geradewegs auf den Gang zu, ganz klar in Richtung ihres Zimmers. „Fräulein?", rief Quinn.

Lillian verlangsamte ihren Schritt. „Ach, hier sind Sie. Ich wollte den Tee gerade zu Ihrem Zimmer bringen."

Quinn stand auf, um ihr zu helfen, zumindest um seine Bereitschaft dazu zu zeigen. „Mein Bruder ist eingeschlafen. Was ich sehr schätze. Mir ist nicht wohl dabei, dass Sie nun Tee machen mussten, nachdem Ihre Mam es Ihnen aufgetragen hat. Als sie es anbot, nahm ich an, sie wäre diejenige, die ihn machen würde."

Lillian umrundete das Sofa und stellte das Tablett auf dem Tisch vor ihm ab. „Ich wusste nicht, welche Sorte Tee Sie mögen, deshalb machte ich einfach Kamille. Hier ist auch Sahne, Zucker und Honig", sagte sie, während sie sich die Haare hinter die Ohren steckte. Sie vermied den Augenkontakt mit ihm, indem sie auf den Tee deutete und darüber sprach, ohne Quinn anzusehen.

„Normalerweise gebe ich nur etwas Milch dazu, aber das ist kein Problem." Er lächelte, in der Hoffnung, sie würde wagen, ihm einen Blick zuzuwerfen.

„Ach, Milch – genau die eine Sache, die Sie brauchen, habe ich nicht gebracht." Sie schnippte mit den Fingern. „Tut mir leid. Ich werde schnell welche holen. Bin gleich zurück."

„Nein, ehrlich, das ist in Ordnung. Lillian, bitte. Ich brauche keine Milch", sagte Quinn und streckte den Arm aus, um sie aufzuhalten. „Ich bin sicher, dass er grandios ist, genau so, wie er ist." Er schenkte sich eine Tasse ein und führte sie zum Mund. Die lauwarme Flüssigkeit berührte seine Lippen. Es war nicht der starke, schwarze Tee mit Milch, wie seine Mutter ihn zubereitete. Es war der schlimmste, geschmackloseste Tee, den er je in seinem Leben getrunken hatte, aber er trank ihn und machte anerkennende Geräusche, damit sie glaubte, er wäre fantastisch. „Danke. Das schmeckt echt gut."

„Puh! Da bin ich aber froh. Ich dachte schon, ich habe alles falsch gemacht. Übrigens heiße ich Lilly. Nur meine Mam nennt mich Lillian. Also was hat euch den ganzen Weg von Irland bis hierher gebracht? Habt ihr hier Familie?" Sie verschränkte die Arme vor ihrer wohlgeformten Brust und zeigte ein süßes, hübsches Lächeln. Es waren weder die größten noch die kleinsten Brüste. Sie waren für ihre Figur einfach perfekt.

Quinn zwang sich, Lilly anzuschauen. „Bitte, setz dich doch!" Per Handzeichen wies er sie an, Platz zu nehmen und beobachtete, wie sie darüber nachdachte.

Langsam setzte sie sich und faltete ihre Hände auf ihrem Schoß. „Also gut, ich werde mich eine Minute lang setzen. Seit fünf Stunden bin ich auf den Beinen." Sie ließ sich an die gepolsterte Rückenlehne des Stuhles fallen und stöhnte leicht. Quinn versuchte, sich dieses Stöhnen nicht in einem anderen Zusammenhang vorzustellen. „Ja, das fühlt sich gut an."

Er schüttelte die erotischen Bilder, die sich in seinen Kopf schlichen, ab und schluckte. „Siehst du? Kein Gammeln mehr, junge Dame", lachte Quinn.

„Was?" Lillian – nein, Lilly – hob eine Augenbraue. „Ähm...Keine Zeitverschwendung. Ich war sarkastisch. Natürlich arbeitest du hart. Das sieht doch jeder." Quinn erhaschte einen Blick von Lillys Mutter, als diese durch den Aufenthaltsraum ging. Ihm entging nicht, dass sie ihren Schritt verlangsamte, ehe sie aus seinem Blickfeld verschwand. Quinn räusperte sich. „Ich habe das Gefühl, dass deine Mutter mich aus irgendeinem Grund nicht mag."

Lilly riss die Augen auf. „Ach wo! Warum sollte sie Sie nicht mögen? Nein, jeder nimmt immer an, sie wäre verärgert, aber das ist einfach ihr normaler Gesichtsausdruck." Sie lachte. „Also sind Sie ein Fan von Wein und Weingütern? Seid ihr deshalb in der Stadt? Könnte ich mir vorstellen. Ich meine, das ist wirklich der einzige Grund, warum hier jemals jemand durchkommt." Als sie sprach, war ihre Stimme sanft und melodiös, und wenn er die Augen schloss und seiner Erschöpfung nachgäbe, würde er davon direkt in den Himmel geschickt werden.

Quinn zog in Erwägung, ihr vom Tod seiner Mutter zu

erzählen. Er mochte Lilly bereits, und sie schien die Sorte Mädchen zu sein, die seine Mission verstehen würde, aber er war noch nicht bereit für all die Fragen, die dann kommen würden, und auch nicht für die Beileidsbekundungen. Lilly würde mehr über Maggie Phillips erfahren wollen, dann würde womöglich ihre Mutter etwas davon mitbekommen, und Gott, nein – er wollte bloß seinen Tee ohne Geschmack trinken und ein paar Worte mit dieser wunderschönen Frau wechseln, ehe er sich in sein Zimmer zurückziehen würde. „Wir hörten, dass es hier sehr reizvoll sein soll. Das wollten wir selbst einmal in Augenschein nehmen. Ja, wir lieben Wein und Weingüter." Er hustete.

„Irische Kerle, die an Stelle von Bier und Whiskey lieber Wein mögen, wie?" Lilly schnalzte mit der Zunge. „Das hätte ich nie kommen sehen."

„Nun mach mal halblang! Das sind doch alles Klischees, die du da von dir gibst, oder?" Quinn tat so, als wäre er beleidigt, aber insgeheim gefiel es ihm, dass sie so direkt war. Er trank niemals Wein. Er hasste dieses Zeug. „Zufällig bin ich ein echter Champion, was den überbewerteten Traubensaft betrifft."

Lilly verzog den Mund. „Na, dann sind Sie ja genau am richtigen Ort. Hier im Umkreis sind tatsächlich viele überbewertete Traubensaftkellereien."

„Hey, ich wollte dich doch bloß ein wenig aufziehen. Bei allem Respekt vor Weinbergen oder sonst was." Er entdeckte Wehmut in ihren Augen. Irgendetwas umgab sie, wie etwas, das unter der Oberfläche eines glasklaren

Sees brodelte. Sie konnte nicht älter als zweiundzwanzig oder dreiundzwanzig sein, bei dieser straffen glatten Haut, aber sie sehnte sich nach etwas, und das schon seit Langem. „Bist du von Wein nicht angetan, Lilly?" Oder war es die Stadt oder irgendetwas anderes, von dem sie frei sein wollte?

Wie wenn ein Lichtschalter umgelegt wird, strahlte Licht in ihren Augen auf, als würde ihr plötzlich klarwerden, dass sie als Gastgeberin stets lächeln und für das Wohlergehen der Gäste sorgen musste, sie niemals irgendeine tiefgreifende Traurigkeit sehen lassen durfte, die sie vielleicht fühlte. „Ich? Ach, ich mag Wein schon. Und es ist wunderschön hier. Die Menschen sind wundervoll. Es ist nur so, dass ich mein ganzes Leben hier verbracht habe, und deshalb habe ich schon alles gesehen, was es…zumindest hier…zu sehen gibt. Mehr Weinkellereien und Weinanbaugebiete, die ein Mensch jemals in seinem Leben zu Gesicht kriegen wollen würde, Herr O'Neill. Ich entschuldige mich hiermit, falls meine Haltung ein wenig blasiert gewirkt haben sollte."

„Quinn. Herr O'Neill war mein Vater." Er streckte ihr die Hand entgegen. Lilly starrte sie einen Moment lang an, dann legte sie langsam ihre Hand in seine und drückte sie sanft. Warm und geschmeidig. „Und ich sehe nichts Falsches in deiner Haltung."

Einige Augenblicke starrte sie ihn an. Sie schaute so, als gäbe es mehr was sie sagen wollte, und er stellte sich vor, wie es wäre, wenn sie ihre ganzen Lebensträume hier vor ihm ausbreiten würde, sich ihm gegenüber in mehr als nur einer Art und Weise öffnen würde. Aber sie schüttelte sich, zog ihr Handy aus der Tasche und starrte darauf. „Du meine Güte! Ich muss zurück. Es war wirklich nett, mit dir zu plaudern, Quinn."

„Ja, sicher, sehr nett. Arbeitest du jeden Tag?", hörte er sich selbst sagen. Warum das? Wollte er sie wiedersehen? Tja, wer würde das nicht wollen? *Schau sie dir doch mal an!*

„An fast allen Tagen. Nach Labor Day ist dann nicht mehr so viel los, aber... warum?"

„Ach, kein besonderer Grund. Ich hab mich bloß gefragt...Mein Bruder und ich, wir sind eine Woche hier. Vielleicht sehe ich dich ja hier mal wieder?" Das war ziemlich unverfänglich. Nicht zu hoffnungsvoll und nicht zu flirtend. *Bleib konzentriert! Tue das, wofür du hergekommen bist!*

„Natürlich. Schau einfach kurz herein am Vormittag! Dann kannst du auch meine berühmten Muffins probieren." Sie zwinkerte, sandte ihm blitzartig ihr strahlendes, hübsches Lächeln zu und klopfte leicht auf die Lehne des Schwingsessels. „Bis später!"

Quinn sah ihr nach, wie sie davonging, und versuchte, sich einen Reim darauf zu machen, was gerade passiert war. In einem Moment schien sie schüchtern und nervös zu sein, im nächsten Moment zwinkerte sie ihn an und lud ihn ein, ihre berühmten Muffins zu probieren, wie ein Anziehpüppchen aus Papier, das verschiedene Arten von Kleidern anprobierte. Wie berühmt waren diese Muffins tatsächlich? „Klingt wundervoll." Er konnte sein Lächeln nicht unterdrücken und wollte das auch gar nicht.

Als er aufstand, fühlte er sich seltsam beschwingt, und urplötzlich wurde ihm schlagartig bewusst, wie erschöpft er eigentlich war. Der Tee mochte zwar wie Pisse geschmeckt haben, aber irgendwie hatte er ihn auch in einen sehr entspannten Zustand versetzt, in Kombination mit der angenehmen Unterhaltung mit der Tochter der Pensionsbesitzerin. In seinem Zimmer schleuderte er die Schuhe von den Füßen, zog sich bis auf die Boxershort aus und legte sich aufs Bett.

„*Zum Geier!*", sagte er und schloss die Augen. Was war das für ein Tag gewesen!

Er dachte an den Flug, die Landung in LaGuardia und den New Yorker Akzent, den er gehört hatte, die Ankunft in San Francisco und die Fahrt durch das Weinland. Er dachte an die grandiose, weite Landschaft, wie ganz anders Amerika an beiden Küsten aussah, auch wenn er noch nicht viel gesehen hatte. Dann dachte er an das Erste, das er bemerkt hatte, als er das Gasthaus betreten hatte – die prachtvolle Blondine, die ihren Hals gereckt hatte, um ihm nochmals einen Blick zuzuwerfen.

Sie sollte diejenige sein, die hinter der Rezeption stehen sollte. Hier draußen in der Öffentlichkeit, damit alle Gäste sie bewundern könnten, nicht so weggesteckt und verborgen in der Küche. Was für eine Frau!

Ein leises Klopfen an der Tür riss ihn aus seinem nur leichten Schlummer. Erschöpft stand er auf und bewegte sich zur Tür, um sie zu öffnen, als er bemerkte, dass er nur seine Unterwäsche anhatte. Als er sich vorstellte, Lillys

Mam könnte sich an der anderen Seite der Tür befinden, schlüpfte er noch schnell in seine Jeans.

Lilly stand händeringend da. „Ähm…" Ihr Blick fiel auf seinen Körper – seinen nackten Oberkörper und seine Jeans, deren Reißverschluss er zwar zugemacht hatte; er hatte sich jedoch nicht die Mühe gemacht, sie zuzuknöpfen. Lilly schluckte schwer. „Es tut mir…leid…ich wollte bloß…" Sie errötete, wandte die Augen ab und blickte den Gang hinunter. Dann schaute sie wieder auf seine Brust und seine Jeans. „Ähm…"

Quinn lächelte. Irgendwie genoss er es, dass er Lilly so verlegen machte, dass sie wie angewurzelt auf der Stelle stehen blieb. Gleichzeitig bewegte er sich etwas hinter die Tür, um die ziemlich intensive Wirkung, die ihre unanständigen Blicke auf ihn hatten, zu verbergen.

„Es tut mir leid, Lil", erwiderte er fast im Flüsterton. „Aber du kannst nicht hereinkommen. Normalerweise bin ich für jeden Streich zu haben, aber wie du siehst, hat mein Bruder ja keinen recht guten Schlaf…"

Genau in dem Moment durchzog lautes Schnarchen die Luft. Quinn grinste und beugte sich zu ihr. „Wenn ich nochmals darüber nachdenke, werde ich die kleine Nervensäge einfach rausschmeißen. Vielleicht hast du ja einen kleinen Mitternachtsschmaus in Form deiner tollen Muffins gebracht, von denen du gesprochen hast."

Theatralisch suchte er sie ab, ob sie etwas mitgebracht hatte, obwohl klar ersichtlich war, dass ihre Hände leer waren. „Ach, auch gut. Ich würde ja auch gar nichts von dem, was du für mich gebracht hast, teilen wollen, weißt du…"

Lilly reckte ihr Kinn und verdrehte die Augen, um deutlich zu machen, dass sie zwar wusste, dass er einen Scherz machte, sie diesen aber nicht witzig fand.

Quinn brach in Lachen aus.

„Ich kam bloß vorbei, um dir zu sagen…um dich einzuladen…um euch beiden mitzuteilen, dass ich dir und deinem Bruder morgen die Gegend zeigen könnte." Ihre blauen Augen drifteten zu seinem Gesicht zurück und konzentrierten sich zwanghaft, dort zu bleiben. „Wenn ihr wollt. Aber ich glaube, ich habe es mir gerade anders überlegt."

Oh ja, er wollte, klar! Gerade im Moment wollte er eine ganze Menge. Aber er würde sich mit Lillys Angebot eines Ausflugs einstweilen begnügen. „Das wäre grandios! Und bitte überlege es dir nicht anders! Ich bin noch gerädert vom Fliegen, und mein Kopf ist total durcheinander. Ich habe nur ein wenig Spaß gemacht zwischen neuen Freunden."

Sie brummelte missbilligend, aber er konnte Belustigung in ihrem Gesichtsausdruck erkennen. Schon immer mochte er Mädchen, die viel Sinn für Humor hatten. „Also gut, in Ordnung. Aber ich werde es euch morgen nicht leicht machen", sagte sie, dann ächzte sie und schloss sogleich ihre Augen.

Anstatt eine weitere sexuelle Anspielung auf sie abzuschießen, sagte er nur: „Bitte, nicht. Wir freuen uns darauf, den morgigen Tag mit dir verbringen zu dürfen. Natürlich gleich nachdem ich deine berühmten Muffins probiert habe." Quinn zwinkerte auf teuflische Weise. „Bis dann, Lilly!"

KAPITEL VIER

Auf ihrem Balkon in der zweiten Etage ging Lilly zwischen Basilikum, Salbei und Koriander-Pflanzen auf und ab, goss sie und murmelte unterdessen vor sich hin. „Was um alles in der Welt habe ich mir dabei gedacht?" *Ihn einzuladen, ihm die Stadt zu zeigen, Lillian...wirklich? Und mit einem Zwinkern deine Muffins anzupreisen, daraufhin an seine Tür zu klopfen, wo er halbnackt aufmachte?* „Mann, ich muss einen verzweifelten Eindruck gemacht haben."

Regel Nummer 1, wenn man eine Pension führte, war: ‚Halte dich aus den Geschäften der Gäste raus!' Naja, sie war sich nicht sicher, ob das *wirklich* Regel Nummer 1 war, aber ihre Mam gab ihr immer das Gefühl, das wäre sie. Dazusitzen und mit ihnen zu plaudern, war die eine Sache, aber sie zu einem Spaziergang durch die Stadt einzuladen, gab dem Ganzen doch gleich eine neue Dimension. Die nächste Stufe der Neugier. Viel zu sehr ein Beweis ihres Kleinstädter-Daseins. Andererseits nervten Mam und ihre tratschenden Freundinnen Lilly nicht ständig, dass sie ausgehen und nette Männer kennenlernen sollte, sonst würde sie eine alte Jungfer werden? Wie sollte sie so etwas je tun, wenn sie niemals irgendwohin kam?

Nicht, dass es Lilly etwas ausmachte, wenn sie als alte Jungfer enden würde. Ihr ging es auch ohne Mann in ihrem Leben absolut gut, denn sie hatte ihren Abschluss gemacht und konnte sich selbst versorgen. Nur der Gedanke, ohne Liebe zu leben und ohne jemanden, mit dem man sie teilen könnte, machte sie einen Großteil der Zeit traurig. Nicht weil ihre biologische Uhr bald zu ticken anfangen würde, sondern weil Lilly wirklich gerne auch mit anderen Menschen reden wollte außer ihrer Mutter, Avery, Mellie und Cook.

Theoretisch hätte sie schon längst in der Küche auftauchen und sich um ihre eigenen Angelegenheiten kümmern sollen, nachdem sie mit Quinn O'Neill Tee getrunken hatte. Aber dieser singende Tonfall in seinem irischen Akzent! Dieser wohlklingende Bariton! Dieses dunkle Haar und seine sanften Augen, der Dreitagebart und seine Lederjacke. Gott, was hatten diese irischen Männer nur an sich? Sie verabscheute es, in Klischees zu denken, aber ihn umgab einfach etwas so Charmantes. Außerdem war ihr gesteigertes Interesse an ihm nicht unbegründet. Er *hatte* sie angelächelt und geschmunzelt, während sie sich beim Tee unterhalten hatten, und er *war* aus seinem Zimmer gekommen und hatte nach ihr gesucht, obwohl er genauso gut auch schlafen gehen hätte können, so wie sein Bruder. Sie *wusste* einfach, dass er gekommen war, um nach ihr Ausschau zu halten.

Lilly konnte die Art und Weise nicht ignorieren, welche Gefühle er in ihr auslöste, wenn er nur in seiner Jeans dastand und sie neckte, sie in sein Zimmer zu lassen oder ihre Muffins zu probieren. Wie machten diese Kerle das – so absolut keine Skrupel zu haben, wenn sie nahezu im Adamskostüm vor einem Mädchen standen, das sie gerade erst kennengelernt haben? Sie vermutete, es drehte sich alles um Selbstvertrauen; und sie wünschte sich, sie könnte sich von seinem eine Scheibe abschneiden. Aber bevor er hinter die Tür zurückgewichen war, war er da gestanden, mit einem Arm über seinem Kopf, an den Türrahmen gelehnt, hatte seinen Brustkorb und deutlich definierte Bauchmuskeln präsentiert, mit leichter dunkler Behaarung, nicht zu viel, aber auch nicht völlig bloß – einfach perfekt.

Ihre Knie hatten nachgegeben, und gleichzeitig hatte sie einen Blitz von Energie gespürt, der durch ihre Arme, ihren Rücken und bis in ihren Unterleib schoss, als er so dagestanden und sie angestarrt hatte, als wüsste er es auch, und würde es genießen, welche Wirkung er auf sie hatte. Aber sie konnte keinen Rückzieher machen, deshalb hatte sie ihre Furcht hinuntergeschluckt und ihn in die Stadt eingeladen. Jetzt gab es kein Zurück mehr, und sie musste warten – ganze zwanzig und noch ein paar Stunden, bis sie ihn wiedersehen würde. In der Zwischenzeit würde sie die Nachmittagsleckereien zubereiten und versuchen, zwanzig Stunden lang nicht an Quinn O'Neill, den neuangekommenen Iren, zu denken.

Ach was – sie würde an ihn denken und jeden Moment davon genießen!

In der Früh wartete sie in Jeans, einem langärmeligen Shirt und einer grauen Wickelstrickjacke im Aufenthaltsraum. Sie hatte ihre hübschen, baumelnden Ohrringe angelegt und blätterte durch die Oktoberausgabe von Homes & Gardens, wobei sie versuchte, auf lässige Art gelangweilt und gleichzeitig gespannt auszusehen. Neben ihr stand ein von ihr mitgebrachter Picknickkorb mit Bananen-Streusel-Muffins, Orangen-Cranberry-Muffins und Zimt-Brioches.

Ihre Mam eilte geschäftig durch den Aufenthaltsraum, ordnete die Zeitschriften neu an und schnippte ein Fussel Staub vom Kaffeetisch. „Um wie viel Uhr schätzt du wirst du wieder da sein, Lillian?"

„Keine Ahnung. Aber vor heute Abend wirst du mich ja nicht brauchen, oder?"

Mam ließ die Schultern sinken. „Das wäre wirklich wunderbar." Leicht verärgert machte sie sich beinahe davon, drehte sie aber dann plötzlich um. „Und sei auf jeden Fall unbedingt vorsichtig! Mir ist nicht wohl dabei, dass du mit zwei fremden Männern so ganz alleine unterwegs bist."

Lilly klappte die Zeitschrift zu und schoss ihrer Mutter einen Blick zu. „Im Ernst? Mam, alles wird absolut in Ordnung sein. Ich sagte dir bereits, dass Quinn und ich uns gestern unterhalten haben – er ist kein Fremder mehr. Er ist nett. Das ist keine große Sache." Lilly schlug die

Zeitschrift wieder auf und verkniff sich ein Lächeln, als ihre Mutter ihr einen missbilligenden Blick zuwarf, ehe sie die Küche betrat. „Außerdem mache ich verdammt nochmal das, was mir gefällt", äußerte sie nahezu unhörbar.

Einen Augenblick später tauchten die Brüder gut ausgeschlafen aus dem Korridor auf. Jeder hatte seine Jacke über den Arm gelegt. Quinn war definitiv der athletischere der beiden; wahrscheinlich hatte er irgendeine Sportart intensiver betrieben, wohingegen Con eher wie ein Yogalehrer gebaut war. „Was geht ab, Barack?", lachte Quinn in breitbeiniger Position.

Lillian winkte, ohne zu wissen, was das um alles auf der Welt bedeuten sollte. „Zu allen Schandtaten bereit?"

„Was heißt das?" Sein Lächeln verblasste ein wenig.

„Ach, ähm…das bedeutet bloß, bereit zum Aufbruch. Ich habe Frühstück mitgebracht." Sie hielt ihren Picknickkorb hoch, damit sie ihn sehen konnten. Die beiden kamen näher und blieben ihr gegenüber in der Morgensonne stehen, die durch das Fenster hereinschien. „Ich stellte mir vor, wir könnten essen, während wir unterwegs sind, wenn es euch recht ist."

„Klingt wunderbar", sagte Quinn und wandte sich an seinen Bruder, um ihn zu fragen, ob er das Zimmer abgesperrt und sein Handy dabei hätte.

Con überprüfte seine Taschen, nickte Quinn zu und warf Lilly ein blitzartiges Lächeln zu.

Lilly biss sich verlegen auf die Lippe und schaute schüchtern weg.

„Was ist mit dem Tagebuch?", fragte Quinn Con. „Und mit der Landkarte, die wir ausgedruckt haben?"

Während die Brüder noch die Einzelheiten besprachen, was sie alles brauchten, bevor sie aufbrechen würden, betrachtete Lillian die beiden verstohlen im Morgenlicht. Conor hatte wunderschöne Augen wie Edelsteine, Quinns schokoladenbraune dagegen waren tiefgründig und lustvoll. Auch war Quinn ein Stückchen größer als sein Bruder und ein paar Jährchen älter, so wie es aussah, aber beide waren recht ansehnlich, auch wenn sie sich gar nicht ähnlich sahen, mit Ausnahme ihres charmanten Lächelns. Sie hatten Jeans und irgendwelche Sporttrikots an, die sie nicht kannte – Quinns war blau und Cons grün – und beide hatten ihr frisch geduschtes Haar zurückgekämmt.

„Okay, wir können loslegen", meinte Quinn und trat näher zu ihr.

„Wir sind bereit, wenn du es auch bist", ergänzte Con.

Lilly achtete nicht weiter auf die Schmetterlinge in ihrem Bauch und schlenderte durch die Eingangstür. Sie freute sich auf die kühle, frühherbstliche Luft draußen. Der Nebel versuchte noch die Vorherrschaft zu behalten, während die Sonne sich brennend Bahn brechen wollte.

„Naja, ich weiß nicht, ob ihr einen speziellen Ort im Sinn habt, aber ich dachte, vielleicht wollt ihr zunächst einmal ein Weingut sehen. Wie klingt das?" Sie blickte sie über die Schulter an und sprang dann die Stufen zum Gehweg hinunter.

„Solange du uns den Weg in diesen Jeans zeigst, ist es

uns egal, wohin du uns führst", sagte Con, wobei er eine typisch irische Aussprache an den Tag legte.

Lilly errötete.

Eine Sekunde später hörte sie das Patschen einer Ohrfeige. Quinn musste Con eine gescheuert haben. „Halt die Klappe, Doofkopf!", ächzte Quinn. „Hast du denn gar keinen Anstand in Gegenwart einer Dame? Lilly, entschuldige bitte die Ausdrucksweise meines Bruders! Er muss noch eine Menge lernen, was den Umgang mit Frauen betrifft."

„Den Umgang mit Frauen? Das sagst du nur, um sie zu beeindrucken. Du bist genauso ein Rüpel wie jeder von uns, das schwöre ich. Lilly, hör nicht auf ihn!"

Quinn verdrehte die Augen und kapitulierte. „Also ehrlich, Con, sie wird gleich bedauern, dass sie uns je vorgeschlagen hat, uns die Gegend zu zeigen. Das tut mir alles echt leid."

„Schon okay." Lilly lachte, während sie auf dem Gehsteig dahineilte und auf ihr erstes Ziel zusteuerte. Sie konnte sich nicht erinnern, wann sie das letzte Mal so viel Spaß gehabt hatte, als sie den beiden Brüdern beim Streiten zuhörte, noch dazu über sie. Ihr machte Cons Kommentar wirklich nichts aus. Eher gefiel es ihr, dass jemand von ihrem wohlgeformten Hintern Notiz nahm. „Kein Problem. Aber auf dem Rückweg dürft ihr zwei Jungs die Führung übernehmen."

„Wie?" Quinn haute Con auf die Schulter und lächelte Lilly an. „Ein Mädchen, das ihren eigenen Standpunkt durchsetzen kann. Das gefällt mir."

Lilly empfand ein überraschendes Machtgefühl und gleichzeitig freute sie sich über das Kompliment. „Also welche Weinsorte ist für euch von besonderem Interesse?", fragte sie, um das Thema zu wechseln.

„Ähm…die ähm…besonders delikate Sorte", sagte Con und tätschelte seinen Magen.

Lilly reckte den Kopf. „Ist das so? Na, dann seid ihr ja am richtigen Ort. Dieses Weingut und die Kellerei stellen pro Jahr eintausend Kisten Chardonnay und Syrah her. Alljährlich produzieren sie auch zweitausendfünfhundert Kisten Pinot Noir, alles einzigartige Qualitätsweine dieser speziellen Winzerei, die nur hier und limitiert hergestellt werden. Ihr werdet euch freuen, zu erfahren, dass ich die Eigentümer kenne und euch darum kostenlosen Eintritt ermöglichen kann!"

„Na, das klingt wirklich gut", sagte Quinn recht begeistert, während er seinem Bruder einen verschwörerischen Blick zuwarf, von dem Lilly nicht wusste, wie sie ihn deuten sollte. Gab sie womöglich etwas zu sehr an?

Sie kamen bei dem alten, zweistöckigen Gebäude im Tudor-Stil an, das Lillian so sehr liebte, und gingen auf dem mit Klinkersteinen gepflasterten Zugangsweg durch das offene Tor auf die eine Hausseite zu. „Willkommen bei *Parker House and Vineyard*!" Als Lilly das Tor an der Seite aufmachte, wurde der Blick frei auf unzählige Reihen saftig grüner Weinstöcke und einen wunderschön angelegten, blumengesäumten Weg, der hindurchführte.

„Ahhh, das ist ja atemberaubend!", verlieh Quinn

seiner Begeisterung Ausdruck. Mit seinen braunen Augen betrachtete er interessiert die sanft ansteigenden Hügel, die durch die goldene Morgensonne angestrahlten Weinreben und die Arbeiter im Weinberg. „Was machen die Arbeiter, Lil?"

„Sie ernten." Lilly führte die beiden Brüder durch den Weinberg. Ihr gefiel es sehr, dass er sie Lil nannte; so hatte ihr Vater sie auch immer gerufen. „Die dunklen Trauben werden zu Syrah verarbeitet. Seid ihr deswegen hierhergekommen? Mögt ihr Rotwein?"

„Wir ähm…" Con knurrte verlegen und platzte dann einfach mit der Wahrheit heraus. „…kamen nicht wegen des Weins, sondern weil unsere Mutter—"

Nochmal wurde Con von Quinn eine geklebt.

„Verdammt nochmal! Hör gefälligst auf, mich zu schlagen! Was zum Geier soll das eigentlich?"

„Eure Mutter? Was ist mit eurer Mutter?" Lilly schützte ihre Augen mit einer Hand vor der blendenden Sonne.

Quinn seufzte. „Unsere Mutter stammte aus dieser Gegend. Wegen ihr besuchen wir dieses Gebiet. Eigentlich haben wir nicht viel Ahnung von Wein. Tut mir leid, wenn wir einen falschen Eindruck gemacht haben."

Lilly machte das nicht allzu viel aus. Vielmehr interessierte sie die von ihnen erwähnte Person. „Aus Forestville? Oder aus New Killarney?" Sie hoffte, dass es nicht zu dreist wäre, danach zu fragen, aber mit dem Namen O'Neill aus Dublin kommend könnten sie auch von der irischen Stadt, die eine Stunde Fahrzeit entfernt lag, abstammen.

„Nö. Ganz eindeutig aus Forestville. Green Valley. Leider wissen wir nicht so viel von ihrer Herkunft. Darüber wollen wir jetzt mehr erfahren." Quinn setzte sich ab, eilte voraus, um Fotos zu machen; Lilly hatte das Gefühl, dass er nicht gern über seine Mutter sprechen wollte. Das konnte sie respektieren. Als ihr Vater krank geworden war, hatte sie auch nicht unbedingt mit Fremden über ihn reden wollen.

„Ich verstehe. Nun, ich kenne alle Familien hier in der Gegend. Doch mit dem Namen O'Neill ist mir niemand bekannt. Hatte sie noch einen anderen Nachnamen?", fragte Lilly Con.

Quinn und Con tauschten Blicke aus, dann schüttelte Con den Kopf. „Nein. Einfach nur O'Neill, das wär' schon alles."

„Hmm", murmelte Lilly. Sie schaute Quinn an. „Naja, falls du je darüber sprechen willst, ich bin auch eine gute Zuhörerin." Sie wusste nicht, worum es bei ihrer Mutter ging, aber da sie ihren Vater wegen einer schweren Krankheit verloren hatte, könnte sie mitfühlen, je nachdem, was Sache war.

„Danke für das Angebot." Er lächelte sie an, als wolle er sagen: *Das weiß ich zu schätzen.*

Eine Zeitlang schlenderten sie durch das Weingut. Die Brüder fotografierten sich gegenseitig, und Lilly machte auch einige echt gute Fotos von den beiden. Sie waren ein wirklich attraktives Gespann, und ihr machte es Spaß, sie herumzuführen. „Nun ja, für eine Weinprobe ist es noch zu früh, aber wir könnten doch hier drüben frühstücken, wenn ihr wollt." Sie führte sie zu einem Pavillon mit einem alten Picknicktisch, wo sie Platz nahmen.

Eine Frau mit langem, zu einem Zopf geflochtenem, grauem Haar, die Lilly seit einigen Tagen nicht gesehen hatte, kam aus dem Haupthaus auf sie zu. Sie trocknete sich gerade die Hände an einem Handtuch ab. „Guten Morgen, Lilly, wie geht es dir heute?"

„Gut, Nancy. Darf ich dir Gäste unseres Hauses vorstellen? Das sind Quinn und sein Bruder Con. Sie kommen aus Dublin." Lilly holte aus ihrem Korb eine Auswahl der mitgebrachten Muffins und Brioches, dazu naturtrüben Saft und drei Tassen.

„Ahh!", sagte Nancy und schüttelte beiden Brüdern die Hand. „Willkommen, willkommen. Wie ich sehe, erhalten Sie die Fünf-Sterne-Behandlung von niemand Geringerem als Fräulein Gastfreundschaft höchstpersönlich. Sie sind in guten Händen, meine Herren. Werde ich Sie auch später am Nachmittag bei der Weinprobe begrüßen dürfen?"

„Das wäre doch schön, oder?", meinte Quinn zu seinem Bruder gewandt.

„Ach, klar, das wäre grandios. Warum nicht?", erwiderte Con, während er die Muffins beäugte.

Lilly wandte sich wieder Nancy zu. „Könnten wir auch etwas Kaffee und Tee bekommen, Nancy? Mit etwas Milch für den Tee?" Sie lächelte Quinn zu, der anerkennend nickte, weil sie sich gemerkt hatte, wie er seinen Tee gerne trank.

„Klare Sache, bin gleich wieder da." Nancy begab sich wieder ins Haupthaus.

„Hey, schwarzen Tee, wenn es geht", rief Quinn ihr noch nach. „Vielen Dank."

„Klar doch", bestätigte Nancy.

Lilly schaute Quinn mit hochgezogener Augenbraue an. „Also war mein Tee gestern missraten?"

„Das habe ich nie gesagt", murmelte er vor sich hin. „Lege mir nicht einfach Wörter in den Mund, junges Mädel!" Er reichte die Muffins an seinen Bruder weiter, und alle machten sich darüber her, als wären sie am Verhungern. Mit dem von Lilly mitgebrachten Besteck bestrichen sie sie mit Butter, Marmelade und Konfitüre. „Also woher... kennst du eigentlich Nancy so gut? Und diese ganze Örtlichkeit?"

„Eben, wie kannst du hier einfach so hereinspazieren?", fragte Con, während er gerade eine Brioche aß.

„Warte mal..." Erschrocken hielt Quinn inne und schaute die Weinhänge und das Haus wieder an. Mit schräg gelegtem Kopf wandte er sich Lilly zu. „Wo sagtest du befinden wir uns? *Phillips Winery*? Du bist doch keine Phillips, oder?" Er schaute betreten drein, als wäre das eine Tragödie, und dem könnte sie nicht widersprechen.

„Oh Gott, nein!", schnaubte Lilly, obwohl sie eigentlich nicht beabsichtigt hatte, dermaßen beleidigt zu klingen. Es war nur so, dass sie noch nie zuvor jemand versehentlich für ein Mitglied der Phillips-Familie gehalten hatte. Aber da er diese Familie nun erwähnt hatte... „Nein, ich sagte *Parker House*. Woher kennst *du* die Familie Phillips? Hast du im Internet etwas über sie gelesen oder sowas?"

Con warf Quinn einen vielsagenden Blick zu; Quinn schaute wieder zu Lilly und schluckte etwas. „Genau, so könnte man sagen. Ich dachte, du könntest vielleicht mit ihnen verwandt sein."

„Auf gar keinen Fall! Das Phillips-Besitztum würde ich nicht einmal mit einer Kneifzange anfassen!"

„Tatsächlich?" Quinn biss in einen Cranberry-Orangen-Muffin. „Heilige...das ist der beste Muffin aller Zeiten. Con, probier den einmal! Also, hey... warum würdest du die nicht einmal mit einer...ähm...Zange anfassen?", fragte er an Lilly gewandt.

Sie zuckte mit den Schultern. „Nur so. Das sind verschiedene Familien. Konkurrenten. Wir kommen uns gegenseitig nicht in die Quere. Meistens."

„Wir?", erkundigte sich Quinn verwundert.

„Ach", meinte Lilly und setzte sich aufrechter hin. „Ja."

„Du kennst also die Parkers von *Parker House*, nehme ich an?", forschte er nach.

Lilly lächelte und blickte versonnen auf die Weinstöcke, die sie und ihre Cousins eines Tages erben sollten. „Eigentlich recht gut. Das ist meine Familie."

KAPITEL FÜNF

Es hätte Quinn nicht überraschen sollen, zu erfahren, dass Lilly Parkers Familie ein Weingut und eine Kellerei besaß. Immerhin handelte es sich ja um den vorherrschenden Geschäftszweig in dieser Gegend. Wahrscheinlich war jeder in Forestville auf die eine oder andere Weise damit verknüpft. Aber er war *doch* überrascht. Vielleicht weil sie im *Russian River House* Muffins sortiert und Tee serviert hatte, oder weil ihr Haar zu einem unordentlichen Knoten hochgesteckt war, oder weil ihre Mutter mit ihr so gesprochen hatte, als wäre sie irgendeine schludrige Bedienung, die für niedere Küchendienste zuständig war, doch etwas – wahrscheinlich ihre schüchterne Art – hatte ihm suggeriert, sie wäre bloß ein altmodisches Mädchen aus der Arbeiterklasse.

„Ihr habt hier ein ganz schön weitläufiges Gelände, oder?" Quinn versuchte, sich von Lillys Gegenwart nicht zu stark beeindrucken zu lassen. Schließlich konnte es doch keinen allzu großen Unterschied machen, ob man ein Weingut managte oder ein Familienrestaurant besaß, oder? „Weitläufig? Also unser Weingut ist nicht das größte in der Gegend. Das sind eher die Güter Phillips und Enderman westlich von hier. Aber es hat schon eine ansehnliche Größe. Wir produzieren pro Jahr fünfzigtausend Kisten."

„Beeindruckend!", sagte Quinn, als würde er etwas davon verstehen, wie viel fünfzigtausend Kisten verglichen mit anderen Kellereien waren.

„Phillips Weingut produziert mehr als hundertfünfzigtausend Kisten jährlich", stellte Lilly klar. „Man könnte sagen, diese Kellerei ist ein starker Konkurrent."

Quinn gefiel es sehr, Lilly zuzuhören, wie sie über die verschiedenen Weine, die sie herstellten, sprach, darüber, dass ihre Kellerei zwar kleiner als die der Familie Phillips sei, ihre Weinstöcke jedoch ergiebiger, ihre Weintrauben aromatischer und ihre Gastfreundlichkeit herzlicher seien.

„Kann ich nicht abstreiten", meinte er, während er sie anlächelte. Ihm gefiel es, wie Lilly sie unter ihre Fittiche genommen hatte. Kaum dass Lilly die Frühstückspension verlassen hatte, schien sie wie verwandelt. Als könnte sie erst jetzt ihr wahres Selbst ausleben; wie Luft den Weg in ihre Lungen gefunden hatte, so hatte der Abstand zu ihrer Mutter ihr ein wenig ihres verlorenen Selbstvertrauens zurückgegeben. Als wäre sie wieder zum Leben erwacht. Sie zeigte ihnen die Weinstöcke, den Platz, wo die Trauben gepresst wurden, und erklärte ihnen, dass Syrah und Shiraz hochwertige Rebweinsorten seien, mit einem Hauch von Pfeffer im Geschmack sowie dunklem Beerenaroma, wie zum Beispiel Schwarzbeeren. Während diese Sorten in Europa normalerweise Syrah genannt wurden, wurden sie in Australien als Shiraz bezeichnet. Er hätte ihr den ganzen lieben langen Tag zuhören können, weil Lilly ihm in ihrer angenehmen, flötenden Stimme Dinge, von denen er bis jetzt keine Ahnung gehabt hatte, so gut erklärte. Natürlich genoss er auch ihre Frühstücksbackwaren. Er wollte bloß nicht allzu sehr ins Schwärmen geraten, aus Angst dass ihr die Komplimente zu sehr zu Kopf stiegen, aber du liebe Güte – das war schon alles toll!

Nachdem sie das Weingut hinter sich gelassen hatten, spazierten sie ein wenig durch die Stadt, und Lilly zeigte ihnen einen Blumenmarkt. Von der Straße aus deutete sie auf weitere Weingüter im Umkreis und wies sie auch auf den Russian River hin. Doch dann trafen eine Reihe Textnachrichten bei ihr ein, und sie stellte fest, dass sie zur Frühstückspension zurückkehren müsste. Dieses Unternehmen war auch in Familienbesitz, wenn auch eher die Lieblings-Hauptaufgabe ihrer Mutter, wohingegen die Kellerei die Domäne der Großeltern blieb. Sie machten sich auf den Rückweg.

„Vielen Dank für die Tour, Fräulein Parker." Quinn nahm ihre Hand und hauchte einen Handkuss auf ihren Handrücken. Sie spürte, wie sie unter ihrer blassweißen Haut errötete, und wieder einmal genoss er das Vergnügen, zu sehen, wie sie sich vor Verlegenheit wand.

Gott, er hatte Schwierigkeiten, die Fantasievorstellungen abzuschütteln, wie sie sich – im Bett – unter ihm, auf ihm, *um* ihn *herum* wand …

„War mir ein Vergnügen, meine Herren", sagte sie, entzog ihm die Hand und steckte sie in ihre Tasche. Kristallblaue Augen blinzelten mit mädchenhaftem Stolz. „Con, ich glaube, dein Bruder hat jetzt einen gewissen Vorsprung, was den Umgang mit Frauen betrifft." Sie schmunzelte.

„Ach, ihm ist nicht zu helfen, er ist ruiniert", sagte Con und tätschelte seinem Bruder den Rücken.

„Was auch immer das bedeuten soll. Ich werde mir ein englisch-irisches Wörterbuch kaufen müssen, damit ich euch verstehen kann, wenn ich mit euch zusammen bin", sagte Lilly, während sie die Stufen hochspurtete. „Die irischen Kneipen sind im Osten der Stadt. Ein Buchladen die Straße runter, ein Lebensmittelgeschäft gleich um die Ecke. Soll ich euch fahren?"

„Nein, wir haben selber ein Auto. Es steht an der anderen Seite geparkt. Danke. Werden wir dich heute Abend wiedersehen? Vielleicht? Hoffentlich?" Quinn lächelte sie noch ein letztes Mal an und nahm ihre klassische Schönheit in sich auf, ehe sie die Tür schloss. Dann stieß er einen tiefen Atemzug aus und fuhr sich durchs Haar. „O, là, là! Sie ist wirklich eine ganz klasse Frau!"

„Ich habe sie zuerst gesehen!", sagte Con.

„Hau ab! Das stimmt nicht." Quinn würde nicht zulassen, dass Conor irgendwie seine Pfoten mit im Spiel hätte, was Lilly betraf, wenn er es vermeiden konnte.

Kies knirschte unter ihren Stiefeln, als sie sich zum Parkplatz begaben. „Was glaubst du, warum sie die Familie Phillips nicht leiden kann?", fragte Con. „Denkst du, es hat mit der Rivalität der beiden Weinkellereien zu tun?"

„Natürlich. Jahrelange Fehden, so wie mit uns und den Calhouns." Quinn erinnerte sich an den Ruhm des *Salty Dog*, der typisch amerikanischen Bar und Grillstube der Familie Calhoun, die sich genau gegenüber des *The Cranky Yankee* in Dublin befand. Obwohl mehr als genug Verdienstmöglichkeiten für beide Lokale gegeben waren, standen die beiden Familien immer auf Kriegsfuß miteinander. Als der *Yankee* durch den Brand schwer beschädigt wurde und in der Folge ihr Vater auch noch starb, bemühten sich die Calhouns zwar und halfen, aber Quinn konnte unterschwellig doch eine gewisse Schadenfreude wahrnehmen. „So oder so, wenn sie die Familie Phillips nicht leiden kann, dann wird sie auch uns nicht leiden können, deshalb können wir ihr nicht sagen, dass wir mit denen verwandt sind. Verstanden?"

Con warf Quinn einen Seitenblick zu und schüttelte den Kopf. „Da bin ich mir aber nicht sicher, ob das die richtige Vorgehensweise ist, Bruder, aber sie ist ja dein Mädel."

„Mein Mädel? Ich habe nie gesagt, dass sie mein Mädel sei." *Und vergiss das ja niemals, kein winziges bisschen!*

„Na, also mit diesem Handkuss hast du mich doch

ziemlich beeindruckt." Con knöpfte seine Jacke zu. Nun, da die Sonne untergegangen war, war es doch um einige Grad kälter geworden.

„Man nennt das Ritterlichkeit, du Trampel, etwas, wovon du keine Ahnung hast!" Quinn machte die Autotür auf, stieg ein und rief sich ins Gedächtnis, dass er auf der rechten Straßenseite fahren musste, beim Rechtsabbiegen rechts bleiben, beim Linksabbiegen aufpassen musste, und alles würde glatt gehen.

„Ritterlichkeit ist Vortäuscherei, Quinn!" Con stieg auf seiner Seite ein und schloss die Tür. „Ich würde lieber offen und ehrlich frontal auf sie zugehen und der Tussi sagen, dass sie fantastische Titten hat, anstatt sie über den Grund unseres Hierseins zu belügen. Sag ihr das einfach! Da ist doch nichts Unehrenhaftes dabei! Du willst etwas über Mams Geburtsort erfahren."

„Das werde ich, wenn es unbedingt sein muss. Kann ich sie nicht vorher ein wenig austesten? Jesus, Maria und Joseph, ich will die Menschen eben erst kennen, bevor ich ihnen alles Mögliche erzähle. Ich bin nicht so wie du, der kaum hallo sagt, bevor er sie bereits abknutscht. Los, fahren wir!" Er startete den Motor und fuhr bedächtig Richtung Ostteil von Forestville. Dabei hoffte er, auf der Strecke nicht mit irgendjemandem zusammenzustoßen und dennoch das Lokal *Mulligan's Tavern* ausfindig zu machen.

Das östliche Stadtviertel von Forestville war stolz, einen Bücherladen namens Quill's vorweisen zu können, einige Drogerien, die einander gegenüberlagen, einen

Park, wo die Jugendlichen lachend herumsaßen oder sich mit Skateboardfahren die Zeit vertrieben, und eine katholische Kirche auf der anderen Straßenseite. Es dauerte nur fünf Minuten, um dorthin zu gelangen, und als sie schon fast wieder am anderen Ende draußen waren, fanden sie schließlich das Lokal, wo etwas los war.

Aber nicht *Mulligan's.*

Nach den Erzählungen seines Vaters hatte sich Quinn an der River Road einen wunderbaren, geschäftigen Pub vorgestellt, wo der *craic*, der Trubel, niemals endete und man immer eine herrliche Zeit verleben konnte. Was sie stattdessen fanden, war ein heruntergekommenes Gebäude mit ausgeblichenen Schindeln, einer gesplitterten Leuchtreklame und zwei alten Autos auf einem Parkplatz, der auf fünfzig Wagen ausgelegt war.

Noch schlimmer war, dass sich auf der gegenüberliegenden Straßenseite eine lebhaftere Kneipe namens *The Cat's Meow* befand, wo die Musik laut herausdröhnte, die halbe Stadt mitzusingen schien und die Stimmung super war. „Hey, gehen wir dort drüben ein Bier trinken?", meinte Con und nahm die quirlige Bude genauer in Augenschein.

„Con, Mam und Dad haben sich nicht im *The Cat's Meow* kennengelernt, du Spinner. Wir gehen zu *Mulligan's.*" Nach einer kurzen, schnellen Überprüfung des Schuppens, der seine besten Jahre längst hinter sich hatte, erschauerte Quinn. Wenn sie nach einem kurzen Besuch den Studienkollegen ihres Vaters, Paul Brennan, nicht finden würden, dann würden sie die Straße überqueren und sich in dieser verdammten *The Cat* besaufen.

„Das habe ich befürchtet, dass du das sagen würdest."

Als sie die schwere Holztür aufzogen, ertönte eine Klingel, und die Blicke der wenigen Einheimischen, die herumsaßen, schnellten zu den beiden Neuankömmlingen. „Wie läuft's denn so?", fragte Quinn in seiner typisch irischen Art.

„He!"

„Hä", kamen so einige Zurufe von mehreren alten Knackern.

„Guten Abend, die Herren", sagte ein älterer Mann hinter der Bar. Zusammen mit einer jungen, bildhübschen Schankkellnerin, die vielleicht gerade einmal zwanzig war, stand er dort. Ihr schwarzes Haar war in einem straffen Knoten hochgesteckt. Sie trug ein rotes Oberteil, das ihre Brüste perfekt hauteng umschloss, und auch ihre Lippen waren knallrot.

„Guten Abend", sagte Quinn und probierte ein cooles Lächeln. „Wir suchen einen alten Freund, Paul Brennan."

Der Mann lachte in sich hinein. „Ich vergesse niemals ein Gesicht." Seine Wangen und Augen leuchteten auf wie ein Weihnachtsbaum. Er sah aus wie der Heilige Nikolaus nach mehreren Halben Bier. „Ihr seht irgendwie vertraut aus, Jungs. An wen erinnert ihr mich bloß?"

Quinn schlenderte zur Bar und streckte seine Hand zum Gruß aus. Er hielt inne, als er ein gerahmtes Foto an der Wand hinter dem Mann entdeckte, inmitten einer Vielzahl anderer gerahmter Fotos von Kunden vieler vergangener Jahre. Dort war Mam, zusammen mit seinem Vater, beide in ihren frühen Zwanzigern, allerdings vor dreißig Jahren. Über ihren Köpfen war das Neonschild *Mulligan's Tavern* klar zu erkennen, das erleuchtet und nicht kaputt war.

„Was ist los, du siehst aus, als hättest du ein Gespenst gesehen, Junge!", sagte der Mann, während er Quinns Blickrichtung folgte. „Ich bin Paul. Wie kann ich euch helfen?"

„Toll, Sie kennenzulernen. Mein Name ist Quinn, und das ist mein Bruder Con. Ich fürchte, ich komme mit schlechten Neuigkeiten bezüglich Ihrer alten Freunde gleich hier hinter Ihnen." Mit einem Nicken wies er auf das gerahmte Foto.

Paul wirbelte herum und betrachtete das Foto. „Grant und Maggie? Kennt ihr sie? Ach nein, sagt es mir nicht! Ihr seid ja ihr glattes Ebenbild! Ich hätte es sofort wissen müssen. In dem Moment, als ihr zur Tür hereingekommen seid. Ihr seid ihre Nachkommen, nicht wahr?"

„Stimmt. Wir sind fünf Brüder, aber nur wir zwei sind für eine Woche auf Besuch hier. Vor zwei Jahren starb unser Vater, und leider ist unsere Mam, tja, sie ist letzte Woche auch von uns gegangen." Seit dem tragischen Schicksalsschlag hatte Quinn dies Verwandten und Bekannten mitgeteilt, aber es fiel ihm nie leicht. Allein jetzt darüber zu sprechen, ließ ihm Tränen in die Augen steigen. Mit seinem Handrücken wischte er sie fort.

„Ahh, es tut mir leid, das zu hören, Jungs. Euer Vater war ein Studienkollege im Trinity College in Dublin. Vor vielen Jahren hat er mir geholfen, dieses Lokal hier zu eröffnen, und da lernte er auch eure Mutter kennen. Er war ein guter Mann. Ich werde ihn nie vergessen."

„Danke", sagte Quinn und presste die Lippen zusammen, um nicht die Fassung zu verlieren. Wenn jemand so über seine Eltern sprach, spürte er den schmerzlichen Verlust nur umso mehr.

„Nehmt Platz! Was kann ich euch ausgeben? Dies ist Dara, meine Jüngste. Ich habe drei Töchter. Man sollte eigentlich annehmen, Gott könnte mich auch mit nur einem Jungen gesegnet haben, mit dem ich die Spiele anschauen könnten, aber nein."

„Hör auf, Dad! Ich schaue mir doch jedes Spiel mit dir an", sagte Dara mit einem viel stärker amerikanischen Akzent als ihr Vater. Sie beugte sich vor, um die Theke abzuwischen und zeigte dabei hauptsächlich für Cons Anerkennung ihr beträchtliches Dekolleté.

Quinn haute seinem Bruder auf den Arm, in der Hoffnung, er würde ihn dazu anregen, sich auf Daras Augen zu konzentrieren.

„Haltet ihr Jungs euch hier in Forestville auf?", fragte Paul.

„Wir wohnen im *Russian River House*", erwiderte Quinn, während er Paul zusah, wie er für ihn und Con zwei Pint-Gläser irisches Guinness-Bier abzapfte. Schäumend, mit einem herrlichen Schaumrand obenauf. Perfekt!

„Penny Parkers Haus? Ach du liebe Zeit, ihre Muffins sind unwiderstehlich. Probiert mal den Cranberry-

Orangen-Muffin!" Daras große grüne Augen loderten auf, als sie sich Lillys Backwaren ins Gedächtnis rief. „Haben wir!" Quinn war stolz, Lillys Muffins aus erster Hand probiert zu haben, von der Bäckerin höchstselbst. Auf einmal wünschte er sich, sie wäre noch bei ihnen, obwohl das *Mulligan's* nicht gerade wie ein Lokal wirkte, das sie öfters aufsuchen würde. „Sie waren ganz ausgezeichnet."

„Sie sind absolute Spitze!" Dara war mit dem Abwischen der Theke fertig und zwinkerte den Brüdern zu. „Haltet ihn nicht zu lange auf! Sonst wird er später unleidlich. Dad, ich bin draußen und warte auf dich. Muss mal eine rauchen. Tschüs, Jungs!" Besonders Con warf sie einen vielsagenden Blick zu, dann stolzierte sie hinaus.

Das war doch mal ein Mädchen mit einem überreichlichen Maß an Selbstvertrauen, dachte Quinn. Vielleicht ein bisschen zu viel für seinen Geschmack, aber für Con…

Sie richteten ihre Aufmerksamkeit auf ein im Fernsehen übertragenes Spiel von amerikanischem Football und schrien, wenn die anderen Gäste schrien, jubelten, wenn die anderen Gäste jubelten, und gaben vor, sie hätten auch irgendwie Ahnung. Quinn wusste tatsächlich ein wenig über diese Sportart Bescheid, nämlich dass es ähnlich wie Rugby war. Con zischte sein Bier hinunter, dann stand er auf und stürzte nach draußen. „Okay, ich werde mich am Riemen reißen. Wünsch mir Glück!"

„Viel Glück!", murmelte Quinn, der froh war, dass er seinen Bruder eine Weile los war. Der Junge brauchte einfach einmal eine Ablenkung durch eine heiße Braut. Er wäre nicht überrascht, wenn Con auf dieser Reise vor ihm eine Eroberung machen würde, nicht dass Quinn es auf eine Eroberung angelegt hätte. Aber er konnte nicht abstreiten, dass, als er genau diesen speziellen Satz gedacht hatte, Lils süßes Gesicht und toller Körper – einschließlich ihres fantastischen Hinterns – vor seinem geistigen Auge auftauchte. „Also, Paul, was ist hier los? Gehen die Geschäfte etwa ein wenig schlecht?"

Paul zuckte die Achseln, während er auf einem Strohhalm herumkaute. „Hey, was soll man machen? Dreißig Jahre bin ich schon im Geschäft und alles war gut, weißt du? Dann, eines Tages im letzten Jahr, haben die verknöcherten Trottel auf der anderen Straßenseite beschlossen, den *Piggly Wiggly* zu renovieren und einen Pub daraus zu machen. Ach ja, klar, das wird natürlich grandios! Eröffnen wir einen Pub, genau gegenüber einem anderen verdammten Pub! Diese Idioten!"

„Scheiße!", bemitleidete ihn Quinn.

Diese Geschichte hatte er schon in verschiedenen Versionen mehr als einmal von verschiedenen Restaurantbesitzern in Dublin gehört. Und die einzige Methode, um mithalten zu können, war, zu modernisieren, alles auf den neuesten Stand zu bringen, und die trendigen, jungen Leute anzulocken. Das war auch der Hauptgrund gewesen, warum er die Öfen und sonstigen Küchengerätschaften ihres Restaurants erneuern sowie einen neuen Koch einstellen hatte wollen, der eine erfrischend-neue Speisekarte zusammenstellen würde – es war einfach Zeit für eine Generalüberholung. „Ich weiß, was Sie meinen. Wir machten mit dem Restaurant meines Vaters eine ähnliche Phase durch, als er starb. Sie stehen am Scheideweg."

„Klar, aber ich weiß nicht, wie lange ich mich hier noch halten kann, Quinn, wirklich nicht. Ich bin erschöpft. Meine Frau ist erschöpft. Wir würden uns gerne in den Ruhestand verabschieden, aber das geht nicht. Es ist hart – man baut seine Träume auf...ich wollte dieses Lokal an Dara und ihre Schwestern übergeben, aber es gibt nicht viel, was ich Ihnen jetzt übergeben kann. Ich kann Dara keinen Vorwurf machen, dass sie jeden Abend vor der Sperrstunde aufbricht und davonziehen will. Ach, zum Geier!"

„Du musst etwas verändern, Paul. Setze etwas Neues auf die Speisekarte! Biete Nachspeisen an! Biete Kuchen an! Biete Muffins an!" Quinn lachte, obwohl es ja eigentlich gar keine so schlechte Idee war. Immer noch spukte ihm Lilly im Kopf herum, und nicht nur, dass sie so sexy war, und das war mehr als er sonst über die meisten Frauen sagen konnte, wenn er sie zum ersten Mal traf. „Irgendetwas anderes, etwas, das diese Katzen auf der anderen Straßenseite nicht haben, und dann sieh zu, wie die Kundschaft wieder hierher zurückkommt!"

Paul lächelte Quinn traurig an. „Du hast einen Sinn fürs Geschäft, wie dein Vater."

„Nein, Brady hat bei uns in der Familie den Kopf fürs Geschäftliche. Ich bin Rugby-Spieler, aber ich habe viel gelernt, seit mein Vater starb." Mehr als viel eigentlich.

Während Brady gut mit Zahlen umgehen konnte, sah sich Quinn eher als den kreativen Teil des Unternehmens. „Rugby, sagst du. Für wen spielst du?" Sie unterhielten sich über Quinns Rugby-Jahre, einschließlich der Möglichkeit, sich wieder einer Mannschaft anzuschließen, ehe sie sich in einvernehmlichem Schweigen erneut dem Football zuwandten.

Während einer Spielpause schaute sich Quinn in der leeren Bar um und seufzte. „Schaff dir eine Stange an und hole dir ein paar Stripperinnen, Paul!", sagte Quinn und kippte sein Bier restlos hinunter.

Paul lachte und hob sein Glas für einen Trinkspruch. „Hört! Hört! Striptease-Tänzerinnen an einer Stange direkt gegenüber von St. Mary's! Geniale Idee, Quinn O'Neill!"

„Danke dir, danke! Ich würde es versuchen." Ahh, die Stimmung wurde schon allmählich besser. Seht ihr? Alles, was nötig war, waren ein paar neue Gesichter.

Plötzlich ertönte die Türglocke, und Paul reckte seinen Hals, um vorbeizusehen. Quinn lehnte sich zurück, um zu sehen, wer so spät nachts um elf noch bei *Mulligan's* vorbeischaute, obwohl doch die richtige Fete auf der anderen Straßenseite abging. Er konnte seinen Augen nicht trauen, als er das hübscheste Mädchen in ungewohnte Umgebung entdeckte, das er je gesehen hatte – Lilly! Immer noch in Jeans und ihrer grauen Wickelstrickjacke betrat sie die schmuddelige, miefige, verrauchte Taverne.

„Tja, was sagt man dazu?", murmelte er glücklich

überrascht.

Als sie Quinn an der Bar entdeckte, seufzte sie vor Erleichterung. „Hallo!" Sie winkte ihm kurz zu. „Dachte ich's mir doch, dass ich dich hier finden könnte. Gibst du einem Mädchen ein Guinness aus?"

KAPITEL SECHS

„Was machst du denn hier?" Quinns Miene spiegelte
Überraschung.

„Was meinst du?" Lilly zuckte die Achseln und legte
ihre Handtasche auf einen Barhocker. „Darf ein Mädchen
aus dem Westteil der Stadt die Ostseite nicht besuchen?
Wo sind wir, im Jahre 1957?"

Quinn warf ihr einen spöttischen Blick zu, dann
bedeutete er dem Barmixer, ein weiteres Bier für sich und
eines für Lilly auszuschenken. „Gott, sie ist genau wie
sie!"

„Wie wer?" Lilly kniff die Augen zusammen.

„Spielt keine Rolle." Er verschränkte die Arme,
sodass man die Unterarme sah. „Woher wusstest du, wo du
mich finden würdest?"

„Wer hat gesagt, dass ich nach dir gesucht habe?" Sie
biss sich auf die Lippe und hörte den Barmann lachen. Als
sie sich ihm zuwandte, zwinkerte sie dem alten Mann zu.
Dann zog sie einen Barhocker heran und beugte sich nah

an Quinns Ohr. „Egal. Warum hier? Warum nicht in der Kneipe auf der anderen Straßenseite, wo mehr los ist?" „Du magst es wohl, wenn was los ist?" Quinn hob eine Augenbraue und schnalzte mit der Zunge. „Du weißt, was ich meine." Sie stupste ihn am Arm. „Dieses Lokal ist tot, flüsterte sie. „Ist nicht böse gemeint. Übrigens habe ich draußen deinen Bruder gesehen. Er knutscht gerade mit einem Mädchen rum. Anscheinend hat er einen guten Draht zu den Einheimischen."

Quinn grinste den Barmixer an – Paul, nicht wahr? – dessen Miene sich leicht säuerlich verzog. Vielleicht mochte er keine Leute, die draußen vor seinem Pub rumknutschten? „Ja, er verschwendet keine Zeit. Der ist schnell. Übrigens…" Quinn räusperte sich. „Lilly, dies ist Paul Brennan, der Besitzer von *Mulligan's*, und das Mädchen, das du draußen gesehen hast, ist seine *Tochter* Dara." Er riss die Augen überdeutlich weit auf.

Lilly war ihr Kommentar nun ungemein peinlich. „Ach so." Sie merkte, wie sie errötete. „Es ist mir ein Vergnügen, Sie kennenzulernen. Das ist ein schöner, gemütlicher Pub, den Sie hier haben. Ich wollte schon immer mal hier hereinkommen. Und jetzt habe ich's geschafft!" Sie lächelte, als Paul ihr über die Holztheke ein Guinness hinschob. Sie nahm die dunkle Flüssigkeit entgegen und kippte sogleich ein Drittel des Glases hinunter.

„Auch sehr erfreut, Sie kennenzulernen. Viel Spaß!" Er lächelte etwas schief und wandte seine Aufmerksamkeit dann wieder auf das Football-Spiel.

„Darauf wäre ich nie gekommen", sagte Quinn, während er sie kopfschüttelnd anstarrte.

Mit dem Handrücken wischte sich Lilly den Mund ab. Das Bier war dunkel und süffig, aber es war herrlich kalt und rann ihr angenehm die Kehle hinunter. „Es gibt Vieles von mir, auf das du nie kommen würdest", sagte sie.

Lilly war normalerweise nicht der draufgängerische Typ, andererseits war sie normalerweise auch nicht drauf und dran, die Stadt zu verlassen. *Verdammt nochmal*, hatte sie gedacht, als sie mit der Arbeit fertig war und überlegte, dass sie nach Quinn und Con Ausschau halten könnte. *Ich werde sowieso bald die Stadt verlassen. Da könnte ich doch auch mit einem großen Knall verschwinden. Buchstäblich.*

Sie lächelte in sich hinein.

„Was ist so witzig?" Quinns Miene hellte sich auf, und er drehte sich auf seinem Barhocker herum. Er legte den Kopf leicht schräg, verschränkte die Arme und stützte einen Ellbogen auf der Theke auf. „Jetzt haben Sie meine volle Aufmerksamkeit, Fräulein Parker, mit Ihrem geheimnisvollen Lächeln und Ihrem ‚*Es gibt Vieles von mir, auf das du nie kommen würdest*'. Reden Sie weiter!"

Paul Brennan hinter der Theke lehnte sich schmunzelnd an die Kasse und schaute dem Spiel Green Bay gegen Chicago weiter zu.

Lilly schluckte unmerklich, denn sie wollte nicht, dass ihm die verräterischen Zeichen ihrer Nervosität auffielen. „Wer liegt vorn?", fragte sie, um das Thema zu wechseln. „Weiß das jemand?"

„Die Packers liegen 7:0 in Führung", erwiderte Paul mit fest auf den Bildschirm gerichtetem Blick. „Noch zehn Sekunden zu spielen in diesem Viertel. Mögen Sie Football, Fräulein?" Er warf ihr aus dem Augenwinkel einen Blick zu.

Lilly trank einen weiteren Schluck Guinness. „Ich bin das Kind meines Vaters. Und somit ein riesiger Fan der Raiders."

„Der Raiders?" Paul zuckte theatralisch erschrocken zurück und spottete. „In diesem Pub sind nur 49er Fans erlaubt, Fräuleinchen", lachte er. „Hast du das gehört, Quinn? Deiner Raiders-Freundin gefällt rowdyhaftes Betrunkensein. Bin mir nicht sicher, ob ich so eine Bedrohung der öffentlichen Ordnung wie sie hier überhaupt reinlassen sollte." Er lächelte und deutete mit einem Finger dezidiert auf Lilly.

„Auf rowdyhafte Trunkenheit, Paul!" Quinn erhob sein neu gefülltes Bierglas zu einem Trinkspruch. „Und auf Mädchen, die Sport mögen."

„Ich, eine Bedrohung der öffentlichen Ordnung?" Lilly tat so, als wäre sie beleidigt, indem sie eine Hand wie schwer getroffen auf ihre Brust legte. „Ich glaube, es sind die 49er Fans, die momentan den Rekord halten, an einem Spieltag die meisten Gesetze gebrochen zu haben, Herr Brennan. Ich gehe jede Wette ein, dass Sie schon einige Male das Innere einer Gefängniszelle gesehen haben wegen Erregung öffentlichen Ärgernisses."

Paul lachte johlend auf und schlug sich aufs Knie. „Tja, da könnten Sie Recht haben, Fräulein."

Quinn starrte sie mit unverhohlener Bewunderung an. *Das zeigt, dass sie Sport in Gegenwart von Männern mag. Und zwar voll und ganz ...*

„Also, lass mich das mal klarstellen ... du hilfst bei der Führung einer Bed & Breakfast-Pension und backst die fantastischsten Muffins, deiner Familie gehört ein Weingut und eine Kellerei, und du schaust gerne amerikanischen Football?"

„Einfach nur Football, Quinn", stellte Lilly klar. „Denn, sieh mal, wir sind ja hier in Amerika."

Quinn stellte sein Getränk hin und hob in abwehrender Geste die Hände. „Du bist einfach zu gut, um wahr zu sein, Lilly Parker."

„Vorsicht, Junge!", murmelte Paul von seinem Platz aus. „Ich habe schon einmal gesehen, wie das in deiner Familie passiert ist. Vor dreißig Jahren, um genau zu sein."

Quinn lächelte und hob sein Kinn als stummes Zeichen der Bestätigung.

Lilly spähte über den Rand ihres Bierglases zu Quinn hinüber. Schon vor dem Bier war er unheimlich wunderbar, und jetzt, nachdem sie beinahe eine ganze Halbe versenkt hatte und sich tierisch wohl in diesem irischen Pub fühlte, machte er auf sie einen noch umwerfenderen Eindruck. Die nächsten zehn Minuten machten sie Späße und sahen sich das Spiel an. Quinn und Lilly tauschten heiße Blicke aus und flirteten auf Teufel komm raus.

Einmal fiel ihr auf, dass sie ihren Ellbogen auf der

Theke aufgestützt hatte, ihr Kinn auf die Handfläche gestützt, und ihn einfach nur anstarrte. Vermutlich hatte sie einen vertrottelt-lächelnden Ausdruck im Gesicht. An Wein war sie gewöhnt, aber Bier war eine so ganz andere Nummer, dass sie sich bereits ein wenig beschwipst fühlte.

„Aber ich weiß kaum etwas von dir, Quinn."

„Da gibt es nicht viel zu erzählen", meinte Quinn mit wackeligen Knien.

„Das kann nicht stimmen. Du hast bestimmt vorher Sport gemacht. Oder du warst ein Mitglied bei *Magic Mike* oder sowas in der Art. Los! Gib's zu!"

„*Magic*...was?" Seine vor Verwirrung hochgezogenen Augenbrauen tanzten über dunklen Tiefen.

„Nichts, erzähl mir einfach ein bisschen was über dich selbst, Quinn O'Neill!" Lilly nahm noch einen langen Zug ihres Getränks. Sie bemerkte, dass er zwar sein Glas zu dem Trinkspruch gehoben hatte, allerdings noch keinen Schluck getrunken hatte.

„In Ordnung. Also, ich habe meinen Abschluss am Trinity College in Dublin gemacht. Vier Jahre spielte ich dann in der Profiliga Rugby..." Lilly spitzte die Ohren. Also daher hatte er den fantastischen Körperbau. „...arbeitete danach im Restaurant meiner Eltern. Ich managte den Laden, bis meine Mutter beschloss, zuzusperren, damit wir unseren eigenen Träumen nachjagen konnten. Jetzt sind wir in Kalifornien und suchen nach Gold, so wie jeder andere auch."

Lilly wusste nicht, was sie sagen sollte. Sie konnte nicht recht erkennen, ob er glücklich war mit dem Verlauf seines Lebens oder nicht, ob das Hierherkommen seine eigene Idee war oder ihm irgendwie aufgezwungen worden war.

Es hatte den Anschein, als würde Quinn spüren, dass sie in gewisser Weise leicht besorgt wegen ihm war. „Keine Sorge, das ist eine lange Geschichte. Sagen wir mal so: Ich könnte immer noch Rugby spielen oder ich könnte zurück nach Dublin gehen und ein neues Restaurant eröffnen. Nach oben sind keine Grenzen gesetzt. Meine Mutter hat uns aus dem Nest geworfen, damit wir unseren eigenen Weg gehen können, als ihr klar wurde, dass wir den Lebenstraum unseres Vaters verwirklichten. Deshalb habe ich zum ersten Mal in meinem Leben..." Gedankenverloren starrte er in sein Guinness. „...keine Ahnung, wo ich hingehen werde."

„Oh Gott, Quinn, das ist so traurig. Es tut mir leid." Sie langte zu ihm hinüber und legte ihre Hand auf seinen Unterarm.

„Ach wo, nicht nötig, könnte schlimmer sein. Es könnte ja regnen!" Er biss sich auf die Lippe, und Lilly konnte nicht erkennen, ob er einen Scherz machte oder es ernst meinte oder was sonst, aber sie spürte unaufhaltsam Gekicher in sich aufsteigen.

Sie gab sich alle Mühe, das Kichern zu unterdrücken, aber es entglitt ihr trotzdem mit aller Macht und stimmte in Quinns explosiven Lachanfall mit ein, sodass sie beide, ehe sie es sich versah, prustend und schnaubend lachten und sich haltlos kichernd aneinanderklammerten. „Es tut mir sooo leid", sagte Lilly. „Ich lache über deinen

Schmerz. Das ist schrecklich. Ich bin wirklich schlimm!"

„Nein, nein, du lachst *mit* mir, nicht *über* mich. Das stimmt doch, Paul, oder, wir Iren nehmen die Dinge nicht allzu ernst?" Quinn wandte sich an Paul, und Lilly hatte einen großartigen Blick auf sein perfektes Profil – seine gerade Nase, seine rechtwinklige Kieferpartie und seine dunklen Bartstoppeln dort. Am liebsten hätte sie die Finger ausgestreckt und wäre daran entlanggestrichen.

„Was hast du gesagt, du verdammter Hund?", grunzte Paul, und alle drei brachen in schallendes, die Theke erschütterndes Gelächter aus.

„Siehst du? Wir werden mit allem spielend fertig", sagte Quinn.

Lilly brach vor Lachen fast zusammen. Sie konnte kaum mehr atmen, war aber doch noch nüchtern genug, um zu merken, dass sie wahrscheinlich so sehr lachte, weil sie nicht mehr *völlig* nüchtern war. Spürte Quinn die Auswirkungen seines Drinks ebenso sehr? „Oh, mein Gott..."

„Was ist los mit dir, kleine Miss Muffin?" Quinn wandte seine Aufmerksamkeit wieder Lilly zu. „Bist du heute schon auf irgendwelchen *Tuffins* gesessen und hast Däumchen gedreht?" Seine Augen loderten und strichen flirtend über sie.

Lilly schnalzte mit der Zunge. „Erstens heißt es Miss *Muffet,* das wurde mir bereits im Kindergarten beigebracht. Und zweitens heißt es *Tuffet,* und geht dich überhaupt nichts an, ob ich auf irgendwelchen niedrigen Polstersitzen gesessen bin."

„Autsch! Jetzt verstehe ich, was du meintest, Paul, als du sagtest, die Raiders-Fans seien widerborstig." Quinn warf Paul einen vorgetäuscht-schmerzverzerrten Blick zu. „Ich habe versucht, dich zu warnen, Quinn." Lilly schüttete sich aus vor Lachen. Ihr gefiel das über alle Maßen. Ja, sie waren etwas dreist und ungehobelt, aber das alles war einfach spaßige Unterhaltung in guter Laune und Harmonie, und es gelang ihr, ganz tapfer mitzuhalten.

„Was ich meinte, war, was hast du heute gemacht? Erzähl mir mehr über dich, Miss Lilly Parker! Außer der Tatsache, dass du mich jedes Mal, wenn du den Mund aufmachst, aufs Neue überraschst." Während er dies sagte, waren seine Augen an ihre Lippen geheftet, und schon rieselte ein wohlig-warmer Schauer an ihrem ganzen Körper hinab.

Er *hatte* nun einmal einen verführerischen Mund. Würde sie ihn jemals auf ihren Lippen oder ihrem Körper spüren? Das wollte sie unbedingt wissen, und insgeheim dankte sie dem Bier, das ihr half, ein wenig lockerer zu werden, denn sonst hätte sie nie den Mut gefunden, das herauszufinden.

„Ja…ich weiß, was du meinst, wenn du sagst, du willst dein eigenes Restaurant eröffnen", fing sie an. „Du erinnerst dich daran, wie dir heute Morgen meine Muffins geschmeckt haben?", fragte sie. Quinn nickte langsam und erinnerte sich daran, indem er kurzzeitig die Augen schloss. „Und du weißt, dass meine Mam *Parker House* besitzt und wie sie es führt?"

„Lass mich raten...du willst nichts damit zu tun haben?"

„Ich will nichts damit zu tun haben."

Sie war selbst schockiert, wie leicht ihr diese Worte von den Lippen kamen. Nie zuvor hatte sie diese Idee jemals laut ausgesprochen. Und doch schien Quinn ihre Haltung so gut zu verstehen wie niemand anderer sonst. Er hatte ja auch schon mehrere Male eine Veränderung seiner beruflichen Laufbahn durchgemacht.

Lillian seufzte. „Das ist nicht ganz richtig so. Ich liebe das *Russian River House*. Ich bin hier aufgewachsen. Aus demselben Grund liebe ich diese Stadt. Ich will nur nicht – ich will nur nicht an diese Orte gefesselt sein, ehe ich die Gelegenheit hatte, den Rest der Welt zu sehen. Das war nicht immer mein Denken. Ich ging zur Schule und zur Universität mit Hauptfach Gastronomie in der Absicht, das Familienunternehmen weiterzuführen. Aber es gibt so viele Städte, die ich noch sehen will. Außerdem habe ich spaßeshalber einen Backkurs belegt und konnte gar nicht genug davon kriegen. Habe seitdem mit dem Backen nicht mehr aufgehört. Ich will eigentlich meine eigene Konditorei in einer großen Stadt aufmachen, aber ich habe noch nicht den Mut gefunden, meiner Mam zu sagen, was ich vorhabe. Während der letzten zwei Jahre haben wir finanziell harte Zeiten durchgemacht, und auch sonst..."

„Ach, tut mir leid, das zu hören. Eine Dosis Pech, so nennt man das wohl?"

„Kann man wohl sagen. Mein Vater war krank." Sie hielt inne und umklammerte ihr Glas mit zitternden

Fingern. Sie wollte nicht von Alzheimer anfangen. Das war nicht der Grund, warum sie hier war. Aber vor der Krankheit hatte sie gerne von ihrem Vater erzählt. Mit einem traurigen Lächeln blickte sie auf. „Er war einfach genial und begeistert, was seine Weine anbelangt. Er liebte das Weingut, die Rebsorten und das Herstellen von Qualitätsweinen, wobei er sicherstellte, dass sie alle erstklassig waren. Er war stolz auf seinen Besitz und seine Arbeit. Es ging ihm um mehr als nur ums Geldverdienen. Doch als der Verfall durch seine Krankheit begann... konzentrierte Mutter all ihre Kraft darauf, sich um ihn zu kümmern, und naja... eine Zeitlang haben wir dann wohl das Geschäftliche etwas vernachlässigt."

„Wie gut ich das nachfühlen kann", seufzte Quinn. „Junge, das kommt mir bekannt vor."

Lilly nickte stumm und fixierte minutenlang das Footballspiel.

„Mir scheint, als müssten wir beide einfach mal weg. Unseren Weg finden. Den Mut zusammennehmen und sagen, was gesagt werden muss." Quinn starrte durch sie hindurch, und auch ohne Flirterei hatte er die freundlichsten Augen. Er hörte gut zu, verstand, was sie sagte und meinte. Sie fragte sich, was wohl sonst noch in seinem Kopf herumspukte und gesagt werden müsste. Für einen Mann, der sehr gerne redete und Witze riss, blieb er doch recht in sich gekehrt.

Bezüglich einer Sache jedoch hatte er Recht – sie musste ihren Mut zusammennehmen, um das auszusprechen, was ihr auf der Seele brannte, so sehr es ihrer Mutter auch Schmerz bereiten würde. Es ging nicht nur darum, jemanden anderen einzustellen, um sie zu ersetzen – ihre Mutter war der Ansicht, Lilly gehörte hierher.

„Wozu soll das gut sein?" Sie sprach durch einen leichten Nebel von Beschwipstheit. „Damit ich meinem Traum nachjagen kann, eine eigene Konditorei in einer Großstadt zu eröffnen? Was ist, wenn ich scheitere? Klar, meine Backkünste kommen *hier* in dieser Kleinstadt groß an, aber wenn ich in die weite Welt hinausgehe, muss ich mit den ganz Großen in der Branche konkurrieren, und da weiß ich einfach nicht, ob ich gut genug dafür bin." Etwas zu kräftig haute sie auf die Theke.

Quinn fing ihre Hände ein. Mit seinen warmen, starken, *unwiderstehlichen* Händen! „Hör mir zu! Du bist gut genug. Ich sage dir, das bist du. Und jeder, der das Gegenteil behauptet, sollte sie erst einmal probieren." Er schenkte ihr ein teuflisches Lächeln.

Gott, sag nicht probieren! Sag nicht solche Sachen und schau dazu auch noch so verdammt verführerisch drein!, dachte Lilly.

„Ich habe sie probiert", fuhr er unerschütterlich fort, „und rate mal, was passiert ist? Mein ganzes Leben war ich in diversen Restaurants und Pubs, also kenne ich mich aus. Sie sind gut. Mehr als gut. Umwerfend gut. Du brauchst bloß etwas Erfahrung, Lilly. Das ist alles." Seine Finger streiften über ihre, und ihr Herz machte einen Satz und übersprang einige Schläge.

Erfahrung. Wäre das etwas, das du anzubieten hättest.

Quinn?

Lilly hatte nicht gerade furchtbar viel Erfahrung. Abgesehen von Ben Miller, mit dem sie ein Jahr befreundet war, hatte sie während ihres ersten Jahres an der High School nur einen festen Freund gehabt: Orlando Bines. Diese Beziehung hatte vier Monate gedauert und war nie über das Stadium des Küssens und Berührens hinausgekommen. Als Studentin im zweiten Studienjahr hatte sie Harris McGuirk kennengelernt, mit dem sie ihre erste sexuelle Erfahrung gehabt hatte. Lilly hatte schon früh gelernt, dass der Schlüssel zu wahrer sexueller Erfüllung die Fähigkeit war, sich durch verschiedene Möglichkeiten selbst Vergnügen zu verschaffen.

Schon vor geraumer Zeit hatte sie die Hoffnung aufgegeben, dass ein Mann ‚dies' für sie ‚tun' könnte.

Vielleicht lag es am Bier, aber irgendetwas flüsterte ihr ein, dass Quinn genau dieser Typ Mann sein könnte. Andererseits hatte sie schon als sie hierhergekommen war, gewusst, dass Quinn ihr dies geben könnte. „Genau", hauchte sie, kaum lauter als ein Flüstern. Worüber hatten sie gerade gesprochen? *Ach ja, über Muffins.* Übers Backen. Guter Gott, war das warm hier drin! „Danke für dieses nette Kompliment. Ich schätze, tief im Inneren bin ich eben eine große Träumerin. Manche könnten sagen, dass ich hier, wo ich bin, eine gute Position habe, und dass ich dumm wäre, wenn ich in meiner beruflichen Laufbahn irgendwelche Änderungen vornehmen würde. Aber ich habe diese einzigartige Gelegenheit, und das würde bedeuten, nächsten Monat abzureisen…"

„Es ist nicht dumm, eine Veränderung in der beruflichen Laufbahn in Betracht zu ziehen. Gar nicht! Und zu träumen ist eine wesentliche Grundvoraussetzung auf dem Weg zum Erfolg, solange dein gesunder Menschenverstand mit an Bord ist. Du erinnerst mich an meine Mutter, Lil, in vielerlei Hinsicht", sagte er und lächelte sie liebevoll an. „Sie war auch eine große Träumerin, wie du."

Lilly furchte die Stirn. „Warum sprichst du von ihr in der Vergangenheit? Ist sie denn nicht mehr bei dir?"

Quinn versteifte sich etwas, schaute sie immer noch direkt an, doch das Strahlen hatte seine Augen verlassen. „Meine Mam ist vor Kurzem verstorben." Mit gespitzten Lippen spielte er gedankenverloren am Rand seines Glases.

„Ach, du liebe Güte. Es tut mir so leid, das zu hören", sagte sie betroffen.

Er zuckte die Achseln und nickte mit gleichbleibend starrem Blick. Es war, als würde er geradewegs durch sie hindurchschauen. Vielleicht sah er auch seine Mutter in ihren Augen. Lilly wagte nicht, sich zu bewegen. „Damit hatte keiner gerechnet. Sie war erst fünfzig. Das ist nichts", flüsterte er und beugte sich vor. Lilly beugte sich auch vor. „Das ist auch ungefähr Pauls Alter." Quinn nickte in Richtung des Kneipenbesitzers, der gerade auf die Endphase des Spiels konzentriert war.

Lilly kannte diesen Schmerz nur zu gut. Sie nahm Quinns Hand. „Ich habe meinen Dad auch verloren…letztes Jahr. Ich weiß, wie es dir geht. Wenn wir

Kinder sind, erwarten wir, dass unsere Eltern ewig um uns sind, oder zumindest alt und grau werden. Nie und nimmer stellen wir uns vor, sie so früh zu verlieren. Das tut mir unendlich leid."

Quinn nickte mit fest zusammengepressten Lippen.

„Das ist also der Grund, warum du hier bist. Warum du nach GREEN VALLEY gekommen bist."

„Ja. Meine Mam heiratete meinen Dad und zog mit ihm nach Dublin. Seitdem ging es immer nur um Dad und die Familie. Dad und meine Brüder. Dad und wir. Das war alles. Ich habe nie erlebt, dass Mam eine Reise für sich selbst unternahm. Nie sah ich sie zu einem Frauenabend ausgehen. Und wenn sie sich einmal dazu entschlossen hatte, etwas für sich selbst zu tun, und irgendjemand von uns brauchte irgendetwas, ließ sie alles stehen und liegen und kümmerte sich darum."

Während Lilly zuhörte, spürte sie seinen großen Schmerz, obwohl es nicht um *ihre* Mutter ging.

„Ich fand ein altes Tagebuch von ihr aus Collegezeiten, wo sie über all ihre verrückten Träume spricht, die Geschäfte, die sie eröffnen wollte – einen Surf-Shop, einen Blumenladen, eine Frühstückspension wie du und deine Mam sie führt. Sie wollte sogar einen irischen Pub aufmachen." Er lächelte in sich hinein. „Sie war voller Ideen. Wer konnte das ahnen? Die Wahrheit ist, meine Brüder und ich… wir wussten eigentlich sehr wenig von ihr."

„Und deshalb tauchten die O'Neill-Jungs hier auf." Lilly lächelte traurig.

„Ja. Wir wollten sehen, wo Mam aufgewachsen ist."

„Und was denkst du?"

Gedankenvoll legte er den Kopf schräg, während er Lilly nach wie vor eindringlich anschaute. „Sogar bevor ich GREEN VALLEY mit eigenen Augen erblickte, hat mich dieser Ort und das, was er Mam bedeutet hatte, irgendwie angesprochen. Jetzt, da ich vor Ort bin, weiß ich erst recht, warum sie ihn so sehr geliebt hat. Er ist wunderschön. Grün. Üppig. Ein Tummelplatz von Geheimnissen, die darauf warten, entdeckt zu werden."

Sie schluckte schwer. „Wow!"

„Was? Übertreibe ich?"

Sie schüttelte den Kopf. „Nein. Es ist nur so…Genauso habe ich diesen Ort früher auch empfunden. Vor langer Zeit. Ich nehme an, das ist typisch: Man hält all das für selbstverständlich, weil man das ganze Leben hier verbracht hat. Denn man ist nicht mehr in der Lage, die tiefe, wahre Schönheit zu erkennen. Es ist schön… diese Schönheit jetzt wieder durch deine Augen erkennen zu können." Mehrere Sekunden lang starrten sie einander an, ehe Lilly blinzelte. Als sie merkte, dass er immer noch ihre Hand hielt, zog sie daran, bis er sie losließ. „Ähm – aber was ist mit Irland? Es soll ja auch prachtvoll sein."

„Das ist es zweifellos. Aber es beinhaltet so viele schmerzliche Erinnerungen für mich und meine Brüder. Ich bin an einem Punkt in meinem Leben angelangt, an dem ich nach einem Neubeginn Ausschau halte. Ich suche einen Ort, wo ich mich niederlassen und herausfinden kann, was meine wahre Bestimmung ist. Falls ich jemals woanders leben will als in Dublin, wäre jetzt die rechte Zeit dazu, dies festzustellen. Und was ich bis jetzt gesehen habe, gefällt mir so gut, dass ich sagen kann: Forestville ist ein ernsthafter Kandidat." Kurz blickte er zu Boden, dann wieder hoch zu ihr. „Wäre das schön, was meinst du?"

Lilly merkte, wie sich Enttäuschung in ihr breit machte. Einerseits wäre es wundervoll – Quinn hier in der Nähe zu haben. Sie könnte ihn öfter sehen und müsste nicht befürchten, dass er nach Irland zurückkehren würde, für den Fall, dass sie sich in ihn verlieben würde. Und das könnte tatsächlich leicht der Fall sein, außer es lag nur am Bier, was sie aber nicht glaubte. Andererseits war sie bereits auf dem Absprung. In drei Wochen würde sie GREEN VALLEY für sechs Monate den Rücken kehren. Und wer wusste schon, was danach kam? Die große weite Welt rief sie. Wenn Quinn sich tatsächlich ernsthaft mit dem Gedanken trug, sich hier niederzulassen, dann war sie das falsche Mädchen für ihn.

Ihr Herz schlug voll Traurigkeit an ihre Brust. Sie kippte ihr Guinness hinunter und lehnte sich zurück. Auf einmal fühlte sie sich ganz entschieden *zu* nüchtern. Also das war's dann. Die Fahrt hierher war Zeitverschwendung gewesen – sowas in der Art. Sie hatte sich irgendwie mit Quinn verknüpfen wollen, ihn auschecken wollen, herausfinden wollen, wie er so war, aber es gab keine Möglichkeit, dass sie sich je mit ihm verabreden könnte.

Er wollte hierher – sie wollte von hier weg.

Schade. Er war atemberaubend. Und beugte sich gerade zu ihr. Und hielt nun ihr Gesicht mit beiden

Händen fest. „Ist das ein Nein?" Er schaute ihr tief in die Augen. Die braunen Tiefen seiner Augen luden sie in seine Welt ein. Dunkle Wimpern, die dicht und verlockend waren. Lilly spürte, wie sie ihnen verfiel.

„Ach, doch, das wäre schön. Definitiv schön", flüsterte sie und registrierte deutlich seine vollen Lippen.

Er müsste nur eine einmalige, flüchtige Affäre für sie sein. Ein kurzes Techtelmechtel, das käme ihr zupass. Seit über einem Jahr war sie mit keinem Mann mehr zusammen gewesen, doch Quinn war attraktiv, intelligent und heiß genug, dass er die zweiundfünfzig Wochen ohne Mann mehr als aufwog. *Ja, ganz entschieden nur eine kurze Affäre!*

„Sag's mir doch!" Mit seinem Daumen strich er über ihre Unterlippe. Er beugte sich nah zu ihr, spreizte seine Knie, sodass er ihr sogar noch näher kommen konnte. „Hast du denn heute Abend später noch etwas vor?"

Nie zuvor hatte sie sich so wagemutig gefühlt, aber sie hatte auch noch nie zuvor jemanden so sehr gewollt. Sie kämpfte ihre nervöse Aufregung nieder, drückte ihre Hände fest auf ihre zitternden Knie und flüsterte: „Ja. Dich!"

KAPITEL SIEBEN

„Tatsächlich?" Verblüfft schossen Quinns Augenbrauen in die Höhe. Es war irre aufregend, die schüchterne, altmodische Lilly Parker so etwas Dreistes sagen zu hören. Eine Milliarde Gedanken rasten gleichzeitig durch seinen Kopf, und eine Milliarde unterschiedliche Stellungen.

Doch er würde lügen, wenn er sagen würde, dass er nicht auch ein gewisses Zögern spürte. Sie war beschwipst. Da er nur eine Halbe Bier getrunken hatte, war er das nicht. Er könnte sie nach Hause fahren, sich Zeit lassen und sicherstellen, dass der wahnwitzige Teufel - welcher auch immer sie da gerade ritt - verschwunden wäre, bevor sie irgendetwas in dieser Richtung taten.

Das heißt, *falls* sie dann überhaupt noch irgendetwas in dieser Richtung tun wollte.

„Dann sollten wir schleunigst von hier verschwinden." Quinn sprang vom Barhocker und drückte ihr einen weichen Kuss auf die Wange. So sehr er diesen

Kuss auch lieber auf ihre vollen Lippen gedrückt hätte, wollte er doch nicht, dass ihr erster Kuss an einer Bar stattfand, ganz egal wie großartig Paul sich ihnen gegenüber verhalten hatte. „Wir ziehen dann mal los, Sir Brennan", sagte Quinn, fischte seine Geldbörse heraus und legte ausreichend Bargeld auf den Tresen, um sowohl seine als auch Lillys Getränke zu begleichen.

„Das musst du nicht tun", sagte Lilly, die ihre Hände bereits in der Handtasche hatte, um selbst zu bezahlen. „Aber vielen Dank."

„Lil, das war nur ein Bier. Du kannst mir morgen eines ausgeben. Wenn wir wieder hier sind." Er zwinkerte ihr zu.

„Es war mir ein Vergnügen, Quinn." Über die polierte, längliche Holzfläche hinweg reichte Paul Quinn die Hand. „Hat mich gefreut, Maggie und Grant wiederzusehen, wenn auch durch deine Augen."

Paul Brennans Worte und der wehmütige Ausdruck in seinem traurigen Lächeln verursachte bei Quinn ein Zusammenziehen seines Magens. Über den Tresen hinweg packte er mit beiden Händen Paul an dessen Armen. „Vielen Dank. Das weiß ich sehr zu schätzen."

Lilly drehte sich auf ihrem Sitz herum, winkte zum Abschied und eilte auf die Tür zu, wobei sie Quinn einen fantastischen Blick auf ihr ansehnliches Hinterteil gewährte, das in eng anliegenden Jeans steckte, die jede Kontur ihres Knackarschs aufs Vortrefflichste betonte. Heute Abend trug sie ihr Haar offen. In sanften Locken fiel es wasserfallartig auf ihre Schultern, und gerade als er in die Bewunderung der Kurve ihres Hinterteils versunken war, warf Lilly ihm über die Schulter ein kokettes Lächeln zu.

Das Wetter draußen war wunderbar. Quinn war an starke Luftfeuchtigkeit gewöhnt, aber die angenehme kalifornische Luft war kühl, nicht zu trocken und nicht feuchter als es unbedingt sein musste. An der Ecke des Gebäudes machte er zwei Silhouetten aus, die in enger Umarmung an einem Wagen lehnten – sein Bruder und Dara. Warum hatten sie sich noch nicht um ein Zimmer gekümmert? „Geht's dir gut, Spinner?", rief er ihm zu.

Durch die Finsternis spähte Con in Richtung seines Bruders, während er mit seinen Lippen Daras versiegelt hielt, und gab ihm das Daumen-hoch-Zeichen.

„Such dir gefälligst selbst ein Zimmer, du alter Schwerenöter!", lachte Quinn, während er seine Hand auf Lillys Rücken legte. Im Schatten des Parkplatzes machte Con einfach weiter, Dara zu küssen, und gab nur seinen hochgestreckten Mittelfinger als Antwort.

Quinn grinste, denn er war froh, seinen Bruder mitgebracht zu haben, und sei es bloß, damit dieser abgelenkt wurde. *Vielen Dank, Dara!*

Lilly schmiegte sich warm an Quinn, machte keinerlei Anstalten, ihn auf Abstand zu halten. Als sie auf dem Gehsteig entlanggingen, bot er ihr seine Armbeuge an. „Soll ich dich zurückfahren, meine Dame? Ich wäre kein rechter Gentleman, wenn ich dich nach deiner Trinkerei heute Abend noch selbst ans Steuer ließe."

Lilly haute ihm spielerisch auf den Oberarm, hielt sich

dann aber zur Unterstützung an seinem Arm fest, während sie auf ihren verführerisch hohen Absätzen dahinstolzierte. Ihr behilflich zu sein, vermittelte ihm das Gefühl, stark und begehrt zu sein. „Ich bin kaum betrunken, Quinn. Ich bin schon mit der Chardonnay-Flasche geboren und groß gezogen worden, weißt du?"

„Ach, hör mir auf, du kleine Trinkerin! Ich habe nur einen Witz gemacht, aber im Ernst, mir wäre lieber, du würdest mit mir mitkommen, wenn das in Ordnung geht." An der Ecke erreichten sie einen ausladenden Eichenbaum, dessen Blätter in der leichten Brise raschelten. Quinn registrierte in dem schwachen Licht Lillys auffallend klare, blaue Augen. „Bitte!"

In der frostigen Luft glitten warme Hände an seinen Armen entlang und hinauf und lösten überall auf seiner Haut Gänsehaut aus. Lilly drängte sich nah an ihn heran, und er spürte die Wärme ihres Körpers und die Rundungen ihrer Brüste an seinem Arm. „Sehr gerne!", sagte sie mit leuchtenden Augen. Gott, wenn sie ihn so anschaute, würde er am liebsten in aller Öffentlichkeit mit ihr schmusen, ihr die Kleider vom Leib reißen und ihr diesen verschämt-schüchternen Ausdruck von ihrem wunderschönen Gesicht wischen, durch ein Stöhnen nach dem anderen.

Und warum eigentlich nicht? Sie waren zwei erwachsene, übereingekommene Personen. Sie hatten vielleicht nicht dieselben Lebensziele. Schließlich war Lilly anscheinend einfach nur erpicht darauf, aus GREEN VALLEY wegzukommen, wohingegen er gerade anfing, dessen Geheimnisse zu entdecken. Als er daran dachte, wie er von der Möglichkeit gesprochen hatte, sich hier niederzulassen, zuckte er zusammen. Es war ihm selbst nicht klar, woher diese Worte gekommen waren. Es war nur so gewesen, dass sie ihn gefragt hatte, wie ihm die Gegend gefiel, und er ihr das gesagt hatte. Und ganz plötzlich war ihm unglaublicherweise, verrückterweise, aufgefallen, dass er sich in diesem Moment, als er hier im Pub saß, mit Lilly neben sich, so sehr wie zu Hause fühlte wie seit sehr, sehr langer Zeit nicht mehr. Warum denn nicht, hatte ihn sein Verstand geneckt.

Warum nicht?

Weil es geradezu grotesk war. Das erkannte er jetzt, als er wieder an der frischen Luft war. Er befand sich an einer entscheidenden Weggabelung in seinem Leben. Er brauchte Zeit, um zu sich selbst zu finden, ehe er sich für einen Ort, an dem er leben wollte, entschied und sich ernsthaft für eine Frau interessierte. Und weiß Gott, es wäre nicht hilfreich, sein Herz an eine Frau zu verlieren, die gerade wild darauf war, die Flügel auszubreiten und davonzufliegen.

Was sollte es denn schon ausmachen, wenn Lilly GREEN VALLEY tatsächlich bald verlassen würde und Quinn keine Ahnung hatte, wo er sich nächsten Monat aufhalten würde? Warum sollten sie denn nicht einen gemeinsamen Abend verbringen können, um die Einsamkeit zu vertreiben, während sie beide noch hier waren?

„Quinn?" Lilly berührte ihn am Arm.

„Ich habe gerade nachgedacht, zu dir oder zu mir?"
Quinn strich ihr eine Haarsträhne aus dem Gesicht, dann
schmunzelte er über die Verlogenheit seiner Bemerkung.
„Tut mir leid."

„In Anbetracht der Tatsache, dass du ja in meinem
Haus wohnst, gehen wir eben dorthin." Lilly drückte
seinen Oberarm. „Mein Gott, diese Muskeln", sagte sie,
obwohl sie solche Komplimente normalerweise nicht
machte – doch im Moment war sie einfach zu überwältigt.
„Heb mich hoch und trag mich direkt in den siebten
Himmel!"

Bei ihren Worten lachte er, obwohl er merkte, dass
seine Brust doch etwas vor Stolz geschwellt war. Es gab
nichts, was mehr sexy war als eine Frau, die jegliche
Etikette beiseite warf und sich einfach gehen ließ. Das
liebte er. „Danke, und ähm… mir war nicht klar, dass du
im guten alten *Russian River House* wohnst. Ich dachte, du
lebst vielleicht im *Parker House*, im höchsten Turm wie
irgendeine griechische Göttin, umgeben von goldenen
Weintrauben. Zumindest habe ich mir das so in meinem
Kopf ausgemalt."

„Tut mir leid, dich enttäuschen zu müssen", sagte sie,
als sie bei seinem Auto angekommen waren. „Aber ich
wohne in der Pension. In der zweiten Etage. Umgeben von
leeren Kaffeetassen und zerknitterten Servietten.
Romantische Komödien, mitreißende klassische
Romanzen… hab ich alles schon gesehen."

Sexy, dachte Quinn.

Im Ernst. Er stellte sich vor, wie sie tagsüber hart

arbeitete, sich dann am Abend in ihr Zimmer verkrümelte, ausging, wenn sie ein wenig Spaß haben wollte, aber ansonsten ein wohl-anständiges, bodenständiges, Filmeanschauendes Mädchen war. Nicht so wie die Frauen, mit denen er in der Vergangenheit ausgegangen war. Anscheinend rissen er und seine Rugby-Kumpel immer die Sorte Frauen auf, die recht viel Aufmerksamkeit erforderten und die nur auf Geld, Macht und Ruhm aus waren. Im Vergleich dazu war es schön, einmal mit jemandem Zeit zu verbringen, der ihn nicht aus solchen Gründen brauchte oder wollte.

Sie fuhren in Quinns Mietwagen aus dem Ostteil der Stadt hinaus und schlängelten sich auf kurvenreichen Straßen hinunter zum *Russian River House*. Quinns Hand wanderte zentimeterweise zu Lilly hinüber, bis sie auf ihrer Hand zu liegen kam. Und Lilly legte ihre andere Hand auf seine. Durch die Dunkelheit warf er ihr kurze Blicke zu. Ihm gefiel, wie die Lichter der entgegenkommenden Autos ihre Augen aufleuchten ließen wie funkelnde blaue Diamanten. „Du bist wirklich die wunderschönste Frau, die ich je gesehen habe", sagte er. „Ich sage das nicht einfach so, sondern es ist wirklich wahr. Das schwöre ich. Schon in dem Moment als ich zur Tür hereinkam, war es einfach wie… ein Knall! Hau mir eine runter, falls ich dich nerve, bitte?"

Von der Seite strahlte sie ihn an. „Hör auf!"

„Ich kann nicht. Und du merkst nicht einmal, wie wunderschön du bist, was dich sogar noch hinreißender macht."

Lillys zarte Finger strichen über seinen Handrücken. „Vielen Dank. Das ist echt süß von dir, so etwas zu sagen." Dann lehnte sie den Kopf an die Kopfstütze und schloss die Augen.

Während sie am Russian River entlangfuhren, blieben sie fast völlig still. Quinn fragte sich, ob Lilly jetzt, da sie die Grenzen des Pubs verlassen hatten und wieder in der realen Welt waren, sich womöglich das, was sie in *Mulligan's Tavern* vorgeschlagen hatte, doch nochmals anders überlegte. „Geht's gut?", fragte er. „Wir müssen das nicht tun. Wir können einfach zusammensitzen und reden. Ich rede gern. Reden ist eines meiner Lieblings—"

„Quinn…"

Er schaute zu ihr hinüber, sah den nach hinten gelehnten Kopf, ein Lächeln auf ihrem Gesicht, den leicht gereckten Hals, um ihm beim Fahren zuzusehen. Ein Bild der Entspannung. Er könnte ihr sogar noch mehr Entspannung bringen, wenn sie das wollte.

„Für mich geht das völlig in Ordnung. Außer du willst nicht."

„Oh doch, ich will. Glaub mir, ich will!" Wenn sie bloß wüsste, wie sehr. „Ich will – ich will nur, dass du zuerst absolut nüchtern bist, Lil. Um sicher zu sein." Ihm gefiel es, wie sich ihre Haut auf seiner anfühlte – warm und weich.

„Aber ich bin sicher. Doch wenn du warten willst, bis *du dir* sicher bist, dass ich nüchtern bin, ist das auch okay. Doch merk dir eines: Ich kam hierher, um dich zu finden, in der Hoffnung, dass dies passieren würde. Meine größte

Sorge war, wie wir deinen Bruder aus dem Weg räumen könnten. Und nein, ich würde nicht euch beide zur selben Zeit wollen. Ich sehe diesen unanständigen Ausdruck auf deinem Gesicht."„Ich?" Quinn konnte sein Lächeln nicht unterdrücken. Nie zuvor hatte er eine Frau mit einem seiner Brüder geteilt, und das würde er auch niemals tun, aber ihm gefiel die schlüpfrige Denkweise von Lilly. „Du bist diejenige, die solche verdorbenen Gedanken denkt. Ich, ich habe nichts dergleichen gesagt."

„Das musst du nicht. Du hast diesen ständigen spitzbübischen Ausdruck an dir, wie ein kleines Kind, das dabei ertappt wird, wenn es eine ganze Packung Oreo-Kekse verputzt. Jeden Tag und die ganze Zeit."

„Also ich weiß nicht, Lil. Ich finde, du bist viel spitzbübischer als ich. Und ja, ich mag Kekse tatsächlich."

Sie kicherte nervös. „Naja, hoffentlich kann ich dir etwas geben, das du noch lieber magst."

„Oh, das bezweifle ich nicht." Er hob ihre Hand und küsste ihre Finger.

Mehrere Minuten verfielen sie in wohltuendes Schweigen.

„Aber ähm, Quinn?"

„Ja?"

„Nur dieses eine Mal...okay?"

Und da hörte er es in ihrer Stimme – ein Zögern, dieselben Bedenken, die er auch hatte, sich zu sehr zugetan zu fühlen. Er wollte sich genauso wenig verlieben wie sie. Er war nicht bereit dafür. Vielleicht schon bald, aber nicht jetzt, wenn er nicht einmal wusste, wie es in seinem Leben weitergehen sollte. „Ich habe dich verstanden, Lilly. Nur einmal."

Sie seufzte, und er wusste, sie war mit ihrer Entscheidung zufrieden.

Er fuhr um die letzte Kurve zu der hell erleuchteten Pension, die aussah wie eines dieser schneebedeckten Tonhäuser auf einer Weihnachtsausstellung. Sich einfach nur mit Lilly zu unterhalten und bei ihr zu sein, fühlte sich so normal, so ganz natürlich an. Seit fast zwei Wochen hatte er nicht lächeln können, und jetzt hatte sie ihn in nur einer Nacht dazu gebracht, zu lachen und zu flirten wie früher. Er konnte es kaum erwarten, zu erleben, welche anderen Gefühle sie noch in ihm auslösen würde.

Es war so gegen Mitternacht, als er den Wagen parkte und den Motor abstellte. Dann gingen sie zusammen durch die Dunkelheit über den knirschenden Kiesweg zu einem Seiteneingang, wo Lilly ihren Schlüssel herauszog und unter großen Anstrengungen versuchte, den Schlüssel ins Schloss zu stecken.

„Soll ich?", bot Quinn Hilfe an. War es ihr Beschwipstsein oder die Aufregung, fragte er sich.

Sie reichte ihm den Schlüssel. „Huch, ein eingetragener Gast, der die private Seiteneingangstür benutzt statt den öffentlichen Vordereingang." Sie kicherte und stolperte über einen Blumentopf, doch Quinn fing sie auf. „Bist nicht du der Rebell?"

„*Du bist* diejenige, die mich durch die supergeheime Seiteneingangstür einschleust. Wir sollten einen Wettstreit durchführen, wer aufmüpfiger ist, weißt du. Schauen, wer ungehorsamer ist – der vorwitzige irische Junge oder die rassige amerikanische Braut mit den geilen Muffins." Er lachte etwas zu laut, und sie wies ihn streng an, leise zu sein. „Oje – wohnt deine Mam etwa auch hier?", fragte Quinn, als er den dunklen Korridor auf der gegenüberliegenden Seite der Gästezimmer betrat.

Lilly machte die Tür zu und zog ihn an der Hand zu einem engen Treppenhaus. „Ja, aber um diese Zeit ist sie immer im Bett. Komm schon mit rauf!" Sie begann, die nasskalten, mit Teppich belegten Stufen emporzusteigen, stolperte über eine Zeitung, die sich etwa auf der Hälfte der zweiten Stiege befand. Quinn umfasste Lilly an den Hüften, damit sie im Gleichgewicht blieb. In seinen Armen fühlte sie sich wunderbar an, und ihm gefiel es, keine wirkliche Ausrede zu haben, warum er sich an ihr festhielt, sondern dass er es einfach tun konnte, weil sie es zuließ.

Beim ersten Podest drehte sich Lilly ungeduldig um und zog Quinn auf dieselbe Ebene zu sich herauf, und dort, in der Mitte des Treppenhauses, wo der Mond durch ein hohes, schmales Fenster hereinschien, drückte sie sich fest an ihn und reckte herausfordernd das Kinn.

Er wusste, was sie wollte, zog es aber noch ein wenig weiter in die Länge.

„Warum, Lilly? Das geht alles so schnell. Ich weiß nicht, wie ich dabei empfinde", tadelte Quinn sie, während er mit seinen Händen unter ihr Shirt und um ihre Taille glitt. Ihre Haut war brennend heiß, als er seine Finger leicht unter den Hosenbund ihrer Jeans streifen ließ.

„Es gefällt dir, und zwar sehr." Sie küsste ihn auf die gleiche Stelle, auf die er sie in *Mulligan's* Taverne geküsst hatte. Auf die Wange. Ihr Atem jagte ihm Schauer an seinem Hals hinunter.

Er schloss die Augen, um die wohlige Empfindung voll auszukosten. „Du hast Recht: Es gefällt mir sehr." Gerade als er ihr Kinn umfasste, um seinen Mund auf ihren zu senken, wandte sie sich ab, und in ihren Augen lag ein verspieltes Lächeln. Dann jagte sie die nächste Treppenflucht hinauf bis in die zweite Etage.

Ahhh, *so ein freches Frauenzimmer!* Quinn jagte ihr nach, spielte das Spiel gerne mit.

Als sie an einer geschlossenen, mit dunklen Flecken übersäten Holztür angelangt waren, drehte Lilly den Türknauf, und die Tür öffnete sich mit einem leichten Knarzen. Das Erste, was ihm auffiel, war, wie sauber und ordentlich alles wirkte, von den Holzmöbeln bis zum perfekt gemachten Bett mit Gänsedaunendecke. Hellorange Wände, Vasen mit Blumen auf der Kommode, ein offener Kamin und überhaupt. Keine Papiertaschentücher auf dem Fußboden und so – ein absolutes Mädchenzimmer, war ja klar.

„Ist das deine Wohnung? Sieht aus wie in einem Musterhaus."

Sie hielt die Tür auf. „Danke. Das ist bloß ein Zimmer."

„Gibt es noch mehr?"

„Viel mehr. Komm mit!" Sie streifte die Schuhe ab und tappte auf dem gebohnerten Holzboden barfuß weiter.

wickelte nebenbei ihren Schal ab und warf die Handtasche auf einen Stuhl. Als sie die doppelten französischen Balkontüren erreicht hatte, schob sie zwei durchsichtige Vorhangschals beiseite und stieß die Türen auf. „Et voilà!" Quinn trat über die Schwelle.

Eine Woge süßlichen Dufts erfasste ihn, als er durch die Türöffnung auf die großzügige Veranda hinaustrat, die mit bequemen Gartenstühlen ausgestattet war. Viele Tontöpfe mit verschiedenen Kräutern standen dort – alles von Basilikum über Salbei bis Rosmarin. Er kannte nicht alle Namen, aber es roch so gut, dass ihm sofort klar war, hier oben musste man essen. Der ganze Umkreis der Dachterrasse war mit Kräutertöpfen bestanden. An einem Ende befand sich ein Spalier, wo alle möglichen Blumen wuchsen. „Wow, das ist ja fantastisch, Lil! Was sind das alles für Blumen?" Er betastete eine samtige weiße Blüte zwischen den Fingern.

„Hortensien", sagte sie, während sie einen Anzünder entzündete, dessen flammendes Ende sie an mehrere in Gläsern stehende Kerzen hielt. „Dort drüben sind auch Jasmin, Azaleen und Gardenien... wahrscheinlich hast du deren süßlichen Duft wahrgenommen, als du hier herausgekommen bist. Gefallen sie dir?"

„Gefallen? Sie sind verdammt wunderbar. Pflanzt du die alle selbst an?"

„Ja. Nimm doch Platz! Ich bin gleich zurück." Lilly wirbelte davon und ließ Quinn mit schwärmerischem Blick auf die Berge und mit einem Nachthimmel voller Sterne allein auf der Dachterrasse zurück. Was für eine wunderschöne Landschaft! Und sich vorzustellen, dass seine Mutter mit genau diesem Himmel und diesen Düften und nächtlichen Geräuschen vertraut war! In gewisser Weise war sie nun im Geiste wieder nach Hause zurückgekehrt.

Das also war Kalifornien!

Nirgends auf der Welt war die Luft angenehmer, nirgends wohlriechender als in meinem Zuhause in Forestville, hatte seine Mutter in ihrem Tagebuch geschrieben. Vor so langer Zeit. Wie um alles in der Welt hatte sie diesen herrlichen Ort verlassen können? Und wieder einmal kam Quinn der Gedanke – könnte er hier leben?

Eine Minute später kam Lilly mit zwei Weingläsern in einer Hand und zwei Flaschen in der anderen zurück. Sie stellte alles auf einen kleinen hölzernen Tisch zwischen den Gartenstühlen. „Ich wusste nicht, welchen du lieber magst, aber wahrscheinlich sind beide Sorten für dich sowieso nur überbewertete Traubensäfte."

„Ach, ich bedaure, das gesagt zu haben. Ich sollte vermutlich meine Zunge besser hüten und aufpassen, was ich sage", meinte er verlegen, während er sich ans Geländer lehnte und Lilly bewundernd anschaute. Wegen der frostigen Nachtluft waren ihre Brustwarzen unter dem dünnen T-Shirt deutlich sichtbar. Ihre Strickjacke lag locker um ihre Schultern. Er bemühte sich, mit ihr Augenkontakt zu halten, obwohl sein Blick immer wieder in Gefahr geriet, weiter nach unten zu gleiten. Hoffentlich würde er sie noch bevor die Nacht vorüber war zu sehen bekommen. Hoffentlich würde er sie bald berühren dürfen und Lilly gute Gefühle schenken können.

„Ich weiß nicht", sagte sie und zog einen Flaschenöffner aus der Tasche. „Ich glaube, ich würde gerne mehr sehen, was diese Zunge sonst noch kann." Sie wollte eine der Weinflaschen ergreifen, als er Lillys Hand mit seiner bedeckte.

„Sagte ich nicht, dass ich will, dass du komplett nüchtern bist für das, was wir vorhaben?"

Lilly blinzelte. Befeuchtete ihre Lippen. „Ähm, naja, ja. Aber mir geht's gut. Ehrlich. Ich bin nüchtern, und ich weiß genau, was ich tue, Quinn."

Er nahm ihr den Flaschenöffner aus der Hand und legte ihn auf den Tisch, dann platzierte er seine Hände auf ihren Hüften. „Na, da bin ich ja froh, das zu hören."

„Nicht, dass ich dies hier sehr oft mache", erklärte sie schnell noch. „Aber dich umgibt etwas so Besonderes, Quinn... ich fühle mich wohl, mit dir zu reden. Du bist witzig, nett und sehr, sehr verführerisch."

Sanft küsste er eine Seite ihres Halses. „Tja, danke, Lil. Und du bist..." Er wollte eigentlich ‚perfekt' sagen. Sie war wirklich perfekt in jeder Hinsicht, aber gleichzeitig wusste er, dass sie nur eine Nacht mit ihm verbringen wollte. *Bleib auf der spaßig-lockeren Ebene und mach es nicht kompliziert, Quinn!* „...unheimlich unterhaltsam, dass es eine Freude ist, mit dir zusammen zu sein."

Lilly lächelte und legte den Kopf weiter zurück, wodurch sie noch mehr ihrer glatten, cremeweißen Kehle darbot.

Der Wohlgeruch der Luft und die Tatsache, dass die hinreißendste Frau des Universums nur Zentimeter von ihm entfernt war, transportierten Quinn an einen anderen Ort und in eine andere Zeit. Vergiss den verdammten Wein! Das Einzige, das ihn trunken machen sollte, waren Lillys Lippen hier unter dem bemerkenswert endlosen Himmel. An beiden Seiten ihres Halses verteilte er Küsse, bis Lilly aufseufzte und er es nicht mehr länger aushielt. So exquisit ihre Haut unter seinen Lippen auch war, er brauchte ihren Mund.

„Lilly", flüsterte er.

Sie richtete ihren Kopf wieder in aufrechte Position, blinzelte langsam mit gerötetem Gesicht und hungrigen Augen.

„Küss mich!"

Sanft legten sich Arme um seinen Hals und zogen ihn enger heran. *Endlich!* Süße, unendlich warme Lippen verschmolzen zu einem knisternd-heißen Kuss, der Quinn einen Feuerstoß bis in seinen Magen sandte. Während sie von frischer, kühler Luft und der herrlichen, neuen Landschaft umgeben waren, brachte ihm das Spiel ihrer Zungen, wie sie sich schmeckten und gegenseitig erforschten, überdeutlich ins Bewusstsein, wie großartig das Leben in genau diesem Moment war.

Quinn brach den Kuss eine Minute später ab, um seine Stirn an Lillys zu drücken. „Kann ich einfach ‚danke' sagen?"

„Wofür?" Lilly biss sich auf ihre glänzende Lippe, die

noch feucht war von ihrem Kuss.

„Für die Einladung hierher. Irgendwie fühle ich mich meinen Wurzeln hier näher. Es raubt mir den Atem. Es ist atemberaubend, fast so atemberaubend wie du." Mit seinem Daumen strich er an ihrer Kieferpartie entlang. Sie lächelte und hob ihr Kinn, um ihn erneut zu küssen.

„Ist mir ein Vergnügen", sagte sie mit brüchiger Stimme.

Kurz fragte er sich, ob sie irgendjemand hier oben sehen könnte, obwohl er von seinem Standpunkt aus eindeutig keine anderen Fenster sehen konnte, bis auf die schwach erleuchteten des Weingutes und der Weinkellerei, die ein Stück weiter die Straße hinauf lagen. „Können wir die ganze Nacht hier draußen bleiben?", fragte er und unternahm nichts, um die Dummheiten, die er im Sinn hatte und die in seiner Stimme mitschwangen, vor ihr zu verbergen.

„Aha, jetzt verstehe ich, was du mit Rebellions-Wettkampf gemeint hast. Lass uns herausfinden, wer schlimmer und unanständiger ist", kicherte sie, während sie ihn an der Hand zu einer Gartenliege führte. Sie setzte sich, dann legte sie sich zurück und zog Quinn mit sich. Er quetschte sich der Länge nach mit ihr auf die Liege. Ihre Körper waren aneinander gedrückt, ihr Küssen wurde heißer, drängender, dringlicher und wilder. „Dort ist eine Chenille-Decke", flüsterte sie mit bebender Unterlippe, „hinter dir in dem Korb."

Quinn verlagerte seinen Körper, bis er einen großen Weidenkorb entdeckte. Er langte hinein und zog eine flauschige rote Decke heraus. „Diese hier? Und was soll ich damit tun, meine liebe Dame?", fragte er.

„Willst du einen Traum meiner Fantasie wahrmachen?", fragte sie und biss sich auf die Lippe.

Ihre Bitte löste in einer bestimmten Körperregion ein sehnsuchtsvolles Ziehen aus, und sein Herz schlug etwas schneller. Eine klasse Frau – mit dem gewissen Extra. „Ist es das, was ich gerade denke?"

Lilly legte ihren Kopf schräg und begann, mit zittrigen Fingern geschickt sein Hemd aufzuknöpfen. Ihre schmale Hand glitt hinein und streichelte seine Brust. Er konnte nur in stummer Verzückung zusehen, wie sich ihre herrlichen Brüste hoben und vor Verlangen hart wurden, während Lillys lustvoller Blick über seinen Körper glitt. Er wusste bereits, was sie sagen würde, noch bevor sie es gesagt hatte. „Lass uns die ganze Nacht unter dieser Decke zubringen und warten, was zwischen uns geschieht! Das heißt, falls dir der Sinn danach steht."

„Und wie mir der Sinn *danach* steht, schöne Frau!" Ruckartig setzte er sich aufrecht hin, knöpfte sein Hemd fertig auf und machte es auf. Bewundernd nahm sie den Anblick seiner breiten Brust in sich auf. Dies war die eine Sache an seinem Körper, auf die er immer stolz war, etwas, das ihm das jahrelange Rugbyspielen eingebracht hatte – ein straffer, breiter, muskulöser Oberkörper, auf den die meisten Frauen gerne ihre Hände legten.

Lilly war da keine Ausnahme. Sie setzte sich auf und beugte sich zu ihm, küsste seinen Brustkorb und legte einen ganzen Pfad von Küssen an seinem Körper entlang hinunter bis zu seinem Bauch. Seit Jahren hatte er keinen Sex mehr im Freien gehabt. Seine letzte Freundin, Sofia, war letztes Jahr nach Paris gezogen, und obwohl ihr Sexleben ziemlich lebhaft gewesen war, war sie eine eher schüchterne und vorsichtige Frau, die nicht im Traum daran gedacht hätte, *es* draußen *zu treiben* – das wäre ihr niemals eingefallen!

Lilly dagegen schien es auszukosten, ungewöhnliche Dinge geschehen zu lassen. Momentan schälte sie sich aus ihrem Shirt und überkreuzte die Arme so vor ihrer Brust, in jener umwerfenden Pose, die eine Frau immer dann einnimmt, kurz bevor sie ihr Shirt auszieht, es hochhebt und über den Kopf zieht. Er musste wie ein geiler Schuljunge ausgesehen haben, wie er ihr dabei zusah, doch das machte ihr überhaupt nichts aus. Wieder fiel ihm auf, dass ihre Brüste die perfekte Größe hatten – nicht zu groß und nicht zu klein, zusammengedrückt in ihrem schwarzen BH mit tiefem, aufregendem Ausschnitt.

„Also?", sagte sie und langte hinter sich, um den BH aufzuhaken. Dann streckte sie die Arme aus und schleuderte ihn zu Boden. Ihre wie Diamanten funkelnden Augen glitzerten im Dunkeln, und ihre wunderschönen Brüste lagen freigelegt in der kühlen Herbstnacht. „Worauf warten Sie noch, Herr O'Neill? Los, lass uns nackt unter dieser Decke kuscheln!"

KAPITEL ACHT

Der Moment, als sie diese Worte sagte, war wie das Glockenzeichen, das den Start eines Pferderennens ankündete. Quinn vergeudete keine Zeit, um ihr den Rest ihres Shirts auch noch auszuziehen, stellte sich dann hin und öffnete den Reißverschluss seiner Jeans. Das letzte Mal als sie ihn so gesehen hatte, war er am Türrahmen gelehnt dagestanden und hatte sie noch geneckt. Jetzt würde sie zu sehen bekommen, was unter dieser Jeans versteckt war. Er ließ sie langsam hinuntergleiten und kicherte etwas bei seinem Striptease. Dann zog er auch seine Short aus und stand wie eine perfekte Marmorstatue vor ihr.

Er hatte erwähnt, in Irland professionell Rugby gespielt zu haben, und Lilly konnte die Auswirkungen dieser Sportart nun deutlich sehen. Sein Körper war athletisch, nicht zu muskulös, und wieder fiel ihr die breite Brust auf – stark und perfekt für sie, um ihre Hände und ihre Wange darauf zu legen, falls sie je einschlafen sollte.

Seine Haut hatte einen leicht oliv-getönten Farbton mit weichem, braunem Brusthaar, das dann zu einer Linie zusammenlief und in Richtung unterer Bauchmuskulatur lief und zwischen seinen Beinen endete. Lilly versuchte nicht zu starren, aber das war schwierig. Er war sehr gut ausgestattet – lang und dick – im gesamten deutlich größer als Ben Millers – mit deutlich sichtbaren Adern und einer festen, purpurfarbenen Eichel.

„Du wirst ja rot", sagte er, und seine Stimme nahm einen etwas tieferen Tonfall an. „Das wird dich lehren, vorsichtig zu sein mit dem, was du sagst!"

„Ich habe keine Angst vor dir, und auch vor keinem anderen nackten Mann", erklärte Lilly, während sie ihre Jeans aufknöpfte und sie an ihren schlanken Beinen hinuntergleiten ließ. Das seidene Höschen behielt sie an, sicherheitshalber, einfach um eine Schicht zwischen ihnen beiden zu haben. Sie war aufgeregt und erschrocken, alles gleichzeitig, und die Wahrheit war, dass sie sich Quinn gegenüber tapferer und wagemutiger verhielt als sie sich fühlte. Als sie ihn dazu aufforderte, sich neben sie zu legen, tat er, worum sie ihn bat, nahm sich dafür aber recht lang und umständlich Zeit, machte eine Show daraus, indem er sich durchs Haar strich und auf Adonis tat.

Lilly lachte. „Jetzt leg dich schon endlich hin. Es ist kalt!"

Er überbrückte den Abstand zwischen ihnen beiden, und auf einmal passte alles auf der Welt ganz wunderbar zusammen. Es war schon erstaunlich, was ein anderer, neben ihr liegender, warmer Körper ihrer Seele antun konnte. Wie die kalte Leere einfach wegschmelzen konnte, indem ein Fremder einem Gesellschaft leistete. Aber schon als sie das dachte, erkannte sie, dass es nicht einfach *irgendein* Körper war, der bei ihr diese Gefühle auslöste; es war Quinns Körper. Und der Druck seines Fleisches an ihrem war vollkommen anders als alles, was sie je zuvor gespürt hatte.

„Ist das für dich okay?" Quinn umfasste mit seiner Hand ihr Gesicht und küsste sanft ihre Lippen.

Lilly nickte und war einzig und allein auf seinen Mund fokussiert, sog und zog seine Lippen an und schmeckte seinen köstlichen Kuss. Die Nachwirkungen des Biers und des Weins sowie der Duft von Jasmin und Gardenien brachten sie dazu, sich an seinen Schultern festzuklammern, als wäre er ein Rettungsanker, was ja nicht allzu weit von der Wahrheit entfernt war. Seit geraumer Zeit war er der erste Mann, der durch GREEN VALLEY gekommen war, der es wert war, sich mit ihm zu unterhalten und ihn sich genauer anzuschauen. Und deshalb würde sie ihn genießen, solange sie konnte.

Quinn stöhnte leise auf, und mit einer seiner Hände, die sie den ganzen Abend lang schon betrachtet hatte, streifte er hinauf und massierte ihre Brust. „Wunderschön...", murmelte er gedämpft und küsste ihren Hals.

Lilly ließ ihren Kopf zurücksinken. *So...unglaublich...heiß.* Sein Mund bewegte sich an ihrem Hals hinunter, bis seine Lippen eine ihrer Brustwarzen umschlossen, die hart waren vor erwartungsvoller

Vorfreude. Ein leichtes Stöhnen entwich Lillys Mund. Quinn spielte mit ihr, saugte sie an und neckte sie, während seine Finger mit der anderen Brustwarze spielten. Lilly war so nass, dass er sich das wahrscheinlich denken konnte, nur indem er ihr Höschen betrachtete. Er küsste sie zwischen ihre Brüste und drückte sie dann an sein Gesicht.

„Gefällt dir das?", fragte sie, mit den Händen in seinem Haar.

„Ich liebe es", hauchte er. Es hörte sich fast nicht nach ihm an. Er fuhr damit fort, an ihren Brustwarzen zu saugen, und sie bat ihn darum, es etwas fester zu machen. So sehr sie auch ihr Höschen ausziehen wollte und seine harte Männlichkeit besteigen wollte, sie hielt sich doch zurück. Vor ihnen lag ja die ganze Nacht.

Seine Hände glitten an ihrem Bauch hinunter, dann zwischen ihren Beinen wieder herauf. Dort drückte er mit zwei Fingern außen auf den Baumwollstoff, beobachtete ihr Gesicht, wie sich ihre Augen schlossen, als er ihre Klitoris durch die Seide hindurch streichelte.

Herrgott!

Sie wollte, dass er sie verschlang und überwältigte. Sie wollte ihn benutzen und gleichzeitig wollte sie, dass er sie benutzte. Sie stieß seine Hand weg, bevor es ihr zu viel wurde, und er blickte auf, verwirrt, befürchtete, dass sie vielleicht beschlossen hatte, aufzuhören. „Lehn dich zurück, Quinn!", sagte sie, und er lehnte sich auf seinen Ellbogen auf dem Polster der Liege zurück, während sie sich vor ihn hinkniete und ihm in den Schritt griff. Seit Quinn sich ausgezogen hatte, war sein Schwanz deutlich härter geworden und lag nun fest und heiß an seinem Bauch. Lilly wollte ihn in ihrem Mund spüren.

Während sie ihren brennend heißen Körper an seinen drückte, tauchte auf ihren Lippen ein durchtriebenes Lächeln auf, und auf einmal umfasste sie sein angeschwollenes Glied, das eine perfekte Größe hatte und sie pochend einlud, mit ihren Fingern. Sie würde es ihm mit ihren Lippen wunderbar besorgen, so wie sie es sich den ganzen Tag lang schon vorgestellt hatte.

Überrumpelt schnappte er nach Luft. „Oh, Lillian…"

„Ja?"

„Du bringst mich um."

„Gut."

Lilly legte einen Pfad von Küssen von seiner starken Kieferpartie zu seinem Hals, auf seiner Brust hinab bis zu einer seiner Brustwarzen. Dort hielt sie inne, um daran zu saugen. Sie hörte ihn aufstöhnen, und gleichzeitig fuhr sie fort, seinen harten Schaft zu streicheln. Mit einer Hand umschloss sie seine Hoden und sondierte deren Gewicht. Seine sonst immer so auf Distanz bedachten Augen wurden glasig vor feuriger Intensität. „Gefällt dir das?", fragte sie ihn.

„Ja, und wie!"

Sie hörte ihn das schrecklich gerne sagen und empfand ein sonderbares Gefühl der Macht, weil sie ihm dieses Gefühl verschaffen konnte, und lächelte. Mit festem Griff glitt sie mit ihrer Hand auf seiner heißen Haut auf und ab, während er ihre körperliche Nähe zu seinem Vorteil nutzte und wieder an ihrem Busen saugte. So sehr sie ihn auch noch länger so streicheln wollte, sehnte sie sich doch nach mehr. Sie wollte ihn unbedingt schmecken und spüren, wie er sich in ihrem Mund anfühlte.

Sie bewegte sich nach unten und positionierte sich zwischen seine Beine, nahm seinen Schwanz in eine Hand, legte ihn flach an seinen Bauch und kam von unten an ihn heran, leckte seine Hoden und umschloss einen mit ihrem Mund.

„Jesus, Maria und Joseph, Lilly!" Er stieß ein langes Stöhnen des Wohlbehagens aus.

„Das sind drei Personen zu viel, Quinn!" Sie streichelte ihn, während sie an seinen Eiern saugte, glitt mit ihrer Zunge auf seiner Haut zu seinem Penis hinauf. Schließlich umschloss sie die Eichel mit ihrem Mund und spürte die samtige Glätte, bevor sie ihn vollständig aufnahm und mit hohl werdenden Wangen fest an ihm saugte. Auf einen Schlag ließ sie ihn frei und schaute zu Quinn, der einen völlig entrückten Ausdruck im Gesicht hatte.

„Heilige Scheiße…"

Lilly lächelte. *Das konntest du dir wohl nicht ausmalen, Quinn, oder?* Ihn weiterhin beobachtend schnellte sie mehrmals mit ihrer Zunge hin und sah zu, wie es ihn förmlich umhaute. Dann glitt sie mit dem Mund langsam über ihn und nahm so viel sie konnte auf einmal in sich auf, so tief es nur ging, bis zum Anschlag.

Quinns Atmung beschleunigte sich, und Lilly wusste, sie musste ihn herausziehen, bevor es zu spät war. Plötzlich setzte er sich auf, fast wie besessen. „Steh auf!", befahl er, und sie tat es. Nie zuvor hatte sie von einem anderen Befehle erhalten. Es war aufregend, teuflisch kribbelnd, gelinde gesagt.

Sie biss sich auf die Lippe. „Zu Befehl, Sir."

Er hakte seine Finger seitlich an ihrem Seidenslip ein und zog ihn langsam über ihre Oberschenkel herunter, bis er ihr empfindlichstes Organ freigelegt hatte. Mit angehaltenem Atem hielt er inne. Stimmte irgendetwas nicht? „Was ist los?", fragte sie mit flüsternd gehauchter Stimme.

Mit seinen Fingern strich er glättend über ihre bloße Haut, glitt dann mit zwei Fingern zwischen ihre Schamlippen und löste ein Luftschnappen aus. „Rasiert und glatt. Einfach wunderbar, Lilly", sagte er. „Und so nass." Er zog das Höschen bis zu ihren Fersen hinunter. „Schau dich an, vollkommen nackt hier draußen, wo dich jedermann sehen könnte – du unanständiges Mädchen."

Lilly strahlte und biss sich auf die Lippe. „Quinn, brauchst du…" Sie hoffte, dass er ein Kondom hatte, sonst würde sie eines für ihn holen.

„Ich habe eins", sagte er und holte seine Brieftasche aus seiner Jeanstasche. „Dreh dich um…und bleib hier!", befahl er.

Dreh dich um! Sie konnte es kaum aushalten. Sie tat, was er ihr befahl, und ihre Muskeln zitterten vor Begehren. Seine Hände glitten über ihre untere Rückenpartie und ihren Hintern. Über ihre Schulter hinweg lächelte sie ihn an, für den Fall, damit er zweifelsfrei wusste, wie sehr sie dies genoss. Vom anderen Liegestuhl holte er die weiche

Polsterauflage und positionierte sie vor sie. „Beuge dich darüber!", wies er sie an.

„Oje. Ich glaube, du gewinnst den Wettstreit in Unanständigkeit."

„Hast du je daran gezweifelt?" Spielerisch kitzelte er ihren Rücken.

Wieder gehorchte sie und erbebte in erwartungsvoller Vorfreude. Dann merkte sie, dass er sich hinunterbeugte, und einen Moment später glitt seine heiße Zunge zwischen ihre Schamlippen, während seine Hände fest auf ihrem Hintern lagen. Er bewegte sich bis zu ihrem Kitzler, spielte schnippend mit seiner Zunge und saugte dann daran, bis Lilly so laut aufstöhnte, dass sie sicher war, irgendjemand in der Nähe würde sie hören.

„Ich mag das", sagte sie.

„Ich weiß." Er legte einen Gang zu und tauchte dann mit einem Finger, dann einem zweiten in ihre süßen Falten.

„Oh, Gott, ja!" *Das war so verdammt gut!* „Bitte…hör nicht auf!"

„Das hatte ich auch nicht vor", sagte er, und die Zungenattacke ging weiter. Lilly wollte kommen, war aber nicht bereit, und außerdem wollte sie mehr als alles andere, dass er in sie kam und sie gut und hart vögelte.

„Tu es!", sagte sie.

„Was meinst du?", fragte er neckend. Sie konnte das Lächeln in seiner Stimme hören.

„Fick mich, bitte", bat sie.

„Du sagst, du willst, dass ich dich jetzt ficke?"

„Ja!", bestätigte sie. „Bitte, Quinn!" Sie wollte, dass er sie richtig hart rannahm. Er stand hinter ihr, als sie nach hinten langte, nach seinem pochenden Schwanz griff und ihn näher heranzog. Quinn brauchte einen Augenblick, um das Kondom überzustreifen.

Mit einer Hand an ihrer Taille, die andere an seiner Erektion, schob er sich langsam in ihre Nässe hinein, dann packte er ihre Hüften. Er füllte sie gut auf, und sein ganzer Schwanz hämmerte in sie hinein. *Ja, oh mein Gott...* Mit jedem Stoß und jedem Zug ihrer Hüften in seine Richtung merkte sie umso mehr, wie ihr Körper sich anspannte und sich auf die ultimative Erlösung vorbereitete.

Gott, und wie sie das genoss! Es kümmerte sie nicht, ob Quinn in einer Woche weg sein würde. Sie würde ihn genießen, solange sie konnte. Es gab nichts anderes, was sie im Moment lieber machte als hier mit ihm Sex zu haben in diesem kleinen privaten Paradies oberhalb des Tals. Und so gut es sich auch anfühlte, es auf diese Weise zu machen, sie wollte ihn trotzdem von Angesicht zu Angesicht sehen. Sie wollte ihm in die Augen schauen, wenn sie ihren Höhepunkt hatte.

Sie streckte sich nach seiner Hand aus und zwang ihn, so langsam zu machen, dass sie sich umdrehen und auf den Rücken legen konnte.

„Willst du es lieber auf diese Weise?", fragte er.

„Ja", sagte sie. Er stützte sich mit seinen Ellbogen rechts und links neben ihr auf und senkte sein Gesicht zu ihrem, bedeckte ihr Gesicht über und über mit Küssen. Ihre Beine verhedderten sich mit seinen, verfingen und verstrickten sich und bildeten miteinander einen unauflöslichen Knoten. Bei jedem Mal stieß er noch fester zu, und sie spürte, wie sie immer näher an die Klippe kam. „Ich komme", sagte sie ihm, als die Wellen des Orgasmus anschlugen.

„Ich auch." Dann, sie sah es in seinen Augen – sie war zu ihm durchgedrungen. Er war an seinem verwundbarsten Punkt. Wieder küsste er sie, mit weichen Lippen und sie bewundernd anlächelnden Augen. „Ich bin bereit."

„Tu es!", sagte sie ihm, und plötzlich taumelte er über die Klippe und ergoss sich in sie.

Auch für sie kamen die Wellen, konzentrierten sich auf einen, alles-umfassenden Punkt, und blendend weißes Vergnügen rieselte durch sie hindurch. Sie schrie auf und hielt sich an ihm fest. Sein Atmen erreichte den Gipfel, dann verebbte es, und er legte sich ohne ein weiteres Wort neben sie.

Eine relativ lange Zeitspanne sagten sie gar nichts; sie lagen beide wie gebannt unter dem Schauer des Glücksgefühls da. Lilly war so zufrieden wie schon seit Langem nicht mehr. Mit ihrem Kopf an seiner Brust döste sie ein und hörte nebenbei sein keuchendes Atmen und leichtes Schnarchen. Mittendrin verlagerte sie sich und drehte sich auf die andere Seite. Als das weiche Licht der Morgendämmerung schon unter ihre Lider kriechen wollte, wurde ihr die warme Flauschigkeit der Decke bewusst, die sie wie ein Kokon umgab.

Wie spät es war, wusste sie nicht, aber dort, auf der Polsterauflage neben ihr befand sich auf Quinns Platz ein

Sträußchen blassblaue Hortensien, dazu ein Stück Papier mit folgenden Worten in seiner Handschrift: *Bis später, wunderschöne Frau!*

Und Lilly lächelte.

Als sie sich später am Vormittag in der Küche aufhielt, fragte sich Lilly, wie sie auf Quinn reagieren sollte, wenn sie ihn das nächste Mal sah? Würde er sich so verhalten, als wäre nichts passiert? Würden sie nochmals zusammenkommen? Würde sie ihn jede Nacht sehen, solange er in Forestville war? Aber vor allem, wie stark würde sie sein können, wenn die Zeit des Abschieds kam? Der unvermeidliche Abschied. Klar, letzte Nacht war es ihr wie eine gute Idee erschienen, aber *verdammt* – er war so süß und so sexy gewesen, dass sie sich jetzt, während sie Muffin-Teig in Förmchen löffelte, um sie backfertig zu machen, fragte: Wie sollte sie je imstande sein, sich von ihm zu verabschieden, wenn die Zeit dazu gekommen war?

Ihre Mutter schneite mit dem Lebensmitteleinkauf in Papiertüten in die Küche herein. „Gerade traf ich zufällig Avery Benson auf dem Markt", sagte sie und stellte die Tüten ab. Dabei warf sie Lilly einen Blick mit verwundert hochgezogener Augenbraue zu, der ihr das Gefühl gab, irgendetwas ausgefressen zu haben, obwohl sie sich keiner Schuld bewusst war.

„Und? Wer ist schwanger?" Lilly klopfte das Backblech mit den Muffin-Förmchen auf die Theke, um die Luftbläschen herauszuschlagen.

„Bald jedes Mädchen in der Stadt, wenn sie nicht vorsichtig sind." Mam packte die Vorräte aus und stapelte sie auf die Arbeitsfläche.

Lilly warf ihrer Mutter einen genervten Blick zu. „Was soll das heißen?"

„Soll heißen... Avery hat mir erzählt, wer diese O'Neill-Typen sind."

Lillys Herz sank ins Bodenlose.

„Es sind die Söhne von Maggie Phillips."

„Wer ist Maggie Phillips?", fragte Lilly, auch wenn ihr einfiel, dass Quinn erzählt hatte, dass seine Mutter aus dieser Gegend stammte, und er sie dann auch nach dem Weingut der Phillips gefragt hatte. Gestern Abend, als sie die Taverne verließen, hatte Paul eine Maggie und einen Grant erwähnt. Aber Quinn hatte abgestritten, dass seine Mam je einen anderen Namen als O'Neill getragen hatte. Hatte er gelogen?

„Wer ist Maggie Phillips? Komm schon, Lillian, das ist doch die jüngste Tochter von Richard Phillips, Senior, Eigentümer des Weinguts Phillips, die Straße runter? Diese Tochter hat mit kaum zwanzig Jahren die Stadt verlassen, um nach Irland zu gehen, und seitdem hat sie niemand mehr gesehen. Lebst du auf einem anderen Stern? Wie hast du das nicht mitbekommen können?"

„Ich–ich habe noch nie von ihr gehört." Das hatte sie wirklich nicht. Doch sie war mehr wegen der Tatsache betroffen, dass Quinn sie offenbar tatsächlich angelogen *hatte.* Warum?

„Lillian, du musst doch mitgekriegt haben, wie ich sie hin und wieder erwähnt habe. Sie hat einen Iren geheiratet, den sie in *Mulligan's Tavern* kennengelernt hatte, einen Typen namens Grant O'Neill. Die Männer, die bei uns wohnen, müssen ihre Nachkommen sein." Lillys Herz krampfte sich zusammen. Okay. Es schien also so zu sein, dass Maggie und Grant tatsächlich Quinns Eltern waren. Aber warum sollte dies so eine große Sache sein, selbst wenn sie die Söhne von Maggie Phillips waren? Ihr war nicht klar, wo das Problem lag, aber ihre Mutter, Avery Benson und andere ältere Frauen der Stadt tendierten dazu, aus jeder Sache ein Riesenproblem zu machen – und wahrscheinlich war das sowieso der Hauptgrund, warum Lilly so unbedingt diesen Praktikumsplatz annehmen und aus Forestville verschwinden wollte. „Ja und? Seine Mutter ist gestorben, und er wollte sehen, woher sie stammte."

Lillys Mutter warf Lilly einen Seitenblick zu. „Viele Leute waren ganz aus dem Häuschen, als Maggie einfach so abhaute, Lillian, nicht nur ihre Eltern und Geschwister, sondern auch ihr Verlobter – derjenige, den sie zugunsten des Iren sitzenließ. Aber ich nicht. Ich war damit ganz glücklich." Mam brummte höhnisch auf eine Art und Weise, die Lilly – soviel hatte sie über die Jahre gelernt – sagte, sie solle dieses Thema nicht weiter verfolgen, außer sie war bereit, etwas zu erfahren, was sie eigentlich nicht hören wollte.

„Was soll das heißen? Warum der Spott?" Lilly lehnte sich an den Tresen und verschränkte die Arme vor der

Brust. Auch wenn ihre Mam sie nicht wegen irgendetwas beschuldigte, ja nicht einmal wusste, dass sie die Nacht mit Quinn O'Neill verbracht hatte, war Lillian schon bereit, ihn zu verteidigen, falls nötig. „Warum sollte es mich etwas angehen, was deren Mutter vor dreißig oder noch mehr Jahren getan hat?"

„Weil…" Mam stellte die Vorräte mit etwas mehr Wucht, etwas wütender als unbedingt nötig, in den Küchenschrank. „Der von Maggie sitzengelassene Verlobte war dein Vater – nachdem er zuvor mich wegen ihr sitzenlassen hatte – bevor ich ihn dann wieder zurücknahm."

KAPITEL NEUN

Ein vertrauter Klingelton riss ihn aus dem Schlaf. *Nachttisch,* dachte Quinn, während er blindlings nach seinem Handy tastete. Wer zum Teufel rief ihn denn so früh an? „Mistkerl…", murmelte er, als er über die Bettlaken hinüberlangte, bis er endlich sein Mobiltelefon erwischte und es sich nah vor die Augen hielt, um die Uhrzeit festzustellen. „Dreizehn Uhr? Wie kann das sein – um Himmels willen?"

Bevor das Klingeln aufhörte und die Sprachbox ansprang, erkannte Quinn gerade noch, dass Bradys Nummer auf dem Bildschirm aufgeleuchtet hatte. Sein Blick wanderte über die im hellen Tageslicht grauen Wände zum an der Zimmerdecke entlanglaufenden Kranzprofil bis zum Fenster, wo er sah, dass leichter Regen eingesetzt hatte. Einen Augenblick lang wusste er nicht, wo er überhaupt war. Er war erledigt, das war alles, was er wusste.

Muss der Jetlag sein.

Dann kam die Erinnerung: Bett und Frühstück...die Vereinigten Staaten...eine wunderschöne, sexy Frau, die ihn regelrecht umgehauen hatte – unter anderem. „Lilly", sprach er versuchsweise ihren Namen aus, als würde er probieren, ob er passte.

Alles tauchte wieder vor seinem geistigen Auge auf...Er war neben ihr auf der privaten Dachterrasse eingeschlafen. Hatte fast so intensiv geschlafen wie sein Höhepunkt gewesen war. Als er aufgewacht war, war es draußen noch stockdunkel gewesen, und er hatte die Schönheit der Sterne ignoriert, um die Schönheit neben sich anzuschauen. Er hatte sie so lange angeschaut, dass er in Versuchung kam, sie wachzuküssen – insbesondere indem er sein Gesicht zwischen ihren hinreißenden Oberschenkeln vergraben wollte – doch er hatte sich Einhalt geboten. Auf der Fahrt von *Mulligan's* hierher waren sie übereingekommen, dass es nur dieses eine Mal geben sollte. Und er wollte ihr die peinliche Situation ersparen, wenn sie aufwachte, und nicht alles verkomplizieren, deshalb hatte er sich selbst hinausgelassen. Jetzt bedauerte er dies bereits. Er hatte ihre Handynummer nicht, denn wenn er die hätte, würde er Lilly eine Nachricht schreiben, um ihr zu sagen, wie großartig es gestern Nacht gewesen war, und vielleicht versuchen, sie zu einem weiteren Mal in Versuchung zu führen. Vielleicht würde er ihr sogar ein verführerisches Bild von sich schicken, wie er in aufreizender Pose in Boxershorts auf dem Bett lag, bloß um sie etwas zu necken.

Was für ein wunderbarer Zufluchtsort diese Dachterrasse samt Garten gewesen war! Aber nein, *verdammt*, es war Lilly, die in Wahrheit so absolut erstaunlich gewesen war! Von dem Moment an als er sie gesehen hatte, war er von Lilly hingerissen gewesen. Ganz unschuldig hatte sie Muffins gebacken, mustergültig und brav, hatte im Pub über Wein und amerikanischen Football gesprochen, und mittlerweile war sie – die umwerfendste Frau, die er je gesehen hatte! Er hätte es erraten müssen, nachdem er ihre Schürze gesehen hatte, der die Leute einlud, die Schüssel sauber zu lecken.

Tja, es würde ihm sehr schwerfallen, sie zu vergessen.

Aber er musste sie vergessen.

Letzte Nacht war alles gewesen – ein einziges Mal zusammen, und nicht mehr. Sie mussten einen Pakt einhalten.

Es dauerte ein paar Minuten, bis er merkte, dass Con nicht da war. *Er muss wohl mit dieser Dara-Braut heimgegangen sein, nachdem er den Abend damit verbracht hatte, sie über alle Maßen zu bewundern. Gut für ihn!* Er musste einmal flachgelegt werden, und wenn auch nur um nach dem Tod der Mutter einmal auf andere Gedanken zu kommen.

Quinn setzte sich auf, warf die Beine über die Bettkante und rieb sich die Augen. Dann ging er ins Bad, putzte sich die Zähne, zog sich an und machte sich auf den Weg. Wahrscheinlich würde er Lilly im Speisesaal begegnen, deshalb kämmte er sich die Haare und vergewisserte sich, dass er gut aussah, aber nicht zu gut, damit es nicht so aussah, als hätte er es speziell wegen ihr getan.

An seiner Tür vernahm er leichtes Klopfen. Barfuß tappte er hinüber, öffnete sie und war angenehm überrascht, als er sah, wer da strahlend und wie eine Göttin in Arbeitskleidung vor ihm stand. „Hallo, Lil!" *Wie schaffte sie es, jedes Mal noch hübscher auszusehen?* Heute war ihr Haar zu einem strengen Pferdeschwanz zusammengebunden, und ein paar Haarsträhnchen tanzten auf ihrer Stirn. Wieder trug sie die Schürze mit dem Leck-die-Schüssel-aus-Aufdruck und mehlbestäubt, ein Bleistift auf dem rechten Ohr. „Du siehst zum Anbeißen aus." Quinn machte die Tür ganz auf, um sie hereinzulassen, und wischte Mehlstaub von ihrem Ärmel.

„Quinn." Ihre Stimme klang angespannt. Auch kein Lächeln für ihn heute Morgen. *Wie schade!* „Kann ich hereinkommen?"

„Deshalb halte ich die Tür so weit auf." Er lächelte. Sie schien nervös zu sein, so wie sie ihre Hände unruhig rang und ihr Haar hinter die Ohren steckte. Er sollte jetzt keine Scherze mit ihr machen. „Entschuldige, ich wollte sagen, natürlich darfst du hereinkommen. Alles in Ordnung?"

Kaum im Zimmer machte sie kein Hehl daraus, dass sie einer Sache auf der Spur war. Das Geheimnis, das ihr nicht aus dem Sinn gehen wollte, spukte in ihrem Kopf herum, und sie wollte es unbedingt lösen. Ihr Blick landete auf dem in Leder gebundenen Tagebuch auf dem Nachttisch und flackerte wieder zu ihm zurück. Lilly kam direkt zum Punkt. „Warum, sagtest du, seist du in dieser Stadt?"

War das ihr erster Gedanke nach dem umwerfenden Sex von letzter Nacht?

„Meine Mutter ist vor fast zwei Wochen gestorben. Sie stammte aus GREEN VALLEY, doch meine Brüder und ich erfuhren das erst vor Kurzem. Ich habe nur dies..." Er deutete auf das Tagebuch, in dem bis zur Hälfte mehrere Notizzettel als Merkzettel steckten. „Es gehörte meiner Mutter und stammt aus der Zeit, als sie hier lebte."

„Darf ich es sehen?", fragte Lilly und bewegte sich darauf zu.

„Nein." Seine Stimme war fest, beinahe unerbittlich, und Lilly blieb wie angewurzelt stehen. Als Quinn ihren vorwurfsvollen Blick in ihren himmelblauen Augen sah, bedauerte er sofort, dass er in diesem Ton mit ihr gesprochen hatte. „Ich meine, es ist persönlich. Nur meine Brüder und ich schauten es durch, wenn auch ich der Einzige bin, der es wirklich durchliest."

„Warum? Was suchst du?"

„Anhaltspunkte, Hinweise darauf, wer sie war, bevor sie nach Irland kam."

„Warum? Was macht das für einen Unterschied?"

Quinn, der auf der Bettkante saß, seufzte auf. Er verstand den Sinn dieses Kreuzverhörs nicht, aber für Lilly schien es von Bedeutung zu sein. „Ich weiß nicht, ob es einen Unterschied machen wird. Aber wie ich dir bereits gestern Nacht sagte, bin ich an einem Punkt in meinem Leben, an dem ich mich entscheiden muss, ob ich Dublin verlasse oder nicht, Lil. Das ist keine leichte Entscheidung. Ich *muss* wissen, was so besonders an Forestville war, dass sie nicht einmal darüber sprechen konnte, nachdem sie die Stadt verlassen hatte. Ich will wissen, wer die Frau war, die meine Mutter wurde." Er hatte zu viel gesagt. Ja, er hatte mit Lilly gestern Nacht sehr intime Momente verbracht, aber das war kein Grund, um so persönlich zu werden. „Warum fragst du?" Er fixierte sie mit starrem Blick. Verzweifelt wollte er mit seiner Hand ihre ergreifen und ihre Finger miteinander verschränken, ihr sagen, wie wunderbar die gestrige Nacht für ihn gewesen war, aber sie schien nicht in der richtigen Gemütsverfassung dazu zu sein.

„Würdest du mir dann ein wenig aus dem Tagebuch vorlesen?" Sie verschränkte die Arme vor der Brust.

Quinn legte den Kopf schräg. „Also weißt du, ich muss schon sagen, dass ich momentan ein bisschen vor den Kopf gestoßen bin. Ich dachte, wir hätten uns etwas über die gestrige Nacht zu sagen, über das fantastische Finale nach einem wundervollen Abend." Er suchte ihre Augen nach einem Anhaltspunkt ab, dass die gefundene Verknüpfung mit ihr noch vorhanden war. Sie schien verschwunden zu sein. Was auch immer zwischen gestern Nacht und jetzt passiert war, es hatte das Strahlen in ihren Augen erlöschen lassen. „Oder erinnerst du dich nicht mehr?"

Als diese Worte ihr Herz erreichten, weckten sie sie auf, wenn auch nur für einen Moment. Ihre gefurchte Stirn glättete sich. „Natürlich erinnere ich mich. Es war eine fantastische Nacht."

„Also, was ist dann das Problem?"

Sie biss sich auf die Lippe, schaute verlegen weg und schritt im Zimmer auf und ab. Dann blieb sie beim Fenster stehen und starrte in den schüttenden Regen hinaus. „Wo ist dein Bruder?"

„Er war nicht da. Ich wollte ihn gerade anrufen, obwohl ich sicher bin, dass es ihm gut geht."

Sie seufzte und schien etwas besänftigt. „Nur ein oder zwei Seiten, Quinn, aus dem Tagebuch deiner Mutter? Bitte?"

Irgendetwas in ihren Augen erweichte ihn. Er gab nach. Schließlich war das eine Kleinstadt, und die Menschen redeten, und er hatte seinen Großvater im Vorfeld angerufen, um ihm mitzuteilen, dass sie kommen würden. Im wahrsten Sinne des Wortes konnte es sich herumgesprochen haben, wer er und Con waren. Wahrscheinlich wollte Lil wissen, wo sie mit ihm stand.

Quinn seufzte, nahm das Tagebuch und blätterte zur letzten Seite, die er gelesen hatte.

„Liebes Tagebuch, zwar regnete es heute Abend, trotzdem machte ich mich auf den Weg zu Mulligan's Tavern. Ich ging dorthin, weil der Pub neu war und ich gehört hatte, dass es Live-Musik geben würde, und weil Gracie mir versprochen hatte, ich dürfe mit ihrem Motorroller fahren, den sie beim Pferdelotto gewonnen hatte. Sie hat vor irischen Jungs Angst, aber ich nicht. Ja, sie sind ziemlich verrückt mit ihrem ganzen Geschrei und

Gebrüll und können mit ihren anzüglich-starrenden Blicken ein Mädchen ziemlich verlegen machen, andererseits sind sie so witzig und charmant, dass sie dich recht einfach um den Finger wickeln können. Ich weiß das, weil ich einen getroffen habe. Heute in der Stadt, nur für eine Woche zu Besuch. Er heißt Grant (der zweite), und er sagte, er wäre bei Mulligan's, falls ich mich mehr mit ihm unterhalten wollte. Das ist der wahre Grund, warum ich zuerst nicht gehen wollte, Tagebuch. Ich wollte nicht in Schwierigkeiten geraten. Aber es sieht so aus, als stecke ich bereits drin. Später mehr.

Quinn blickte auf.

Lilly stand am Fenster, hörte aufmerksam zu, fasziniert, und knabberte an ihren Fingern. „War es das?"

„Naja, nein, es ist ja ein ganzes Tagebuch, aber du sagtest, ich solle ein wenig vorlesen, und das habe ich jetzt getan. Warum schaust du so, als würde der Fluss ansteigen und ganz GREEN VALLEY überfluten? Ganz nervös, als wäre irgendetwas nicht in Ordnung?"

Sie zuckte die Achseln und zwirbelte ihr Haar. „Gracie ist Averys Cousine", sagte sie, während sie über Dinge nachgrübelte, als wäre er nicht im Zimmer.

Wer war Avery?

„Kommt irgendein anderer Typ vor? Außer deinem Vater?"

„Nein, nicht in diesem Abschnitt. In einem anderen Eintrag erwähnt sie einen Kerl namens Ken, aber ehrlich gesagt, spricht sie nicht viel über ihn. Sie schreibt nur ‚er' oder ‚der erste' und ‚der zweite', fast so, als würde sie in einer Art Geheimsprache schreiben, weil sie besorgt war, dass jemand ihr Tagebuch lesen würde. Wahrscheinlich ihr Vater. Mein Großvater", ergänzte Quinn. „Der ist offensichtlich nicht gerade von der mitfühlenden Sorte."

Lilly starrte Quinn nachdenklich an. „Das habe ich auch schon gehört."

„Kennst du ihn?", fragte Quinn.

„Nicht persönlich, nein. Ich meine, ich habe ihn schon öfters in der Stadt gesehen, bei Grillfesten und in der Kirche, aber ich hatte noch nie das Vergnügen, mit Herrn Phillips zu sprechen."

„Die Familie meiner Mutter hat aufgehört, mit meiner Mutter zu sprechen", sagte Quinn. „Eine bodenlose Gemeinheit, wenn du mich fragst."

„Vielleicht gab es einen Grund, warum sie so reagiert haben", meinte Lilly und zog mit vorgetäuschter Ahnungslosigkeit eine Schulter hoch.

Wusste sie wirklich…?

„Welchen guten Grund könnte es dafür geben, Lil?" Quinn war überrascht, dass sie seinen Großvater – und auf diese Weise die ganze Familie Phillips – verteidigen würde. „Welcher gute Grund könnte der Auslöser sein, dass eine Stadt, Eltern und Geschwister aufhören würden, mit einem zu sprechen? Sie hat schließlich niemanden umgebracht, zur Hölle nochmal! Ach, vergiss es! Ich dachte, du hättest mehr Verständnis." Quinn wusste nicht warum, aber im Moment war er höchst verärgert. Wie kam Lilly darauf, zu sagen, es gäbe einen guten Grund für das

Verhalten der Familie seiner Mutter, die Kommunikation mit ihrer Tochter einzustellen? Als wüsste sie irgendetwas. „Egal, ich muss mich anziehen, für den Tag fertigmachen." Er suchte seine Schuhe und angelte ein Paar Socken aus seinem offen stehenden Koffer.

Lilly schlug die Hände vor ihr hochrotes Gesicht. „Ach, Quinn, es tut mir so leid. Ich weiß nicht, was über mich gekommen ist. Ich bin bloß…" Sie ließ sich auf den Sessel neben dem Fenster fallen und seufzte verzweifelt. „Gestresst."

Als er sie so beobachtete, gab er langsam seine Abwehrhaltung auf. Vielleicht waren das die negativen Nachwirkungen nach ihrem Liebesspiel letzte Nacht. Vielleicht hatte sie irgendwelche Gerüchte über seine Mutter gehört und musste nun die andere Seite der Geschichte erfahren. Ob so oder so, Lilly hatte nicht wirklich beabsichtigt, ihn zu beleidigen oder zu verletzen.

„Ach, weißt du", sagte Quinn und ließ sich auf die Bettkante fallen. „Ich kam nur nach Forestville, um zu sehen, wo meine Mam aufgewachsen ist, wo sie Rollerskates fuhr, die Brücke, von der sie ihre Füße in den Fluss baumeln ließ, die Menschen, die ihr Leben prägten. Ich habe nicht erwartet, dafür verurteilt zu werden, erst recht nicht von jemandem, der nicht zu meiner Familie gehört. Aber es scheint so, als würde genau dies geschehen, und ich habe keine Ahnung, warum. Meine Brüder und ich kannten sie wie niemand sonst, und doch kannten wir sie überhaupt nicht. Deswegen fühle ich mich schrecklich schuldig, Lil. Nun, da meine erste Liebe, die

Königin meines Herzens, uns verlassen hat, kann ich ihr keine Fragen mehr stellen. Ich habe nur diese Puzzlestücke hier, die ich erst zusammensetzen muss." Quinn nahm seine Schuhe, die neben dem Bett standen, und fing an, sie anzuziehen, erst Socke um Socke, dann Schuh um Schuh.

Sanft ließ Lilly ihre Hand auf seine Schulter sinken, und auf einmal registrierte sein Verstand den Duft ihrer Haut, und in dem Moment, als sie ihn berührte, erwachte sein Körper zu neuem Leben. Bruchstücke der Erinnerung an die gestrige Nacht durchzogen seine Gedanken – ihr nackter Bauch, das kleine Schönheitsmal oberhalb ihres Nabels, ihr Augenausdruck, als sie ihren Höhepunkt hatte, die Art und Weise, wie sie den Rücken wölbte, und ihre flatternden Lider. „Quinn, es tut mir leid. Ich habe mir nichts dabei gedacht. Ich finde nur, es gibt bei jeder Geschichte immer zwei Seiten."

„Eigentlich drei. Zwei Seiten und die Wahrheit", stellte Quinn klar. „Hast du deine Mam über meine Mam ausgefragt? Ist das der Grund, warum du heute so anders bist? Denn hör zu: Ich will, dass du eines weißt. So sehr ich meine Mam auch liebe, und so wundervoll sie auch war, und das weiß ich, und keiner kann mich vom Gegenteil überzeugen, und so sehr ich auch mehr über sie erfahren will, indem ich mich hier aufhalte, ich bin nicht sie. Ich bin ein eigenständiger Mensch."

„Und ich begreife das. Das tue ich, weil ich auch eine eigenständige Person bin, Quinn." Sie kauerte sich vor ihn und starrte ihm in die Augen. Ihre Finger umschlossen seine. „Und ich habe meine Mutter nicht ausgefragt, aber sie sagte…" Lilly hielt inne und wählte ihre Worte mit Bedacht.

„Was sagte sie?"

Lilly seufzte. „Sie sagte, dass deine Mutter sehr vielen Menschen weh getan hat, als sie ging." Sie ließ seine Hand los, hob ihre Finger und strich über sein Kinn, kraulte dort seine Bartstoppeln, während sie zum ersten Mal seit sie in sein Zimmer gekommen war, ein Lächeln versuchte. „Aber das spielt keine Rolle, denn ich mag dich. Jede Menge! Was ich als allererstes hätte sagen sollen, ist, dass es gestern Nacht wirklich großartig für mich war. Und vielen Dank für die Blumen!"

„Das waren deine Blumen", sagte er, auch wenn ein Teil von ihm eigentlich lieber noch mehr Fragen darüber stellen wollte, was ihre Mam über seine Mam gesagt hatte. Doch dieses Thema wühlte Lilly offenbar auf. Außerdem wusste er bereits, dass die Familie seiner Mutter durch deren Abreise maßlos enttäuscht und sich hintergangen gefühlt hatte.

„Ja, aber nie zuvor wurden mir je welche geschenkt."

„Niemand hat dir je Blumen geschenkt?" Er konnte nicht glauben, was er da hörte. Wie konnte es möglich sein, dass so eine entzückende, prachtvolle, kluge Frau noch nie Blumen bekommen hatte? Was stimmte mit den amerikanischen Männern nicht? Hatten sie keine Augen im Kopf?

„Nein. Ich hatte bis jetzt nur einen ernsthaft interessierten Freund, und der war nicht allzu charmant", sagte sie mit scharfem Spott. „Aber du – Gott, ich weiß, wir sagten nur eine Nacht, aber…"

„Aber?" Er half ihr hoch zu einer aufrechten Position. Sie hielten sich an den Unterarmen gefasst und schauten einander intensiv in die gequälten Augen.

„Aber ich würde wirklich gern mehr Zeit mit dir verbringen. Auch wenn es nur für eine kurze Zeitspanne ist. Kannst du damit umgehen?" Er bemerkte, dass im unteren Teil ihrer Wange ein Grübchen erschien, wenn sie unsicher war. Das wollte er nur allzu gerne küssen.

Lächelnd streifte er über diese Stelle. „Ich denke schon. Du willst Spaß haben, solange es geht? Ist das die Idee?" Eigentlich klang das auch für ihn gut. Nach der letzten Nacht wusste er, sie nur einmal nackt zu sehen, war definitiv nicht genug.

„Ja." Sie seufzte und lehnte sich an ihn, wobei ihre vollen Brüste an seine Brust drückten. Ihre Arme schlängelten sich um seinen Oberkörper. Er spürte Lillys Wärme und nahm den Duft von Vanille wahr. „Willst du irgendwohin? Lenke ich dich ab, sodass du nicht loskommst?"

Ihr weicher Atem wärmte sein Kinn, und er senkte den Kopf, um an ihrer Unterlippe ganz leicht zu knabbern. „Nein, lenke ich dich ab, sodass du nicht zu deiner Arbeit kommst?"

„Nein. Kann es nicht sein, dass dein Bruder jeden Moment zur Tür hereinkommt?"

„Das weiß ich nicht. Aber rate mal! Es ist mir egal!"

„Mir ist es auch egal." Und sie fielen beide aufs Bett und verschmolzen zu einem heißen, süßen, langen Kuss.

Ihre anmutigen Hände erforschten seinen harten Körper, und sie streifte mit ihren Füßen seine Schuhe ab. „Ich wollte schon immer einmal ausprobieren, wie bequem diese Betten sind", sagte sie, lehnte sich an seinem Kissen an und zog Quinn zu sich herunter.

Er war bereits aufgeregt und erregt, nur davon, sie zu küssen. Ja, das tat sie ihm an! Er begehrte sie, aber er musste vorsichtig sein. *Verliebe dich nicht,* dachte er, während er ihre berauschenden Lippen und ihren blassen Hals küsste, ihre Schürze und ihr Shirt entfernte, um ihre weiche, weiße Haut freizulegen, die sich sehnsuchtsvoll in seine Hände schmiegenden Brüste und ihr wild hämmerndes Herz. Tu das nicht, wiederholte er sicherheitshalber in seinen Gedanken, obwohl ein Teil von ihm bereits erkannte, dass es schon zu spät sein könnte.

KAPITEL ZEHN

Nein, Lilly hätte echt nicht nachgeben sollen. Ja, sie hätte nur mit ihm reden sollen.

Während sie auf sein Zimmer zugesteuert war, hatte sie sich immer wieder ins Gedächtnis gerufen, dass sie nicht wieder im Bett landen dürften, aber je mehr sie ihm zugehört hatte, wie er von seiner Mutter Maggie erzählt hatte, je mehr seine Augen geleuchtet hatten und je mehr er laut aus ihrem Tagebuch vorgelesen hatte, desto mehr hatte sich Lilly zu ihm hingezogen gefühlt. Einen Moment war sie versucht, ihm zu erzählen, dass Maggie Phillips für die Trennung ihrer Eltern in der Anfangszeit ihrer Beziehung verantwortlich war, aber sie hatte jedes Fünkchen Willenskraft aufgeboten, dies nicht zu tun. Dieser Mann betrauerte den Verlust seiner Mutter. Keinesfalls wollte sie einen Schatten auf das glänzende Bild, das er von ihr hatte, werfen.

Mam trieb sie ja gelegentlich in den Wahnsinn, aber Lilly hatte sie wenigstens immer noch um sich. Quinn dagegen hatte seine Mam für immer verloren. Als Lilly sah, wie er seine Mam verteidigte, erkannte sie, dass sein Herz überquoll vor Liebe zu seiner Mutter. Er war der Sohn seiner Mama, der Erstgeborene, und er vermisste sie. Irgendein seltsames Gefühl bemächtigte sich ihrer. Während die gestrige Begegnung von knallharter Leidenschaft und Verlangen geprägt war, regierte heute die Zärtlichkeit. Mehr als alles wollte sie ihn halten und trösten, ihm sagen, dass alles in Ordnung kommen würde. Obwohl Lilly Quinn erst so kurze Zeit kannte, war sie überzeugt, dass seine Mutter gewusst hatte, wie sehr sie geliebt wurde – und er könnte seinen Frieden finden. Aber irgendwie konnte sie es nicht in Worte fassen. Lilly war nie gut darin, Gefühle auszudrücken, deshalb zeigte sie ihm, was sie fühlte, indem sie seinen Kopf an ihr Herz drückte und ihm den Trost schenkte, den er anscheinend so sehnlichst brauchte. Und sie ließ zu, dass er sie festhielt.

Sie erwartete nichts als Gegenleistung. Quinn hatte ihr bereits soviel gegeben. Immer wenn sie in seiner Nähe war, fühlte sie sich selbstsicher, bewundert und verstanden. Sobald sie den Mund aufmachte, hörte er mit jeglicher Aktivität auf, um ihr zuzuhören. Während sie sprach, konzentrierte er sich ausschließlich auf sie. Er gab ihr das Gefühl, als wäre sie die talentierteste und schönste Frau der Welt. Sie war dankbar, die Gelegenheit zu haben, mit ihm zusammen zu sein, und entschlossen, mit diesem bezaubernden Mann jeden Augenblick zu genießen, ehe sie sich trennen mussten.

Mellie und Cook würden sich wundern, wohin sie

entschwunden war, als sie ihnen gesagt hatte, sie würde nur eine Fünf-Minuten-Pause machen (etwas, das sie normalerweise nie machte, solange die Muffins, Scones und Brioches noch nicht gebacken und serviert waren), aber sie hatte einfach keine Minute mehr warten können, um mit ihm zu sprechen.

Sie musste Quinns Seite der Geschichte hören. Ohne es zu wollen, stand sie aber mit einem Fuß auf der Loyalitäts-Seite ihrer Mutter. Quinns Mutter hatte die Beziehung ihrer Mam mit ihrem Dad im Anfangsstadium zerstört, und deshalb würde Mam nicht allzu glücklich sein, wenn sie erfuhr, dass ihre Tochter mit dem Sohn dieser losen Person eine Beziehung aufgenommen hatte. Auf der anderen Seite stand Quinn. Hätten sie sich nicht in *Mulligan's Tavern* getroffen und wären sie nicht gestern Nacht zusammen nach Hause gefahren, wäre die Sache für sie vielleicht klarer, aber es war eben so, und nun spürte sie eine Verbindung mit ihm, die sie nicht von der Hand weisen konnte. Quinn war ein guter Kerl und hatte ein gutes Herz.

Und verdammt sexy war er auch.

Locker und mühelos liebten sie sich unter den Bettdecken, das Gesicht dem anderen zugewandt, leise, damit niemand sie draußen auf dem Gang hören könnte, und um die Wahrheit zu sagen, es war fast so, als würde sie Quinn bereits viel länger als zwei Tage kennen. Sein Körper und seine Hände fanden ein Gleichgewicht zwischen Vertrautheit und neuer Entdeckung. Ihr kam es vor, als würde sie ihn gerade kennenlernen, obwohl sie gleichzeitig spürte, dass sie ihn bereits ewig kannte. Wie war das möglich? Sie musste unbedingt aufpassen, dass sie sich nicht noch weiter in ihn verliebte. Seine Berührungen und Küsse brannten sich bereits unauslöschlich in ihren Geist ein, und seine Hände wussten genau, was ihr Körper brauchte, als hätte sie es ihm selbst gezeigt. Aber wie sollte das möglich sein?

Als sie ihn bei Tageslicht so über sich schweben sah, nahm er eine neue, kristallklare Aura an. Ohne jegliche Einwirkung von Alkohol und ohne die traumhafte Leinwand des sternenübersäten Nachthimmels konnte sie alles Lebenssprühende an ihm scharf definiert wahrnehmen. Seine dunkelbraunen Augen leuchteten klar unter seinen dichten Augenbrauen. Sein bebender Körper glitzerte leicht im hellen Licht, und sein halb-geöffneter Mund murmelte wunderbare Worte, wie hinreißend sie sei, wie absolut perfekt, dass er nicht widerstehen könnte, und dass sie jeden Moment, den sie zusammen verbringen konnten, ausnutzen müssten. Denn bald – würden sich ihre Wege trennen und sie würden sich nie mehr wiedersehen.

Diesmal war es viel langsamer, eher ein bedächtiges Erforschen, Berühren, Streicheln. Sie ließ ihre Finger über seine Brust gleiten, seinen Bauch, spurte jeden Muskel unter seiner Haut nach. Nie zuvor hatte sie so einen straffen, athletischen Körper berührt. Solche Körper sah man nur im Fernsehen, in Büchern oder Zeitschriften, aber jetzt war Quinn hier bei ihr, und sie konnte kaum glauben, wie schön er war.

Quinn war von ihr auch fasziniert, obwohl sie nicht

verstehen konnte, warum. Ein Mann wie er konnte jede Frau haben, die er wollte. Lilly konnte sich schon vorstellen, wie die irischen Frauen überall, wo er spielte, bei seinen Spielen auftauchten und danach auf die Gelegenheit warteten, ihm ihre Telefonnummer zu geben oder gleich mit ihm nach Hause zu gehen und herauszufinden, ob er ohne Spielkluft genauso gut aussah wie mit. Dennoch starte er ihren Körper bewundernd an, als wäre er von Engeln entworfen und gefertigt worden. Seine Hände umfassten ihre Brüste, seine Finger bohrten sich sanft hinein und strichen über ihre Figur, als würde er sie aus Ton formen wollen.

Fast hätte sie geschrien, als er seinen Kopf senkte und mit seiner Wange über ihre streifte, als sein Körper auf solch rhythmische, köstliche Weise auf sie prallte. Lilly fand sehr leicht zu ihrem Höhepunkt, was sonst nicht immer der Fall war, wenn sie alleine war, und das war sie die ganze Zeit. Mit Ben musste sie sich ihren Höhepunkt immer danach ausmalen. Er hatte nie die Geduld, auf sie zu warten. Die köstlichen Wellen rollten heran und durch sie hindurch und ermutigten Quinn, das Gleiche zu erleben, und das tat er; er ergoss sich in das Kondom, das er hastig angelegt hatte, und brach dann in einem gehauchten Seufzer zusammen. Sogar das Gewicht seines Körpers fühlte sich vertraut an, und während sie den Moment voll auskostete, schlang sie ihre Arme um seinen warmen Körper, da sie ihn womöglich nie wieder spüren würde.

Ich will nicht gehen, dachte sie, als sie in seiner

Armen lag. *Wenn ich es mir erlauben würde, würde ich sagen: Zur Hölle mit Miami! Und ich würde ihn bitten, zu bleiben und es mit uns zu versuchen.* Aber das war natürlich absurd. Sie kannten sich gerade einmal zwei Tage. Es würde darauf hinauslaufen, dass sie es bedauerte; sie würden es beide bedauern. Es war eben grottenschlechtes Timing. Denn so stark die magnetische Anziehungskraft zwischen ihnen auch war, sie mussten beide zuerst die Leidenschaften, die sie außerhalb des Schlafzimmers hatten, ausloten, erkunden und realisieren. Wer weiß? Vielleicht würden sich ihre Wege ja noch einmal kreuzen und sie bekämen eine neue Chance. Wenn es Bestimmung war, wenn es geschehen sollte, dann würde es auch geschehen, nicht wahr?

Sie schloss die Augen und holte einen tiefen Atemzug, stieß ihn aus und sagte dann: „Wahrscheinlich sollte ich runtergehen, ehe sie kommen, um mich zu suchen." Er zog sich zurück und schaute ihr einige Sekunden tief in die Augen. Dann küsste er sie auf die Nasenspitze. „Bis wir uns wiedersehen?"

Sie lächelte. „Hoffentlich früher als später."

Eine Minute später saß sie auf der Bettkante und schaute ihm zu, wie er sich fertig anzog und das Tagebuch seiner Mutter unter den Arm steckte. „Ich werde später nach dir Ausschau halten", sagte er und streichelte sie mit einem Finger unterhalb ihres Kinns. „Jetzt werde ich die von Mam beschriebene Buchhandlung und das besagte Blumengeschäft aufsuchen. Vielleicht finde ich auch die Brücke, von der sie so viel gesprochen hat, aber sie hat mir ja keine Landkarte dagelassen."

Lilly sagte nichts. Sie wusste, wo diese Brücke war – es war ein besonderer Platz für Lilly und ihren Vater auf ihren Morgenspaziergängen gewesen, wenn sie den Fluss sehen wollten – doch aus irgendeinem unerfindlichen Grund brachte sie es nicht übers Herz, ihn in diese Geheimnisse einzuweihen. Sie nickte und lächelte traurig. „Ich wünschte, ich könnte mit dir gehen. Aber ich habe noch einiges an Arbeit vor mir."

„Mach dir nichts draus! Ich brauche sowieso auch Zeit, um allein zu sein." Sie betraten den Gang. Er küsste sie sanft, dann eilte er zur Vordertür, während sie Richtung Küche marschierte. Als sie zu ihm umschaute, drehte er sich gerade in dem Moment um, um sie auch anzusehen.

Und sie lächelten beide.

Am frühen Abend, nachdem sie sich um ihren Garten gekümmert hatte, saß Lilly an ihrem Laptop und versuchte, sich daran zu erinnern, dass sie auch bevor Quinn O'Neill in die Stadt gekommen war, ein Leben gehabt hatte. Was war das schnell wieder? Ach ja, sie wollte ihre Karriere als Konditorin in Schwung bringen, indem sie ohne Mitwissen ihrer Mutter und der anderen Bewohner von Forestville an einem Wettbewerb teilnahm. Sie fühlte sich irgendwie mächtig, weil sie ein Geheimnis hatte, von dem nicht einmal das größte Klatschmaul der Stadt, Avery Benson, etwas wusste. Als wolle er sie daran erinnern, ertönte ihr E-Mail-Briefkasten, und ausnahmsweise mal war es keine Nachricht von *Bed, Bath & Beyond, Bath & Body Works* oder *Williams Sonoma*, die ihre Sonderangebote der Woche anpriesen. Es war eine E-Mail von Guy Santoli, dem Meisterkonditor von *L'Appetite Boulange*:

Mio caro Lilly!

Wir sind höchst erfreut, Sie in unserer Bäckerei- und Konditorei-Familie begrüßen zu dürfen! Meine Assistentin Lola wird Sie in Miami, Florida, in einem wunderhübschen Brickell-Apartment unterbringen und Ihnen dort zweckdienliche Informationen zukommen lassen. Kommen Sie am 16. Oktober bitte gut vorbereitet, um sich mit Leib und Seele in diese wundervolle Gelegenheit hineinzustürzen, Ihr Können unter Beweis zu stellen. Ich bin regelrecht begeistert von Ihren Backwaren und kann kaum erwarten, Sie höchstpersönlich zu treffen! Wenn Sie irgendwelche Fragen haben, zögern Sie nicht, L'Appetite Boulange anzurufen unter (305) 555-9270.

Bis bald!

Guy Santoli

„Oh, mein Gott! Es passiert tatsächlich", murmelte Lilly vor dem Bildschirm. In weniger als drei Wochen würde sie abfahren. Das war jetzt echt ein moralischer Imperativ, ihrer Mutter diese Nachricht zu überbringen, damit sie noch rechtzeitig eine Person, die ersatzweise das Backen für sie übernehmen würde, finden konnte, aber *oh, mein Gott* – sie würde tatsächlich fahren!

Lilly stand auf und tanzte durchs Zimmer, aber kaum hatte sie daran gedacht, aus dem Haus zu laufen, um Quinn von der E-Mail zu berichten, sank sie langsam wie ein Luftballon, dem die Luft ausging, auf ihre Daunendecke. Es war schon paradox! Kaum hatte sie den Anruf erhalten, in dem ihr die freudige Mitteilung gemacht wurde, bekam sie eine E-Mail, die sie in Guy Santolis innerem Kreis willkommen hieß, als fast zeitgleich ein wundervoller Mann in ihre Stadt hereinspazierte – einer, der womöglich wirklich perfekt zu ihr passen würde.

Das war grausames und unfaires Timing.

Und veranlasste sie, ihre wenige Zeit mit diesem Mann nur umso intensiver nutzen zu wollen. Während eine Hälfte ihres Verstandes ihr einzureden versuchte, dass dies nicht die beste Entscheidung sei – *Möge Gott verhindern, dass du dich in ihn verliebst, bevor du ihn dann verlassen musst* – sagte ihr die andere Hälfte Dinge wie zum Beispiel: *Scheißegal! Hab einfach Spaß mit ihm, solange es geht!*

Bevor sie es sich anders überlegen konnte, zog sie Jeans und ein langärmeliges T-Shirt an, schlüpfte in einen hübschen, bequemen, wollenen Pullover und sprang die Stufen hinunter. Quinn hatte gesagt, er würde durch die Stadt fahren, um die Plätze aufzusuchen, die seine Mam in ihrem Tagebuch erwähnt hatte, aber als sie ihre Nase am Fenster des Treppenhauses plattdrückte und ihren Hals Richtung Parkplatz reckte, sah sie, dass sein Mietwagen wieder zurück war.

Unten angekommen klopfte sie an seiner Tür und

147

wartete. Sie klopfte nochmals und überlegte dabei, dass ihre Mutter sie umbringen würde, wenn sie sähe, dass Lilly Gäste belästigte, vor allem diese Gäste. Ein Ächzen und ein schlurfendes Geräusch waren vernehmbar, dann schnappte die Tür auf, und *verdammt nochmal*, Quinns Bruder Con in seinem eigenen prachtvollen, schlanken, grünäugigen, Aussehen stand mit entblößtem Oberkörper da. Wenn sie eine etwas kessere Frau wäre, würde sie alle Vorsicht über Bord werfen und beide verschnabulieren.

„Du hast dich also für den besser-aussehenden Bruder entschieden, nicht wahr? Endlich doch zu Verstand gekommen?" Con stützte sich mit einem Arm am Türrahmen ab und gähnte in Richtung Oberarm.

„Ich...ähm...es tut mir leid, dich zu stören. Ich dachte, Quinn wäre da", sagte Lilly, während sie die Augen abwandte, um den Korridor abzusuchen. Dann merkte sie, dass ihr Blick unwillkürlich zu Con zurückschnellte, der in seiner Boxershort und sonst nichts dort stand. Offensichtlich legte er etwas weniger Bescheidenheit an den Tag als sein älterer Bruder, wenn es darum ging, die Tür zu öffnen. Aber schliefen diese irischen Jungs eigentlich nicht nackt? Wäre das nicht cool, wenn sie komplett hüllenlos an die Tür gingen?

„Liebling, ich bin bereits abgelenkt, deshalb keine Sorgen diesbezüglich, und...mein Bruder, wie?" Con zog die Augenbrauen hoch und nickte frech. „Du bevorzugst also langweilige Jammerlappen. Schon gut, Lilly. Dein Geheimnis ist bei mir gut aufgehoben." Er warf ihr ein schuftiges Grinsen zu, das sie an Han Solo aus den *Krieg-*

der-Sterne-Filmen erinnerte, die sie alle mit ihrem Vater anschauen musste, als sie klein war.

Als Quinn ihr aus dem Tagebuch seiner Mutter vorgelesen hatte und dann Ken, ihren Vater, erwähnt hatte, waren ihr fast die Augen aus dem Kopf gefallen. Doch sie hatte es nicht geschafft, irgendetwas zu sagen, nicht nur um Quinn vor dem Wissen zu schützen, was Lillys Mutter von Maggie Phillips dachte, weil sie ihr den Mann weggenommen hatte, sondern auch um ihr Andenken an ihren Vater zu bewahren. Sie konnte sich nur vorstellen, was Quinns Mam in ihrem Tagebuch vielleicht gesagt hatte, um zu erklären, warum sie Lillys Vater zugunsten von Grant O'Neill aufgegeben hatte. Um bei der Wahrheit zu bleiben: Es war nicht allzu schwer für Lilly, sich das vorzustellen. Ihr Vater war weder besonders leidenschaftlich noch übermäßig witzig oder abenteuerlustig. Er tendierte eher zur streberhaften Sorte, kein Zweifel. Aber Lilly und ihrer Mutter war das egal. Auch wenn ihr Vater oft ernst, ruhig und in Gesellschaft unbeholfen war, so war er doch auch warmherzig und großzügig und hatte versucht, ihnen jeden Tag zu zeigen, wie sehr sie geliebt wurden. Doch nun musste Lilly zugeben, dass sie immer irgendwie gespürt hatte, dass ihr Vater auf irgendetwas, irgendjemanden gewartet hatte, der wiederkommen möge. Sie hatte dieses Gefühl als Unsinn abgetan, doch mit ihrem jetzigen Wissen, konnte sie erahnen, dass ihre Mutter, die das Gleiche spürte, bis ins Mark getroffen wäre.

„Lil?"

Cons Stimme riss sie aus ihren Gedanken und holte sie wieder in die Gegenwart zurück. „Sorry. Es ist nur so, Quinn erwähnte einige Orte, die er besuchen wollte, aber ich sah euren Mietwagen. Weißt du, wohin er gegangen ist?"

Con musterte sie genauer, als würde er die Wahrheit über Lillys Gefühle für seinen Bruder mit seiner Willensstärke herausziehen können. Dann klarte sich seine Miene auf, und er war wieder ganz der locker-entspannte Alte. „Wahrscheinlich brütet er in einer Ecke über irgendetwas oder er schleicht irgendwo herum. Ich bin sicher, wenn du laut genug Geige spielst, könnte er den Weg zu dir finden." Con gähnte noch einmal und trommelte leicht auf den Türrahmen. „Ich muss jetzt wirklich wieder ins Bett. Ich bin völlig fertig. Allerdings könntest du deine Meinung jetzt jederzeit noch ändern. Ach ja! Und dies hier könnte dir gehören..." Er schlenderte zum Nachttisch, holte etwas von dort und reichte ihr einen winzigen, silbernen, ringförmigen Ohrring.

Lilly berührte ihre Ohrläppchen und merkte, dass tatsächlich einer der Ohrringe fehlte. Und ihre Ohren fühlten sich warm und gerötet an. „Toll, danke. Das ist jetzt aber überhaupt nicht peinlich." Sie lachte nervös.

„Keine Sorge! Bis später, Lil." Blitzartig warf er ihr ein verführerisches Lächeln zu, dann schloss er die Tür.

„Meine Güte", murmelte Lilly vor sich hin, während sie zum Aufenthaltsraum eilte. Ein kurzer Rundum-Blick bestätigte ihr, dass die Delfinos auf der Couch beim

Erkerfenster saßen und mit einem schwulen Pärchen aus Phoenix Tee tranken. Lilly winkte allen zu, dann zog sie sich in die Küche zurück. Sie bemühte sich nach Kräften, sich unauffällig zu verhalten, Mellies Fragen auszuweichen, und tat so, als hätte sie nichts Besonderes vor. Sie packte ihren kleinen Picknickkorb, holte ein paar Limonaden aus dem Gästekühlschrank und begab sich nach draußen, wobei sie sich kurzzeitig fragte, ob Quinn überhaupt froh wäre, sie zu sehen, falls sie zufällig auf ihn treffen würde.

Er war leicht zu finden. Er saß auf der Eingangstreppe und las im Tagebuch seiner Mutter. „Hey!", sagte Lilly frohgelaunt, als hätte sie nicht überall nach ihm gesucht.

Er blickte auf, freudig überrascht. „Was geht ab?"

„Alles großartig! Was geht bei dir ab? Ich meine…"

Quinn stand auf, starrte sie an, und einen kurzen Moment rebellierte ihr Magen, als sie meinte, Quinn würde zu ihrer Geschichte, so kurz sie auch war, nicht stehen. Doch er lächelte, zog Lilly in eine lange Umarmung, die sich sowohl auf intime Weise atemberaubend als auch tröstlich anfühlte, und flüsterte: „Hab an dich gedacht!"

Erleichterung durchströmte sie. Er würde nicht so tun, als hätten sie sich nicht zweimal geliebt.

Das verdiente eine Belohnung. Mit ihrer freien Hand drückte sie seinen Arm, dann rückte sie von ihm ab, um ihm in die Augen zu schauen, seine Augen mit den dunklen, langen Wimpern. Verdammt sollte er sein, dass er schönere Wimpern hatte als sie! „Ich habe auch an dich gedacht. Genau genommen…" Sie zögerte. Sie war drauf und dran, ihm einen ihrer liebsten Geheimplätze zu zeigen. „Hast du die Brücke gefunden?"

„Die Brücke?"

„Ja, die, über die deine Mutter berichtete. Du wolltest sie heute suchen", rief sie ihm ins Gedächtnis.

„Nein, leider nicht. Man würde denken, so eine Brücke über einen Fluss wäre leicht zu finden, aber ich hatte kein Glück."

„Weil es ein Bach ist", sagte Lilly.

Er neigte den Kopf zur Seite. „Weißt du, wo sie ist?"

Lilly nickte. „Ich kann sie dir jetzt zeigen…wenn du willst."

In seiner Miene spiegelte sich ein Verlauf von Erstaunen zu freudiger Überraschung bis Verwunderung und Freude. „Das wäre fantastisch. Kommt dieser Picknickkorb auch mit?"

„Ja, in der Tat", sagte Lilly, schlenderte die Stufen hinunter und ging zu ihrem Auto, das am Straßenrand geparkt war.

Quinn folgte ihr wie ein aufgeregter Welpe. „Warum hast du mir nichts von der Brücke erzählt, ehe ich einen ganzen Tag damit zugebracht habe, sie zu suchen?"

Lilly blickte ihn über die Schulter hinweg an. „Ich wollte, dass du dich erst mal dafür anstrengst, damit sie es auch wert ist." Sie lächelte, denn sie flunkerte – irgendetwas hatte sie davon abgehalten. Etwas, das seitdem verschwunden war. Sie hatte jetzt zweimal mit diesem Mann Sex gehabt, und alles fühlte sich anders an.

Er würde sie nicht mit falschem Gerede einwickeln. Der Akt war geschehen, und Quinn war immer noch an ihr interessiert.

„Ach so, so ist das", lachte er. „Schon gut…schon gut."

Sie stiegen in ihren Honda Fit, fuhren aus der Parklücke und in eine Gegend, wo sie seit dem Tod ihres Vaters nicht mehr gewesen war. Der Weg nach Langley Creek würde einige alte Wunden aufreißen. Die Fahrt dauerte nur fünf Minuten, aber es ging ins unwegsame Gelände, über Kieswege und durch Baumalleen. Dann hielt sie an, schaltete den Motor aus und starrte die kleine Holzbrücke an, die sich über ein enges Flusstal spannte. „Dort ist sie", sagte Lilly und sah, wie Quinns Augen aufleuchteten. „Die Brücke, von der deine Mam ihre Füße hat baumeln lassen."

Langsam stieg Quinn aus und schloss die Autotür, den Blick starr auf die alte Brücke gerichtet. „Wie kommst du darauf?"

„Naja, es gibt nur eine Handvoll Brücken in Forestville. Eine ist halb verfallen, zwei sind für den Autoverkehr und diese hier – die liegt eben sehr abgelegen und versteckt. Es ist ein Platz, wo man gerne hingeht, wenn man allein sein will." Lilly starrte hinaus zur Brücke und dachte an die Picknicke, die sie mit ihrem Vater dort abgehalten hatte. Sie hatte ihn immer fragen wollen, warum er so traurig aussah, aber irgendwie hatte sie das Gefühl gehabt, es ginge sie nichts an. Also war sie einfach herumgewirbelt, herumgehüpft und hatte sich recht aufgedreht verhalten, damit er etwas zu lachen hatte, und das war genug gewesen. „Mein Dad und ich…wir kamen oft hierher", gestand sie. „Es war einer seiner Lieblingsplätze. Und wenn ich jetzt so darüber nachdenke…ergibt es einen Sinn."

„Was ergibt einen Sinn?", fragte Quinn, während er langsam auf die Brücke zuging. Das nähere Ende lag etwas in den großen Schatten von zwei mächtigen alten Eichen verborgen.

Quinn hatte immer noch keine Ahnung, dass seine Mutter und Lillys Vater befreundet, ja sogar Liebende gewesen waren. Er hatte keine Ahnung, dass seine Mutter der Grund für die Trennung ihrer Eltern war, bevor sie dann doch heirateten, und dass ihr Vater Lilly vielleicht hierher gebracht hatte, weil er sich an die guten Zeiten mit Maggie erinnerte, die er erlebt hatte, bevor sie ihn verließ und mit diesem O'Neill aus Dublin abgehauen war. Lilly war sich aber nicht sicher, ob sie die richtige Person war, die ihm dies erzählen sollte.

„Nichts", sagte sie und trat auf die Brücke. Sie hörte, wie sie unter ihrem Gewicht knirschte und knarzte. „Nur dass alle Stadtkinder zu bestimmten Zeiten ihres Lebens hier Zeit verbracht haben." Lilly ging bis zur Hälfte über den Strom, setzte sich dann und ließ ihre Beine über die mit einem Seil abgetrennte Kante baumeln. „Siehst du? Der perfekte Platz, um seine Beine baumeln zu lassen."

Quinn folgte ihr auf dem Fuß und ließ seine Beine auch über die Brückenkante herabhängen. Ihnen gegenüber sahen sie einen wunderschönen

Sonnenuntergang, der den Himmel in einem dunstigen Schleierwirbel von Pink-, Orange- und Purpurtönen ausleuchtete. „Ich kann nicht glauben, dass ich hier bin. Toll…es ist nicht der Pazifik, aber es ist etwas Besonderes", sagte er und legte seine Arme auf die dicken Seile. Ihm standen Tränen in den Augen, als er sie anblickte und ihr ein nochmals bestätigendes Lächeln zuwarf. „Danke!"

„Gern geschehen, Quinn", sagte sie und richtete ihr Augenmerk nun auf das langsame Untergehen der Sonne. „Willst du den Pazifik sehen?"

Er nickte. „Ich weiß, es erscheint sonderbar, angesichts der Tatsache, dass ich aus Irland komme und jede Menge Wasser gesehen habe."

„Oder vielleicht ist es auch geradezu logisch. Dass ein irischer Junge, der sogar in Erwägung zieht, in Amerika Wurzeln zu schlagen, wenn eventuell auch nur kurz, dennoch diese seelenvolle Verbindung zum Wasser sucht."

Quinn starrte sie an, als hätte sie ihm gerade die Geheimnisse des Universums enthüllt. „So habe ich es noch gar nicht betrachtet, aber du könntest Recht haben. Ich möchte sehen, was die Welt außerhalb von Irland zu bieten hat, und doch brauche ich auch ein wenig Vertrautheit. Vielleicht ist das der Grund, warum ich mich hier ein bisschen so wie zu Hause fühle. Vielleicht hat sich deshalb auch meine Mam so leicht in Irland einleben können."

Lilly nickte. „Klingt logisch. Du fährst also oft ans Meer?"

„Nicht so oft wie Con, aber einer meiner Lieblingsplätze befindet sich etwa vierzig Minuten von Dublin entfernt. Es ist ein hübsches kleines Fischerdorf mit Namen Howth mit fantastischem Blick auf die Irische See. Mit der Vorortebahn DART bin ich schnell dort, gehe auf dem Pier zum Leuchtturm und statte der Abtei St. Mary oberhalb des Dorfes einen kurzen Besuch ab. Jeden Sonntag findet ein Bauernmarkt statt, wo ich frische Produkte für *The Cranky Yankee* einkaufe."

Sie lachte begeistert. „Euer Familienrestaurant?"

Er nickte.

„Du hast also mitgearbeitet?"

„Ja, nachdem mein Vater gestorben war. Zwei Jahre, bevor Mam von uns ging." Quinn starrte auf den Fluss hinunter und hatte einen gedankenverlorenen, plötzlich weit entrückten Ausdruck in den Augen. Und Lilly wusste: Der Kummer hatte ihn wieder fest im Griff.

Sie nahm seine Hand. „Es tut mir leid. Beide Elternteile in so kurzer Zeit zu verlieren, das kann nicht leicht sein."

Er lächelte, hob ihre Hand an und küsste sie, so wie in der Nacht zuvor, dann ließ er sie los. „Ja, das ist nicht leicht. Doch die Wahrheit ist, meine Familie hat in Dublin recht schwere Schicksalsschläge ertragen müssen. Darum glaube ich, dass es uns allen guttun wird, meine drei anderen Brüder mit eingeschlossen, für eine gewisse Zeit das Land zu verlassen."

Lilly blinzelte. „Du sagtest, du hättest vor, nur eine Woche zu bleiben. Ich weiß, du sagtest, eventuell könntest du dir auch vorstellen, länger zu bleiben, aber haben deine anderen Brüder etwa vor, sich dir irgendwann anzuschließen?"

„Es ist eher so, dass ich hoffe, dass sie das tun werden. Brady, Sean und Riley haben gewisse Verpflichtungen, durch die sie stärker an Dublin gebunden sind, und müssen erst noch überzeugt werden, herzukommen, selbst nur für kurze Zeit. Das ist teilweise auch der Grund, warum ich hier bin. Um mich mit der Umgebung vertraut zu machen und herauszufinden, ob dies das ist, was Mam wirklich gewollt hätte. Hierher zurückzukehren. Heim nach GREEN VALLEY."

„Bedaure, da kann ich nicht folgen."

„Auf der Grundlage dessen, was ich in Mams Tagebuch gelesen habe, möchte ich einen Teil ihrer Asche hier in GREEN VALLEY verstreuen. Trotz gewissen Widerwillens werden meine Brüder kommen, vorausgesetzt ich bin nach Erkundung des Landes sicher, dass dies dem Willen unserer Mutter entspricht."

„Und was denkst du bis jetzt?"

„Ich denke, es wäre in ihrem Willen. Ich bin nicht so spirituell ausgerichtet wie Con, aber selbst ich kann ihre Gegenwart hier irgendwie spüren. Con hat dasselbe gesagt. Hier würde sie gerne sein, und wir alle wollen das Richtige für sie tun."

„Das wirst du, Quinn. Daran habe ich keinen Zweifel."

Er lächelte. Da er merkte, wie er von Emotionen überwältigt wurde, und er deshalb die Unterhaltung unbedingt wieder auf eine sicherere Ebene bringen wollte, gestikulierte er in Richtung des von ihr mitgebrachten Korbes. „Hast du vor, mich mit noch weiteren deiner Süßigkeiten zu verführen, Lil? Denn ich kann dir versichern, das wird nicht nötig sein. Ich bin dir bereits erlegen."

Gott, wie sehr sie sich wünschte, dass dies wahr sei. „Okay", sagte sie und hob den Korb auf. „Dann bringe ich den jetzt wieder zurück und—"

Er schnappte ihr den Korb weg. „Nein, nein, nicht so schnell! Ich sagte, es würde nicht nötig sein, aber es wird natürlich höchst wertgeschätzt. Sieht so aus, als wäre ich in deiner Gegenwart immer hungrig."

Sein Kommentar hatte den beabsichtigten Effekt. Lilly erschauerte vor Verlangen, aber sie zwang sich, vorzuschlagen: „Lass uns essen, bevor es zu dunkel wird."

Als sie ihm den Inhalt des Korbes präsentierte, fand sich dort eine Vielzahl von Resten aus der Küche, alles fast noch ganz frisch, und er delektierte sich daran, doch er aß nur, wenn Lilly sie ihm fütterte – zunächst mit den Händen, dann mit ihrem Mund. Als sie versuchte, ihm nur mit den Lippen ein mit Dill verfeinertes Stück Gurke zu reichen, nahm er es, ließ es jedoch ungeschickterweise fallen, wo es auf den Holzplanken landete.

„Oje, siehst du, was du angerichtet hast? Lass mich das erwischen!", sagte er und lugte auf ihr Kinn. „Hier genau hast du Gurkenkerne." Und dann glitt seine Zunge leicht über ihr Kinn, um die Gurkenkerne aufzulecken, wenn überhaupt je welche da gewesen waren. Sie hoffte vielmehr, dass er diese Sache erfunden hatte, damit er mit seiner Zunge über sie gleiten konnte.

Ob so oder so, lodernd entfachte er eine Spur auf ihrer Haut, die ihr Innerstes

entflammte. Es war schon erstaunlich, was dieser Mann ihr antun konnte, welch elektrisierende Funken er auf ihren Armen und Beinen auslösen konnte, die bis in ihren Bauch reichten. All die Jahre war sie mit ihrem Vater hierher gekommen, aber jetzt hatte die Brücke eine neue Bedeutung – sie war hier mit Quinn, einem Mann mit einer Mission, nämlich seine Mutter kennenzulernen – und wegen Lilly war er seinem Ziel jetzt einen Schritt näher gekommen.

Die kräftigen Arme, die sie für den Kuss umarmt hatten, packten sie plötzlich und brachten sie in einer schnellen, aber kontrollierten Bewegung bis an die Brückenkante. Zum Glück erhaschte sie einen Blick auf sein schelmisches Grinsen und erkannte, dass er nur einen Scherz machen wollte. Dennoch kreischte sie auf und zuckte zurück. „Quinn! Oh, mein Gott! Tu das nicht!"

Er lachte und zog sie zurück in Sicherheit, legte sie auf die Holzplanken und beugte sich über sie. „Ich würde dich niemals wirklich fallenlassen, Lil", flüsterte er, senkte sein Gesicht auf sie und küsste sie sanft in der kühlenden, herbstlichen Abendluft. Wegen der darauffolgenden Küsse und wegen der Gedanken, dass sie in Miami womöglich niemals einen Mann finden würde, der so verspielt, sexy und nett wäre wie dieser, verpasste sie den entscheidenden Moment, als der feurige Ball der Sonne hinter den Hügeln des Tales verschwand.

„Was tust du mir an?", fragte Quinn zwischen einzelnen, keuchenden Atemzügen.

Lilly hielt sein Gesicht fest, beobachtete, wie sich seine Lippen während des Sprechens bewegten, spürte, wie ihr Herz sich zusammenzog, als er es sagte, und wusste absolut sicher und zweifelsfrei, dass sie in dieser Sache nicht unbeschadet davonkommen würde. Sie verliebte sich gerade, und sie verliebte sich gerade heftig.

„Dasselbe wollte ich dich gerade fragen."

KAPITEL ELF

Er war nicht vorsichtig.

Obwohl Quinn sich viele Male vorgesagt hatte, es mit Lilly nicht über einen gewissen Punkt hinausgehen zu lassen, hatte er es doch über diesen gewissen Punkt hinausgehen lassen. Und bei Gott, er war nicht bereit dafür. Das war er nicht.

Er musste erst einmal herausfinden, ob er nach Dublin zurückkehren wollte, ob er andere unbekannte Orte erkunden wollte oder ob er auf sein Bauchgefühl hören sollte, das ihm mit jeder Stunde, die verging, sagte, dass GREEN VALLEY genauso sehr seine Heimat war wie es auch die seiner Mam gewesen war. Diese Gegend verströmte irgendetwas, das ihn ansprach. Sie löste in ihm das Bedürfnis aus, sich hier niederzulassen und alles zu erforschen, was sie zu bieten hatte. Und wenn er diese Gegend mehr erforscht hätte, so hoffte er, würden sich seine Brüder ihm anschließen, um die Asche ihrer Mutter zu verstreuen, aber auch, um die Schönheit der Gegend für sich selbst zu erleben. Da Quinn wusste, dass Con die Macht dieses Ortes bereits spürte und dorthin gehen würde, wohin der Wind ihn wehen würde, hatte er keinen Zweifel, dass er zustimmen würde, länger zu bleiben. Brady dürfte eine Umsiedlung auch zu schätzen wissen, da seine Welt in Trümmern lag. Und die Zwillinge könnten sich zumindest auf lange Ferien hier freuen.

Wie fantastisch wäre das, wenn alle kämen und eine Zeitlang blieben?

Das würde ihn glücklich machen, aber natürlich wäre es nicht perfekt.

Nicht ohne Lilly.

Bevor sie von der Langley Brücke wieder wegfuhren, hatte sie ihm von ihrer wundervollen Gelegenheit erzählt, bei einem weltberühmten Meisterkonditor in Miami als Praktikantin zu arbeiten. Ihre Aufregung war mit Händen greifbar gewesen, auch wenn sie immer noch besorgt war, wie wohl ihre Mutter diese Neuigkeit aufnehmen würde. Quinn hatte Lilly umarmt, bis sie gequietscht hatte. Hocherfreut und überglücklich für sie, konnte er dennoch nicht verhehlen, dass er auch einen Anflug unerklärlicher Traurigkeit verspürt hatte.

Es war bereits sein vierter Tag hier in Kalifornien, und er brauchte immer noch eine Landkarte, um in den unsteten Gewässern seiner Unsicherheit navigieren zu können. Hatte etwa ein Teil von ihm bereits an eine gemeinsame Zukunft mit Lilly gedacht? Unsinn! Das Allerletzte, was ein Kerl in seiner Lage tun sollte, war, sich mit einer Frau einzulassen. Vor allem nicht mit einer, die so bald abfahren würde.

Und doch – irgendwie konnte er sich nicht von Lilly fernhalten. Nicht, wenn das Scheitern mehrere solcher Tage wie gestern bedeutete: Liebe am Morgen, dann miteinander auf der Brücke über dem Bach sitzen, sich ruhig unterhalten und sich gegenseitig füttern.

Anstatt sofort loszufahren, um weitere Erkundungen zu machen – verdammt, er hatte noch nicht einmal das Haus, wo seine Mutter aufgewachsen war, gesehen – war er dageblieben, in der Hoffnung, mehr Zeit mit Lilly verbringen zu können. Wenn das kein Anzeichen war, dass er auf eine Katastrophe zusteuerte, dann wusste er auch nicht, was dann. Kaum hatte er daran gedacht, als Lilly ihn auch schon im Aufenthaltsraum entdeckte. Sie versuchte, sich zu beherrschen, doch er merkte, dass sie vor Aufregung geradezu vibrierte, und das musste mit dem geheimnisvollen Lächeln, das ihre Lippen umspielte, zu tun haben.

„Hier bist du! Wenn du heute nichts anderes vorhast, dann geh und pack deine Tasche! Dein Bruder auch." Gleich jetzt hätte er die Bremse reinhauen müssen. Er hätte sagen sollen, dass er bereits Pläne hätte, und dass diese Pläne sie nicht mit einschlossen – nicht mit einschließen konnten, aber er tat es nicht. Wie könnte er? Sie strotzte so vor Begeisterung wegen der Sache, welche sie auch immer im Schilde führte, dass er es hasste, sie zu enttäuschen.

Und darum ging er los und holte Con, der anscheinend in der Nacht zuvor mit Dara eine Auseinandersetzung gehabt hatte, und der erst noch aus dem Bett kommen musste. „Lass uns gehen, du Made!"

„Du bist die Made."

„Du schläfst die ganze Zeit in deinem madigen Bett."

„Das ist dasselbe Bett, in dem du geschlafen hast, du Scheißtyp", sagte Con mit der Begeisterung eines Faultiers.

„Lilly will uns irgendwohin mitnehmen." Quinn riss seinem dummen Bruder die Bettdecke weg und gab ihm einen spielerischen Schubs.

„Hau ab, du Lümmel!" Aber letzten Endes setzte sich Con doch auf, blickte sich um, rieb sich den Schlaf aus den Augen und innerhalb der nächsten halben Stunde war die Reistasche gepackt, so wie Lilly es ihnen befohlen hatte. Gut mit Sonnenbrillen geschützt trafen sie sie draußen bei ihrem Auto an. „Wird dies etwas mit Denken zu tun haben?", gähnte Con.

„Nicht wirklich", sagte Lilly.

„Mit Gehen?"

„Nur, wenn du von hier bis zum Ozean lieber zu Fuß gehen willst, oder wenn wir dort sind, am Strand entlang", sagte Lilly strahlend. Sie verstaute ihre Reisetasche zusammen mit einer kleinen Kühltasche voller Getränke im Kofferraum.

„Ozean?" In der frühen Morgensonne, die den leichten Nebel sogleich vertrieb, damit es ein wunderschöner Tag im Weinland werden konnte, kniff Quinn fragend die Augen zusammen.

„Der Pazifik. Du hast gesagt, du wolltest ihn sehen."

Lilly lächelte, kostete das Erstaunen auf seinem Gesicht aus. Denn wie könnte er nicht erstaunt sein? Diese Frau hatte alles – Verstand, Talent, außergewöhnliche Schönheit, Leidenschaft, und sie wusste, wie man einen Picknickkorb packte, und sie hörte bei allem, was er sagte, genauestens zu. Das war eine ganze Menge mehr als er von Rita sagen konnte, einer Frau, mit der er sich regelmäßig in Dublin verabredet hatte und die den Klang ihrer eigenen Stimme sehr geliebt hatte, das war mal sicher.

Es war eine kurze Fahrt von nur dreißig Minuten zur Küste, aber als sie in Jenner, einer kleinen Küstenstadt an der Mündung des Russian River, ankamen, wurden Quinns Augen sogleich von der majestätischen Schönheit des weiten Ozeans in Bann gezogen. Kurz vor einer felsigen Klippe hielten sie an. Alle stiegen aus und stießen die verschiedensten Seufzer der Ehrfurcht und Bewunderung aus. Die salzige Meeresluft und die frische, kühle Brise hauten Quinn um.

„Irre…", murmelte Con neben ihm.

Es lag nicht daran, dass der Ozean so weit und all-umfassend war, es war vielmehr die eigene Bedeutungslosigkeit, die ihn mehr als alles andere umhaute. Er war ein Nichts, ein Staubkorn, das auf einem großen Felsen lebte, der in Wirklichkeit ein winziger Kieselstein in der unendlichen Weite des Universums war. Er versuchte, in Allem einen Sinn zu finden, aber im großen Ganzen betrachtet war er ein Nichts. Sie alle waren nichts – eine winzige Ansammlung von Zellen. Sein

Herzschlag könnte jeden Moment aussetzen, aber dieser Ozean würde weiterhin tosen und wogen, aufgewühlt schäumen und für immer und ewig seine salzigen Tränen an die Felsen darunter weinen.

„Du bist sprachlos", sagte Lilly leise hinter seiner Schulter. Ihre Hand legte sich auf die Mitte seines Rückens, und es fühlte sich wunderbar an, ihre Finger auf sich zu spüren. Sogar Con hatte nichts zu sagen, bloß ein Lächeln, als Lilly zum Auto zurückgehend sagte: „Ich hole die Decke."

„Meisterin der Picknicke, das bist du! Du solltest deine eigene Fernsehshow haben." Quinn zwinkerte ihr nach, dann bemerkte er den Blick, den ihm sein Bruder zuwarf. „Was?"

Er sah der tollen Frau nach, wie sie davonschlenderte, in engen Leggings, die die Rundungen ihrer Hüften und ihres Hinterns wunderbar umgaben.

Gott, er wünschte sich, er könnte sie schnell auf diese sandigen Klippen werfen und seinen Kopf auf sie legen, wenn da nicht Con wäre, der auch noch hinterhertrottete.

Den Vormittag und den Nachmittag verbrachten sie auf der Decke liegend, unterhielten sich über alles und jedes. Seit Quinns letztem Urlaub war verdammt viel Zeit vergangen, wahrscheinlich fünf Jahre. In einer Spielpause der Rugby-Saison waren er und Rita für ein paar Tage nach Manchester gefahren, um ihre Familie zu besuchen. Damals hatte es sich wie Ferien angefühlt, da er ja sonst niemals wegfuhr, aber wenn er jetzt daran zurückdachte, war es bloß ein kurzzeitiges Phänomen gewesen. Aber dies hier – dies war wahre Glückseligkeit.

Sein Kopf ruhte auf Lillys flachem Bauch. Sie stützte sich auf den Ellbogen auf und warf ihm Blaubeeren in den offenen Mund. Quinn merkte, dass sein Bruder nicht viel gesagt hatte, seit sie angekommen waren. Con war ein Freigeist, der trotz der Sticheleien seiner Brüder sein Yoga liebte, der ausgefallenen Tee trank, gerne wanderte und für die Natur schwärmte. Dazu kam noch ein scharfer Verstand und Wortgewandtheit. Er konnte jede Diskussion gewinnen, indem er seinen Gegner in Grund und Boden redete, und was das Umschmeicheln von Frauen betraf, so war er ein Naturtalent. Der Ozean jedoch hatte ihn aller Worte beraubt, allerdings nicht auf die besorgniserregende Art und Weise, so wie es kürzlich durch seinen Kummer geschehen war. Zugegeben, Quinn hatte gewusst, dass sein Bruder stark vom Wasser angezogen wurde, aber er hatte nie viel Zeit zusammen mit ihm am Meer verbracht. Niemals zuvor hatte er gesehen, dass Con von etwas so fasziniert gewesen war.

Quinn konnte sich fast einreden, dass er und Lilly allein hier wären, und zu seiner Verwunderung, so als könne er Gedanken lesen, stand Con auf und fing an, am Ufersaum der Küste entlangzugehen.

Wer hätte gedacht, dass der Kerl so in Gedanken versunken sein konnte?

„Endlich allein", brummte Quinn Lilly zu, die kicherte, doch in ihre Augen war ein Schatten getreten, der dort nicht hingehörte, angesichts der Schönheit ihrer Umgebung.

„Was beunruhigt dich, Lil?"

Erschrocken-überrascht blickte sie auf, denn sie konnte es kaum glauben, dass er ihre Emotionen so genau erspürt hatte. „Ich habe nur über mein Praktikum nachgedacht. Vier Tage sind verstrichen, seit ich die Nachricht erhalten habe, und meine Mutter weiß immer noch nichts davon. Ich weiß nicht, warum ich solch erbärmliche Angst habe, sie damit zu konfrontieren."

„Du musst positiv sein, Lil! Wie alt bist du, zweiundzwanzig, dreiundzwanzig?"

Neckisch grinste sie ihn schief an und zog an seinem Haar. „Siebenundzwanzig."

„Na dann, sag einfach: Egal! Tu dann das, was du willst, und sag, was du willst, so wie du es mit mir gemacht hast!" Während er sie schurkisch anlächelte, wappnete er sich für einen weiteren Klaps auf den Kopf. Tja, diese Frau liebte es, ihn zu hauen. Nicht, dass es ihm etwas ausmachte.

„Du hast leicht reden, Quinn. Deine Mam regiert nicht mit eiserner Hand. Deine Mam sagte, du sollest dein Leben leben, fliegen und frei sein. Meine Mam tut das nicht. Du hast vier Brüder, die den Namen deiner Eltern weitertragen, aber meine Eltern haben nur mich. Sie setzten alles auf mich, sozusagen. Wenn ich die Frühstückspension nicht übernehme, wer dann?"

„Ich verstehe, was du meinst", sagte er, im Versuch, ihr eine Stütze zu sein.

„Aber du hast Recht, ich muss es ihr bald sagen. Ich habe keine Wahl. Meine größte Angst jedoch ist: Was ist, wenn ich beschließe, selbstsüchtig zu sein, meiner Mam wehtue und dann letztlich keinen Erfolg habe? Was ist, wenn ich mich jetzt nach Miami begebe und dann herausfinde, dass alles nur ein Zufallstreffer war? Dass meine Wettbewerbs-Muffins eine einmalige Sache waren und ich es nicht schaffe, diese Genialität noch einmal zu erreichen?

„Lilly, Lilly", unterbrach er sie. „Das ist Blödsinn, und das weißt du auch." Sie suchte nach Ausreden, warum sie keinen Erfolg haben könnte. „Hör auf, das Leben zu führen, das deine Mam für dich geplant hat, und fang an, dein eigenes zu leben."

„Starke Worte von einem Mann, der nicht weiß, wie er von hier aus weitermachen soll", murmelte Lilly.

Autsch! Bei ihren Worten fuhr er zusammen, aber es war die Wahrheit, und er konnte ihr nicht verübeln, diesen Zusammenhang herzustellen. Lilly war ihm in einem voraus, nämlich dass sie wusste, worauf sie zusteuerte. Ihr Leben war vorausgeplant. Wohingegen er? Nichts. Er brauchte eine Richtung, und er brauchte sie bald.

„Geht es ihm gut?", fragte Lilly mit Blick auf Con, der weiter unten am Strand im Schneidersitz saß und auf den Ozean hinausstarrte, als würde er meditieren.

„Con geht es gut, Lil. Und du hast Recht: Ich weiß nicht, wie es weitergehen soll. Aber wenn ich einmal weiß, was ich will, dann versichere ich dir, dass ich mich von niemandem aufhalten lassen werde, dieses Ziel auch zu erreichen."

„Aber was wäre, Quinn...", fuhr Lilly mit ihrer

angstvollen Rede fort. „Wenn ich meiner Mutter erst einmal meine Entscheidung mitgeteilt und sie durch meine Abreise verletzt habe, dann kann ich nicht mehr zurück. Der Schaden wäre angerichtet. Was wäre, wenn ich das Praktikum abschließe, mein Geschäft eröffne und feststelle, dass ich die Aufträge nicht bewältigen kann? Zum Beispiel, wenn ich zu viele Aufträge bekomme?"

Quinn verdrehte die Augen. „Lil, hör dich einmal selbst an! Du hast Angst, so erfolgreich zu sein, dass du nicht mehr weißt, was du tun sollst? Meine Güte! Du wirst diese Brücke überqueren, wenn du dort bist. Das heißt: Komm Zeit, kommt Rat. Falls – *wenn* – du an diesen Punkt kommst, und das wirst du, denn deine Süßwaren, Muffins und was du sonst noch alles bäckst, sind fantastisch. Wenn du an diesen Punkt kommst, wirst du Hilfe einstellen. Irgendwann wirst du an den Punkt kommen, wo du nicht mehr die ganze Arbeit alleine machen willst. Du lernst jemanden an, der genauso gut backen kann wie du, und dann kannst du weggehen, Ferien machen, dir die Welt anschauen, was auch immer. Aber du wirst wissen, dass deine Muffins genau so gemacht werden wie du sie magst."

„Niemand kann sie so machen wie ich", sagte sie sogar-nicht-eingebildet mit vorgetäuschter Selbstgefälligkeit. „Zumindest rede ich mir das immer gerne selbst ein."

„Liebling…" Er schüttelte den Kopf. Genau das hatte er seinem Vater über *The Cranky Yankee* zu sagen versucht. „Weißt du, warum die meisten Geschäfte scheitern? Weil die Eigentümer Manager, Bäcker,

Allestuer werden. Sie weigern sich, die Kontrolle aufzugeben, und ehe sie es merken, sind sie erschöpft, während alle anderen in Urlaub sind. Und sie können sich nicht erklären, warum. Glaub mir, ich habe das Tag für Tag mit eigenen Augen bei meinen Eltern gesehen. Bilde andere aus, die für dich arbeiten! Sie sollen deine herrlichen Produkte genau so herstellen wie du sie herstellst. Und schwupp – schon bist du frei, um zu leben."

„Ist das die Art und Weise, wie man es macht?", sagte sie in spöttelndem Ton.

„Ja, genau so macht man es."

Sie starrte auf die Wellen hinaus, schien über das, was er gesagt hatte, nachzudenken. „Hast du dir überlegt, was du als nächstes machen willst? Und wo?", fragte sie plötzlich.

„Das habe ich noch nicht geklärt. Irgendein Geschäft ziemlich sicher." Er hielt inne, dachte darüber nach, wie es wäre, wirklich und wahrhaftig in Forestville zu leben. Könnte er das? Bis jetzt war alles, was er gesehen hatte, friedlich, ruhig, wunderschön, bezaubernd – eine ganz andere Welt eben als das geschäftige Dublin. Andererseits hatte er schon immer aufs Land ziehen wollen, um eine Familie zu gründen…irgendwann. Nur hatte er niemals Amerika in Erwägung gezogen, bevor Mam gestorben war. Außerdem war GREEN VALLEY nur ein Katzensprung von den großen quirligen Städten entfernt.

„Woran denkst du?" Lillians leise Frage machte ihm nichts aus. Er hatte nur keine Antwort parat.

Er merkte, dass er, ehrlich gesagt, absolut nichts hatte.

was er Lilly anbieten könnte, *falls* sie je in Betracht zögen, zusammenzubleiben. Er musste sich irgendwie krisenfest etablieren, obwohl Quinn auch ein Händchen hatte, sich einer Situation gewachsen zu zeigen, wenn sie auftrat. Er mochte an einem Scheideweg stehen, aber nicht lange. Was er auch tat, er würde erfolgreich sein. Darüber machte er sich keine Sorgen. Zu wissen, dass Lilly ihrem eigenen Erfolg nachjagen musste und gleichzeitig Angst davor hatte, das war es, was ihm Sorgen machte. Was zwischen ihnen möglich sein könnte, wenn er nur bereits sesshaft wäre, was er aber nicht war, dieser Gedanke machte ihn traurig. Und selbst wenn er bereit wäre, sich in GREEN VALLEY niederzulassen, so hatte er aus dem Restaurant und der durch fünf zu teilenden Lebensversicherung seiner Mutter doch recht wenige Ersparnisse für seine Vorhaben. Und auch dieses Geld würde nach ein paar Monaten aufgebraucht sein. Lilly verdiente jemand besseren als ihn.

„Ich denke gerade, wie grandios es ist, dass du diese Gelegenheit angeboten bekommen hast, wie du deine eigene Nische besetzen kannst, weißt du? Das Letzte, was du brauchst, ist, dich mit solcherlei Leuten wie mich zu verstricken." Abrupt setzte er sich auf, in den Schneidersitz, und stützte die Ellbogen auf seine Knie. Er fing an, sich in Lillys Gesellschaft zu behaglich zu fühlen, wenn er sogar schon daran dachte, *was wäre, wenn* sie zusammenkommen könnten.

Sogar aus dem Augenwinkel heraus bemerkte er Lillys zusammengezogene Brauen. „Was ist los?"

„Womit?", stellte er mehr fest, als dass er fragte. Er

hielt seine Augen weiter starr geradeaus auf das Wasser gerichtet. Unterhalb von ihnen nahmen Surfer die Wellen in Angriff, saßen in Gruppen beieinander, redeten und genossen den Nachmittag. *Halte gebührend Abstand, Quinn!*

„Ich weiß es nicht. Du hast dich ruckartig aufgesetzt, als wärst du wütend oder sowas."

„Ich bin nicht wütend." Er ließ ein unbegründetes Lächeln aufblitzen. „Nein, danke."

Danach waren sie kurze Zeit still, und Lilly holte eine Flasche Wein und Gläser hervor, um sich geschäftig zu betätigen. Er verabscheute es, ihr das Gefühl zu geben, als wäre etwas zwischen ihnen nicht in Ordnung, aber er war auch nicht dumm. Sie hatten sich in kurzer Zeit kennengelernt und waren sich näher gekommen. Er fühlte sich stark zu Lilly hingezogen, und er wusste, sie spürte dieselbe Anziehungskraft. Trotz ihrer Übereinkunft, nur für den Augenblick zu leben, verstärkte jeder Augenblick, den sie miteinander verbrachten, den Zustand, wie jeder den anderen in der Hand hatte. Wenn er jetzt nicht schnell seine Abwehrmechanismen hochfuhr, würde er ihr das Herz brechen und sein eigenes womöglich auch, und ein weiteres Herzeleid war nun wirklich nichts, was er jetzt gebrauchen konnte.

„Du musst dich wirklich schon sehr auf Miami freuen, oder? Strände, gebräunte Körper und sehr viel Kultur, wie ich höre. Du wirst dort großen Erfolg haben", sagte er, indem er sich sehr bemühte, die Unterhaltung auf das Positive auszurichten – auf die Zukunft.

„Quinn?", sagte Lilly leise, und sie ließ den Wein und die Gläser stehen, um zu ihm zu kriechen und sich im Schneidersitz neben ihn zu setzen.

„Hmm?"

„Stößt du mich gerade weg?"

Frauen und ihre emotionalen Antennen. „Was? Warum sagst du das?"

„Weil es sich genau so anfühlt. In der einen Sekunde legst du deinen Kopf auf mich und wir unterhalten uns gut, und in der Minute, als ich dich fragte, was deine Pläne seien, bist du sowas wie ausgerastet."

„Ich   bin   nicht   ausgerastet."

In dem Moment näherte sich Con.

„Con, bin ich ausgerastet?", rief Quinn seinem Bruder aus drei Metern Entfernung zu, obwohl der ja nicht wissen konnte, wovon Quinn sprach.

„Weißt du, was cool wäre?", sagte Con. „Hier einen Surf-Shop aufzumachen. Vielleicht auch Kurse anzubieten."

Was zum Geier…? Quinn war bekannt, dass Con an Wettbewerben im Wellenreiten teilgenommen hatte. In Irland gab es dafür großartige Strände in Donegal, Sligo, Clare und Kerry, alles Orte, die Con irgendwann einmal aufgesucht hatte. Aber was wusste er schon davon, wie man ein Geschäft führte, selbst wenn es tatsächlich eine von Mams verrückten Ideen in ihrem Tagebuch war. Mam war anscheinend nicht die einzige Träumerin in der Familie.

Quinn machte den Mund auf – um etwas zu sagen,

wusste nur noch nicht was – als Con schon wieder losging, wobei er vor sich hin murmelte. Seufzend schaute Quinn auf Lilly, die aufgestanden war und den Wein und die Gläser, die sie gerade erst ausgepackt hatte, wieder einpackte.

„Was machst du, Lil?"

Sie zuckte mit den Schultern. „Ich gebe dir das, was du willst. Etwas Abstand zwischen uns, nicht wahr?"

Als er nichts dazu sagte, um es abzustreiten, nickte sie. „In Ordnung. Dann werde ich mal das Zeug für das Lagerfeuer holen."

Er sah ihr nach, wie sie davonging, und genau wie er es sich immer vorgestellt hatte, durchzuckte ihn bei diesem Anblick ein stechender Schmerz. „Hey, Lil! Ich habe dich nicht weggestoßen", sagte er, während er aufstand und ihr folgte. Er war sich bewusst, dass er log, wusste aber nicht, wie er ihr erklären sollte, was er sich gedacht hatte, ohne sich nur noch tiefer in dem komplizierten emotionalen Geflecht, in dem sie sich bereits befanden, zu verstricken. „Ich wollte wirklich einfach mehr über deine Pläne für Miami hören. Ich bin ganz aufgeregt für dich, weil ich leider sowas in der Art für mich nicht am Laufen habe. Das verstehst du doch, oder?"

Als Lilly am Auto ankam, lehnte sie sich mit dem Rücken an die Tür. „Ja, natürlich. Ich hatte nur eine Sekunde lang das Gefühl, du würdest auf Abstand gehen. Aber ich verstehe das, Quinn. Wirklich. Wir waren übereingekommen, nur eine Nacht miteinander verbringen zu wollen, dann haben wir diese Regel gebrochen. Dann verbrachten wir den halben gestrigen Tag zusammen, und jetzt sind wir wieder beisammen. Mein Fehler, ich weiß, dass ich euch hierhergeschleppt habe, aber—"

„Hey! Du hast mich *nicht* hierhergeschleppt. Ich *wollte* kommen." Er nahm ihre Hände und sah in ihren blauen Augen, wie sie seine Miene nach Aufrichtigkeit absuchte. „Ich habe jede Sekunde, die ich mit dir verbracht habe, sehr genossen, aber weißt du, was wir hier tun, ist nicht leicht. Naja…zumindest nicht für mich."

„Denkst du, für mich sei es leicht?" Lillys Augen weiteten sich, und ihr Gesicht zeigte völlige Überraschung. „Quinn, ich unterhalte nicht einfach jeden Mann, der in die Stadt kommt, falls du das denkst. Ich bin nicht daran gewöhnt, zu lieben und wieder zu gehen, heute der, morgen der, ex und hopp…"

„Das habe ich auch *nicht* andeuten wollen, Lil. Ich sage nur, ich kann nur für mich sprechen."

„So bin ich nicht", fuhr sie unbeirrt fort und wehrte seine Hände und seinen Einwurf ab. „Hier draußen bei uns sehe ich äußerst selten irgendwelche Männer."

„Ich verstehe", sagte Quinn, „du hast dich also zu mir hingezogen gefühlt, nicht weil ich so unwiderstehlich charmant bin, sondern weil ich einer der wenigen Männer war, die du je zu Gesicht bekommst? Großartig! Jetzt geht es mir schon besser." Er spottete und lachte gleichzeitig.

„Nein! Oje!" Sie öffnete den Kofferraum und holte die non-alkoholischen Getränke heraus, eine Tasche Feuerholz, das sie von der Pension mitgenommen hatte, und etwas Zeitungspapier zum Anzünden. „Das sage ich überhaupt nicht, Quinn", sagte sie und wirbelte herum, um ihm ins Gesicht zu schauen. „Du bist wunderbar, und dich kennenzulernen ist das Beste, was mir passieren konnte. Ja, ich spüre die Anziehungskraft. Wenn das nicht wahr wäre, dann müsste ich nicht..." Sie hielt inne und nuschelte irgendetwas Unverständliches vor sich hin.

„Müsstest du was nicht?" Er war ihr mit dem Feuerholz behilflich, indem er es vor seiner Brust gestapelt trug.

„Nichts. Vergiss, dass ich irgendetwas gesagt habe! Wir wollen uns einfach amüsieren, okay? Ich habe ein Zimmer dort drüben unten an der Klippe gemietet." Sie deutete auf ein kleines Hotel am Ende der Straße. „Wir machen Lagerfeuer, betrinken uns, wenn du willst, und..." Sie wandte sich mit glasigem Blick an ihn. „...und genießen einfach unsere gemeinsame Zeit. Geht das?"

„Ja", meinte er entschieden. Er legte das Holz auf den Boden, damit er ihre Hände in seine nehmen konnte und ihr das vom Wind zerzauste Haar hinter die Ohren stecken konnte. „Ja, natürlich geht das. Das würde ich wirklich sehr gerne tun." Das war wahr. Er sagte das nicht nur, um sie zu besänftigen. Die Vorstellung einer weiteren gemeinsamen Nacht gefiel ihm wirklich sehr.

Er machte sich bloß Sorgen. Aus mehreren Gründen.

Dass er sich in einer Beziehung verhedderte, für die er noch nicht bereit war, war einer davon. Dass Lilly durch seine Verhaltensweise anscheinend dachte, er würde keine weiteren Verpflichtungen eingehen wollen oder Hintergedanken haben, wenn eigentlich nichts weiter vor der Wahrheit entfernt war, war der zweite, und der dritte Grund – wenn er sich nicht beeilte und bald entschied, wie es mit seinem Leben von jetzt an weitergehen sollte, würde er eine fantastische Gelegenheit mit dieser wundervollen Frau auslassen; und das Auslassen guter Gelegenheiten gehörte zu den Erfahrungen, die er in seinem Leben nie wieder machen wollte.

KAPITEL ZWÖLF

Viel später, lange nachdem ihr Abendessen am Lagerfeuer vorbei war, war Con immer noch nicht bereit, zu gehen. Er wollte in seinem meditativen Zustand die ganze Nacht draußen bleiben und auf den Ozean schauen. Darum nahm Quinn die Decken, legte eine um seinen Bruder, faltete die andere zu einem Kissen für ihn zusammen und warf weiteres Holz ins Feuer, um ihn warmzuhalten. „Ruf mich an, wenn du etwas brauchst, du Spinner!"

Lilly war einverstanden, ihr Auto bei Con stehen zu lassen, für den Fall, dass er es brauchte. Dann ging sie mit Quinn die Straße hinunter bis zum Cottage auf der Klippe.

Sie bezogen ein kleines Zimmer mit Blick aufs Meer. Lilly dankte ihren Glückssternen, dass sie auch andere Eigentümer von Pensionen in der Gegend kannte. Schon immer hatte sie eine Nacht im *Whispering Winn* verbringen wollen, und das Erste, was sie tat, war, die Holzfensterläden aufzumachen, die der Schwärze der

Nacht und des Ozeans zugewandt waren. Ein kalter Wind blies herein, der Quinn veranlasste, ein Feuer im offenen Kamin zu entzünden. Und schon bald lagen sie eingekuschelt auf einem Teppich vor dem Feuer.

Lilly hätte es nichts ausgemacht, sich mit Con und Quinn ein Zimmer zu teilen, wo sie zu dritt gemeinsam schliefen, keine Knutscherei, kein Gefummel, kein Nichts, einfach drei Leute, die in einem Zimmer übernachteten. Aber jetzt war sie mit Quinn alleine, und die Nacht wurde umso magischer. Vielleicht lag es daran, dass sie am Strand fast in Streit geraten wären, weil sie so unter Stress standen, oder daran, dass sie beide die Auswirkungen der unweigerlich tickenden Uhr zu spüren begannen, Quinn jedoch war wild entschlossen, sich auf Lilly zu konzentrieren.

Sie an sich zu ziehen.

Sie zu schmecken, sie zu spüren.

Lilly war klar, dass er alles erkunden wollte, was ihr Körper und Geist zu bieten hatte, bevor die Zeit mit ihr vorbei war. Sie lag auf dem Rücken und sah ihm zu, wie er an ihrem Oberkörper entlangstrich, dabei jeden Zentimeter küsste und den Duft ihrer vom Lagerfeuer nach Rauch schmeckenden Haut einatmete. Lilly wusste, worauf er zusteuerte, und sie unternahm nichts, um ihn aufzuhalten.

Ben hatte nur selten Oralverkehr mit ihr gehabt, und wenn, dann hatte er nicht gewusst, was er tun sollte, außer sie im immer gleichen Rhythmus wiederholt zu lecken, als wäre das alles, was nötig wäre. Quinn hingegen kostete die Gaben ihres Körpers voll aus, fühlte sich zwischen ihren

Beinen wie zu Hause, atmete ihren Duft ein, variierte seine Bewegungen, mal schnell, mal langsam, wobei er sie zwischendurch immer wieder mit dunklen Augen anblickte, damit er einschätzen konnte, worauf sie reagierte, was ihr gefiel und was er noch tun konnte, um sie dorthin zu bringen, wo er sie haben wollte. Quinn setzte seine Finger ein, zunächst quälend langsam, dann schneller, und gleichzeitig wechselte er auch den Grad der Intensität wie er sie leckte. Er verschlang sie wie ein kurz vor dem Verhungern stehender Mann, dem eine seltene Frucht angeboten wird, so lange bis sich ihre Empfindungen aufgebaut hatten und sich ihre Beine verkrampften. Er gab niemals auf, ehe er sie nicht bis auf den Gipfel der Lust geführt hatte, und auch nachdem sie in heranrollenden Wellen, die mächtiger waren als die draußen vor dem offenen Fenster, ihren Höhepunkt erlebt hatte, blieb er dort, küsste sie sanft und legte seinen Kopf an ihren Oberschenkel.

Lilly hätte so leicht für den Rest der Nacht in den Schlaf driften können, aber sie wollte, dass er sich auch gut fühlte. „Was kann ich für dich tun?", fragte sie schläfrig, in einem diffusen Nebel taumelnd vor Glück.

Er kroch zwischen ihren Beinen zu ihr hinauf und küsste sie zärtlich. „Du hast schon genug getan."

So süß das auch gemeint war, und so sehr ihr auch klar war, dass er auf die Chance auf einen Orgasmus verzichtet hätte, damit sie in einen friedlichen Schlummer fallen konnte, sie holte trotzdem ein Kondom und streifte es ihm über. Dann wickelte sie ihre Beine um ihn und zog ihn heran. Mit ihren Händen zog sie seine Hüften eng zu sich. Dann ließ sie zu, dass er in sie hineinglitt, sie liebte, sie schnell und hart nahm, damit er beim härtesten und höchstmöglichen Punkt zum Ende kommen konnte, genau dann, als sie ihm ein Lächeln schenkte – ein aufrichtiges, im Sinne von *Ich kann nicht glauben, dass du wirklich da bist* – flippte er aus und kam.

Und in diesem Moment geschah es. Unbestreitbar. Unwiderrufbar. Es spielte keine Rolle, dass sie sich erst ein paar Tage kannten. Es spielte keine Rolle, dass sie dagegen angekämpft hatte oder dass sie sich bald trennen würden.

Sie verliebte sich in Quinn O'Neill.

Lilly hatte auch schon vorher jemanden geliebt, aber nicht so. Plötzlich machte es ihr Angst. Die Furcht schlängelte sich um sie herum wie der Wind vom Pazifik, der durch die Fenster hereindrang. Doch zum Glück war Quinn da, umhüllte sie mit seinen Armen, beschützte sie in seinem warmen Kokon von Sicherheit und Frieden, und bevor ihr noch weitere Gedanken kommen konnten, schlief sie ein.

Lilly schlief die ganze Nacht lang mit Quinn, und für ein Mädchen, das seit mehreren Jahren keine ganze Nacht mehr mit einem Mann geschlafen hatte, war das schön. Die Nacht war wirklich so wie sie sein sollte – voller Sex, Liebe, Frieden, Geborgenheit und Glück.

Als sie am Morgen auf der Seite liegend erwachte,

hielt Quinn, der noch immer schlief, sie von hinten fest. Bald wachte er selber auf, küsste sie und kratzte sie zärtlich am Rücken, aber sie liebten sich nicht nochmals. Obwohl Lilly damit absolut einverstanden gewesen wäre, war es doch auch schön, zu wissen, dass sie auch ohne Sex einander nah sein konnten. Es war eine zusätzliche Bestätigung, zu wissen, dass sie ein Band, eine Verbindung und gemeinsame Interessen hatten, und dass nicht jede gemeinsame Zeit der Ruhe bei jeder Gelegenheit mit Ächzen und Stöhnen ausgefüllt werden musste. Es zeigte ihr auch, dass Quinn nicht nur eingleisig dachte, dass er auch glücklich sein konnte, wenn er nur neben ihr unter der dicken Decke lag. Und es zeigte ihr auch, dass sie nicht eingleisig dachte. Nach seinem verletzenden Kommentar, dass sie sich einfach auf den erstbesten Kerl, der nach GREEN VALLEY kam, stürzen würde, hatte sie einen Großteil der Zeit am Lagerfeuer damit zugebracht, sich zu fragen, ob Quinn Recht hatte, ob ihr Hingezogensein zu Quinn O'Neill nur darauf beruhte, dass sie Nähe brauchte.

Aber was würde letzten Endes passieren – *sagen wir mal* falls *wir tatsächlich zusammenkommen? Wenn die unbedingte Nähe kein dringendes Bedürfnis mehr wäre, würden wir dann noch genug Gemeinsamkeiten haben?* Das war schwer zu sagen. Dafür kannte sie ihn noch nicht lange genug, und die Chance dafür würde sie auch gar nicht mehr kriegen.

Außer sie würden eine Fernbeziehung führen.

Das könnte klappen. Ihre beste Freundin Corinne, die

vor drei Jahren nach Seattle gezogen war, führte mit ihrem jetzigen Ehemann Jay, eine Fernbeziehung, und bei den beiden funktionierte dies prächtig. Es war nicht einfach, aber es war machbar.

Der Gedanke spukte die ganze Zeit, während sie sich anzogen, in Lillys Kopf herum, und als sie hinausgingen und Con suchten, der die ganze Nacht am Strand geschlafen hatte. Auch noch während sie kurz frühstückten und dann zusammenpackten. Als Lilly hinter dem Lenkrad saß und zurück Richtung Forestville fuhr, hatte sich ihre Vorstellung davon, was machbar war, eine Million mal geändert. *Was soll ich machen, wenn ich eine Fernbeziehung führe? Da musst du dich zu sehr an einen Plan halten, Lil!* Sie schüttelte den Kopf und setzte während der Rückfahrt nach Forestville ihre innerliche Diskussion fort, während Quinn aus dem Fenster schaute und die Weinlandschaft bewunderte und Con auf der Rückbank schlief. Und gerade als sie dachte, dass Quinn ganze Arbeit leistete, Abstand von ihr zu wahren, glitt seine Hand über die Mittelkonsole herüber, und er kratzte mit seinem kleinen Finger leicht ihren Oberschenkel.

Lilly schaute Quinn von der Seite an, und er lächelte, als er seine Hand ausstreckte. Sie ließ eine Hand vom Steuerrad los und schlüpfte in seine. Nein, er war zwar nicht ihr Freund und er mochte sie auch nicht lieben, so, wie sie ihn liebte, er mochte sich auch nicht mit Möglichkeiten quälen, einschließlich solchen, wie sie versuchen könnten, ihre Beziehung trotz aller Meilen, die sie trennen würden, zum Funktionieren zu bringen, aber er war ein echt netter Kerl, der sie gern mochte, und das allein war auch schon wunderbar.

Auch später, als sie bereits wieder in der Küche des *Russian River House* arbeitete, konnte Lilly nicht aufhören, an Quinn zu denken. An die Verzweiflung, die sie gefühlt hatte, als sie sich geliebt hatten, die Art und Weise, wie Quinn versucht hatte, sie in der wenigen gemeinsamen Zeit, die ihnen blieb, so gut er konnte zu verschlingen und zu besitzen. Auch sie hatte den Augenblick eingefangen, hatte die Farbe seiner Haut verinnerlicht, die Linien und Grübchen seiner Wangen, den Klang seines Stöhnens, wenn alles zu viel für ihn wurde.

Zwischen einem hammermäßig guten Blech von Banane-Walnuss-Muffins, das sie gerade backte, und einem weiteren mit Blaubeer-Limone-Mohn verharrte sie mit dem Zitronenschaber in der rechten Hand, als ihr frisches Zitronen-Öl aus einer riesigen Meyer-Zitrone in die Nase stieg. Sie hörte, wie ihre Mutter durch die Seitentür kam, ihre Träumereien unterbrach, an ihrem Mobiltelefon sprach und dann den Anruf beendete, als sie an der Küche angelangt war.

„Okay…ja, kein Scherz. Okay…danke, dass du es mir erzählt hast, Ave." Mam steckte ihr Handy zurück in die Tasche und schlenderte in die Küche, um zu überprüfen, wie weit alles war. Mellie und Cook waren schon in die

Mittagspause gegangen, und ausnahmsweise war Lilly nicht mit ihnen mitgegangen. Da sie den gestrigen Tag und heute Morgen in Jenner an der kalifornischen Küste verbracht hatte, war sie hinten dran und musste Vieles nachholen.

„Was hat Avery gesagt?", fragte Lilly, nervös, wohin eine solche Frage führen würde. Es war nicht so, dass sie gerne zum Tratschen anstiftete oder Tratsch weitergab, aber diesmal befürchtete sie, dass es um sie gehen könnte.

Ihre Mutter lehnte sich rücklings an die Theke, während Lilly fortfuhr, hauchdünne Streifen der wohlschmeckenden Zitronenschale abzuschaben, um sie dem Teig zuzugeben, wodurch ihre Muffins den zusätzlichen Schub erhielten, der sie erstklassig machte.

„Gibt es etwas, das du mir sagen willst?", fragte ihre Mam.

Lilly gefror das Blut in den Adern. Ihre Hand zitterte leicht. Sie würde nie über den Status hinauskommen, sich in Gegenwart ihrer Mutter wie ein kleines Mädchen zu fühlen. Und angenommen, sie würde vierzig Jahre alt werden, selbst dann würde ihre Mutter noch die Fähigkeit haben, sie dazu zu bringen, wie Espenlaub zu zittern. „Was meinst du?", erwiderte Lilly.

Seufzend fing Mam an, Schüsseln und Messbecher zu nehmen und in die Spüle zu stellen. Gott bewahre, dass sie sich eine Sekunde entspannte! „Was ich meine, ist: Irgendetwas geht mit dir vor, und du hast es mir nicht erzählt, du hast es niemandem erzählt."

Lilly schluckte den Frosch in ihrem Hals hinunter und

hielt ihre Augen gesenkt. Als sie merkte, dass sie dadurch vielleicht den Eindruck von Schuldbewusstsein erweckte, schaltete sie stattdessen auf ein lockeres Lächeln und ein Schulterzucken um. „Eigentlich wollte ich es dir heute sagen." Sie konnte ein leichtes Beben in ihrer Stimme vernehmen. Lilly schabte den letzten Rest Zitronenschale ab, verarbeitete alles zu einem köstlichen, geschmeidigen Teig, kratzte den Teigschaber an der Kante ab und legte ihn auf die Arbeitsfläche. Mit den Händen in den Taschen ihrer Schürze schaute sie ihrer Mutter ins Gesicht. „Mam, vor einigen Tagen erfuhr ich eine großartige Neuigkeit…" Als sie bemerkte, dass ihre Mutter sie mit verwirrtem Gesichtsausdruck und schräg geneigtem Kopf anschaute, meinte Lilly, sie müsse dies kurz und schnell hinter sich bringen – so, wie man ein Pflaster abreißt. „Ich habe bei *Food Network* bei einem Backwettbewerb mitgemacht, einfach nur so, ohne mir großartige Chancen auszurechnen, aber nach mehreren Runden und Gesprächen stellte es sich heraus…" In triumphierender Pose stellte sie sich stolz aufrecht hin. „Sie haben mich ausgewählt!" Mit verlegenem Grinsen fuhr sie fort: „Ich habe einen Praktikumsplatz bei Guy Santoli von *L'Appetite Boulange* gewonnen."

Mam erbleichte, fast so, als würde sie es nicht glauben. „Du hast was?", murmelte sie, und ihre blauen Augen blickten vor Entsetzen verzerrt drein.

Tja, das lief nicht gut!

„Ich habe einen Praktikumsplatz gewonnen. Bei einem der besten Konditoren des Landes. Ich fange in zweieinhalb Wochen an. Sechs Monate lang werde ich in Miami leben. Darum…sollten wir uns umtun, möglichst bald jemanden zu suchen, der die Muffins backt, während ich weg bin."

Schweigen. Kein Ton von Penny Parker. Mindestens eine Minute lang. Lilly meinte schon, ihre Mutter würde zusammenbrechen, und wünschte sich, sie könnte mit ihrer Bekanntgabe noch einmal von vorn beginnen. Diesmal würde sie damit anfangen, was für eine großartige Chance das sei.

„Ich kann nicht glauben, dass du dies so lange vor mir geheim gehalten hast… wie lange?", sagte ihre Mutter ausdruckslos.

Lillys Hände zitterten. Ihr Tonfall wurde schriller. *Sei positiv…das ist dein Leben!*, hörte sie Quinn aufmunternd sagen. „Ich weiß es seit Samstag. Es war nicht so, dass ich es dir nicht sagen wollte. Ich wollte nur in Ruhe entscheiden, ob ich gehen werde oder nicht." Totale Lüge, aber sie würde wenigstens ihr Stillschweigen erklären. Allerdings fühlte sich Lilly ein wenig schuldbewusst, dass zumindest drei Leute diese Neuigkeit erfahren hatten, ehe ihre Mutter davon erfuhr. „Wie hast du es herausgefunden?"

„Habe ich nicht", entgegnete Mam, und Lilly rutschte das Herz ins Bodenlose. „Ich hatte keine Ahnung. Das war es auch nicht, was ich gemeint habe."

Lilly ächzte. Wenn es das nicht war, worauf ihre Mutter angespielt hatte, was war es dann? Wild hämmerte ihr Herz gegen ihren Brustkorb, als sie überlegte, über welche möglichen Trotzreaktionen ihrerseits ihre Mam so aufgebracht sein könnte. Dann ging ihr ein Licht auf. Ach! *Das!*

„Ich meinte die Tatsache, dass dich jeder mit Quinn O'Neill gesehen hat."

„Jeder? Wer ist jeder, Mam?"

„Beverly sah, wie ihr beide die St. John's-Straße entlanggefahren seid. Wo wolltet ihr denn hin?"

„Ich sagte dir bereits, und außerdem weißt du es ja von Avery und allen *anderen* in der Stadt, dass er hier zu Besuch ist, weil seine Mam hier aufgewachsen ist. Er wollte die Langley Creek-Brücke sehen. Vor langer Zeit schrieb seine Mam darüber in ihrem Tagebuch."

„In ihrem Tagebuch?" Gieriges Interesse blitzte in den Augen ihrer Mutter auf, und Lilly verstand nur zu gut, worauf das abzielte. *Verstecke das Tagebuch deiner Mam gut!*, wollte sie Quinn plötzlich warnend zurufen, *bevor meine Mam vorgibt, dein Zimmer besonders gründlich saubermachen zu wollen, und versucht, es zu lesen, um Anhaltspunkte zu finden, die Aufschluss geben, was zu ihrer und Dads Trennung geführt hatte.* „Was hat sie sonst noch in ihrem *Tagebuch* geschrieben?"

„Das weiß ich nicht. Es ist ja nicht so, dass ich es gelesen habe." Technisch gesehen stimmte das. Auch wenn Quinn ihr einen Abschnitt vorgelesen hatte, würde sie ihrer Mam das nicht sagen und nichts davon erzählen, was sie erfahren hatte. Lilly hätte ihr nicht einmal das von der Brücke berichten sollen. Sie hatte Quinns Vertrauen nicht missbrauchen wollen. Seit dem Moment seiner

Ankunft hatte er ihr gegenüber nichts als Freundlichkeit an den Tag gelegt. Andererseits konnte sie ihrer Mutter auch nicht verübeln, dass sie wegen der Frau, die die Ursache für die Trennung zwischen ihr und Dad war, verletzt war. Soviel zum Thema ‚in der Zwickmühle stecken'.

„Du bist diejenige, die mir immer sagt, ich solle ausgehen und Jungs kennenlernen, Mam. Und verdammt nochmal, ich bin siebenundzwanzig Jahre alt. Ich kann treffen wen ich will." Lilly knallte die Zitrone hin.

„Ja, du kannst treffen wen du willst. Und offensichtlich kannst du auch fluchen wann du willst. Ich weiß nicht, was in dich gefahren ist, aber egal", sagte sie, und Lilly dachte an die eine heiße Sache, die vor Kurzem in sie gefahren war. „Ist mir völlig egal, aber…warum er, Lillian? Von allen Männern auf der Welt – warum gerade er?"

„Von *allen* Männern, Mutter?" Lilly verschränkte die Arme vor der Brust. „Wie viele Männer kommen denn hier durch? Außerdem ist er sehr nett, ein toller Mann mit stark ausgeprägtem Familiensinn und einem großartigen Geschäftssinn. Du würdest ihn mögen, wenn du ihn erst besser kennenlernen würdest."

Ruhig entfernte Mam eine Fluse von einem Geschirrhandtuch. „Wenn ich etwas weiß, dann das: Die Menschen sind aus demselben Holz geschnitzt. Wenn er seiner Mutter nachschlägt, wird er sich nicht darum scheren, wen er verletzt. Er wird dir dasselbe antun – er wird dich verlassen, sobald du anfängst, dich in ihn zu verlieben."

„Quatsch." Lilly schüttelte den Kopf. Das war alles verrückt, um nicht zu sagen paranoid. „Du glaubst also, dass er mich ebenso verletzen wird wie Maggie Phillips Dad verletzt hat. Aber bist du nicht froh, dass sie das getan hat? Wenn sie das nicht getan hätte, hättest du ihn nicht zurückbekommen."

Das Gesicht ihrer Mutter verzerrte sich. „Du meinst, so wie sie *mich* verletzt hat."

Das war es also! Es war eine persönliche Sache zwischen Maggie und ihrer Mutter. „Das respektiere ich, Mam, und es tut mir leid, dass sie dir weh getan hat, aber Quinn ist ein anderer Mensch. Außerdem brauchst du dir keine Sorgen zu machen, dass er mir mein zerbrechliches kleines Herz bricht, denn ich werde in Miami sein."

Verächtlich höhnte ihre Mutter: „Genau. Wenn er so wie seine Mutter ist, wird er dich sicher ermutigt haben, dort hinzugehen, die Stadt zu verlassen und mich im Stich zu lassen, gerade wenn ich dich am dringendsten brauche."

Lilly dachte daran, wie Quinn sie tatsächlich genau dazu ermutigt hatte. Wie er von der wundervollen Zeit geschwärmt hatte, die sie in Miami haben würde, bevor sie kurzzeitig auf ihn wütend geworden war, weil es so ausgesehen hatte, als würde er sie wegstoßen. „Das soll wohl ein Scherz sein?", sagte sie und schob das Blech Muffins in den Ofen. Die Ofenklappe ließ sie mit einem Knall zufallen. „Ich wusste bereits bevor ich Quinn traf, dass ich nach Miami gehen würde. Wie sollte er also dafür verantwortlich sein, mich überzeugt zu haben, dorthin zu gehen? Das ergibt doch überhaupt keinen Sinn!"

„Du hast selbst gesagt, du hast die Nachricht vor einigen Tagen bekommen, aber du hast dich erst heute entschieden, was du tun wirst!" Ihre Mutter freute sich hämisch in kurzzeitigem Triumphgefühl. „Also was denn jetzt?"

„Ich machte einen Scherz, als ich das sagte."

„Einen Scherz? Eine eigentümliche Art und Weise, einen Scherz zu machen, findest du nicht?", konterte sie.

Lilly stützte sich hilfesuchend an der Spüle ab und atmete tief ein, um sich zu beruhigen.

„Liebling—", fing ihre Mutter auf sanfte Tour an.

„Naja, okay, kein *Scherz* per se. Ich wollte nur deine Gefühle nicht verletzen, indem du auf den Gedanken kämst, ich hätte tagelang ein Geheimnis vor dir gehabt. Deshalb habe ich das gesagt. Aber die Wahrheit ist, ich hatte mich bereits entschieden, nach Miami zu gehen, ehe Quinn und sein Bruder überhaupt zur Tür hereinkamen."

Die Stimme ihrer Mutter war ruhig und gelassen. „Lillian, du weißt, dass ich dich hier brauche. Wer soll deine Muffins backen?" Ehe Lilly mit einer heftigen Tirade eine scharfe Erwiderung zurückfeuern konnte, dass es ihr Leben sei, ihre Entscheidungen und dass ihre Mam einfach sehen sollte, wie sie damit klarkam, sah sie Tränen in den Augenwinkeln ihrer Mutter glitzern und erkannte... ihre Mam wusste ganz genau, dass die meisten Menschen wegen ihrer berühmten Backwaren zum *Russian River House* kamen. TripAdvisor empfahl die Pension vor allem auf Grundlage all der positiven Kritiken zu den ausgezeichneten Muffins und wegen kaum etwas anderem.

Lilly war ihre Geheimwaffe – und die würde sie nun bald verlieren.

„Was soll mit *Parker House* geschehen, wenn du gehst?", fragte Mam und spielte damit einen ihrer letzten Trümpfe aus. „Deine Backwaren ziehen die Leute nicht nur hierher an, sondern *Parker House* profitiert auch davon. Die Weinkellerei kann sich kaum noch halten. *Phillips Winery* hat sich das Monopol durch seine Weinproben und ihre stilvollen Weinfeste gesichert. Das weißt du ja. Wir werden in Kürze untergehen."

Obwohl der Rückgang der Geschäfte wegen *Phillips Winery* immer Anlass zu Besorgnis war, hörte Lilly zum ersten Mal, dass *Parker House* ‚sich kaum noch halten' könne. Lilly hegte den Verdacht, dass ihre Mutter dramatisierte, so wie sie auch dramatisierte, dass es mit der Familienpension den Bach runtergehen würde, wenn Lilly wegginge. „Ich verstehe deine Bedenken, Mam. Wirklich, aber ich will das einfach tun", sagte Lilly sanft. „Es könnte mir neue Möglichkeiten eröffnen. Ich würde wirklich gern irgendwann meine eigene Konditorei eröffnen." Lilly registrierte den Schmerz in den Augen ihrer Mutter, aber sie konnte jetzt nicht mehr zurückrudern. Nun setzte sie alles auf eine Karte. Umkehren war nicht mehr möglich. „Ich weiß, als ich jünger war, wollte ich die Frühstückspension übernehmen, aber meine Träume haben sich geändert. Ich kann nicht für immer in GREEN VALLEY bleiben, Mam. Ich werde eingehen wie eine Primel." Sie wusste, dass diese letzten Worte ihrer Mutter besonders weh tun würden, denn sogar ein Blinder mit

Krückstock konnte sehen, dass Penny Parker seit dem Tod ihres Ehemanns ziemlich abgebaut hatte. „Natürlich bist du hier, Oma und Opa auch, Nancy, Mellie, Cook und alle, aber ich brauche mehr. Und ich werde zurückkommen. Ich hoffe, dass ich hier immer ein Heim haben werde."

Mam sagte nichts.

„Ich werde das tun", sagte Lilly, während sie auf ihre Mutter zuging und ihr die Hand auf die Schulter legte. „Aber ich wäre froh, wenn du mich in dieser Entscheidung unterstützen würdest. Ich freue mich auf Miami. Ich freue mich, dass sie aus fünfhundert Mitbewerbern gerade mich ausgewählt haben. Und ich hoffe, du freust dich für mich mit."

Eine längere Zeit stand Lilly da und beobachtete, wie sich die Miene ihrer Mutter in einer Vielzahl unangenehmer Emotionen verzerrte. Es sah nicht so aus, als würde sie sich mit dieser Wahrheit gütlich arrangieren können. Sie würde alles in ihrer Macht Stehende tun, um Lilly zum Bleiben zu überreden, damit sie ihr bei der Leitung der Bed & Breakfast-Pension half, so wie es sich für eine gute Tochter und Erbin des Familienunternehmens gehörte. Nach dieser Unterhaltung stand es für Lilly außer Frage, sich unbedingt mit Quinn in *Mulligan's Tavern* treffen zu müssen, wo er, wie er gesagt hatte, sich heute Abend aufhalten würde, um das Spiel zu sehen.

„Du hast keine Ahnung, was du mir damit antust", sagte ihre Mutter schließlich, den Tränen nahe. „Ich kann verstehen, dass du eine Zeitlang fort willst. Vielleicht *habe* ich dich zu sehr behütet und für mich behalten wollen.

Was soll ich zu meiner Entschuldigung sagen? Du bist mein Mädchen." Ein zaghaftes, unterlegenes Lächeln erschien auf ihren Lippen, doch so schnell es aufgetaucht war, verschwand es auch wieder. „Aber ich kann nicht verstehen, dass du Quinn wiedersehen willst", sagte sie mit lodernden, blauen Augen. „Und meine Hoffnung ist, dass du als meine und Ken Parkers Tochter verstehen könntest, warum."

KAPITEL DREIZEHN

In *Mulligan's* ging es heute Abend lebhafter zu als sonst. Vielleicht weil es zwei bedeutsame Football-Spiele zur selben Zeit gab und deshalb bei *The Cat's Meow* nicht genügend Sitzplätze für alle, die zuschauen wollten, vorhanden waren. Quinn saß bei Con und wollte Paul nicht beleidigen, indem er darauf hinwies, dass das Geschäft schlecht lief. Aber er war neugierig, welche Erklärung Paul für den besonders schwachen Besuch an diesem Abend hatte.

Quinn kippte den Rest seines schwarzen Guinness hinunter. „Hey, Paul?"

„Ja, Quinn." Paul wischte einen Abschnitt des Tresens ab, der bereits mehrere Male abgewischt worden war.

„Letzte Nacht war es hier leerer als in einem Puff während einer Chlamydieninfektion, und jetzt sind doch ein paar Typen da. Erklär mir das!" Quinn drehte sich um, um die Leute in der Taverne zu betrachten – eine Gruppe von fünf Frauen um die dreißig, die ihn interessiert beäugten, einander vielsagende Blicke zuwarfen und einige vereinzelte Männer, die das Spiel zwischen den Dolphins und den Jets verfolgten.

„Deine Vermutung ist genauso gut wie meine. Ich schätze mal, weil die Spiele laufen; einige Leute wollen die in Ruhe verfolgen, deshalb kommen sie hierher." Er zuckte die Achseln und richtete seine Aufmerksamkeit wieder auf den Fernseher. Das war es also. Quinn erkannte, dass Paul es satt hatte, zu versuchen, seine geringen Einnahmen zu erklären; er hatte einfach kein Interesse mehr daran. „Ehrlich gesagt, wenn ich die Bude hier verkaufen könnte und in Ruhestand gehen könnte, würde ich das tun."

Dara drehte sich auf ihrem Sitz herum und murmelte über die Schulter. „Was er meint, ist, wenn du ihm den Laden aus den Händen nehmen willst, ist er dafür aufgeschlossen." Sie zwinkerte Quinn zu, fuhr dann fort, Con etwas ins Ohr zu flüstern, und schaute dann zu ihrem Vater, der ihr einen züchtigenden Blick zuwarf.

„Das sage ich überhaupt nicht. Halt dich da raus, Mädel!" Paul schenkte sich noch ein Bier ein und richtete sein Augenmerk wieder auf das Spiel. „Obwohl ich auch nicht abgeneigt wäre", brummte er.

Während er sich an den größtenteils leeren Tischen umsah, überlegte Quinn so hin und her: *Hmm, vielleicht...* Seitdem er das *Mulligan's* zum ersten Mal besucht hatte, hatte er über die Notwendigkeit einer Modernisierung nachgedacht. Es hatte einen tollen Holzboden und bräuchte bloß einige neue Nischen, neue Tische und einen neuen Anstrich, etwas moderne Kunst hier und da an den Wänden und unbedingt modernere Beleuchtungsinstallationen. Wenn Paul einen Koch einstellen würde, könnte der ein paar fantastische, einfache Gerichte anbieten, um mehr Kunden anzuziehen, aber Paul hatte ja nur Getränke und gefrorene Käsestangen im Angebot.

„Wie viel würdest du dafür wollen, nur so aus Neugierde?", fragte Quinn, ohne überzeugt zu sein, das Lokal tatsächlich erwerben zu wollen, aber es konnte ja nicht schaden, den Preis zu erfahren.

Paul legte den Kopf schief und zuckte die Achseln. „Lass mich mal überlegen…wir haben die volle Alkohollizenz, 232 Quadratmeter Lokalfläche. Ich müsste einmal online ein paar Vergleiche anstellen und schauen…"

„Nur eine grobe Schätzung. Ich werde dich nicht darauf festnageln."

Weiter hinten an der Bar machte Conor einen langen Hals, um seinen Bruder anzustarren. *Was, du willst dieses Lokal kaufen?* schienen seine klaren grünen Augen zu fragen.

Quinn zuckte die Achseln und schaute ihn mit großen Augen an. *Was? Ich frage doch bloß.*

„Also gut. Ich schätze mal so um die 80000 Dollar."

„Ach, komm schon, Paul", kicherte Quinn. „Der Grund und Boden allein muss das doch schon wert sein."

„Naja, wie ich schon sagte, ich muss erst etwas recherchieren. Warum? Willst du es kaufen?"

„Ich habe verdammt keine Ahnung, Paul. Ich frage bloß. Ich weiß es ehrlich nicht. Es sieht so aus, als könnte man doch hübsch was einnehmen damit. Immerhin bist du in der Nähe eines befahrenen Highways, der durch das Weinland führt. Und diese Stadt scheint ja recht vernarrt in dieses amerikanische Rugby – ähm, Football. Es gibt mehr als genug Leute drüben im *The Cat's Meow*, dass ihr beide euch die Kundschaft teilen könnt."

Während alle die nächsten Spielzüge beobachteten, holte sich Quinn eine saubere Serviette aus dem Papierspender. „Reich mir doch bitte mal einen Stift!"

Paul nahm den Stift von seinem Ohr und rollte ihn über den Tresen zu Quinn. Sofort fing Quinn an, Zahlen auf die Serviette zu schreiben und zu addieren. Sein Anteil aus dem Verkauf des Restaurants, plus sein Anteil aus der Lebensversicherung...plus falls er einen vernünftigen Geschäftskredit oder sogar eine Hypothek auf das Haus aufnehmen könnte...

Nach einer Weile Stille trommelte Paul auf die Theke und schaute auf das Foto von Maggie Phillips und Grant O'Neill. „Wär das nicht was? Du übernimmst dieses Lokal, das dein Vater mit eingerichtet und eröffnet hat?"

Quinn starrte das alte Foto an. Sein Vater war gut gewesen in dem, was er tat, aber er hatte niemals auf Quinns Ideen gehört, *The Cranky Yankee* eine Stufe weiter zu bringen, moderner zu machen. Quinn hatte immer das Gefühl gehabt, er hätte dem Familienrestaurant mehr Schub verleihen können als sein Vater ihm zugetraut hatte. Wenn sein Dad nur nicht so stolz gewesen wäre! Ihm hatte es wirklich Spaß gemacht, das Restaurant nach dem Tod seines Vaters zu führen, obwohl er Vieles nicht hatte ändern können. Zu viele Probleme lagen in der inneren Struktur der Örtlichkeit begründet und hätten einen kompletten Neustart und viel mehr Kapital erfordert. Wenn er Pauls Lokal kaufen würde, würde ihm dies einen Neustart ermöglichen. Außerdem hatte seine Mutter ihm jede Menge Schachteln mit gesammelten Rezepten hinterlassen. Zusammen mit einem Koch könnte er mit Leichtigkeit eine authentische irische Speisekarte entwickeln. Vielleicht könnte Lilly ihm einen guten Koch empfehlen. „Ja, das wär was."

Zwei Frauen vom Tisch in der Ecke schlenderten auf ihn zu und quetschten ihre Hinterteile auf je einen Barhocker rechts und links von ihm. „Bist du aus Irland?", fragte die Eine. Sie war brünett und hatte große braune Augen, war perfekt geschminkt und hatte ein schönes Lächeln. Klassisch amerikanischer Akzent.

„Bin ich." Quinn stemmte eine Faust in die Hüfte und lehnte sich in seinem Sitz zurück, um einen besseren Blick auf die beiden zu haben. *Nicht annähernd so wunderschön wie Lilly.*

Die andere Frau zu seiner Linken kicherte. Blond und braunäugig, vollbusig und ganz eindeutig ziemlicherfahren in Liebesdingen; sie wusste, wie man einen Mann in die Falle locken konnte, indem sie ihre Reize gekonnt einsetzte. „Wir lieben deinen Akzent. Wir könnten dir die ganze Zeit zuhören. Sag nochmal etwas!"

„Nochmal etwas." Quinn schenkte ihnen sein

eingeübtes sündhaftes Grinsen. Es war ja nicht so, dass er jeden Tag von zwei heißen amerikanischen Bräuten umgarnt wurde. „Wie steht's mit dem *craic*, meine Damen?"

„Dem was?", fragte die Blonde lachend.

„*Craic*, dem geselligen Beisammensein, der Gaudi…ihr wisst schon?"

„Ich habe keine Ahnung, was du meinst, aber rede einfach weiter! Ich bin Bernie." Die Blondine streckte ihre Hand mit langen, manikürten Fingernägeln aus.

Er schüttelte sie leicht und küsste ihren Handrücken. „Bernie? Also ein Männername, wie?"

„Ja, aber damit endet die Männlichkeit auch schon. Du hingegen…" Sie spitzte anerkennend die Lippen und warf ihrer Freundin einen vielsagenden Blick zu. Die vergrub ihr Gesicht in ihrem Arm und kicherte, während sie den Kopf schüttelte. Bernie reckte ihr Kinn Richtung Paul. „Hey, Paul!"

„Guten Abend, Bernadette. Wie geht es deiner Mam?"

„Sie bringt gerade eine neue Produktlinie mit ihren Töpferwaren heraus und hofft, sie einem Restaurant in San Francisco verkaufen zu können."

„Wunderbar. Richte ihr alles Gute von mir aus!" Paul nickte und wandte sich wieder dem Spiel zu.

„Und ich bin Monica", sagte die andere Frau, die auch Quinns Hand schüttelte.

Quinn konnte sehen, dass Conor unbedingt mitmischen und auch an der Flirterei teilnehmen wollte, aber Dara hing wie eine Klette an ihm und sandte den beiden Frauen so-ganz-und-gar-nicht-begeisterte Blicke mit ihren scharfen Augenbrauen. Anscheinend hatten sie sich durch welche Auseinandersetzung es auch war irgendwie durchgefressen und eine Einigung gefunden.

„Guten Abend, meine Damen, mein Name ist Quinn O'Neill, Neuankömmling aus Irland. Dort drüben ist mein Bruder Conor. Schönes Land habt ihr hier." Er lächelte, während er in dem Moment, als sie Conor zuwinkten, kurze Blicke auf die tiefen Ausschnitte ihrer T-Shirts warf. *Fantastische Berge und Täler.*

Die Glocke, die über der Eingangstür hing, ertönte, und jeder wandte sich dem neuankommenden Gast zu. Herein schneite aus der stürmischen Herbstnacht die vertraute Gestalt und das vertraute Gesicht von Lilly Parker. Quinns Herz fing an etwas schneller zu schlagen. Lilly wickelte ihr Tuch ab und blickte sich um. Dann landeten ihre Augen auf Quinn, der von den zwei älteren flirtenden Jägerinnen flankiert war. „Oh, hallo Bernie", sagte sie recht direkt und unverfroren und wandte sich zum Gehen. „Quinn...ich sehe, du bist beschäftigt."

„Lil, warte!", sagte er und stand von seinem Barhocker auf.

„Ihre kennt euch?", fragte Bernie und zeichnete von Quinn zu Lilly eine Linie in die Luft. „Ich dachte, du wärst eben erst angekommen."

„Weißt du nicht mehr, sie wohnen in Pennys Pension die Straße runter? Nana hat mir das gestern erzählt. Und ich dir", erklärte ihre Freundin.

„Ach, das sind sie?", fragte Bernie.

Quinn ließ das gehässige Geplänkel hinter sich. Lillys Verachtung stand ganz klar in ihr Gesicht geschrieben, und er wollte die Sache schnell richtigstellen, ehe sie einen falschen Eindruck bekam. „Lil, warte auf mich!" Er folgte ihr zur Tür hinaus auf den Parkplatz.

„Lilly?", hörte er eine der Frauen zur anderen sagen.

Lilly wirbelte herum und legte sich wieder das Tuch um. „Ich wusste nicht…ich wollte nicht…"

„Ich dachte, du würdest heute Abend arbeiten", sagte Quinn, merkte jedoch sofort, wie übel das klang und wie schlecht das aussah, als hätte er die Tatsache, dass sie arbeiten musste, ausgenutzt, um mit anderen Frauen abzuhängen. „Ich kenne diese Vögel nicht. Sie kamen einfach auf mich zu und fingen an, mit mir zu reden."

„Schon in Ordnung, Quinn. Es ist ja nicht so, dass es dir nicht erlaubt ist, mit anderen Frauen zu sprechen", meinte sie und zuckte mit den Schultern auf diese recht beunruhigende Art, wenn man deutlich macht, dass nichts falsch war. „Ich verstehe."

„Ich glaube nicht, dass du das verstehst. Eigentlich bin ich…" Er hielt sie an der Schulter fest, um sie am Gehen zu hindern, und griff nach ihrer Hand. Sie ließ zu, dass er sie nahm. „…wirklich glücklich, dich zu sehen. Komm rein und wir reden." Aber ihr bekümmerter Gesichtsausdruck verriet ihm, dass sich wieder etwas in ihr geändert hatte, obwohl er nicht wusste, was es sein könnte. „Geht es dir gut?"

„Ich muss mit dir sprechen", seufzte sie mit besorgtem Blick, „aber nicht dort drin. Dort sind zu viele

Menschen.“

„Ähm…es sind nur ungefähr zehn Leute da, Lil.“

„Zehn zu viel. In dieser Stadt redet jeder, und ich will nicht, dass mich irgendjemand hört.“

„Dann machen wir eben einen Spaziergang? Bloß…warte auf mich!“ Quinn rannte schnell nochmals rein, schnappte sich seine Jacke und warf eine Zwanzig-Dollar-Note auf die Theke. „Behalte das Wechselgeld, Paul! Conor, schreib mir später eine SMS! Gib mir Bescheid, dass du nicht irgendwo in einem Fluss treibst, ja? Gute Nacht! Gute Nacht, die Damen!“

„So früh am Aufbrechen?“ Die blonde Frau schmollte, enttäuscht, dass ihre in die Ecke getriebene Maus das Weite suchte.

„Werde dich schon noch irgendwo in der Stadt sehen. Bin ja noch eine Zeitlang da.“ Quinn verabschiedete sich mit zwei Fingern an seiner Schläfe, dann zischte er hinaus, um Lilly zu erwischen. Langsam gingen sie den Gehsteig hinunter in Richtung eines kleinen Parks mit einem Springbrunnen, der in der Brise einen nebligen Sprühregen verteilte. „Also, was ist los? Du siehst verwirrt aus.“

„Ich bin…verwirrt“, äußerte sie mit den Händen in den Hosentaschen. Sie wollte nicht mit ihm Händchen halten oder ihn anschauen, das war sehr deutlich. „Quinn…“ fing sie an, und ein unhörbar tosender Sturm ließ ihre blauen Augen stahlgrau werden. „Hast du in dem Tagebuch deiner Mutter irgendetwas über einen anderen Freund gelesen, jemanden, den sie in GREEN VALLEY kannte, bevor sie deinen Dad kennenlernte?“

Er dachte an die vielen Male, die er in Mams Tagebuch gelesen hatte. „Nicht wirklich einen Freund. Sie erwähnte diesen Typen, der sie mitnahm, um *Star Wars* anzuschauen, und der nicht die Küstenstraße mit ihr entlangfuhr, wie sie eigentlich wollte. Hieß der nicht Ken? Warum, kennst du ihn?"

„Ja, ich kenne ihn. Kannte ihn. Quinn, Ken war mein Vater – Ken Parker."

Quinn blieb stehen, spürte, wie ihm beinahe die Luft wegblieb. „Oha!"

„Ich weiß."

„Das ist jetzt auch irgendwie *Star Wars*-ähnlich, das muss ich sagen. *Lilly, ich bin dein Vater...*" Er imitierte Darth Vaders tiefe, rauchige Stimme, dann erinnerte er sich, dass Lilly ja wegen irgendetwas verstört gewirkt hatte, als sie in das Lokal gekommen war, und er schaltete wieder auf normal um. „Ich habe Ken bereits früher erwähnt. Warum hast du da nichts gesagt?"

Sie blieb unter einer Pinie stehen und schaute ihn mit Tränen in den Augen an. „Da ist noch mehr. Ich weiß nicht, ob du das weißt – ich weiß nicht, ob deine Mutter dies in ihrem Tagebuch erwähnt hat, aber deine Mutter war verlobt, um...meinen Vater zu heiraten. Nicht nur das! Sondern deine Mam hat die Trennung meiner Eltern verursacht, als sie in ihren frühen Zwanzigern miteinander gingen. Dann kam dein Dad daher, holte sie einfach weg nach Irland, und meine Eltern kamen wieder zusammen."

„Ich verstehe."

Und das tat er. Plötzlich stand ihm alles sehr klar vor

Augen: Warum jeder so kalt zu ihm war, warum Mams Familie sie ausgeschlossen hatte. Sie war nicht einfach locker mit anderen Männern ausgegangen, als sie seinen Dad kennengelernt hatte. Sie war einem anderen versprochen gewesen. Sie hatte zwei Familien ins Chaos gestürzt, als sie die Wahl getroffen hatte, nach Irland zu ziehen.

„Quinn, laut meiner Mam war mein Vater nie wieder derselbe. Deine Mam hat ihm sehr weh getan, als sie ihn für deinen Dad verließ, dann als sie das Land verließ, tat sie jedem weh."

Dies erklärte, warum sein Großvater auch auf ihn sauer war, vorgab, nicht zu wissen, wer er und seine Brüder waren, aber konnte das tatsächlich wahr sein? Immer noch? So ins Extrem zu gehen, nur weil sie sich in jemand anderen verliebt hatte? Das konnte Quinn nicht verstehen. Sollte die Familie dir nicht immer verzeihen, egal, wie verrückt du auch warst? Egal, wie sauer der Vater auch auf seine Tochter war, er hätte dennoch einen Weg finden sollen, die Dinge mit ihr durchzusprechen. „Es gab keinen Grund, sie so auszuschließen", meinte Quinn, der Lilly vorausging. Er musste dies durchdenken.

„Aber Quinn, diese ganze Stadt ist wie eine Familie. Deine Mam hat einer Menge Menschen weh getan, indem sie ging."

Er wirbelte herum, um ihr ins Gesicht zu sehen. „Du wirst einer Menge Menschen weh tun, wenn du gehst, Lilly." Verdammt, er konnte nicht glauben, dass er das gesagt hatte.

„Was?", fragte sie keuchend.

„Nichts! Vergiss, dass ich etwas gesagt habe!"

„Denkst du, ich tue das Gleiche wie deine Mam? Quinn, *du bist* derjenige, der mir gesagt hat, ich solle gehen, meinem Herzen folgen, mich gegen meine Mam behaupten. Ich kann nicht glauben, dass du so etwas sagst."

Er konnte es selbst nicht glauben, dass er dies gesagt hatte. Was bedeutete es? Dass sie *ihm* weh tun würde, wenn sie nach Miami aufbrechen würde? Dass all die Ermutigung, die er ihr vermittelt hatte, Blödsinn gewesen war? Und wenn sie vor einer Wahl stünde, dass er dann am liebsten hätte, dass sie sich für GREEN VALLEY entscheiden würde, dass sie sich für ihn entscheiden würde? „Schau, es tut mir leid. Alles, was ich sagen wollte, war, wir sollten nicht über sie urteilen. Wenn meine Mam eine Wahl getroffen hat, dann hatte sie einen guten Grund dafür, und das ist alles, was man wissen braucht. Was ist eigentlich mit der Vergebung passiert?"

Die Laterne hinter Lilly beleuchtete ihre Silhouette, ließ sie wie einen Engel aussehen – ein ruhiger, erstaunter Engel. Ihre Hände hingen an ihren Seiten herab, als hätte sie keine Antwort auf diese Frage.

Er spürte ihre Frustration und Hilflosigkeit in höchstem Maße. Es schnürte ihm die Luft ab, dass er nicht wusste, was er ihr raten sollte. Er wollte einfach *sie*, und er konnte sie nicht haben.

„Ach, was soll's? Meine Mam ist tot. Tot. Niemand muss sich mehr Sorgen machen, was die Große Böse

Maggie Phillips irgendwem antun könnte. Sie ist tot." Zu seinem Entsetzen drohten Tränen in ihm hochzusteigen, und er drehte sich schnell von Lilly weg, um diese Tränen wegzublinzeln.

„Ich weiß, und…mir geht es genauso. Es ist nicht dein Problem, was sie getan hat. Es ist nur—ach—ich muss mir nur die ganze Zeit dieses Zeug anhören von meiner Mam, von Avery Benson, sogar Cook und Mellie fangen schon an, darüber zu reden."

Schnell drehte er sich wieder zu ihr um, um ihr ins Gesicht zu schauen. „Musst du denn zuhören? Kannst du sie nicht einfach ignorieren? Was willst du damit sagen, Lil, dass du nicht weißt, wem gegenüber du loyal sein willst?" Er war sich nicht sicher, warum ihm das so sehr weh tat, warum er sich verhielt wie ein eifersüchtiger Freund, außer vielleicht, dass er angefangen hatte, sie gernzuhaben, mehr als er je gedacht hatte, und das trotz all seiner Bemühungen, sie nicht gernzuhaben.

„Ich habe sie ignoriert! Erst heute Abend hatte ich eine Auseinandersetzung mit ihr, und zwar wegen dir."

„Wegen mir? Also wirfst du mir jetzt vor, ich sei schuld an irgendwelchen Querelen zwischen dir und deiner Mam?"

„Das habe ich nicht gemeint, Quinn. Ich meinte nur, dass ich mich nun ihr gegenüber behaupte. Ich bin auf deiner Seite, aber ich bin auch auf ihrer Seite. Ich schätze…ähm, ich schätze, ich habe das Gefühl, dass ich in die Enge getrieben bin, eingeklemmt zwischen beiden. Meine Mam bat mich, dich nicht mehr zu treffen. Sie sagt, du würdest mir weh tun, mich verlassen, so wie deine Mam es auch getan hat. Ich glaube das nicht, Quinn, aber dennoch macht es die Sache nicht einfacher."

Quinn merkte, wie sein Blut zu kochen anfing. Was zum Teufel wusste Penny Parker von ihm? Nichts. Was für eine anmaßende Person, wenn sie meinte, sie wüsste irgendetwas von ihm? Ihn zu beurteilen, nur weil sie verbittert war, weil seine Mam Ken Parker hier in GREEN VALLEY verlassen hatte, um ein neues Leben in Irland anzufangen. Der beste Mann hatte gewonnen, offen und ehrlich. „Wenn du deinem Herzen folgst, wirst du manchmal anderen weh tun. Sag das deiner Mam!"

„Glaub mir, das weiß sie bereits, Quinn. Und ich auch!"

Er starrte sie an. Ihre Miene drückte Hoffnungslosigkeit aus, dieselbe Emotion, die auch in jede Pore seines Körpers eingedrungen war und ihn schwach und hilflos machte, was nicht zu ertragen war. „Ach, was soll's?" Seine Hände landeten auf seinen Hüften. Er merkte, dass sein unvernünftiges, rotzfreches Ich wieder an die Oberfläche kam.

„Was meinst du?", fragte sie mit gerötetem Gesicht, da sie sich gekränkt fühlte.

„Du verschwindest, Lil. Ob ich hierbleibe oder zurück nach Dublin gehe, spielt überhaupt keine Rolle. Wie kann ich dir weh tun, wenn wir nicht zusammen sind?"

„Ach, so ist das? So wird es also sein? Du bist wütend auf mich, damit du auf diese Weise einen zusammengebastelten Grund hast, dich von mir fernzuhalten? Gute Entscheidung, Quinn."

Es brodelte in ihm, und er fragte sich, warum er nicht einfach Farbe bekennen und ihr sagen konnte, was er empfand – dass er sich womöglich in sie verlieben könnte. Nein, dass er sich verliebt *hatte*. Er war in sie verliebt. „Lilly, ich bin nicht derjenige, der von seinen Gefühlen verwirrt ist. Du sagtest, du fühltest dich hin- und hergerissen – auf der einen Seite deine Mam und all ihre Freundinnen, auf der anderen Seite – ich. Es tut mir leid, dass du dich so fühlst. Ich hatte nie die Absicht, zwischen dich und dein wohletabliertes Leben zu treten. Seit ich hier angekommen bin, war das Wichtigste für mich stets, mit dir zusammen zu sein und dich glücklich zu machen. So glücklich wie du mich gemacht hast."

„Und das hast du getan. Wirklich. Bloß…"

Bloß…aber… Warum kam am Ende jeden Satzes, den sie sagte, eines dieser schrecklichen Wörter? Hörte sie dem Unsinn über seine Mam absichtlich zu, um es sich selbst leichter zu machen? Er verstand, wie wichtig die Familie war. Er wusste, wie wichtig es war, den Respekt seiner Eltern zu haben, aber seine Mam hatte ihm zumindest das Geschenk der Freiheit und der Wahl ohne Schuldgefühle gegeben, die Wahlfreiheit, loszugehen und frei zu wählen. Er wünschte nur, Lilly könnte das Gleiche mit ihrer Mutter erleben.

„Hör zu, ob es nun hilfreich ist oder nicht!", sagte er, während er ihr in die Augen starrte und nach ihrer Hand langte. Um seinen Worten Nachdruck zu verleihen, schüttelte er sie leicht, damit Lilly zuhörte und zwar gut zuhörte. „Ich kannte deinen Dad nicht und ich weiß nicht, was zwischen ihm und meiner Mam vorgefallen ist. Und weißt du was? Es ist mir egal. Das wird meine Gefühle dich und mich betreffend nicht ändern, Lil. Ich mag dich wirklich gern – sehr gern. Und ich zog in Erwägung – auf recht dumme Weise offensichtlich – möglicherweise tatsächlich hierzubleiben. Paul sprach mit mir…er denkt darüber nach, seinen Pub zu verkaufen…"

„Und was? Wirst du ihn kaufen?"

Quinn starrte ihren Gesichtsausdruck lange Zeit an. In ihren Augen stand ein Anflug von Begeisterung gemischt mit Furcht. So, als würde ihr alles erst langsam ins Bewusstsein dringen und Wirklichkeit werden.

„Quinn? Denkst du wirklich daran, hierzubleiben?", fragte sie mit verwirrt zuckenden Augenbrauen.

Er zögerte. Wenn sie wüsste, dass er erwog, in der Stadt zu bleiben, würde sie sich dann die Sache mit dem Praktikum anders überlegen? Oder würde sie trotzdem nach Miami gehen, aber danach nach GREEN VALLEY zurückkehren? Abgesehen von seinen selbstsüchtigen Wünschen, wollte er nicht verantwortlich sein, wenn sie ihr Davonfliegen aufgab. Er wollte, dass sie in die Lüfte stieg, flog, forschte, die Welt sah. Er wollte, dass sie die Möglichkeiten entdeckte, die das Leben für sie auf Lager hatte. Obwohl er angefangen hatte, zu glauben, dass Lilly die perfekte Frau für ihn sein könnte, wollte er doch nicht dafür verantwortlich sein, dass sie in GREEN VALLEY hängenblieb.

Das war die Aufgabe ihrer Mutter.

Doch was ist mit der Liebe? schalt ihn der andere Teil seines Gehirns. *Was ist, wenn ihr beide zusammen glücklich sein könntet, einen Platz in GREEN VALLEY haben könntet und trotzdem die Welt gemeinsam erkunden könntet?*

Diese Möglichkeit klang verlockend, doch er konnte den Bruch, der zwischen Lil und ihrer Mam wegen ihm bereits entstanden war, nicht vergessen. *Seine* Mam hatte die Liebe gewählt und infolgedessen ihre Familie verloren, und gerade jetzt war die Vorstellung, dass er der Grund war, warum Lilly vor die gleiche schwierige Wahl gestellt werden würde, für ihn nicht auszuhalten. Damit konnte er jetzt nicht umgehen.

Außerdem war er sich nicht einmal sicher, was er eigentlich machen wollte, oder wie seine Brüder seine Entscheidungen noch mit beeinflussen würden. Von daher konnte er es nicht zulassen, dass die Möglichkeit, dass er eventuell hierbleiben würde, Lilly auf die eine oder andere Weise beeinflusste. „Nein, ich wüsste nicht warum", sagte er. „Ich dachte, ich hätte hier etwas in Forestville, aber es stellt sich heraus, dass dies alles zu kompliziert ist, Lil." Er spürte, wie sich der Knoten in seinem Magen enger zusammenzog. „Sag, was du willst über meine Mam, aber als sie meinen Dad kennenlernte, da wusste sie es. Sie beide wussten es. Sie hatten vielmehr zwischen sich stehen als wir – zum einen Mams Verlobung mit deinem Vater – aber auch das hielt sie nicht auf. Mam zögerte nicht wegen dem, was andere dachten." Als Lilly zusammenzuckte, merkte er, dass er ihr einen Hieb versetzt hatte, ohne es zu wollen. Gott, er musste von hier weg, ehe er noch mehr sagte, was ihr weh tun würde, denn das war das Letzte, was er eigentlich wollte. Er begann davonzugehen. „Du und ich, wir sind auf unterschiedlichen Wegen, Lil. Und es sieht so aus, als wäre keiner von uns bereit, den Sprung zu wagen, auf denselben Weg zu kommen. Das sollte uns eigentlich etwas sagen. Und ich denke, das, was es uns sagen will, ist, dass wir akzeptieren sollten, dass unsere gemeinsame Zeit hier zu Ende geht."

KAPITEL VIERZEHN

Sie hätte nichts sagen sollen.

Sie hatte zu viel auf einmal auf ihm abgelagert. Nun ging er und verschwand, und wer wusste schon, wohin? Als sie sich umdrehte, starrte Lilly den Weg hinunter in die Richtung, aus der sie gekommen war, und eilte zurück zu *Mulligan's* Parkplatz. Doch sie wollte noch nicht gehen. Wenn sie lange genug wartete, würde Quinn vielleicht zurückkommen und mit ihr wie ein zivilisierter Mensch reden, anstatt beim ersten Anzeichen eines Konfliktes davonzulaufen. Eigentlich hatte er ja eine ziemliche Bombe platzen lassen, bevor er davongelaufen war. Ja, sie waren auf unterschiedlichen Wegen, und ja, keiner von ihnen hatte irgendeine Art Sprung gemacht, um sie auf die gleiche Spur zu bringen, aber sie kannten sich auch erst einige Tage.

Bloß weil sie einander noch nicht ihre Liebe zueinander erklärt und noch nicht entschieden hatten, was sie diesbezüglich tun wollten, hieß das nicht, dass das, was sie zusammen hatten, es nicht wert wäre, sich durchzubeißen. Es tat ihr weh, dass Quinn das sagte, obwohl sie wusste, dass keiner von ihnen wusste, was sie sagen würden, wenn es darum ginge, sich mit ihren Gefühlen füreinander auseinanderzusetzen. Nur, dass sie Gefühle hatten und zwar starke Gefühle füreinander, und dass sie angesichts mehrerer verkomplizierender externer Faktoren nicht wussten, was sie deswegen tun sollten.

Obwohl sie seltsame Blicke ernten würde, ging sie zur Tür der Taverne, drückte die Klinke herunter und hörte die Glocke, als sie die feuchte Wärme des kleinen Pubs betrat. Jeder reckte den Hals nach ihr, besonders Conor, der ihr einen verwirrten Blick zuwarf. Sie entschied sich für einen Barhocker am Ende der Bar, um etwas Frieden und Ruhe zu haben.

Paul schlurfte herbei und wischte den Tresenabschnitt vor ihr ab. „Bist du okay?"

„In Ordnung."

„Klingt nicht so gut in meinen Ohren. Was willst du? Geht aufs Haus." Er nickte.

Lilly registrierte die Freundlichkeit im Gesicht des älteren Mannes; der schmallippige Gesichtsausdruck erinnerte sie ein wenig an ihren Vater. „Ein Guinness, schätze ich. Denn in Rom…"

„Ausgezeichnete Wahl. Ein Pint des schwarzen Gebräus wird sogleich hier sein." Glücklich, eine Aufgabe zu haben, die er erfüllen musste, deutete er auf einen imaginären Punkt in der Luft vor ihrer Nase und ging los, um ihr Getränk zu holen.

Lilly seufzte, vermied es, in die Ecke zu sehen, wo Bernie und ihre Freundinnen wahrscheinlich Scheiße über sie laberten. Sie waren schon immer von der rotzfrechen Sorte gewesen, oder vielleicht hatten sie ihr auch nur weil sie älter waren immer höllisch viel Angst eingejagt. Vielleicht war es das Beste so, dass Quinn davongegangen war. Vielleicht war das die Art und Weise, wie das Leben sie daran erinnern wollte, fokussiert zu bleiben. Dass in Miami Wichtigeres und Besseres auf sie wartete. Sie könnte einen heißen Latino kennenlernen, der sie umhaute und für sie Lieder von Enrique Iglesias singen würde. *Aber es waren schon immer die irischen Jungs, die es ihr angetan hatten,* dachte sie. Ihr anzügliches, besserwisserisches Geplänkel − der *craic* dachte sie − und die Art und Weise, wie Quinn sie so himmlisch küsste wie der Liebesgott persönlich, und lachte wie Danny Boy, wenn er voll wie ein Dudelsack war.

Sie spürte einen Luftzug neben sich und wandte sich leicht in die Richtung, woher er kam, und sah ein anderes unwiderstehliches, wunderschönes Lächeln direkt auf sich gerichtet. „Ich sagte dir ja, ich wäre der bessere Bruder." Cons klare Augen lächelten.

„Hey", brachte sie heraus.

„Bist du okay?"

„Das werde ich bald sein. Momentan ist dein Bruder wütend auf mich", sagte sie und bemerkte zum ersten Mal, dass Conor sie mit wachsamem Blick musterte, während sie sprach. Auch nach nur wenigen Worten war er auf der richtigen Wellenlänge mit ihr und auf sie fokussiert. Ein guter Zuhörer, so wie sein Bruder.

„Ach weißt du, er ist ein Idiot. Meine Brüder und ich versuchten, ihn in Dublin an der Türschwelle eines Schwesternhauses von Nymphomaninnen abzugeben, und sogar die haben ihn nicht genommen." Er machte es sich auf dem Barhocker neben ihr gemütlich, und Lilly konnte nicht anders, als zu lächeln. *Das heißt, ich bin schlimmer als diese Nymphen.* Paul kam mit ihrem Bier zurück. Auf der anderen Seite des Tresens fing Dara an, benutzte Gläser in die Küche zu bringen und in den Geschirrspüler zu laden, und schickte Lilly ein wissendes Lächeln.

Lilly stieß einen beruhigenden Atemzug aus. „Das kann nicht wahr sein", sagte Lilly, während sie ihr Guinness umklammerte. „Sie hätten ihn wenigstens als Muse behalten können, wenn schon nicht als Liebessklaven." Sie lächelte verlegen, als sie an einen Quinn ohne Kleidung dachte. An seinen gemeißelten Körper. Seine Arme, einschließlich dieser Unterarme, die sie so gerne packte, mit den kräftigen, sich abzeichnenden Adern.

„Ja, das ist wahr, aber selbst dann…der arme alte Spinner." Conor gab Paul ein Zeichen, dass er noch ein Bier wollte, und wandte sich dann wieder Lilly zu. „Hör mal, ich weiß nicht, was da draußen zwischen euch abgelaufen ist, und ich mache hier vielleicht Scherze auf eure Kosten, aber die Wahrheit ist: Es war schön für mich… meinen älteren Bruder zusammen mit einem Mädchen zu sehen, das er mag. Du hast ihn wirklich entflammt, und ich meine damit nicht, entflammt nach dem Tod unserer Mam, sondern zum ersten Mal seit langer Zeit wieder entflammt.

Lilly registrierte die Aufrichtigkeit in seinem feierlichen Gesichtsausdruck. „Danke." Sie erlaubte sich ein Lächeln. „Das bedeutet mir wirklich viel."

„Es ist wahr. Quinn ist der Älteste, darum ist er immer die verantwortliche Schiene gefahren, weißt du? Ich habe nur selten gesehen, dass er etwas für sich getan hat. Immer schon. Dass er hierherkam, war etwas für ihn, mit dir Zeit zu verbringen, war für ihn. Vielleicht ist er deshalb ein wenig ausgeflippt, das ist alles, aber er wird sich schon wieder fangen. Er ist nicht so dumm wie er aussieht."

Lilly wollte gleichzeitig lachen und weinen. „Ich schätze, du hast Recht. Aber ich hab's vermasselt, glaube ich."

„Wie das?"

„Ich sagte Dinge über eure Mam, die ich nicht so gemeint habe. Das hat er in die falsche Kehle bekommen."

Conor durchdachte dies eine Zeitlang, während er auf die Bar trommelte und nickte. „Ach, hol ihn der Geier! Er wird sich wieder fangen. Er hat dich wirklich gern. Du kannst bloß nicht die Liebe eines irischen Jungen zu seiner Mami in den Schmutz ziehen, das ist alles." Con zog sein Bier zu sich heran, kippte es und leerte es bis zur Hälfte in einem Zug. „Hat er dir von unserem Großvater erzählt? Also Mams Dad?"

„Nur, dass er aufgehört hat, mit eurer Mam zu sprechen."

„Mehr als das. Wir haben ihn angerufen, bevor wir

Dublin verließen, um ihn wissen zu lassen, dass seine Tochter gestorben ist. Seine Tochter! Und weißt du, was das Arschgesicht sagte? Er habe keine Tochter mit Namen Maggie. Kannst du diesen Schwachsinn glauben?"

Lilly starrte Con an. Sie hatte immer gewusst, dass Phillips Senior harte Kante zeigte, aber sie konnte sich nicht vorstellen, dass jemand zu seinem eigenen Enkel so grässlich sein konnte. „Oh Gott, das ist wirklich grausam!"

„Ja, und selbst das hielt meinen Bruder nicht davon ab, hierherkommen zu wollen. So sehr liebte er seine Mam. So unbedingt wollte er ihre Heimatstadt sehen."

Und doch hatte er die Hälfte seiner Zeit mit Lilly verbracht. Sie hatte schreckliche Schuldgefühle wegen all dem, was sie draußen gesagt hatte. Schrecklich deswegen, weil sie in Erwägung gezogen hatte, dass Maggie das, was sie aus Liebe getan hatte, leichtfertig oder sorglos getan hatte. Dass es sie nicht belastet hatte, dass sie anderen weh getan hatte, obwohl sie das getan hatte, was für sie einfach das Richtige gewesen war.

Lilly fragte sich, ob sie Con gegenüber erwähnen sollte, was sie über seine Mutter wusste, entschied dann aber, dass dies nicht richtig wäre. Sie hatte es nur Quinn gegenüber erwähnt, weil sie das Gefühl hatte, es solle keine Mauern zwischen ihnen geben, keine Dornen in ihrer aufkeimenden Freundschaft. Aber wenn Quinn wollte, dann konnte er ja seine Brüder über die Liaison ihrer Mutter mit Lillys Vater informieren.

Con starrte wehmütig in sein Getränk. „Eines der letzten Dinge, die Mam uns gesagt hat, war, dass wir losgehen und unsere Träume verwirklichen sollten. Die Sache ist nur die: Keiner von uns – am allerwenigsten Quinn – weiß, wo wir anfangen sollen. Zumindest wusste er es nicht, bis er hierherkam. Gib ihm also etwas Zeit, Lil! Er wird sich schon fangen." Con warf Lilly blitzartig ein trauriges Lächeln zu und rempelte sie mit der Schulter an. „Er wäre ein Arsch, wenn er das nicht täte."

Dann verfolgte er das Spiel weiter.

Natürlich hatte er Recht. Nicht, dass Quinn ein Arsch war, sondern dass er gerade jetzt so kurz nach dem Tod seiner Mutter sehr viel durchmachen musste. Das war nicht die beste Zeit, um eine neue Beziehung zu starten. Erst recht nicht, um diese Beziehung sinnvoll zu führen. Lilly musste geduldig sein. Quinn stand auch an einer Weggabelung. Er musste auch entscheiden, wie es von hier aus weitergehen sollte. Das war ein Gefühl, das Lilly eigentlich kennen sollte und deswegen mitfühlen müsste. Bis vor ein paar Tagen hatte sie auch nicht gewusst, wie es mit ihrem Leben weitergehen sollte. Sie konnte ihm wirklich keinen Vorwurf machen.

„Danke, Conor", ächzte sie. „Aber womöglich will er nicht mehr mit mir reden. Für den Fall richte ihm bitte alles Gute von mir aus, ja?" Sie schaute Con an und versuchte, sich Quinns Gesicht in seinem vorzustellen. Da ihr einfiel, dass die beiden nur noch zwei weitere Tage in ihrer Pension gebucht hatten, stiegen ihr heiße Tränen in die Augen, als ihr der Gedanke kam, Quinn niemals wiederzusehen. Mit ihren Handflächen drängte sie sie zurück, und Con legte stumm eine Hand auf ihre Schulter.

Sie durfte nicht weinen. Ihre eigene Vernunft hatte sie gewarnt, Quinn nicht zu nahe zu kommen, aber sie hatte nicht darauf geachtet, aus der Verzweiflung heraus, sich mit ihm zu verknüpfen, um für einen flüchtigen Moment mit ihm glücklich zu sein. Die Folgen waren ihr einfach nicht wichtig gewesen. Lilly wuselte von ihrem Barhocker herunter, hängte sich die Tasche über die Schulter, richtete ihr Tuch hin und machte sich für die kalte Nacht bereit.

Conor bedachte sie mit einem kleinen, wissenden Grinsen. „Du wirst ihn wiedersehen."

Sie lächelte traurig. „Danke für das Gespräch." Sie kippte den Rest ihres Bieres in Cons halbleeres Glas, dann drehte sie ihre Finger Richtung Paul. „Und vielen Dank für das Bier", rief sie Paul und Dara zu, die gerade Geschirr wegtrug.

„Gern geschehen. Richte Penny einen Gruß von mir aus!", murmelte Paul, während er auf einem Zahnstocher zwischen den Zähnen herumkaute.

„Mach ich." Lil warf Con ein letztes Lächeln zu und einen kurzen Blick auf Bernie und deren Freundinnen in der Ecke, winkte ihnen schnell und ging zur Tür hinaus. Als sie sich um die Hausecke Richtung Parkplatz begab, roch sie es, ehe sie etwas auf der Motorhaube ihres Wagens entdeckte – Jasmin! Ein frisch gepflückter Strauß, der mit einem langen Grashalm zusammengebunden war.

Ihr Herz quoll über, als wäre es von einer sanften Welle getroffen worden. Sie nahm die Blumen und suchte die ganze Gegend nach Quinn mit den Augen ab, aber er war nirgends zu sehen. Mit den Blüten in den Händen stieg sie ins Auto und legte sie sich auf den Schoß, als sie den

Motor startete. Während ihrer Heimfahrt fragte sich Lilly die ganze Zeit, was sie tun sollte. Sie verstand, wie sehr der Name Maggie Phillips ihrer Mutter auf die Nerven gehen musste, aber was wäre, wenn Quinn dieser eine Mann war – der eine, ganz besondere – der in dein Leben tritt, und wenn du diese Chance nicht ergreifst, dann wird sie womöglich nie mehr wieder kommen?

Konnte sie riskieren, ihn zu verlieren?

Mehr als einmal hatte er angedeutet, dass er daran dachte, sich in GREEN VALLEY niederzulassen. Er hatte auch überlegt, ob er eventuell Pauls Pub kaufen könnte. Nur weil sie nach Miami aufbrechen würde, hieß das nicht, dass er nicht doch beschließen könnte, ihn zu kaufen.

Kurz stellte sie sich vor, dass Quinn sich in Forestville niederließ, während sie nach Miami ging, und wie er sich mit Bernie und ihren Freundinnen einließ. *Würg, nein!* Auch wenn sie kein Recht auf Quinn hatte, fühlte sie doch einen gewissen Besitzanspruch. Was war überhaupt so großartig an Miami? GREEN VALLEY war vertraut, und sie würde sowohl ihrer Mam als auch Quinn einen Gefallen tun, wenn sie bliebe. Vielleicht könnte sie auch hier eine Konditorei aufmachen, ohne das Praktikum zu absolvieren. Es war schön, zu wissen, dass sie ausgewählt worden war – vielleicht könnte das schon genug für sie sein?

Aber ich wurde aus fünfhundert Kandidaten ausgewählt!

Nein – im Grunde ihres Herzens wusste sie, dass sie nicht das Andenken ihres Vaters entehren konnte, und es war Dad gewesen, der sie immer ermutigt hatte, ihren

Träumen zu folgen. Aber er war nicht mehr da. Und nun hielt ihre Mam Lillys Flügel sauber gestutzt. Dennoch hatte Lilly – teilweise dank Quinn – endlich ihrer Mam mitgeteilt, was sie zu tun beabsichtigte. Deshalb nein, sie konnte nicht einfach das Praktikum in Miami sausen lassen, bloß aufgrund der Möglichkeit, dass Quinn sich hier niederlassen könnte oder sogar vielleicht etwas mehr von ihr wollte. Sie könnte jedoch im Hier und Jetzt würdigen, was sie einander bedeuteten, indem sie für ihn eintrat, wenn ihr die Gelegenheit dazu gegeben würde. Das war nur recht und billig. Wenn sie nicht für ihn eintrat, wenn es darauf ankam, was für eine Art Freundin wäre sie dann?

Klar, er mochte sie immer noch, sonst wäre er nicht zurückgekommen und hätte ihr diese Blumen nicht gebracht.

Sie musste etwas tun.

Da sie nicht zu schnell nach Hause kommen und schon wieder ihrer Mam gegenübertreten wollte, wählte Lilly auf ihrem Heimweg die leicht kurvigen Seitenstraßen in Richtung der Pension. Zum vielleicht ersten Mal seit ewigen Zeiten fiel ihr das Schild zu *Phillips Vineyard & Winery* auf, das an der nächsten Einmündung stand. Sie konnte die Geschichte von Richard Phillips Senior kaum glauben. Sollte sie tatsächlich wahr sein? Natürlich war sie wahr! Con hatte keinen Grund, zu lügen, und sie musste endlich aufhören, dem zu misstrauen, was die O'Neill-Jungs sagten.

Plötzlich bremste sie ab und wusste genau, was sie tun musste.

KAPITEL FÜNFZEHN

Irgendetwas hatten Spaziergänge am frühen Morgen an sich, dass Quinn es leichter mit der Welt aufnahm. Das war schon seit seiner Zeit als Rugby-Spieler so gewesen, als er keine Wahl gehabt hatte als bei Tagesanbruch aufzustehen, um ins Training zu kommen, indem er Abkürzungen durch die Wälder hinter seinem Haus nahm. Diese ungefähr dreißig Minuten verwendete er immer darauf, sich mental auf die langen, vor ihm liegenden Stunden vorzubereiten. Er dachte darüber nach, was er alles schaffen müsste und wie er die Herausforderungen des Tages meistern sollte, ohne dass etwas Schlimmes passierte.

Nachdem er in Betroffenheit und Traurigkeit zerfließend letzte Nacht ziellos herumgefahren war, hatte er beschlossen, die Nacht früh zu beenden und zum ersten Mal seit Wochen vor Mitternacht ins Bett zu gehen. Aber jetzt brach im Osten mit einem dunkelpurpurfarbenen und orangeroten Himmel der Tag über dem verschlafenen Tal an und lockte ihn hinaus. Ohne feste Absichten für diesen Tag und ziellos in seinen Plänen dachte Quinn, es wäre eine gute Idee, aus dem behaglichen Zimmer der Pension zu verschwinden und sich ein Ziel zu suchen. Immerhin hatten er und Con nur noch zwei Tage Zeit, bis sie entweder nach Irland zurückkehren oder ihre Brüder anrufen müssten, damit die Mams Asche brächten.

Er verzichtete auf das Mietauto, zog lieber seine Jacke an und machte sich zu Fuß auf den Weg. Er stahl sich davon, bevor Lilly ihn zu Gesicht bekam. Es war nicht so, dass er nicht mit ihr reden wollte. Er brauchte einfach etwas mehr Freiraum, Zeit für sich allein, um sich über die Neuigkeiten, die sie ihm gestern mitgeteilt hatte, nachzudenken.

Ihr Vater war der Freund seiner Mutter gewesen – ihr Verlobter, um genau zu sein – ein Mann einer wohlbekannten Familie, Weingutsbesitzer in dieser Region. Ja, er konnte verstehen, dass Lillys Mam nicht gut zu sprechen war auf Maggie Phillips, die ihr fast den Mann weggeschnappt hätte. Aber Tatsache war, dass die Dinge letzten Endes doch gut ausgegangen waren für sie.

Bald stellte Quinn fest, dass ihn sein Spaziergang zu dem Weg brachte, der zu der Brücke führte. Obwohl er schon viele Gegenden erforscht und Fotos gemacht hatte, auch häufig in Pauls Taverne zu Gast gewesen war, war die Brücke zweifellos einer seiner Lieblingsplätze. Die Sonne stand schon am Himmel, würde aber bald wieder hinter dunklen Wolken versteckt sein. Es sah nach Regen aus, und er war ohne Regenschirm losgezogen.

Ach, na und! Es war ja bloß Wasser.

Er kletterte auf den Hügel, steuerte auf die Brücke zu und schaffte es bis auf die Holzplanken, unter denen der Fluss dahinglitt. Langsam setzte er sich und ließ, genau wie er und Lilly und auch seine Mutter vor ihnen, seine Beine über die Kante baumeln.

In seinen Gedanken spielte er die Bilder der vergangenen fünf Tage noch einmal durch. Alles, was er erlebt hatte, hauptsächlich mit Lilly. Alles, was er über seine Mam erfahren hatte.

Laut Lilly war diese Brücke einer der Lieblingsplätze ihres Vaters gewesen, und höchstwahrscheinlich war das so, weil er mit Quinns Mam hierhergekommen war. Wenn dies der Fall gewesen war, dann hatte seine Mam Ken Parker offensichtlich so sehr gemocht, dass sie ihn zu einem Platz, der ihr viel bedeutete, mitgenommen hatte, selbst wenn sie sich letzten Endes doch für einen anderen Mann entschieden hatte. Das war der Lauf der Welt. Gefühle waren unbeständig. Herzen wurden die ganze Zeit gebrochen, und meistens unabsichtlich. Verdammt, in gewisser Weise konnte *Quinn* in dieser ganzen verworrenen Situation mit Lilly betrachtet werden als Ken; er war der Mann, für den sie Gefühle hatte, aber letzten Endes musste sie ihn zurücklassen, um ihren Träumen nachzujagen. Bedeutete das, dass er irgendwann in der Zukunft, wenn er eine andere Frau gefunden hätte, die er liebte, eine, mit der er dann tatsächlich eine Familie gründen wollte, dass er dieser Frau dann nicht sein ganzes Herz schenken könnte, weil ein gewisser Teil davon immer Lilly gehören würde? Würde er, so wie Ken, zu dieser Brücke zurückkommen und wieder darüber nachdenken, was sein hätte können?

Er strich sich mit den Händen über das Gesicht. Oh Mann, mit solchen Gedanken machte er sich noch ganz verrückt! Als er so da saß und über all dies nachdachte, rollten düstere Wolken heran, die Sturm im Gepäck hatten, und Quinn dachte: *Lass es regnen! Direkt auf mich!* Er hatte ja sowieso keinen Platz, wo er hingehen konnte, und sein Verstand konnte eine gute Reinigung gebrauchen. Danach würde er wieder in die Spur kommen. Sich den Rest von GREEN VALLEY mit den Augen seiner Mam anschauen. Dann würde er seine Brüder anrufen und ihnen sagen, was er eigentlich schon von Anfang an gewusst hatte.

Sie mussten die Asche ihrer Mutter hier verstreuen. Das hätte sie gewollt.

Er war gerade aufgestanden, als er auf Kies knirschende Reifen hörte und einen Motor, der abgestellt wurde. Als er sich umwandte, sah er, dass jemand angekommen war, der nun in seine Privatsphäre eindringen würde. „Hallo?"

Augenblicke später kamen hübsche Beine in einem Jeansrock in sein Blickfeld. Beine, die er liebte und viel zu selten sah, denn sie trug ja meistens Jeans.

„Ich dachte mir, dass ich dich hier finden würde." Wunderschön, strahlend und umwerfend mit ihrem blonden Haar hinten zu einem unordentlichen Knoten zusammengefasst. Sie sah aus, als hätte sie einfach die

Schürze abgelegt und beschlossen, auch einen Spaziergang zu machen.

„Lilly", sagte er, und gleichzeitig wollten sich sein Herz und sein Verstand auf die Flucht begeben, weil er sie sah. „Du hast mein Geheimversteck gefunden."

„Wäre nicht das erste Mal." Ihr Lächeln war verschmitzt und friedensvermittelnd zugleich. „Meine Stadt ist voller Geheimverstecke."

„Tja, dann solltest du mir noch einige zeigen." Er lächelte zurück, aber dann ließ es nach, da er daran dachte, dass sie nicht mehr recht lang hier sein würde, und er wahrscheinlich auch nicht. Sie würde ihm nie alle Geheimnisse von GREEN VALLEY zeigen, und diese Vorstellung deprimierte ihn zutiefst.

Lilly überschlug die Beine und setzte sich neben ihn, wobei sie sich an den Seilen festhielt. „Es wird bald regnen", sagte sie und blickte hinauf zum sich verdunkelnden Himmel. „Bist du okay?"

Mit vor Aufregung und Nervosität grummelndem Magen ließ er seine Hand stückchenweise über die Holzplanken gleiten und riskierte es, ihre Hand zu nehmen. Ihre Finger verschränkten sich mit seinen. „So gut es eben geht, angesichts unseres Streits von gestern Abend. Den bedaure ich sehr. Es war eine Überraschung, was du mir mitgeteilt hast, und ich setze mich damit auseinander. Ich setze mich mit dem Wissen auseinander, dass viele in dieser Gegend, der Gegend, wo ich glaube, dass wir ihre Asche verstreuen sollten, meine Mam als Ausgestoßene betrachten."

Lilly streichelte seine Finger, und die warme Berührung sandte Schauer durch seinen Körper. „Nicht jeder. Nur ein paar ausgesuchte Personen spüren einen gewissen Schmerz. Und offen gesagt, die sollten jetzt endlich darüber hinwegkommen."

Überrascht lachte er. „Ist das so?"

„Ja. Und es tut mir leid, wenn ich gestern Nacht eine andere Botschaft kommuniziert habe."

„Schon okay. Mit der Kommunikation haben wir alle so unsere Probleme, nicht wahr?"

Sie legte den Kopf schief. „Was meinst du?"

„Ich meine, ich war ein Mistkerl, als ich voraussetzte, dass nichts zwischen uns geschehen sollte, weil wir es nicht geschehen lassen *sollten*. Liebe ist komplizierter als das."

„Wir sind verliebt?", sagte sie leise und verwundert.

Er zog seine Beine heran und drehte sich herum, um ihr in die klaren blauen Augen zu schauen. „Nicht?"

Lil blinzelte und drehte sich weg, blinzelte noch mehr, im Versuch, Tränen zu verstecken, die ihr in die Augen gestiegen waren, wie Quinn erkannte. Quinn langte hinüber und ergriff ihr Kinn, drehte ihren Kopf herum, bis sie ihn anschaute.

„Ich weiß, dass sich nichts zwischen uns geändert hat. Dass wir immer noch auf getrennten Wegen gehen. Dass wir uns erst seit einer Woche kennen. Aber hier bin ich, Lil, ich gehe meinen Weg, aber ich schaue dich an und sage dir: Ich liebe dich. Und egal, was passiert, ich werde das nie bedauern."

Die Tränen in ihren Augen flossen über.

„Ich liebe dich auch, Quinn. Egal was passiert."

Sie küssten sich nicht, sie bewegten sich nicht, sie atmeten kaum, denn sie wollten die Macht, die in diesen Worten steckte, die sie ausgetauscht hatten, nicht unterbrechen. Eine Ewigkeit schien zu vergehen, in der sie einander in die Augen schauten. Schließlich bewegten sich die Wolken über ihren Köpfen mit dem Wind, ließen in der Brise Haarsträhnen um ihr Gesicht tanzen, und Lilly blinzelte erneut. Quinn strich an ihrer Kieferpartie entlang, und Lilly schloss die Augen, um sich seiner Berührung zu ergeben. Die ersten Regentropfen waren kalt, aber sie schienen sie aus ihrer Schockstarre dieses feierlichen Moments aufzuschrecken. Sie lachten beide und sprangen auf.

Quinn war drauf und dran, zum Auto zurückzurennen, aber Lilly packte seine Hand und rannte in die entgegengesetzte Richtung, gerade als sich der Himmel öffnete und der Regen zu prasseln begann. „Wohin gehen wir?"

„Du wolltest doch Geheimplätze, nicht wahr?", schrie sie, während sie ihn mit sich zerrte und den Fußweg weiterlief in ein Dickicht hinein und um eine Kurve. Hier im Wald versteckt lag ein alter Schuppen, nichts aus dieser Welt, nur eine heruntergekommene Hütte aus verblichenen, ehemals rot gestrichenen Brettern. Lilly zerrte an der Seitentür, die recht leicht nachgab und dann krachend an die Seitenwand schlug.

Das Innere roch modrig, nach alten Seilen und

Sägemehl, beides Gerüche, die Quinn liebte. Sie erinnerten ihn an das Bootshaus seines Großvaters in Killiney mit Aussicht auf Bray Head und das Great Sugar Loaf. Er schüttelte den Regen von seiner Jacke und aus seinem Haar und stolperte gegen ein altes Eichenfass neben der Bretterverkleidung. „Sowas, dich hier zu treffen! Kommst du öfters hierher?"

Lilly lachte und taumelte mit ihm, fiel an seinen warmen Körper und in einen Haufen Sandsäcke. „Nein", sagte sie mit absichtlich neckendem Ton. „Aber ich habe das Gefühl, dass wenn die Dinge so laufen, wie ich vermute, dann könnte das hier einer meiner neuen Lieblingsgeheimplätze werden." Ihr warmer Atem drang an seine Wange, und auf einmal, ohne irgendeinen Gedanken oder irgendeine Erwartung, küssten sie sich, als wäre das genau das, was sie die ganze Zeit schon hatten tun wollen.

Vergiss Regeln, vergiss Grenzen und Konsequenzen! Manchmal wirft das Leben einfach Zitronen auf dich, und du musst dann wissen, was du damit machst – Mach Zitronen-Baiser-Torte daraus! Quinn drückte seine Lippen fest auf sie und sog ihren feuchten, weichen Mund gierig ein. Sein Körper schmerzte sehnsuchtsvoll und war auf den Augenblick fokussiert, auf den sie angespielt hatte. Sie wollte einen Höhepunkt erleben, und er konnte es nicht erwarten, sie dorthin zu führen. Ihre Arme bewegten sich mühelos, um Jacken und Hemden abzustreifen, während seine Finger unter ihre BH-Träger glitten. Seine Lippen saugten an ihrem Hals und an ihrem Schlüsselbein.

zentimeterweise ihre Haut ein und arbeiteten kontinuierlich weiter nach unten. Sie drückte eine Hand auf ihren BH, um die Körbchen um ihre wogende Brust geschlossen zu halten.

Überstürze nichts, geh langsam vor, Kumpel! schrie sein Herz ihm zu, aber seine Lenden hatten nun das Kommando übernommen. Als seine Lippen die obere Wölbung ihrer Brüste erreichten, ließ sie ihren geöffneten BH los. Quinn bewunderte den tiefroten Farbton um ihre Brustwarze. Er brachte seine Lippen nah heran, hielt aber kaum eine Haaresbreite davor entfernt an. Langsam stieß er seinen warmen Atem aus und wartete auf genau den richtigen Moment, wenn die Kluft zwischen Neckerei und Folter zusammentraf.

Lilly stöhnte auf, als sein Mund sich endlich um eine Brustwarze schloss, und Quinn saugte. Dabei spürte er, wie die Erhöhungen ihres Brustwarzenhofes durch seine Zunge hart wurden. Mit ihren Händen führte sie seinen Kopf. Ihre Finger streiften durch sein Haar vor und zurück, als eine seiner Hände den Weg unter ihren Rock fand, um ihren Hintern zu umfassen, während er mit der anderen Hand ihre Brust höher an seinen Mund hob. Plötzlich dämmerte es ihm, warum sie einen Rock trug, und er musste aus tiefster Seele lachen. Kein Slip. Ihre Absichten waren klar. Alle Barrieren waren entfernt. Er nahm seine Hand von ihrem glatten Hinterteil und glitt mit den Fingern zwischen ihre Pobacken, näher zu ihren nassen Falten und streifte mit zwei Fingern darüber. Ihr Kopf fiel zurück, und ihr Körper ergab sich ihm.

Nachdem er sie herumgerollt und mit ihrem Rücken an die Sandsäcke gelegt hatte, setzte er sich auf und schaute staunend auf das Wunder vor sich. Ihre Schönheit wurde durch den auf die schäbige Bretterbude prasselnden Regen noch gesteigert. Mit schimmernden Augen starrte sie auf ihn zurück, und sie wollte ihn, begehrte ihn, brauchte ihn.

Wie eine erblühende Blume breitete sie die Knie aus, aber es waren ihre saphirblauen Augen und ihre sich vor Erwartung keuchend hebende Brust, die in ihm das Gefühl auslösten, sie so sehr zu begehren wie noch nie etwas in seinem Leben. Als er die Länge ihrer Beine entlangstrich, liebkoste er mit seinen Fingerspitzen ihre cremeweiche Haut von den Oberschenkeln bis hinab zu ihren Fußknöcheln.

„Was wirst du tun?", fragte sie keuchend durch ein bebendes Lächeln hindurch.

„Was denkst du, was ich tun werde?" Seine Finger legten eine weitere Spur wieder an ihren Oberschenkeln hinauf.

„Ich denke…" Sie zog ihren Rock langsam hoch und nahm sich ausreichend Zeit, um das zu offenbaren, was ihn in kürzester Zeit verrückt machen würde. „Du wirst…weitere tiefe Geheimnisse entdecken", beendete sie ihren Satz.

„Das würde ich nur allzu gern, mit Ihrer Erlaubnis, *Mademoiselle*", sagte er.

Nachdem sie fertig war, ihren Rock komplett hochzuziehen, spreizte sie ihre Beine weit und sagte:

„Erlaubnis erteilt, freundlicher Herr."

Er zeichnete diesen Moment in seinem Gedächtnis auf, um ihn sich später in ruhigeren Zeiten noch einmal hervorholen können – und dann hatte er Sex mit ihr. Von da an war alles nur ein verschwommenes Bild, ein Wirbelsturm der Erinnerungen, die für viele Jahre andauern würden. Von seinen Lippen, die auf ihr glitzerndes Herzstück trafen, leckten, neckten, sie an den Rand trieben, bis zu dem Moment, als sie ihn wieder überraschte, indem sie sich umdrehte und ihm ihren Hintern entgegenstreckte, um ihn einzuladen, in sie einzudringen, bis zu dem Moment, wo er sich beklagte, dass er kein Kondom hatte, und sie alle Vorsicht über Bord warf und sagte, dass es ihr egal sei, weil sie sowieso die Pille nahm, bis zu dem glückseligen Moment, als er seine Jeans abstreifte, sich selbst freiließ, hart und bereit, und dann tief in ihre nasse Wärme eintauchte – zwei verzweifelte Körper, die sich aneinander klammerten.

„Oh, Quinn!", rief sie und begegnete jedem seiner Stöße mit einem eigenen Rückstoß. So trieb sie sich in einen Sinnestaumel hinein, während sie gebeugt war und sich an seinen Körper presste, um einen extra Stoß aufzufangen. Sie langte zwischen ihre Beine und streifte mit ihren Fingerspitzen leicht über seine Hoden, liebkoste sie sanft und bewegte sich dann weiter zu ihrer eigenen geheimen Stelle, indem sie mit jedem seiner Stöße mitging.

Er musste wegschauen, damit er weiter durchhielt, um zu warten, bis sie vor ihm zu diesem gesegneten Moment gelangt war, damit er nicht explodierte, ehe sie es tat.

„Quinn…schau mich an! Schau mich an, Liebling…",
drängte sie.

Gott, das war's. Vor allem, als sie ihn ‚Liebling'
nannte. Er spürte, wie sich ihre Muskeln um ihn herum
kontrahierten, spürte den Schwall von Wärme um seinen
Körper. Er ließ los und explodierte in machtvollen
Zuckungen. Und dann fielen sie in einem gemeinsamen
Keuchen in einem verschwitzten Knäuel auf die
Sandsäcke. Erst dann bemerkte er die frostige Luft in dem
Schuppen. Lilly zitterte, ob vor Kälte oder vor Glück
konnte er nicht sagen, aber er langte nach seiner Jacke und
bedeckte damit ihre Schultern.

Erneut durchströmte ihn ein Gefühl der Wärme. „Ich
liebe dich", flüsterte er ihr ins Ohr und freute sich, dass es
sich so natürlich anfühlte, es jetzt zu sagen.

Durch geschlossene Augen bildete sich ein Lächeln
auf ihrem Gesicht. Langsam verlagerte sie sich und legte
ihre Arme um seine Schultern, während sie einen weichen
Kuss auf seine Lippen platzierte. Sie roch nach Schweiß,
Liebe und Süße. „Ich liebe dich auch", sagte sie. Ihre
Augen leuchteten auf und strahlten so blau wie der Pazifik.
„Egal was geschieht. Aber…"

Er runzelte die Stirn. „Aber?"

„Aber du hattest Unrecht. Mit der Sache, dass du ein
Mistkerl seist, weil du vorausgesetzt hast, wenn etwas
zwischen uns geschehen soll, dann würden wir dafür
sorgen, dass es geschieht. Als du gesagt hast, Liebe sei
komplizierter als das. Du hattest Recht, Quinn, beim ersten

Mal. Deine Mam hat nicht zugelassen, dass das Schicksal oder die Umstände diktierten, wen sie liebte. Sie traf eine Wahl, und wir können auch eine Wahl treffen. Ich wähle dich. Wenn du mich wählst, ist es nur eine Frage, wie man es anstellt, dass es funktioniert."

Er starrte sie an, tief beeindruckt von dem, was sie gesagt hatte. Was sie anbot.

Er wusste nicht genau, was er mit seinem Leben machen würde. Und es würde schwer werden, Lilly so bald abreisen zu sehen. Sie würden also eine Fernbeziehung führen müssen. Was war denn verdammt nochmal so schlimm daran? Es gab schwierigere Dinge im Leben. Er hatte so lange auf die richtige Frau gewartet. Was machten da diese paar weiteren Monate schon aus?

„Ich wähle dich, Lil. Ich wähle uns."

Als der Regen aufhörte, tauchten sie aus dem Schuppen auf und schlüpften in Lillys Auto. In zufriedenem Schweigen fuhren sie die Hauptstraße entlang. Und gerade als er darüber nachdachte, wie unvorhersehbar sein Leben in den letzten paar Wochen geworden war, bog sie scharf links ab in eine von Bäumen gesäumte Straße. Sie kamen an einem Schild vorbei, auf dem stand: *Phillips Vineyard & Winery*.

„Ähm…wohin fahren wir?" Er zog eine Augenbraue hoch und spürte, wie ihm das Herz in die Hose rutschte. „Ich bin mir nicht sicher, ob ich dort hineingehen will. Und ich glaube, du sagtest, du würdest niemals einen Fuß dorthin setzen."

Sie schaute ihn mit einem Lächeln an. „Mach dir keine Sorgen, Quinn! Das geht schon in Ordnung. Vertrau mir!"

Er vertraute ihr – das war ja das Problem. Er vertraute ihr so sehr, dass sie momentan die volle Kontrolle über seine Emotionen hatte, und es ihm egal war, irgendetwas dagegen zu tun. Seine Mam hatte ihm einst gesagt, dass er es wissen würde, wenn ihm die richtige Frau begegnete, weil sie sein Schicksal bestimmen und ihn zu wahrer Größe führen würde. Angesichts der Tatsache, dass er noch nicht den Mumm gehabt hatte, dieses Stück Land aufzusuchen, wie oft er es auch auf seiner Handy-Landkarte bereits betrachtet hatte, hier war Lilly Parker und tat genau das Gegenteil von dem, was sie je von der Phillips-Familie gehalten hatte. Sie fuhr den Hauptweg hinauf und brachte Quinn – ob er nun wollte oder nicht – direkt zu der Tür seiner Familie.

Und er ließ es sie tun.

Sie standen vor einem wuchtigen weißen Haus im Vordergrund vor weitläufigen Weinbergen mit unendlich vielen Reihen Weinstöcken, so weit das Auge reichte. Es war eine ganz andere Atmosphäre als vor *Parker House* zu stehen. Dies hier war ein wertvoller Besitz, der Quinn für eine Minute den Atem verschlug. Als sie zum Haupteingang hinaufgingen, reichte Quinn Lilly das Tagebuch seiner Mutter. „Würdest du das einen Augenblick für mich halten?"

Sie schimpfte spielerisch. „Männer", sagte sie

kopfschüttelnd und nahm das Tagebuch in Empfang. „Auf der ganzen Welt dasselbe. Heißt das, du traust mir jetzt, dass ich da nun keinen schnellen Blick hineinwerfe?"

Mit einer Hand auf ihrem Arm stoppte er sie. „Es heißt, ich traue dir mit allem, was ich bin, Lilly. Wenn du Mams Tagebuch lesen willst, dann nur zu. Ich freue mich, es mit dir zu teilen, da ich weiß, Mam hätte dich genauso sehr geliebt wie ich."

Ach, wie großartig! Soviel zum Thema ‚irischer Charme'. Und es war auch keine Schauspielerei. Es war einfach ein Teil von Quinn, wie er eben war.

In der Eingangsdiele starrten sie die Inneneinrichtung an, die wie aus einer Zeitschrift war – gewölbte Zimmerdecken mit Kirschholzbalken, weiße Wände voller Fotos mit Weinflaschen, Weintrauben und Menschen, die hier seit ewigen Zeiten arbeiteten.

Quinn spähte auf ein Schwarz-Weiß-Foto von zwei jungen Frauen mit einer älteren Frau und einem Gentleman. Dasselbe Foto befand sich auch in Mams Aufbewahrungsschachtel – *ihr alter Herr, Phillips Senior*. Daneben war ein klares Farbfoto von denselben Leuten, nur die ältere Frau fehlte. Seine Großmutter, nahm Quinn an. Sie war eine schöne Brünette mit perfektem 70er-Jahre-Haarschnitt und einem maßgeschneiderten Hosenanzug. Ihr Lächeln sah ziemlich genauso aus wie Conors und löste in Quinn den Wunsch aus, seinen Bruder aus dem Bett zu zerren, damit er herkam, um sich das anzuschauen.

„Guten Morgen, willkommen bei Phillips Weingut

und Weinkellerei", klang eine junge weibliche Stimme durch den Raum. In einem weißen Rock, plissiertem purpurfarbenem Oberteil und einer kurzen Jeansjacke war sie das Abbild der jungen, legeren Kalifornierin. Ihre Gesichtszüge umgab ein Hauch Vertrautheit. Quinn stellte sich vor, dass sie womöglich eine entfernte Cousine sei. „Sind Sie wegen des Harvest Brunch hier?" Sie zeigte ihnen durch Handzeichen an, einzutreten.

Lilly folgte ihr weiter in die Höhle des Löwen. „Nein, wir haben einen Termin bei Suzanne. Sollen wir in der Diele warten?"

„Oh nein, kommen Sie einfach mit mir", sagte die Frau strahlend, aber dann verzerrten sich ihre Gesichtszüge in leichter Verwirrung. „Warten Sie, sind Sie etwa…Lilly Parker?"

„Ja, hallo." Lilly lächelte und sah Quinn still um Beistand ersuchend an.

„Ach, toll! Ich habe so viel von Ihnen gehört, aber wir sind uns nie tatsächlich begegnet. Ist das wahr, dass Sie mit Guy Santoli arbeiten werden?"

Lilly nickte und hielt inne, um eine Vitrine mit einer Auswahl von Qualitätsweinen zu betrachten. „Stimmt. Ich werde in ungefähr zwei Wochen abfahren."

„Na dann, viel Glück! Ich bin ganz neidisch und sehr glücklich, Sie endlich kennenzulernen. Ich werde Suzanne Bescheid geben, dass ihr hier seid. Geben Sie mir eine Minute!"

„Kein Problem", sagte Lilly und bedachte Quinn mit einem zufriedenen Lächeln.

„Warum sind wir hier?", fragte Quinn. „Du willst, dass ich exkommuniziert werde, nicht wahr?"

„Nein, ich will, dass du in-kommuniziert wirst. Quinn, sei bitte nicht wütend! Suzanne weiß, dass du kommst. Wir haben schon miteinander gesprochen, gestern."

Eine Frau, die um die Ecke herum kam, verharrte in der Diele hinter der Glastür, die Sonnenstrahlen hindurch und über sie fallen ließ. Quinns Herzschlag beschleunigte sich. Er würde eine Verwandte treffen – seine Tante, eine Frau, von deren Existenz er erst kürzlich erfahren hatte. „Jesus, Maria und Josef…sie sieht wie meine Mam aus."

Die Frau näherte sich langsam, und ihre Augen waren fixiert auf Quinn. Auf ihrem Gesicht breitete sich ein Ausdruck von großer Freude und Erleichterung aus, während sie ihre Hände überkreuzt auf ihr Herz schlug. „Lieber Gott…du bist das Ebenbild deines Vater", sagte sie.

Quinn wusste nicht, ob das gut oder schlecht war, angesichts der Tatsache, dass der die unschuldige Maggie Phillips entführt hatte, aber dem erstaunten Lächeln nach zu schließen, folgerte er, dass es eher eine gute Sache war. „Sind Sie…die Schwester meiner Mam?"

Sie erreichte Quinn, lächelte Lilly an, dann untersuchte sie Quinns Gesichtszüge weiter, als wäre er eine Tonskulptur. „Bin ich. Suzanne Phillips. Ich bin sehr erfreut, dich kennenzulernen. Komm bitte hier entlang!"

Ein wenig herzlich für ein Familienmitglied, dachte Quinn und sah der Frau zu, wie sie sich in Sekundenschnelle umdrehte und dann den Gang wieder hinuntereilte. Er tauschte mit Lilly verstohlen Blicke aus, die auf einmal nervös, erschrocken und entsetzt wirkte, und das alles gleichzeitig. Der Ausblick in den Garten war grandios. Weiße Zelte waren aufgebaut unter bunten Lampions. Geschäftig eilte Personal herum, um eine lange Tafel vorzubereiten für irgendeinen Outdoor-Event. Während sie durch das schöne Haus gingen, hoffte Quinn, dass ihn niemand erkennen möge, hinter seinem Rücken ablästern würde oder schlimmer noch – ihn hinauswerfen würde. Er hatte ja nicht einmal die Gelegenheit gehabt, zu duschen, sich zu rasieren und sich präsentabel herzurichten.

Erst als sie ein geräumiges Büro mit einer fantastischen Aussicht auf die Weinberge betraten, schloss Suzanne die Tür. Ihr standen Tränen in den Augen, als sie herumwirbelte und in Quinns vollkommen überraschte Arme fiel. „Mein lieber, süßer Maggie-Junge", sagte sie und hielt sich von Schluchzern geschüttelt an seinen Schultern fest. „Endlich bist du nach Hause gekommen."

KAPITEL SECHZEHN

Endlich ließ Suzanne von ihm ab und langte nach der Box mit Papiertaschentüchern, die auf ihrem Mahagonischreibtisch stand. Lilly fand, dass sie aussah wie eine geschäftstüchtige, sechzigjährige Bette Middler. „Ich liebte meine Schwester so sehr", sagte sie und hielt Quinn an den Händen fest. Dann streichelte sie ihm über das Gesicht. „Deine Mutter lag mir sehr am Herzen." Quinns Gesicht verzerrte sich, während sich in seinem Inneren ein Kampf abspielte, was er glauben sollte. *Wenn sie ihr schon so am Herzen lag, warum wolltet ihr Typen dann nicht, dass sie wieder nach Hause kam?* Lilly konnte seine Gedanken fast hören. Fassungslos schüttelte er mit leicht geöffnetem Mund den Kopf, und kurzzeitig meinte sie, er würde sich setzen müssen.

„Ich…ich verstehe das nicht", brachte er mühsam heraus.

Lilly holte den Lederstuhl aus der Ecke und brachte ihn ihm. „Darf ich?", fragte sie Suzanne.

„Ja, natürlich!" Suzanne zog sowohl für sich selbst als auch für Lilly einen weiteren Stuhl heraus, raste zum Fenster hinüber, das zum Parkplatz und zur Straße hinausging, und lugte durch die Lamellen der Jalousie. „Natürlich, natürlich..." Auf Lillian wirkte Suzanne beinahe so, als würde sie Wache halten, als würde sie sicherstellen, dass nicht irgendjemand genau in dem Moment ankäme, in dem sie den Sohn von Maggie Phillips und Grant O'Neill in ihren eigenen vier Wänden empfing. „Ich muss sehr bald gehen", sagte sie, als sie sich Quinn gegenüber setzte und die Beine übereinander schlug. „Wir haben heute eine große Veranstaltung, und die ganze Familie wird jeden Augenblick ankommen."

„Schon okay. Wir brauchen nur einen Augenblick. Die Sache ist die..." sagte Quinn kopfschüttelnd. „Wenn Sie Maggie so gern hatten wie Sie sagen, warum wollte dann niemand, dass sie nach Hause zurückkam? Maggie hat mehrere Male versucht, mit der Familie in Kontakt zu treten."

Suzannes Gesicht wurde zu einer verzerrten Grimasse. „Nein, mein Lieber. Meine kleine Schwester war immer starrköpfig. Mein Gott, war sie starrköpfig! Ich habe nie verstanden, warum sie uns auf solche Weise im Stich gelassen hat, wie sie es getan hat."

„Sie hat euch nicht im Stich gelassen. Sie hat einfach geheiratet und ist weggezogen. Ist das nicht ein ganz normaler Vorgang?"

„Nein, mein Lieber. Sie hat nie angerufen, nicht einmal als unsere Mutter vor mehreren Jahren starb. Wie kann eine Tochter in so einem Fall nicht anrufen oder heimkommen?"

„Aber das tat sie!", versicherte Quinn ihr. „Ich habe es hier schwarz auf weiß. In dem Tagebuch, das sie schrieb. Es war ihre Privatsache, deshalb habe ich es erst vor Kurzem entdeckt, aber hier steht…" Quinn öffnete seine Hand, während Lilly in ihrer Tasche wühlte, um es ans Tageslicht zu fördern. Endlich hatte sie es gefunden und reichte es ihm. Während Quinn zur richtigen Seite blätterte, tauschte Lilly mit Suzanne ein trauriges Lächeln aus. Sie war dankbar, dass sie sich bereit erklärt hatte, sich so kurzfristig und auch geheim mit Quinn zu treffen. „Schauen Sie, hier ist es!" Und er begann, vorzulesen:

Also, das war's dann wohl. Ich rief Dad an, als ich die Nachricht hörte, dass Mam von uns gegangen war. Ich sagte ihm, dass ich heimkommen wolle, um ihn und meine Schwestern zu sehen, und was sagte er? ‚Wir haben keine Tochter namens Maggie. Sie müssen sich verwählt haben.' Klick, er hängte einfach auf. Das ist vielleicht eine Familie, was?

Quinn wischte sich die Tränen aus den Augen. „Das war kurz nach meiner Geburt, vor achtundzwanzig Jahren. Sie fährt fort, dass dies ihr letzter Versuch gewesen sei. Danach rief sie *tatsächlich nie* wieder an, aber davor hatte sie es versucht, Suzanne. Das hat sie getan. Meine Mutter würde ihre Lieben nicht einfach so im Stich lassen."

Lilly blieb während der ganzen Diskussion still, fühlte

sich wie eine Fliege an der Wand, aber mehr als je zuvor musste sie Quinn Recht geben. Richard Phillips hatte es für Maggie sehr schwer gemacht, aus welchen Gründen auch immer.

„Du liebe Güte, davon hatte ich keine Ahnung", sagte Suzanne betroffen und hatte die Handfläche auf ihr Herz gelegt. „Aber es überrascht mich nicht. Mein Vater war immer ein ziemlicher Geheimniskrämer. Und jetzt ist Maggie tot. Ich werde sie nie mehr wiedersehen. Ich kann es nicht glauben." Sie ließ den Kopf hängen und schluchzte in ihre Hände.

Quinn streckte sich nach ihr aus und umarmte sie über die Stühle hinweg. Er sagte nichts, hielt Suzanne einfach nur fest, und Lilly spürte, wie auch ihr heiße Tränen in die Augen stiegen. Sie konnte sich nicht vorstellen, wie es sein wäre, die Familie so nah, und doch so fern zu haben.

Plötzlich stand die ältere Frau auf und ging zu einem kleinen Keller, der von ihrem Büro aus zu erreichen war. Da war eine Tür, von der aus ein paar Stufen nach unten führten. Suzanne hielt bei einem dunklen Kasten inne. Aus ihrer Tasche holte sie einen Schlüsselbund hervor, suchte nach dem richtigen Schlüssel, bis sie schließlich einen kleinen, goldenen fand. Sie steckte ihn in das Schlüsselloch, drehte ihn und langte weit nach hinten in dieses Fach. Sie legte ihre Hand um eine goldene Flasche, Lilly nahm an, es könnte ein Chardonnay sein. „Hier, nimm bitte diese Flasche! Ich würde euch gerne einladen, etwas länger zu bleiben, aber die Gäste kommen gleich an, und meine Aufmerksamkeit wird draußen vonnöten sein."

„Klar, kein Problem", murmelte Quinn, immer noch erstaunt, und nahm die Flasche Wein in Empfang. Lilly beugte sich vor, um einen Blick darauf zu erhaschen, und sah ein goldenes Familienetikett mit dem Namen *Maggie's Valley* auf der Vorderseite. „Was ist das?"

Suzanne sperrte den Kasten wieder ab, schloss die Kellertür, kam bedächtig auf die andere Seite und deutete mit einem manikürten, roten Fingernagel auf das Etikett. „Vor langer Zeit benannte mein Vater einige der Weinberge nach meiner Mutter und meinen Schwestern. Dieser Wein stammt von Maggies Weinberg. Nachdem sie nach Irland gezogen war, nahm er sie von den Regalen – bis zum letzten Exemplar. Als ich nach alten Speisekarten suchte, die ich durchsehen wollte, fand ich sie eines Tages in einer großen Kiste im Müll. Ich nahm sie mit nach Hause und habe sie immer noch, aber eine davon bewahre ich hier auf, zusammen mit all meinen besonderen Etiketten." Sie lächelte und deutete darauf. „Du kannst sie haben."

Lilly sah zu, wie Quinn den Kopf schüttelte und mitten im Büro zusammenbrach. „Warum hast du nicht mit deinem Vater gesprochen, warum hast du ihn nicht überzeugt, dass Maggie mit euch allen reden können soll oder euch besuchen darf?", wollte Quinn wissen. „Die ganze Zeit warst du auf Mams Seite, aber…"

„Aber ich habe nicht genug getan, ich weiß", fiel ihm Suzanne ins Wort. „Du bist deinem Großvater nie begegnet, Quinn. Es geht ausschließlich nach seinem Kopf. Ich bin sicher, du hast das auch schon gehört", wandte sie sich an Lilly.

Lilly riss die Augen auf und nickte. Sie hatte nicht das Gefühl, als wäre das die richtige Zeit oder der richtige Ort, um darüber zu sprechen, aber sie hatte ihr ganzes Leben von der Unerbittlichkeit des alten Richard Phillips gehört. Sie hatte ihn in der Kirche und bei Feierlichkeiten gesehen, war aber immer von ihm eingeschüchtert worden. „Vielen Dank für deine Zeit, Suzanne. Ich kann dir nicht sagen, wie sehr wir dies zu schätzen wissen", sagte sie, während sie Quinn ein Papiertaschentuch reichte.

Er drückte es an seine Augen und warf es dann schnell in den Papierkorb beim Schreibtisch. „Ja, vielen Dank dafür. Ich werde die Weinflasche mit nach Hause nehmen und meinen Brüdern zeigen. Du hast noch vier weitere Neffen."

„Du meine Güte!", sagte Suzanne. Sie stand auf und brachte sie zur Tür. Dort hielt sie an und streichelte nochmals über Quinns Gesicht. „Ja, aber ich wette, keiner von ihnen hat Maggies Lächeln, so wie du. Vielen Dank, dass du vorbeigekommen bist, Quinn. Ich werde versuchen, meinem Vater gut zuzureden, ihm etwas Vernunft einbläuen. Das ist das Mindeste, was ich dir schulde."

Sie dankten ihr nochmals und eilten hinaus. Lilly war sich nicht sicher, ob sie das richtige getan hatte, als sie gestern Nacht beim Weingut angehalten und mit dem erstbesten Familienmitglied über Maggie O'Neill gesprochen hatte. Doch sie war froh, dass es Suzanne gewesen war und nicht Beatriz oder der alte Mann selbst.

Sie durchquerten die Eingangshalle. Als sie draußen an der kühlen frischen Luft waren, und Quinn einen langen, befreienden Atemzug holte, sie nah an sich heranzog und ihr „danke" ins Ohr flüsterte, wusste sie, dass es doch die richtige Entscheidung gewesen war.

Sobald sie vom Weingut Phillips zurückgekehrt waren, eröffnete Quinn ihr, dass er seine Brüder anrufen würde, um ihnen mitzuteilen, dass er und Con ihren Aufenthalt verlängern würden, und um sie zu mobilisieren, herüberzufliegen, um zusammen mit ihnen Mams Asche hier zu verstreuen. Später erzählte er ihr, dass Brady und die ‚Kleinen' Pläne schmiedeten, in etwas mehr als einer Woche nach Amerika zu kommen.

Lilly lachte. „Von wie ‚klein' reden wir da?", fragte sie.

„Dreiundzwanzig, beide – sind ja Zwillinge." Sie lächelte und stellte sich zwei jüngere Ausgaben von Quinn vor. Sie konnte es nicht erwarten, die übrigen O'Neill-Männer kennenzulernen.

Während der nächsten Woche arbeitete Lilly und traf sich mit Quinn, arbeitete und zeigte Quinn mehr von der Gegend, arbeitete und schlich sich mit Quinn bei jeder möglichen Gelegenheit in ihr Zimmer. Wenn sie arbeitete, unternahmen Quinn und Con gemeinsam etwas. Meist erkundeten sie GREEN VALLEY und die Umgebung.

Als Lillys Mutter am Donnerstagmorgen ankündigte, Mellie, Cook und sie würden aufbrechen, um den Tag über in San Francisco und abends bei einer Brautmodenmesse zuzubringen, überprüfte Lilly das Gästeverzeichnis. Die einzigen Gäste, die noch hier waren, waren Quinn und Con, und die nächste Welle von Gästen würde erst am Nachmittag eintreffen. Lilly musste zwar noch das Backen erledigen, aber zum ersten Mal schien es so zu sein, als könne sie gleichzeitig arbeiten und frei sein. Ganz aufgeregt wegen dieser Aussicht, klopfte sie bei Quinn an die Tür, begrüßte Con mit zwei Schokosplitter-Muffins und fragte nach Quinn.

Frisch geduscht tauchte er in Jeans und einem langärmeligen Hemd auf, als würde er zu einer besonderen Veranstaltung gehen. Obwohl sie ihn jetzt seit fast zwei Wochen jeden Tag gesehen hatte, bekam sie von seinem Anblick immer noch weiche Knie. Und dem riesigen Grinsen auf seinem Gesicht nach zu urteilen, war er ungefähr gleichermaßen froh, sie zu sehen. „Hast du momentan etwas vor?"

Er zog eine Augenbraue hoch. „Ich kann mir schon eine Sache vorstellen, die ich jetzt gerne tun würde."

Sie lachte. Er wusste ja nicht, wie ähnlich ihre Gedanken waren. „Naja, ich hatte die Absicht, einige neue Rezepte auszuprobieren, bevor ich nach Miami fahre. Willst du in der Küche weiterreden oder habt ihr vor, irgendwohin zu fahren? Übrigens, du siehst gut aus", sagte sie und küsste ihn. „Echt heiß, wirklich!"

Er kicherte. „Nein, ich gehe nirgendwohin. Dies hier ist bloß mein letztes frisches Hemd."

„Naja, mir gefällt's. Komm mit!" Sie verschränkte

ihre Hand mit seiner und führte ihn den Gang entlang. Als sie die Küche erreichten, deutete sie auf einen Stuhl: „Setz dich!"

Quinn gab ein tiefes Bellen wie ein Rottweiler von sich, und Lilly musste auch lachen. „Ja, Madam."

„Es heißt Ma'am. Sag es so wie ein Cowboy – Ma'am. Du bist hier in den guten, alten Vereinigten Staaten von Amerika."

„Ja, Ma'am", sagte er und dehnte die Vokale in die Länge wie ein typischer Südstaaten-Gentleman, der Sporen an den Stiefeln und einen Cowboyhut trug.

„Wunderbar! Das war klasse!" Lilly kicherte und zog eine Ansammlung von Zutaten heraus, die sie alle auf die Arbeitsfläche legte. Urplötzlich tauchte eine Vision in ihrem Kopf auf: Sie und Quinn kochten Seite an Seite in ihrer Küche. Während sie die Zuckervorratsbox anstarrte, strich sie gedankenverloren über den Deckel. „Quinn? Du hast erwähnt, du würdest in Betracht ziehen, *Mulligan's Tavern* zu kaufen, hast aber seitdem nicht mehr darüber gesprochen. War das nur eine Laune?"

Quinn hatte mit einer gefrorenen Packung Mango-Mus herumhantiert, aber als sie diese Frage stellte, erstarrte er und schaute sie an. „Das war keine Laune, die Idee ist noch nicht ganz aus meinem Kopf verschwunden, aber..."

Als sie diese Einschränkung hörte, hielt sie den Atem an, fragte sich, ob er ihr wohl gleich sagen würde, dass er sich entschieden hätte, nach Dublin zurückzukehren. Und sie fragte sich, was das für sie beide bedeuten würde.

„Aber wenn ich zu lange darüber nachdenke, macht mich die Vorstellung, den Pub tatsächlich zu kaufen, nervös. Ich habe viele Ideen, Ideen, die ich meinem Dad erzählt habe, aber er hat nicht daran geglaubt. Ich kann nicht anders, als mich zu fragen, ob er damit womöglich Recht gehabt hatte. Außerdem: Während ich die Arbeit eigentlich gern gemacht habe, das Familienrestaurant in Dublin zu managen, was wäre, wenn ich es nur getan habe, weil ich das Gefühl hatte, ich hätte keine andere Wahl? Was ist, wenn ich mein ganzes Geld in dieses Projekt stecke und einige Monate später feststelle, dass es nicht das ist, was ich wirklich will? Und was ist mit meinen Brüdern? Sie stehen mir nahe, Lil. Einer oder zwei könnten sich vielleicht entscheiden, mit mir in Amerika zu bleiben, aber was ist mit den anderen? So weit weg zu leben...“

Seine Stimme verebbte, als er merkte, dass sie lächelte, nicht weil seine Ängste dumm waren, sondern weil sie das genaue Spiegelbild ihrer eigenen Ängste waren. Auch sie hatte alle möglichen ‚was wäre wenn‘- Gedanken über die Jahre hinweg in ihrem Kopf durchgespielt.

„Was?“

„Es tut mir leid. Es ist bloß...Du klingst genau wie ich. Erinnerst du dich an diesen Tag am Strand in Jenner? Überlegen, voraussagen, dich selbst anzweifeln, kritisieren. Diese ‚Was-wäre-wenn‘-Fragen durchdeklinieren. Weißt du noch, was du damals zu mir gesagt hast?“

„Ich habe eine Menge Zeug gesagt", meinte er.

„Ja. Sehr kluge Dinge. Aber das klügste war wahrscheinlich: ‚Zum Geier, du überquerst die Brücke dann, wenn du dort bist' – ‚Kommt Zeit, kommt Rat'. Das passt auf all die Fragen, die du gerade hingeworfen hast, Quinn. Wenn es wirklich dein Traum ist, ein Restaurant zu eröffnen, dann tu es, und beantworte all diese Fragen erst dann, wenn es nötig ist."

Quinn schmiegte sich an Lilly und zog ihre Hüften an seine. „Also weißt du, das ist ein sehr kluger Ratschlag. Ich sollte öfter auf mich selbst hören."

Sie küssten sich, und plötzlich wurde ihre Wange von eisiger Kälte berührt. Lilly kreischte auf.

„Was ist das überhaupt?", sagte Quinn und hob das gefrorene Mus-Paket hoch.

„Mango. Ich wollte ein Rezept für Mango-Kokosnuss-Cupcakes ausprobieren. Ich meinte, es könnte tropisch genug sein, um Guy Santoli zu beeindrucken, obwohl ich natürlich weiß, dass die Zutaten dort drüben besser sein werden. In Miami werde ich einige Echte Limetten auftreiben können, die dem Zuckerguss zusätzliche Würze verleihen werden; aber nur zu experimentellen Zwecken tut es dies hier auch." Sie nahm das Mango-Paket und schlitzte es mit einem scharfen Messer auf. Dann brach sie an der Ecke ein kleines Stück ab und hielt es an Quinns köstliche Lippen. „Mach deinen Mund auf!", sagte sie.

Mit seinen Armen holte er Lilly heran und umfing sie. Er öffnete seinen Mund nur so weit, dass sie seine Zunge sehen konnte. Seine Lippen waren prall und einladend. Sie küsste ihn, zärtlich zunächst, dann fester, während sie ihn mit dem Stückchen von gefrorenem Mango-Mus fütterte.

„Mmm…"

„Magst du das?", fragte sie

„Ich mag dich", erwiderte er. „Ich mag dieses Spiel. Was hast du noch?"

Lilly dachte nach. Sie hatte noch nie zuvor Sex in der Küche gehabt, hatte das aber schon immer einmal ausprobieren wollen. „Ich habe noch viele Dinge, die du ausprobieren könntest", sagte sie, während sie über die Arbeitsfläche nach einem Glas kalifornischen Orangenhonig griff. Sie schraubte den Deckel auf und beugte sich zu Quinn. Sie bemerkte, wie er sich auf die Unterlippe biss und amüsiert dreinschaute, und langte an ihm vorbei, um eine Erdbeere zu erwischen.

„Mir gefällt die Art, wie du denkst, *little darlin'* ", sagte er und verfolgte damit sein Cowboythema weiter.

Mit einem Schälmesser entstielte sie die Erdbeere, tauchte sie dann in den Orangenhonig und brachte die sündhafte Leckerei an seine Lippen. Er senkte seine Zähne hinein, schloss die Augen und schwelgte in dem Genuss der exquisiten Kombination von Geschmacksstoffen. Da Lilly nicht einfach nur zuschauen konnte, kam sie zwischen seine gespreizten Knie, drückte ihren Körper an seine Brust, bedeckte seinen Mund mit ihrem und schmeckte dabei die Süße auf seiner Zunge und seinen Lippen.

Auf diese Weise testeten sie noch mehrere Essensvarianten, von Marshmallow über Schokolade bis

Erdnussbutter und Banane, und jeder Kuss wurde immer noch süßer. Das Smokinghemd war schön und alles, und sah wirklich wunderbar an ihm aus, aber es musste weg. Nachdem Lilly es langsam aufgeknöpft hatte, zog sie es in der Mitte auseinander, um diesen unglaublich umwerfenden Rugby-Brustkorb freizulegen, der sie einfach verrückt machte. Sie tauchte einen Finger in den Orangenhonig und zog von seinem Hals aus eine Linie hinunter bis zu seiner Taille.

„So viel war die Dusche wert", murmelte er durch einen weiteren Kuss hindurch.

„Wir können doch ganz leicht nochmals duschen. Im Grunde denke ich, wir sollten dies auf unsere Liste von Dingen setzen, die wir als nächstes tun wollen", sagte sie, und ihr ganzer Körper stand bereits in feuchten Flammen. Gott, er würde ihr fehlen, wenn es Zeit wurde, abzureisen, aber immer mehr bekam sie das Gefühl – nein, wusste sie in ihrem Herzen – dass sie es tatsächlich schaffen könnten: sich über die weite Distanz verknüpfen, während sie in Miami war, und dann herausfinden, wie es weitergehen sollte.

„Mir gefällt diese Idee, und da du ja noch gar nicht richtig mit dem Backen angefangen hast, schlage ich vor...wir setzen diese Dusch-Idee sofort in die Tat um." Quinn küsste ihre Wange und streifte liebevoll mit seinen Lippen hinüber zu ihrem Ohr, sodass ihre Haut vor Hitze überall zu prickeln anfing.

„Lass uns gehen", sagte Lilly verführerisch. „Aber erst..." Sie trat einen Schritt zurück, zog ihr T-Shirt und ihre Jeans aus und hatte jetzt nur noch ihren BH und ihren Slip unter ihrer pink-schwarzen Schürze an. Sie breitete weit die Arme aus und fragte: „Wie sehe ich aus?"

„Zum Anbeißen", sagte Quinn und verschlang sie mit seinen Augen. Seine Nasenflügel bebten vor zurückgehaltenem Verlangen.

Aber dann hörte Lilly das vertraute Klimpern von Schlüsseln an der Seitentür der Küche. „Schnell!", rief sie, schnappte sich ihre Kleidung und tat ihr Möglichstes, sich in den zweieinhalb Sekunden wieder anzuziehen, die sie hatte, bevor ihre Mutter mit mehreren Tüten Lebensmitteln in den Raum watschelte. „Mam!!"

Mam blieb unvermittelt stehen, und ihre Augen schnellten von Quinn zu Lilly und wieder zu Quinn zurück, der vom Stuhl aufgestanden war.

„Mam", sagte Lilly, während sie ihre Jeans fertig anzog. „Ich dachte, du wärst heute in San Francisco."

„Ich habe dir eine SMS geschrieben und dich vielleicht achtmal angerufen", sagte ihre Mutter. Einen Moment später erschien Avery Benson, zusammen mit Cook und Mellie. Alle waren bepackt mit tollen Sachen, Zubehör, Spruchbändern und Tischdecken, die sie für die Brautmesse mitgenommen hatten. „Es ging mir nicht so gut, deshalb beschloss ich, die Ausstellung sausen zu lassen. Dafür dachte ich mir, könnten wir auf dem Rückweg noch Lebensmittel mitbringen."

Averys schlanke Gestalt tauchte an der Türschwelle auf, erstaunt und verwirrt, und sie ließ ihre Tüten mit einem lauten Knall auf den Küchenboden fallen. Mit weit aufgerissenen Augen nahm sie den Eindruck des halbnackt in der Küche des *Russian River House* stehenden Quinns verwundert zur Kenntnis. „Na...na...wen haben wir denn da?"

Quinn blickte zu Lilly und griff um Solidarität ersuchend nach ihrer Hand, aber irgendetwas in Lilly erstarrte. Sie war wie gelähmt. Vielleicht weil ihre Mutter und Avery hier standen und sie verurteilten, oder vielleicht weil es schwierig war, einen Verstand, der sein ganzes Leben in Angst vor den beiden verbracht hatte, in Gang zu setzen. Sie hatte Angst vor der Beurteilung, die mit einherging, wenn man in einer kleinen Stadt lebte, aber sie konnte seine Hand nicht nehmen. „Okay, ihr habt genug gesehen", zischte Lilly und verschränkte die Arme vor der Brust. „Ihr könnt jetzt gehen."

„Ich kann gehen?", höhnte ihre Mutter. „Du bist in meiner Küche."

„Ähm, dies ist meine Küche, zu deiner Information. Das einzige, was du hier drinnen tust, ist, Lebensmittel abstellen."

„Verstehe. Mir gefällt deine neue Haltung, Lillian. Woher hast du die? Aus Irland?"

Lilly starrte ihre Mutter mit finsterem Blick an. „Die habe ich nirgendwo her", sagte sie. „Und wir haben auch überhaupt nichts falsch gemacht. Ich werde jetzt saubermachen. Es tut mir leid."

Es tut mir leid? Gott, manchmal hasste sie den Klang ihrer eigenen Stimme!

„Ihr habt nichts falsch gemacht? Ihr hättet uns

hintergehen können, Lillian", sagte Avery. „Das nächste wird sein, dass du verschwunden sein wirst und niemals mehr mit deiner Mutter sprechen wirst. Einige Menschen haben solchen Einfluss. Und sind genauso wenig loyal." Avery machte die Kisten auf und fing an, die Gegenstände aufzuräumen.

Lilly konnte nicht glauben, was sie da hörte. Wie peinlich! Quinn würde niemals hier leben wollen, jetzt, da er aus erster Hand erfuhr, wie gehässig manche Leute hier waren. Lilly wusste, sie sollte etwas sagen, sich behaupten und Quinn verteidigen. Er hatte nichts getan, womit er solchen Hass verdient hätte, und außerdem war er seit zwei Wochen ein zahlender Gast.

Irgendetwas, sag irgendetwas! schrie ihr Verstand sie an.

Aber Mam hatte sie da, wo sie sie haben wollte – ihr Blick beinhaltete ihren überdeutlichen Vorwurf von Schuld. Unter diesem Blick würde sich Lilly immer wie ein achtjähriges Kind vorkommen, solange ihre Mutter da war. Sie war nicht imstande, ihren Mund zum Reden bringen, und sie wusste, dass sie dies auf ewig bedauern würde.

Sag es ihnen! Sag ihnen, dass du Quinn liebst! Dass ihr zusammen seid und auch vorhabt, zusammenzubleiben!

Bis sie sich endlich zusammengerissen hatte, einen Satz zu bilden, der beinhaltete, was sie fühlte, war Quinn bereits aus der Küche verschwunden.

KAPITEL SIEBZEHN

Unglaublich! Quinn stürmte in sein Schlafzimmer und knallte wütend die Tür zu. „Steh auf!", schnauzte er Con an, der immer noch in seiner Unterwäsche im Bett lag und mit seinem Handy surfte. Hatte er etwa vor, sein ganzes Leben so zu verbringen? „Steh auf!" Durch die Laken schlug er ihm auf sein Bein. „Wir ziehen hier aus."

„Was? Warum?" Con setzte sich im Bett auf, alarmiert durch Quinns gestressten Auftritt. Schon als Kind war er schnell von Begriff gewesen. Er hatte immer das getan, was sein drei Jahre älterer Bruder von ihm wollte, da er ihn nicht verärgern wollte. Und Quinn hatte diesen höheren Rang oftmals zu seinem Vorteil zu nutzen gewusst.

„Wir sind lange genug hier gewesen", sagte Quinn und warf seinen Koffer auf den Lehnstuhl, um sein zusammengeknülltes Hemd hineinzustopfen. „Wir suchen uns ein Zimmer in einem billigen Hotel an der Straße."

„Was ist passiert? Warum bist du halbnackt?"

„Nichts ist passiert. Ich brauche einfach einen Tapetenwechsel, das ist alles." Er hätte fast geschrien, hielt aber seine Verachtung doch noch unter Verschluss. Es war ja nicht Cons Schuld, dass Lilly sich dem Urteil ihrer Mutter nicht stellen konnte.

„Aha, so ist das also?" Con starrte ihn bewegungslos an. Quinn spürte Widerstand auf sich zukommen. „Du entscheidest, Mam einäschern zu lassen, und wir tun es. Du entscheidest, nach Amerika zu fahren, und wir tun es. Du entscheidest, Mams Asche hier zu verstreuen, und das ist der Plan. Jetzt brauchst du einen Tapetenwechsel, du schnippst mit den Fingern, und ich soll sofort springen? Funktioniert das so? Jeder soll immer nur das machen, was bei dir auf dem Plan steht?"

Autsch! „Nein, so funktioniert es nicht. Du darfst gerne hierbleiben, wenn du willst, aber ich gehe. Ich kapiere, wenn ich nicht erwünscht bin, und ich werde nicht betteln." Quinn stampfte durch das Zimmer und sammelte herumliegende Kleidungsstücke vom Boden ein.

„Geht es um Lilly? Oder um die Familie Phillips? Was ist los?"

„Nein, es geht um den verdammten Papst, du Spinner. Ja klar, natürlich geht es um sie. Ich habe es satt, mich zu bemühen, nur um immer wieder weggestoßen zu werden", schnaubte er.

„Du musst ihnen Zeit geben, du Depp. Wir sind die neuen Männer in der Stadt. Zwei Wochen sind keine Ewigkeit. Du kannst nicht einfach mit deinem eingebildeten Selbstbewusstsein hier hereinplatzen und erwarten, dass dir alle Menschen zu Füßen liegen. Das ist nicht die Rugby-Liga."

Es war so typisch Con, dass er jetzt Quinns Rugby-Liga in solch einem empörten Ton anbrachte. Andererseits würde er von keinem erwarten, der niemals etwas erreicht hatte, dies zu verstehen. „Ich erwarte gar nichts, das ist ja das Problem." Mit seinen Händen auf den Hüften hielt Quinn inne, um seine Schimpfkanonade auf seinen Bruder abzulassen. „Ich habe einfach gewartet, wohin der Wind mich trägt. Mam sagte: ,Komm, hilf mir mit dem *Yankee*! Ich brauche dich.' Und ich komme und arbeite im Restaurant mit. Rita sagte: ,Los, besuchen wir Manchester!' Und ich fahre, obwohl ich sie viel lieber übers Wochenende nach Paris ausgeführt hätte. Ich komme hierher und lerne Lilly kennen und überlege, ob ich Pauls Pub kaufen soll. Doch Lilly wird sechs Monate nicht hier sein, und deshalb schiebe ich die Idee wieder weg." Sein Schimpfen wurde immer schlimmer, und das wusste er, aber vielleicht hatte er all dies auch zu lange für sich behalten.

„Wie Mam in ihrem Tagebuch schreibt", fuhr er fort und wandte sich wieder an seinen still gewordenen, perplex dreinschauenden Zuhörer, „sie wusste nicht, was passieren würde, wohin der Wind sie tragen würde…Letzten Endes hat sie ihre Entscheidungen akzeptiert, aber sie gab ihre Leidenschaften auf. Und danach erwartete sie nicht mehr viel von niemandem. Deshalb sagte sie uns, wir sollten unsere Leidenschaften finden, Con, denn sie wollte nicht, dass uns dasselbe passiert. Siehst du das denn nicht?'', fragte er eindringlich.

„Wovon redest du?" Con zuckte mit den Schultern, als wäre dies das Blödeste, was er je gehört hatte. „Mam liebte ihr Leben."

„Nein. Sie liebte *uns*. *Nicht* ihr Leben. Hast du nicht alles gelesen, was sie geschrieben hat? Ihre Träume waren viel größer. Nicht einmal schreibt sie, dass sie ein schlecht gehendes Restaurant in einem Vorort führen oder in einem Haus leben wollte, das zu klein für uns war. Aber sie war zu stolz, ihrer Familie wieder gegenüberzutreten, um von unserem Großvater gesagt zu bekommen, dass sie alles falsch gemacht hätte. Und deshalb hat sie es ausgehalten."

„Du bist verrückt, das schwöre ich. Was hat das damit zu tun?"

„Es hat damit zu tun, dass Mam es akzeptiert hat. Diese hochnäsigen Menschen hier."

„Quinn, welche Wahl hätte sie gehabt?"

„Sie hatte die Wahl. Sie wählte, fernzubleiben. Doch sie hätte ihnen auch gegenübertreten können. Sich selbst behaupten und die anderen dazu bringen können, uns zu akzeptieren. Nicht, dass sie uns akzeptiert hätten, aber sie hätte es mehr versuchen können. Was muss man denn tun, um sich als wertvoll in diesem verdammten GREEN VALLEY zu erweisen? Muss man etwa einen verdammten Weinberg besitzen? Weil die O'Neills es nicht wert sind, mit den Parkers oder den Phillips eine Assoziation einzugehen? Bloß weil wir keine Weinfamilie sind? Was macht sie denn so verdammt besonders?" Er marschierte ins Bad, um dort seine Sachen zusammenzusuchen, ergriff

Zahnbürste, Kontaktlinsenbox und Mundwasser und warf alles in seine Reisetasche.

„Eigentlich sind wir eine Weinfamilie", rief ihm Con ins Gedächtnis, als er seinen Kopf zur Badezimmertür hereinstreckte. „Oder hast du vergessen, was du mir über Mams Schwester Suzanne erzählt hast? Eine Frau, die du durch Lilly kennengelernt hast." Er zog seine Augenbrauen über seinen klaren grünen Augen hoch. „Quinn, geht es darum? Bist du sauer auf Mam, weil sie nicht stärker versucht hat, sich für uns einzusetzen, und jetzt bist du sauer, weil Lil es genauso macht?"

Auf dem Weg ins Schlafzimmer rempelte Quinn Con mit der Schulter beiseite. Manchmal hasste er seinen kleinen Bruder – vor allem wenn dieser Recht hatte.

„Sie hat uns angelogen, Con. Sie sagte uns, sie hätte keine Familie, obwohl das nicht stimmte."

„Das tat sie nur, um uns zu schützen, Quinn."

„Um uns zu schützen oder sich selbst? Denn dann müsste sie sich nicht darum bemühen—"

„Wohin gehst du?"

Quinn wirbelte zu der Stimme der Person herum, die im offenen Türrahmen stand. Er dachte, er hätte die Tür abgeschlossen, aber anscheinend nicht. „Lilly, wie wär's mit Anklopfen? Jesus, Maria und Josef, du hast mich erschreckt."

„Quinn, können wir reden?" Sie rang verlegen ihre Hände.

„Über nichts, was du nicht auch vor meinem Bruder sagen kannst." Er wandte sich von ihr ab und machte mit dem Packen weiter. „Ach so! Du hast ja keine eigene Stimme."

In ihrem hübschen Gesicht war die Kränkung deutlich ablesbar, und Quinn fühlte sich wie ein Arsch. Aber das, was sie da hatten, was es auch war, war vorbei. Wenn Lil sich vor ihrer Mutter und dieser anderen Frau nicht für ihn einsetzen konnte, dann hatte es nicht einmal wirklich angefangen.

„Das ist nicht fair, Quinn", sagte sie mit zitternder Stimme. „Ich habe mich in dieser kurzen Zeit sehr stark verändert, und zwar wegen dir."

Quinn, Lilly und Conn, sie alle warteten auf irgendetwas, starrten einander an, bis Con seinen geschmeidigen, durchtrainierten, Yoga-gestählten Körper in seiner Unterwäsche streckte. „Uff! Ich bin bereit für einen Spaziergang. Ich denke, ich werde jetzt einen machen." Er ging zur Tür. Lilly trat beiseite.

„In Unterwäsche, du Kleinkind?"

Con blickte an sich herab, lächelte Lilly verlegen an und schlüpfte schnell in seine Jeans und ein Sweatshirt, um seine nackte Brust zu bekleiden. Die Schuhe trug er mit hinaus. An der Tür hielt er inne. Sein ungekämmtes Haar stand immer noch wirr von seinem Kopf ab. „Es ist noch nicht zu spät. Ich bin der bessere Bruder", sagte er und deutete auf sich selbst, während er Quinn zuzwinkerte. „Der da, das ist ein Opportunist."

Quinn hielt seinen Mittelfinger hoch.

Als Con weg war, trat Lilly mit schuldbewusster Miene ins Zimmer und setzte sich auf die Bettkante.

„Quinn, ich weiß, dass ich mich meiner Mutter stellen muss. Ich muss mich ihr gegenüber behaupten. Und das habe ich auch schon getan. Aber diesmal hat sie mich völlig überrumpelt."

„Das spielt keine Rolle." Quinn zuckte mit den Schultern.

„Es *spielt* eine Rolle. Es spielt für dich und für mich eine Rolle, aber ich werde es schaffen", sagte sie, während sie gedankenverloren die Bettdecke glatt strich. „Du musst verstehen...du...du bist für mich zu einem ungünstigen Zeitpunkt gekommen. Ich muss unbedingt für eine gewisse Zeit aus dieser Stadt wegkommen. Ich brauche Mut. Im Rückblick glaube ich, dass ich mich für das Praktikum bei *Food Network* nur beworben habe, weil ich hoffte, zu gewinnen, damit ich einen echten Grund hatte, um wegzugehen. Aber ich war geschockt, als ich tatsächlich gewann. Sogar dann hatte ich große Schwierigkeiten, meiner Mutter gegenüberzutreten. Stell dir deshalb einmal meinen Schock vor, als du in mein Leben tratst und jemanden brauchtest, der dich verteidigt, obwohl ich kaum mich selbst verteidigen kann!"

Quinn konnte den in ihr tobenden, schlimmen Konflikt an ihrer Miene ablesen. Er wusste, sie hatte Recht – sie hatte schon mit verschiedenen Veränderungen in ihrem Leben fertigwerden müssen und hatte diese so gut sie konnte verkraftet. Aber er konnte das Gefühl nicht abschütteln, verraten worden zu sein, als er nach ihrer Hand gegriffen und sie ihre Arme verschränkt hatte.

„Ich war auf dich nicht vorbereitet, Quinn", fuhr sie

fort, als könne sie seine Gedanken hören. Sie stand auf, ging auf ihn zu und legte ihre Hand auf seinen Arm. „Aber ich werde es schaffen, in kleinen Schritten. Ich brauche nur etwas Zeit. Bitte vergib mir?"

Quinn seufzte tief. Er wollte ihr so gern einen Vertrauensbonus gewähren und zu ihren Gunsten entscheiden. Aber er konnte immer noch seine eigenen Worte hören, die er Con an den Kopf geworfen hatte, bevor Lilly aufgetaucht war. Wie er seiner Mam die Schuld gegeben hatte, dass sie es nicht geschafft hatte, sich für sie einzusetzen, genauso wie Lilly es nicht geschafft hatte, sich für ihn einzusetzen. Aber auch, wie er es ablehnte, sein Leben nach den Bedürfnissen anderer auszurichten, und nicht nach seinen eigenen. Er hatte nicht einmal gewusst, dass er dieses Gefühl hatte. Erst nachdem er die Worte gesagt hatte, war es ihm bewusst geworden. Und doch war er wieder an einem Punkt, wo er drauf und dran war, seine Träume mit denen einer anderen Person zu verknüpfen. Im Endeffekt würden die Wege, für die sie sich entscheiden würden, von der Tatsache beeinflusst werden, ob sie wirklich und wahrhaftig ein Paar sein wollten oder nicht. Es war in Ordnung, aus Liebe Opfer zu bringen, wenn man wusste, was man aufgab, aber wenn man das nicht wusste? Nein. Sie mussten sicher sein, was sie vom Leben wollten, *bevor* sie sich aneinander banden. So sehr es ihn auch umbrachte, es war besser, getrennte Wege zu gehen, um das herauszufinden.

„Ich vergebe dir, Lil. Es ist in Ordnung. Nur…lass mich gehen."

„Nein! Quinn, wie kannst du so etwas sagen? Ich will dich nicht gehen lassen."

Er krampfte seine Hände zu Fäusten zusammen und widerstand dem Drang, Lilly in seine Arme zu nehmen und alles einfach wegzuwischen. Er war so hin- und hergerissen. „Mir gefällt es nicht, in dieser Küche verurteilt zu werden. Du hast keine Ahnung, wie es war, dazustehen und der einzige Mensch, auf den ich mich hätte verlassen können, dass er etwas sagte – irgendetwas – ließ meine Hand fallen und stellte sich auf die Seite des Feindes."

„Ich habe mich nicht auf deren Seite gestellt. Ich habe mich auf gar keine Seite gestellt, und das war der Fehler."

„Na schön. Ich verstehe. Es ist nur so…ich habe jetzt hier ein unbehagliches Gefühl. Es wäre das Beste, wenn ich irgendwo anders wohne, zumindest für eine Weile."

Lilly beobachtete ihn mit Angst in ihrem Herzen. „Du ziehst also aus?"

„Ich werde irgendwo ein Motel finden."

„Aber ich werde dich wiedersehen, oder? Dich und all deine Brüder?"

„Ich—ich weiß es nicht, Lil. Ich muss nachdenken." Mit seinen Händen umfasste er ihr Gesicht und schaute ihr tief in die Augen. „Egal, was passiert, lass nicht zu, dass deine Mam und ihre Freundinnen dich beherrschen. Wie kannst du je erwarten, dein eigenes Geschäft zu eröffnen, wenn du nicht einmal deiner eigenen Mam in eurer Küche zu Hause entgegentreten kannst?"

Er wusste, es war liebevolle Strenge, ihr so etwas zu

sagen, aber sie musste noch so viel lernen, wenn sie erwachsen werden wollte. Vielleicht könnten sie in der Zukunft, wenn die Umstände andere wären, es noch einmal miteinander versuchen. Vielleicht hatten sie einfach eine gute Zeit miteinander gehabt, und das war's.

Lilly blickte sowohl erschüttert als auch betrübt drein, was bei Quinn sofort Gewissensbisse verursachte. „Oh Gott, Quinn, ich versuche es ja. Du hast keine Ahnung, wie es ist, mit ihr zu leben. Sie hatte immer einen starken Willen, aber seit mein Vater starb, wurde es sowohl besser als auch schlimmer. Sie kann sehr unnachgiebig und barsch sein, das weiß ich, aber sie—sie hat so viel durchgemacht, Quinn. Sie ist erschöpft. Erledigt."

„Das verstehe ich, Lil." Das tat er, wirklich. Aber ein Tiger verändert niemals seine Streifen, und deshalb glaubte er, dass Lilly immer gegen ihren inneren Schweinehund ankämpfen würde. Im Herzen würde sie immer ein Mädchen aus der Provinz bleiben. Sie würde sich immer seltsam vorkommen, mit dem Sohn von Maggie Phillips zusammen zu sein, solange jeder das Gefühl hatte, dass Maggie Phillips eine aus dieser Stadt Ausgestoßene war. „Ich muss gehen."

„Du denkst, dass ich nicht das habe, was nötig ist, nicht genügend Mumm?" Ihre blauen Augen flehten ihn an, aber er konnte Lilly nicht direkt anschauen. „Nicht wahr? Du hast dich bereits entschieden—dass ich nicht die Richtige für dich bin. Dass ich noch eine Menge lernen muss. Das sehe ich, Quinn. Das sehe ich an der Art und Weise, wie du deinen Kopf schüttelst, als wäre das alles etwas, was du nicht hören willst."

„Nichts ist entschieden, Lil. Aber ich muss jetzt gehen. Bitte lass mich einfach!"

Lange Zeit sah sie ihm zu, wie er seine Sachen zusammenpackte. Sie stand einfach am Fenster und schäumte vor Wut. „Nur damit du es weißt: Wegen dir habe ich mir den Luxus erlaubt, mir einen großen Traum zu gönnen, mir meine eigene Konditorei vorzustellen als einen real gewordenen Ort. Als du über das Geschäftliche gesprochen hast, über das Restaurant deiner Familie, konnte ich mir tatsächlich vorstellen, selbst ein eigenes Geschäft zu eröffnen. Sogar jetzt drängst du mich noch weiter. Du hilfst mir, erwachsen zu werden, Quinn, und dafür werde ich dir immer dankbar sein." Sie durchquerte das Zimmer und hielt an der Tür inne, als hoffte sie, als wartete sie darauf, dass er irgendetwas sagte.

Aber er wusste nicht, was er sagen sollte. Das war das Ende, und es war ein schlimmes Ende.

Die Seifenblase war zerplatzt. Jemand war in die Parade gefahren. Eigentlich war es nur eine Frage der Zeit gewesen. Gott, Lilly war wunderschön, sogar jetzt noch, als sie so dastand, mit Tränen in den Augen. Wie gern hätte er eine Beziehung mit ihr gehabt, wenn es der richtige Zeitpunkt gewesen wäre, aber leider Gottes – sollte es wohl nicht sein! Also einfach nur ein weiteres gebrochenes Herz.

Zeit, wieder weiterzuziehen.

Quinn packte seine Taschen fertig und die seines Bruders, warf einen kurzen, prüfenden Blick durch den

Raum, um sich zu vergewissern, dass er nichts im Schrank oder unter der Bettdecke vergessen hatte und betrachtete dann noch einmal ausgiebig das Zimmer, das während der vergangenen zwei Wochen sein Zuhause gewesen war. An der Tür blieb er stehen, um Lilly einen Kuss auf die Stirn zu geben, und stürmte dann aus dem *Russian River House* hinaus, bevor er nochmals ihr perfektes Puppengesicht erblickte und es sich anders überlegen konnte.

KAPITEL ACHTZEHN

Ihr Herz hätte ihr nicht mehr weh tun können, wenn er es mit seinen starken Händen entzweigebrochen hätte. Kein ‚Auf Wiedersehen, Lilly'. Kein ‚Danke für die Zeit, die wir miteinander verbracht haben'. Nichts. Nur ein Kuss auf ihren Kopf wie ein Punkt am Ende eines langen, schönen, wenn auch verwirrenden Satzes. Es gab nichts, was sie sagen konnte, um ihn davon abzuhalten, zu gehen.

Lilly konnte hören, wie Quinn Con mitteilte, dass alles gepackt wäre. „Also, lass uns gehen." Die Vordertür der Pension schloss sich, und ihre Brust implodierte mit einer Million Fragen und großem Bedauern, als sie in das leere Zimmer starrte, das bis vor Kurzem noch die O'Neill-Brüder und all ihre Sachen beherbergt hatte. Jetzt war es nur ein kalter Raum, wo ihr Herz gewesen war.

Warte mal…

Er hatte nicht alles mitgenommen. In seiner Eile hatte er etwas Braunes, Ledernes und extrem Wichtiges zurückgelassen, das unter dem Kissen hervorlugte −

Maggie Phillips Tagebuch. Schnell raste Lilly ins Zimmer und nahm es in ihre zitternden Hände, wobei sie sich fragte, ob sie Quinn hinterherlaufen sollte. Aber er war schon losgefahren, war aus der Parklücke der Pension ausgeparkt und hatte wie ein Priester vor seinen eigenen Dämonen die Flucht ergriffen.

Sie wickelte das lose Lederband eng um das Tagebuch, das sie dann fest an ihr Herz drückte. Die Wahrscheinlichkeit war hoch, dass er allzu bald merken würde, dass er es vergessen hatte. Dann würde er zu ihr zurückkommen müssen, aber erst nachdem er ein wenig gelitten hatte. Ja, es war böse, so zu denken, aber er war derjenige, der überstürzt aufgebrochen war, der sich geweigert hatte, zuzuhören oder die Dinge durchzusprechen.

Sie schloss die Zimmertür und eilte mit dem Tagebuch in ihr eigenes Zimmer nach oben. Sie schloss die Tür hinter sich und setzte sich mit dem Buch in der Hand auf ihr leeres großes Bett. Der Drang, diese enthüllenden Seiten durchzublättern, war überwältigend. Dort dürfte sie Einblicke über ihren Vater finden, warum Maggie nach Irland aufgebrochen war; Dinge, die Lilly helfen würden, die Gedankengänge einer gequälten Frau zu verstehen.

Lilly wusste, dass wenn sie erst einmal die darin aufgeschriebenen Worte erblickte, ihr Geist sie förmlich aufsaugen, geraume Zeit köcheln und dann in irgendeiner Form servieren würde, so oder so – ob sie nun mit Maggies Entscheidungen einverstanden wäre oder nicht.

Sie könnte natürlich auch ganz plötzlich jede Menge Skrupel auftreiben und es gar nicht lesen – aber andererseits hatte Quinn ihr einmal deutlich gesagt, er würde ihr vollkommen vertrauen und sie könne das Tagebuch lesen, wann immer sie wollte.

Sie wollte Quinn besser verstehen. Im Moment hatte sie ein großes Bedürfnis, sich ihm eng verbunden zu fühlen. Er war verletzt und wütend, aber sie wusste, dass er Recht gehabt hatte, als er sein Vertrauen in sie gesetzt hatte.

Lilly ging zum Kühlschrank ihres Zimmers, zog eine Flasche Chardonnay hervor und schenkte sich ein Glas kühlen Wein ein. Sie schlüpfte in ihr Sweatshirt und begab sich mit dem Tagebuch auf den Balkon, wo sie sich auf den Liegestuhl setzte, auf dem sie und Quinn sich vor fast zwei Wochen geliebt hatten. Sie atmete den Duft nach Jasmin und Gardenien ein, riss ein Streichholz an und entzündete eine Laterne, die auf dem Beistelltisch stand. Einige Zeit ließ sie ruhig verstreichen, lauschte der Stille des Tales, dann begann sie zu lesen.

Stunden später ging Lilly zu ihrer Mutter. Sie wusste genau, wo sie sie finden würde. Den Großteil der Zeit waren sie beide an die Frühstückspension gebunden, aber wenn Penny Parker Sorgen plagten, wurde sie von *Parker House* und dem Weinberg angezogen, wo ihr Ehemann nebenher gearbeitet hatte. Als Lilly hinübereilte, brachte das Muster des Himmels, purpurfarbene und gelbe Wolken vor einem herbstlich orangefarbenen Hintergrund, traurige Erinnerungen mit sich. An genau einem solchen Tag war

Dad gestorben. Seine Alzheimer Erkrankung war an einem Tiefpunkt angelangt, und das Hospiz hatte schließlich den entscheidenden Anruf gemacht, um die traurige Nachricht mitzuteilen.

Das war schon herzergreifend genug gewesen. Zählt man dazu noch die letzten paar Stunden, während derer Lilly Maggies Tagebuch gelesen hatte und die Ohrfeige, die ihr Quinn verpasst hatte, indem er aus ihrem Leben verschwunden war, so reichte dies alles aus, dass sich Lilly am liebsten in ihrem Bett verkrochen hätte und in Tränen ausgebrochen wäre. Aber dafür war keine Zeit. Sie musste ihre Mam finden, um die Dinge geradezurücken.

Lilly entdeckte die abgezehrte Figur ihrer Mam in den endlos scheinenden Reihen von Weinstöcken. Penny Parker sprach mit einem Arbeiter und befühlte die Cabernet-Weintrauben mit liebvoller Zärtlichkeit. Lilly schlurfte heran und keuchte am Ende dieses langen Weges. „Hey!"

Ihre Mutter drehte sich um und wischte sich ihre Hand an einem Handtuch ab, das durch eine Gürtelschlaufe ihrer Jeans geschlungen war. „Da bist du."

„Können wir reden?"

Mam nickte. „Gehen wir zurück zur Veranda." Langsam und mit schleppendem Gang ging sie auf das Haupthaus zu. Sie wurde in all ihren Bewegungen eindeutig langsamer, was Lilly beunruhigte.

„Mir tut die Art und Weise leid, wie ich heute Vormittag die Küche verlassen habe", sagte Lilly. Nach Averys unverschämtem Kommentar hatte Lilly ihr

Handtuch hingeworfen, die Schürze heruntergerissen, war hinausgestürmt und hatte sich während des Hinausgehens aus der Küche wieder vollständig angezogen. „Aber ich will, dass du verstehst, was vorgefallen ist—"

„Aber", fiel ihre Mutter ihr ins Wort. „Lillian, wenn du dich entschuldigen willst, dann entschuldige dich. Da gibt es kein ‚aber'."

Lilly schnaubte. „Wenigstens entschuldige ich mich, sogar obwohl ich nichts falsch gemacht habe. Das heißt, abgesehen von der Tatsache, halbnackt in der Küche zu stehen. Ich wusste nicht, dass du so bald wieder zurück sein würdest."

Mit hochgezogener Augenbraue schaute Mam Lilly an. „Du hast mehr als das getan. Du weißt, was du getan hast."

„Was soll das heißen?", fragte Lilly und versuchte, mit ihrer Mutter Augenkontakt herzustellen. Sie bekam aber keinen. „Was hast du gegen Quinn? Ich weiß, dass er in deinen Augen der Spross des Teufels ist, aber das stimmt nicht. Erstens ist er kein Klon von Maggie Phillips, und zweitens—"

„Was weißt du schon von Maggie Phillips? Zu dieser Zeit warst du noch nicht einmal auf der Welt, Lillian."

„Ich muss nicht da gewesen sein. Ich kann lesen. Ich habe in Maggies Tagebuch über jene Tage gelesen, bevor sie nach Irland gegangen ist, und einige Jahre, die darauf folgten. Sie war kein Monster, Mam. Ich weiß, dass du das nicht verstehen wirst, aber sie war keins. Sie sorgte sich, und sie musste einigen Menschen weh tun, um ihrem

Herzen zu folgen—"

Ihre Mutter blieb stehen und schaute Lilly ins Gesicht. „Hör auf, mir zu sagen, dass du denkst, du wüsstest, was ich fühle. ‚Ich weiß, dass du soundso fühlst…ich weiß, dass du dies und das denkst'. Du weißt nicht, was ich denke." Ein drohender Zeigefinger bewegte sich vor ihrem Gesicht hin und her. „Du bist nicht ich, also bitte…behalte das für dich!"

Mam setzte ihren Weg fort, und Lilly schäumte vor Wut. „Weißt du, Mam, du unterbrichst mich ständig, und das zeigt mir, dass du nicht einmal respektierst, was ich sage."

Lillys Mutter ließ vor Erschöpfung den Kopf hängen. „Hör mal, ich habe keine Lust, mit dir zu streiten! Ich respektiere, was du sagst, aber wenn du mich zu überzeugen versuchst, dass nichts daran falsch sein soll, dass du dich mit einem Jungen aus dieser Familie triffst, dann irrst du dich gewaltig."

„Er ist ein *Mann*, Mam. Wir sind keine Teenager. Wir sind erwachsen, und wir brauchen deine Zustimmung nicht, obwohl es natürlich schon schön wäre, wenn du sie uns gäbest. Keiner weiß, warum Menschen die Dinge tun, die sie tun. Wir können nur annehmen, dass sie einen guten Grund dafür haben. Man nennt es Vertrauensvorschuss. Wenn du etwas Verrücktes tust, würdest du dann nicht auch erwarten, dass ich dir diesen Vertrauensvorschuss entgegenbringe?"

„Klar, aber ich habe nie etwas getan, weswegen du mir nicht vertrauen könntest", erwiderte ihre Mam. Sie kamen am Hauptgebäude an, und ihre Mutter steuerte auf ihren Lieblingstisch auf der Veranda zu. „Mach nicht einmal den Versuch, mich mit dieser Frau zu vergleichen, weil ich mich nicht dafür hergebe." Sie schnaubte.

„Tatsächlich?" Lilly zerrte einen Stuhl heraus und ließ sich darauf fallen. „Mam, jede Geschichte hat drei Seiten. In diesem Fall gibt es Dads Version, Maggies Version und die Grauzone dazwischen. So wie ich es sehe, solltest du dankbar sein, dass Maggie sich von Dad getrennt hat. Dadurch kam er zu dir zurück. Geht es im Leben nicht genau darum? Dinge, die man will, loszulassen, und wenn sie dann zu einem zurückkommen, gehören sie dir?"

„Ich habe deinen Vater nicht losgelassen, Lillian. Er wurde mir entrissen." Zwischen den Augenbrauen ihrer Mutter bildete sich eine senkrechte Linie. „Maggie wusste, dass Ken eine Freundin hatte, doch es war ihr egal. Sie war trotzdem hinter ihm her. Dann, als sie ihn satthatte, brach sie ihm das Herz, und ja, das war der Türöffner, dass er wieder zu mir zurückkam, aber er war verletzt. Ich war verletzt. Ein guter Mensch geht nicht herum und verletzt Menschen."

„Sie lebte ihr Leben, Mam. Sie tat, was sie für richtig hielt."

„Auf Kosten der Gefühle anderer? Ich halte es nicht für würdig, hierauf überhaupt eine Antwort zu geben. Sieh mal, ich weiß nicht, was du mir damit sagen willst, aber wie ich schon sagte, du wirst mich nicht überzeugen können. Du kannst mit jedem in dieser Stadt sprechen, und sie werden dir alle dasselbe sagen, dass Maggie Phillips kein guter Mensch war. Sie war ein Flittchen."

„Sie war ein *Mädchen*, Mam. So wie du zu jener Zeit auch. Sie kann Fehler machen." Lilly spielte mit der Kante einer Stoffserviette. „Und sie liebte Dad sehr, aber er hatte eine zu stark kontrollierende Seite für jemanden wie sie." Lilly hielt schnell die Klappe. Sie hatte nicht andeuten wollen, dass ihre Mutter im Gegensatz zu Maggie gut geeignet gewesen war, sich kontrollieren zu lassen, andererseits hatte ihre Mutter seine festgefahrene Art immer toleriert. „Ist das der Grund, warum du manchmal so einen militärischen Ton drauf hast, seit Vater gestorben ist? Jetzt, da er nicht mehr da ist, findest du, dass jemand anderer die Befehle erteilen muss? Denn heilige Scheiße, ich kann manchmal kaum noch atmen."

Ihre Mutter schaute sie mit finsterem Blick über den Tisch hinweg an. „Ich weiß nicht mehr, wer du eigentlich bist."

„Warum? Weil ich die Wahrheit sage? Weil ich nicht einfach nur untätig herumsitze, während du mir sagst, was ich mit meinem Leben machen soll? Weil ich dir sage: Egal, was passiert, ich werde weiterziehen, mit oder ohne deinem Segen."

„Ich dachte, du kamst her, um dich zu entschuldigen."

„Ja, aber vielleicht hatte ich gehofft, du würdest mir auch eine Entschuldigung anbieten. Doch ich hätte es besser wissen müssen." Lilly schob ihren Stuhl zurück und stand auf. Sie wusste nicht mehr, warum sie sich überhaupt die Mühe gemacht hatte, sich hinzusetzen. Mit ihrer Mam zu reden, war wie mit einer Betonmauer zu reden.

„Du warst nett, aber jetzt bist du nur noch unhöflich", sagte ihre Mutter, aber Lilly würde nicht in die Falle gehen, sich Schuldgefühle einreden zu lassen. „Ich war normalerweise *still*, nicht nett. Verwechsle diese beiden Begriffe nicht! Jetzt schlucke ich meine Angst davor, mit dir zu reden, hinunter, und es ist erstaunlich, wie befreiend sich das anfühlt."

„Naja, hör nicht damit auf bloß wegen mir!"

Lilly holte tief Luft und stieß sie langsam aus. *Ruhig bleiben!* „Mir ist es egal, ob du mir zustimmst. Es ist mein Leben, und ich kam wirklich, um zu sagen, dass es mir leid tut." Lilly wandte sich zum Gehen.

„Leid, nicht leid?" Ihre Mutter lachte, entließ sie mit einer Handbewegung. „Hör zu, wenn du diesen Jungen und diese ganze Familie nicht vergisst, wirst du es bedauern. Dein Vater hat es getan, aber er hat es zu spät kapiert. Geh nach Miami! Finde dort drüben einen guten Mann! Ich würde dich lieber weit weg von Zuhause mit einem Mann, der dich gut behandelt, glücklich sehen als dass du in meiner Nähe wohnst mit einem Mann, der das nicht tut."

„Wer sagt, dass er das nicht tut?" Lilly hielt ihren Zorn zurück. Warum machte ihr das so viel aus? Und warum war sie dabei, Quinn O'Neill so zu verteidigen, wie er es sich gewünscht hätte, obwohl er bereits gegangen war? *Weil er es immer noch verdient, egal was dabei herauskommt.* Lilly ging zu ihrer Mam hinüber und beugte sich so, dass sie ihr direkt ins Gesicht schauen konnte. In ruhigem Ton sagte sie: „Dieser Mann hat besser zugehört, mich besser behandelt und mir mehr Glück gewünscht in der kurzen Zeit, in der ich ihn kannte, als du in meinem ganzen Leben."

Ihr war deutlich bewusst, dass Nancy und das Personal an der Tür zur Veranda standen und auf schreckliche Weise so taten, als würden sie nicht lauschen.

„Naja, wenn das so ist, dann weiß ich nicht, warum du überhaupt noch hier bist. Geh schon! Mach dich baldmöglichst auf den Weg nach Miami! Ich bin mir sicher, du wirst eine andere Familie finden, die dich besser behandelt, da ich ja all diese Jahre *nichts* für dich getan habe!" Tränen stiegen ihr in die Augen. „Als hätte ich nicht mein *ganzes Leben* lang gearbeitet, um sicherzustellen, dass mein Kind gut versorgt ist, damit sie später im Leben einmal nicht so zu kämpfen haben muss wie ich: Gott, wie kannst du so undankbar sein?" Mam brach in Tränen aus und ließ den Kopf auf den Tisch sinken.

Lilly langte zu ihr hinüber, um sie an der Schulter zu packen. „Mam…"

„Lass mich allein!"

„Alles, was ich wollte…alles, was ich zu sagen versucht habe, ist, dass ich sehr gerne deine Unterstützung hätte. Ich hätte gerne, dass du stolz auf mich bist. Ich hätte gerne, dass du mir vertraust."

„Ich vertraue dir!"

„Dann mach dir keine Sorgen, mit wem ich ausgehe, wo ich lebe oder was ich mit meinem Leben machen werde. Kannst du nicht einfach glücklich für mich sein?"

Dies war eine wirklich einfache Frage, aber Lilly wusste durch den Ausdruck auf dem Gesicht ihrer Mutter, dass sie zu viel verlangte. Lilly schüttelte langsam den Kopf. „Weißt du, etwas, das ich aus Maggies Tagebuch gelernt habe, ist: Die Menschen sehen immer die Person als Schuft an, die die Beziehung abgebrochen hat. Auch wenn das, was sie getan hat, richtig war. Maggie hat Dad viele Jahre Unglücklichsein erspart, und vielleicht hat sie ihm sogar eine Scheidung erspart. Sie gab dir deine Hochzeit. Sie hat dir mich gegeben. Und sie gab mir...mein Leben. Letztlich gab sie mir Quinn. Selbst wenn es nur für kurze Zeit war, so gab sie mir doch einen Mann, den ich lieben konnte."

Lilly drehte sich um und stürzte hinaus. Es gab nichts mehr zu sagen. Mit oder ohne Mutters Segen würde sie nach Miami ziehen. Und auch mit oder ohne Quinns Liebe.

KAPITEL NEUNZEHN

Für Quinn war es schwer zu glauben, dass Con und er bereits seit fast zwei Wochen in Forestville waren. Schwer zu glauben, dass er innerhalb dieser Zeit eine Vielzahl von Orten besucht hatte, den pazifischen Ozean gesehen, fast eine Zuneigung zu Wein entwickelt *und* sich verliebt hatte, und das alles gleichzeitig. Aber es wurde höchste Zeit, Letzteres ungeschehen zu machen. Es gab keinen gangbaren Weg, dass die Sache zwischen ihm und Lilly funktionieren würde, und das hätte er von Anfang an wissen sollen.

Das Motel 6 am Ende der Straße war vom Standard her weit vom *Russian River House* entfernt, aber es würde für einige weitere Tage genügen, bis die anderen Brüder angekommen wären. Während Con ein wenig mit Dara unterwegs war, hatte sich Quinn in dem kleinen Motelzimmer auf das ungemütliche Bett mit der Federkernmatratze gelegt und starrte mit aufgerissenen Augen an die Zimmerdecke, die wie Popcorn geplustert war und auf der der größte Wasserfleck von Kalifornien prangte.

Sein Herz war schwer von Bedauern.

Vielleicht hätte er die Frühstückspension nicht auf diese Weise verlassen sollen, wie er es getan hatte. Vielleicht hätte er bleiben und die Dinge klären sollen, Lilly besser zuhören sollen, aber er wusste – wusste einfach – dass wenn er ihr mit aufgeschlossenerem Herzen zugehört hätte, dass er dann geblieben wäre, sein Herz aufs Spiel gesetzt und das Leben von ihnen beiden noch weiter verkompliziert hätte. Es war hart – verdammt hart – von diesen saphirblauen Augen wegzugehen, die kurz davor waren, in Tränen auszubrechen. Über die vergangenen zwei Wochen hatten sie sich in seiner Psyche verankert, bis zu dem Punkt, dass er jeden Morgen wenn er aufwachte, als erstes an diese Augen denken musste, als zweites an Lillys Lächeln und knapp dahinter als drittes an das Gefühl, das Lilly in ihm auslöste.

Jetzt war alles, woran er denken konnte, wie sehr sie ihn durch ihr Verhalten in der Küche verletzt hatte, als sie ihn so enttäuscht hatte, weil sie nicht für ihn eingetreten war. Kein gutes Zeichen für die Zukunft.

Bald würde Lilly ein Superstar sein; sie würde in der Show dieses Konditormeisters auftreten und alle anderen übertreffen. Sie würde sich in Miami und darüber hinaus einen Namen machen. Bald würde sie ihn für überhaupt nichts mehr brauchen, denn er hatte ihr ja auch nichts anzubieten. Es war nur eine Sache von Sekunden, bis die reichsten und bestaussehenden Typen auf sie aufmerksam werden und an ihre Tür klopfen würden. Eine Frau, die so aussah, so lachte *und* obendrein backen konnte wie ein Weltmeister?

Er hätte absolut keine Chance. Und warum sollte er auch?

Wie konnte er erwarten, dass eine Frau wie Lilly ihre Hoffnungen auf ihn setzen würde, wenn er sich nicht einmal entscheiden konnte, was er als nächstes in seinem Leben machen wollte?

Also, was wollte er tun, verdammt nochmal?

Ob er mit Lilly zusammen war oder nicht, und im Moment war es das Beste, anzunehmen, er würde nicht mit ihr zusammen kommen, änderte nichts an der Tatsache, dass er sich entscheiden musste, was er mit seinem Leben anfangen wollte. Genau hier und gerade jetzt, was sprach ihn da am meisten an? Aber auch, was könnte er sich selbst vorstellen, was er machen würde, womit er nach wie vor glücklich wäre, selbst wenn zehn weitere Jahre verflossen wären? Was *wollte* er tun? Wenn er es sich aussuchen könnte, irgendetwas zu tun?

Er wollte ein Restaurant führen.

Das war die einfache Wahrheit. Sonst hätte er nie mit der Idee gespielt, Paul *Mulligan's Tavern* aus den Händen zu nehmen. Zugegeben, er könnte überall ein Restaurant eröffnen. Es müsste nicht unbedingt hier sein.

Aber er wollte es gern hier haben.

Es spielte keine Rolle, dass er sonst noch nichts von Amerika gesehen hatte. GREEN VALLEY fühlte sich einfach richtig an.

Hatte sich die Art und Weise, wie er mit Lilly zusammen gewesen war, richtig angefühlt? höhnte eine Stimme in seinem Kopf.

Ja, zum Beispiel. Er war sich nicht sicher, ob das letzten Endes ausreichen würde, damit es zwischen ihnen funktionieren könnte, aber im Moment könnte er anfangen, dazu überzugehen, sich um andere Dinge zu kümmern und hoffen, dass letzten Endes das Ergebnis, das sich zwischen ihm und Lilly einstellen würde, irgendwie im Verlauf der ganzen Entwicklung klarer werden würde.

Mit neu erwachter Zielstrebigkeit und neuem Selbstbewusstsein setzte sich Quinn auf. Das Erste, worum er sich kümmern musste, war die offensichtliche Wut, die er auf seine Mam empfunden hatte. Sie hatte immer gesagt, die Familie stehe an oberster Stelle, aber sie hatte versagt, als sie ihren Söhnen erzählen hätte müssen, dass sie Verwandte in Amerika hätten. Und ja, letztlich hatte ihre Loyalität ihrem Ehemann und ihren Kindern gegolten, aber so einfach aufzugeben, nach nur einem Versuch, den Rest der Familie zu kontaktieren (obwohl zugegeben: dieser Versuch war auf niederschmetternde Weise zurückgewiesen worden) ergab einfach keinen Sinn. Ihm war nicht aufgefallen, dass er eine solche Wut hatte, bis er sie an Con ausgelassen hatte. Aber anscheinend hatte ein Teil von ihm nicht verstehen können, warum seine Mam das, was sie getan hatte, getan hatte. Und vielleicht war der einzige Weg, wie er dies je verstehen könnte, die direkte Konfrontation mit der Vergangenheit seiner Mutter.

Er würde damit anfangen, endlich das Haus, in dem

sie aufgewachsen war, zu besuchen. Er hatte gezögert, dies zu tun, im Falle, dass sein Großvater noch immer dort lebte. Aber nun konnte er nicht mehr länger warten. Falls er seinen Großvater zufällig heute dort sehen würde, dann sollte es eben so sein.

Als er nach dem alten Tagebuch auf dem Nachttisch griff und es nicht fand, merkte er, dass er es während der hitzigen Auseinandersetzung mit Lilly wahrscheinlich tief in seinen Koffer gepackt hatte. Er würde es später suchen. Er brauchte es sowieso nicht, um nachzuschauen – er hatte sich die Adresse bereits eingeprägt, nachdem er sie so viele Male gelesen hatte. Mittlerweile könnte er dieses Haus auch mit geschlossenen Augen finden.

Nachdem Quinn bereits mehrere Kilometer aus Forestville hinausgefahren war, fingen seine Handflächen zu schwitzen an. Was würde er vorfinden, wenn er seinen Bestimmungsort erreicht hätte? Sein ganzes Leben hatte er sich seine Mutter in irgendeinem weit entfernten, märchenhaften Haus vorgestellt, einem Haus aus dem Reich der Fantasie, keinen Ort der Realität. Da seine Mutter ihm nicht allzu viel Kontext geliefert hatte, füllte er die Lücken mit seiner eigenen Vorstellungskraft aus; er malte sich aus, sie lebte irgendwo draußen zwischen grünen Wiesen in einem Landhaus, fast so wie die Häuser in den Märchen, wo kleine Kinder Hexen besuchten und dann in Öfen gesteckt wurden. Ein schrulliges, reizendes Häuschen aus Ziegelsteinen und mit Pflastersteinen im

Hof, mit Blumen in den Blumenbeeten und einer lächelnden Mutter, die jeden Abend Kekse backte.

Was er vorfand, als er um die Ecke bog, eine gekieste Zufahrt entlangfuhr und in sicherer Entfernung zu den Haupteinfahrtstoren den Motor abstellte, war nicht allzu weit von dieser Beschreibung entfernt. *739 E Sunflower Road*. Ein großes, zweistöckiges, gelbes Haus, das sich inmitten einer weitläufigen, grünen Weinanbaufläche befand. Auf der Rasenfläche vor dem Gebäude stand eine riesige Eiche, an der eine Reifenschaukel hing. Es gab viele bunte Blumen, aber nicht in Blumenbeeten, sondern in Reihen am Haus entlang angepflanzt zwischen ordentlichen, sauber gestutzten Büschen. Es war tausendmal schöner als das Haus, in dem er und seine Brüder aufgewachsen waren.

„Also das ist es, Mam?", flüsterte er in die Stille seines Mietwagens.

Das war also der Ort, wo seine Mam aufgewachsen war.

Das Haus, wo sie während der höheren Schule gelebt hatte, das Haus, wo sie gelebt hatte, als sie ihren Abschluss gemacht und mit der Uni begonnen hatte, als sie mit Ken Parker ausgegangen war, das Haus, zu dem sie nach Hause zurückgekehrt war, nachdem sie Grant O'Neill kennengelernt hatte. Quinn konnte sich eine junge Maggie vorstellen, die durch die Tür hereinstürmte, mit vor Aufregung geröteten Wangen, zu ihrem Zimmer lief, die Tür leise schloss, ihr Tagebuch aufschlug und etwas über den charmanten, witzigen Mann aufschrieb, den sie in

Mulligan's Tavern kennengelernt hatte. Es hatte etwas Tröstliches, das Haus in der Realität gesehen zu haben und nicht nur irgendeine Vorstellung davon mit sich im Kopf herumzutragen.

Mam war hier aufgewachsen. Hier lernte sie gehen, essen, sprechen. Hier schlief und träumte sie von all ihren verrückten Ideen für die Zukunft. In gewisser Weise begann auch mein Leben hier.

Verdammt, seine Mam war hier mit ziemlich feinen Gewändern, einem feinen Haus und fein viel Geld aufgewachsen. All dies hatte sie zurückgelassen für einen Mann.

Nein. Das war nicht richtig.

Sie hatte es getan aus…

„Liebe", sagte er. „Du hast es aus Liebe getan, nicht wahr, Mam?"

Doch nur das Rascheln der Bäume im Herbstwind antwortete ihm. Quinn schloss seine Augen und stellte sich vor, wie sie ihm antwortete: „Ja. Familie steht an oberster Stelle. Aber Liebe…Liebe ist alles."

„Du hast nicht gewusst, wie du um beide kämpfen solltest", flüsterte er. „Um deine Familie in Dublin und um deine Familie hier."

So wie Lilly nicht gewusst hatte, wie sie in dieser Küche für Quinn kämpfen sollte, ohne die Beziehung zu ihrer Mutter irreparabel zu schädigen. Einige Sekunden war Lilly wie gelähmt gewesen. Und Quinn hatte sie dafür gekreuzigt.

Er hatte sich aufgeführt, weil sie eingeknickt war.

obwohl Quinn selbst ihr gesagt hatte, dass die Liebe kompliziert war. Sie hatten glauben wollen, dass die Liebe auf magische Weise alle Probleme, denen sie sich gegenüber sahen, heilen würde. Aber die Liebe brachte alles nur noch mehr durcheinander, vor allem wenn ein Mensch viele liebte und wenn verschiedene Arten von Familien betroffen waren.

Quinn ließ den Schmerz über sich kommen. Zum ersten Mal in einem Monat unternahm er nichts, um den Ansturm von Tränen zu unterdrücken, der wie eine Welle anstieg, gipfelte und überschwappte. Seine Schultern erbebten durch die Leere des Verlusts, rissen ein gähnendes Loch in sein Herz, als hätte jemand eine Bresche in seine Brust geschlagen und diese dann gallonenweise mit Kummer gefüllt.

Mam hatte ihm nichts von diesem Haus oder ihrem früheren Leben erzählt, um ihm den Schmerz zu ersparen. Sie hatte gedacht, er würde diesen Ort niemals besuchen können. Mit dieser Entscheidung stimmte er nach wie vor nicht überein, aber er konnte akzeptieren, dass seine Mam eben auch nicht perfekt war und ihr Bestes versucht hatte. Eigentlich wieder genauso wie Lilly.

Quinn saß lange so da, bis er merkte, dass es wahrscheinlich zu lange gewesen war. Möglicherweise hatte jemand aus dem Fenster geschaut und rief momentan schon die Polizei, nachdem sie ein fremdes Auto draußen vor dem Tor gesichtet hatten.

Lebte Maggies Familie – seine Familie sozusagen auch – noch immer hier? Oder befanden sich bereits

Fremde in dem Haus? Mit seinem Handrücken wischte sich Quinn über die Augen. Dann warf er alle Vorsicht über Bord, stieg aus dem Auto, überquerte die breite Einfahrt und erreichte den Postkasten. Gott, er hoffte, es wären keine Sicherheitskameras auf ihn gerichtet. Falls doch und jemand würde auf ihn aufmerksam, dann würde er einfach reinen Tisch machen und erklären, was er da tat.

Ich muss wissen, wer hier lebt. Das ist die Wahrheit und die einfachste Erklärung.

Quinn erreichte den Postkasten, der mit bunten Glassteinchen, die Weintrauben darstellten, versehen war, und öffnete die kleine Klappe, während er gleichzeitig die vorderen Erkerfenster im Auge behielt. Nach den sich vor und zurück bewegenden Schatten zu schließen, befand sich jemand im Haus. Schnell griff er hinein und spürte, dass Post darin war. Gott sei Dank!

Er zog das, was er spürte, heraus, blätterte verschiedene Werbeprospekte durch und fand einen Geschäftsbrief, der an Beatriz Phillips-Tulle adressiert war. *Super!* Seine Tante lebte hier, und zwar die nicht nette Tante. Er spürte Panik aufsteigen und merkte plötzlich, wie falsch, wie absolut falsch es gewesen war, hierherzukommen. Wenn seine Mutter ihr vor-irisches Leben ihm und seinen Brüdern gegenüber nicht erwähnt hatte, so musste sie dafür wohl einen triftigen Grund gehabt haben. Er war dabei, sich in Schwierigkeiten zu bringen, und doch musste er es einfach wissen, damit er dieses Kapitel dann endgültig abschließen konnte.

Neugierde zwang ihn weiter.

Auf einem Brief nach dem anderen stand derselbe Name. Behutsam platzierte er die Briefumschläge wieder in den Postkasten und machte die Klappe zu. Im Inneren des Hauses fing ein Hund zu bellen an, sein Zeichen, wieder zu gehen, aber für den Fall, dass er nie mehr hierher zurückkommen würde, wollte er seinen Brüdern etwas zeigen können. Er zog sein Handy aus der Tasche, klappte den Bildschirm auf, suchte die Kamera-Funktion und machte ein Bild nach dem anderen von dem Haus, wo ihre Mam aufgewachsen war.

Er wünschte sich, Lilly wäre hier, um ihm in diesem schweren Moment beizustehen. Sie wüsste vielleicht sogar irgendwelche Belanglosigkeiten über dieses Haus, zum Beispiel welche Farbe es gehabt hatte oder ob in den letzten zwanzig Jahren oder so irgendwelche Anbauten gemacht worden waren oder nicht.

Die letzten Fotos, die er machte, waren von der Reifenschaukel. Wenn er seine Augen fest genug zuzwickte, konnte er seine Mutter als kleines Mädchen auf der Schaukel sitzen und höher und immer höher in die Luft fliegen sehen. Er blinzelte, und das Traumbild verschwand.

So, das sollte reichen.

Er trabte zu seinem Wagen zurück, stieg ein, schaltete den Motor an und stieß einen Seufzer der Erleichterung aus, dass ihn keiner gesehen hatte, auch wenn der große schwarze Hund am Fenster gebellt hatte. Langsam bog Quinn in den Zufahrtsweg ein, wendete in drei Zügen und fuhr mit dem Ziel zurück, möglichst schnell von dem

Besitz wegzukommen.

Aber als er gerade auf dem Rückweg war, näherte sich ein anderes Auto auf der langen kiesigen Zufahrt – ein Lexus, den vorderen Scheinwerfern nach zu schließen. Wenn er doch bloß vorbeifahren könnte, ohne Augenkontakt zu haben, das wäre großartig. Seine Nerven flatterten vor Aufregung, als der Wagen herankam, über die winzigen Steinchen knirschte und genau neben seinem Autofenster langsamer wurde und zum Stehen kam.

Die zusammengezogenen Augenbrauen einer Frau mit Wangenknochen, die denen seiner Mutter ähnelten, brachten ihn dazu, schief zu grinsen und auf das Gaspedal zu treten, aber die Frau hatte schon das Fenster heruntergelassen, die Hand hinausgestreckt und bat ihn, anzuhalten.

Das tat er.

Er ließ auch sein Fenster hinunter und setzte schnell ein Lächeln auf. Er wusste genau, wer sie war, und auch, wer der ältere Mann war, der auf der Rückbank saß und ziemlich weggetreten dreinschaute. Die Frau mit aschblond gefärbtem Haar stieg aus, ließ die Fahrertür offen und kam zu seinem Fenster. „Kann ich Ihnen helfen?", fragte sie und spähte hinein.

Ihre grünen Augen mit Krähenfüßen drum herum und die geröteten Wangenknochen lösten einen gewissen Schock aus, als er sie ansah. Es war, als würde er eine ältere Ausgabe eines Geistes seiner Mutter sehen. Seine Tante Beatriz – wie sie leibt und lebte – stand vor ihm.

In dem Augenblick als ihr Blick auf ihm landete.

veränderte sich ihr ganzes Gebaren. Ein dunkler Schatten schien sich über sie zu legen wie bei einer Sonnenfinsternis, wenn die Sonne urplötzlich überrumpelt wird.

„Hallo", sagte er und unternahm nichts, um seinen Akzent zu verbergen. „Bin nur kurz vorbeigefahrn, um dieses Haus zu sehn. Ich hoff, es macht Ihnen nix aus."

Mit einem Set ihrer französisch manikürten Fingernägel umklammerte Beatriz Phillips den Fensterrahmen des Autofensters. „Es ist eine ziemliche Dreistigkeit von Ihnen, hierherzukommen", murmelte sie auf eine Art und Weise, die klarmachte, dass der alte Mann hinter ihr noch nicht ganz begriffen hatte, wer er war. „Sie müssen sofort das Gelände verlassen, und kommen Sie nicht zurück, außer Sie werden eingeladen."

Etwas an der Art und Weise, wie sie das sagte, ließ ihn innehalten. So wie auch ihr Blick, in ihren Augen stand ein Flehen.

Auf ihre Art, indem sie nicht sagte ‚Sie sollten nicht hier sein *Punkt*', schlug sie vor, er sollte auf eine Einladung warten. Und das bedeutete…es gab eine Chance, dass er eines Tages gebeten werden würde, vorbeizukommen. Dass sie glaubte, es könne vielleicht, nur vielleicht, zu einer Versöhnung kommen. Vielleicht könnte doch eine gewisse Beziehung hergestellt werden, vielleicht…würden sie letztlich doch einmal mit ihm sprechen.

Hoffnung!

Quinn nickte, verstand, wie schwer das alles für sie

war. „Es tut mir leid. Es ist nur so, ich wollte sehen…" Wo meine Mam aufwuchs. Doch er sagte es nicht. Er beobachtete nur ihr Gesicht und wartete, wie sich Verständnis ausbreitete.

„Ja, ich weiß, warum Sie hier sind, und es ist erschütternd, gelinde gesagt."

„Erschütternd für mich, würde ich denken", wagte er zu sagen. „Mehr als für sonst jemanden. Schließlich war Maggie meine Mam."

„Schsch…", warnte sie und blickte zum alten Herrn Phillips, der auf der Rückbank saß und gedankenverloren auf die Weinberge starrte. „Nicht…Suchen Sie etwa Ärger?"

„Nein, Mam."

„Dann wäre es das Beste, Sie würden sich auf den Weg machen. Warten Sie, bis Sie eingeladen werden, so sollten Sie vorgehen!" Sie warf ihm einen letzten mürrischen Blick zu, ehe sie sich umdrehte und wieder in ihr Auto stieg. Den finsteren Blick unterstrich sie noch mit einem energischen Kopfschütteln.

„Wer war das, Bee?", fragte der alte Herr Phillips, dessen Stimme genau zu dem Mann passte, den Quinn vor nur ein paar Wochen in einem recht unangenehmen Telefongespräch gehört hatte.

Dein Enkel, dachte Quinn, und die Worte lagen ihm schon auf der Zunge. *Ob es dir nun gefällt oder nicht.*

Aber Beatriz kurbelte bereits das Fenster hoch und ersetzte den züchtigenden Blick mit vorgetäuschter Heiterkeit. Die ganze Begegnung würde sie wahrscheinlich abtun als ein zufälliges Aufeinandertreffen mit einem Autofahrer, der sich verfahren und nach dem richtigen Weg gefragt hatte. „Niemand", erwiderte sie und fuhr an Quinn vorbei in die Einfahrt.

KAPITEL ZWANZIG

Lilly legte auf und seufzte.

Sofort nach der klärenden Auseinandersetzung mit ihrer Mutter in den Weinbergen hatte sie sich darangemacht, nach einem Ersatz für sich zu suchen. Nachdem sie mit mehreren Bäckern und Bäckerinnen gesprochen hatte, erkannte sie, wie schwierig es werden würde, eine Nachfolgerin auszusuchen. Alle klangen fantastisch. Alle waren mehr als qualifiziert. Sie hatte für den Rest der Woche Vorstellungsgespräche angesetzt – auf diese Weise könnten Mam, Mellie und Cook deren Backwaren probieren und selbst entscheiden, wer die beste Kandidatin wäre, um sie zu ersetzen.

Die Welle der Erleichterung, die Lilly in diesem Augenblick durchflutete, war befreiend.

Es würde sich um alles gekümmert werden.

Die Welt würde ohne sie nicht auseinanderbrechen, so wie es ihre Mutter immer dargestellt hatte.

Lilly machte sich auf den Weg. *Höchste Zeit,*

weiterzuziehen.

Wenn Quinn nicht gewesen wäre, könnte alles anders ausgegangen sein. Praktikum oder nicht, sie wäre vielleicht trotzdem in GREEN VALLEY geblieben. Sie hätte wahrscheinlich entschieden, dass ihre Mam sie unbedingt brauchte, und hätte den Praktikumsplatz an jemand anderen weitergegeben. Ihr gefiel es, zu denken, dass dies nicht geschehen wäre, dass sie auch ganz allein die Kraft dazu gefunden hätte, ihrer Mutter entgegenzutreten, aber Tatsache war, es war nicht nötig gewesen. Sie hatte es mit Quinns Unterstützung getan, und auch wenn er körperlich nicht an ihrer Seite gestanden war, so war er doch im Geiste bei ihr gewesen.

Er war ein erstaunlicher Mann. Sie liebte ihn. Und sie würde nicht zulassen, dass die Sache zwischen ihnen so zu Ende ging. Sie musste ihn finden. Doch es gab einfach sehr viele Möglichkeiten, wo er eine Unterkunft gefunden haben könnte. Natürlich angenommen, dass er in Forestville geblieben war.

Aber bevor sie anfing, auf der Suche nach Quinn eine Reihe Hotels abzuklappern, musste sie sich erst noch um einige andere Dinge kümmern. Obwohl ihr der Gedanke, Quinn nicht sofort zu sehen, vor allem nach all dem, was vorher passiert war, einiges Bauchgrummeln bereitete, fand sie Trost in dem Wissen, dass er nirgendwo anders hingehen würde. Seine Brüder würden erst in einigen Tagen ankommen. Und sie selbst würde erst drei Tage nach deren Eintreffen nach Miami abreisen.

Sie hatte Zeit, mit Quinn alles ins Reine zu bringen

und zu beweisen, dass sie an seiner Seite stand.

Egal, was geschah.

Eine Stunde später fuhr Lilly Richtung Langley Brücke. Es war ein prächtiger Oktobernachmittag. Jede Kontur eines Hügels wurde im goldenen Schein der Herbstsonne gebadet und spornte Lilly an, einen würzigen Kürbisauflauf zu backen. Sie sollte ihre Umgebung genießen, solange es ging, denn Miami im Herbst bedeutete Hurrikan-Saison und keine bunt gefärbten Ahornblätter.

Als sie durch die Straßen des Weinanbaulandes fuhr, fiel ihr plötzlich auf, wie sehr ihr ihre Heimatstadt in ungefähr einer Woche fehlen würde. Vielleicht würde sie nach dem Praktikum doch wieder hierher zurückkommen. Natürlich hing alles davon ab, was zwischen ihr und Quinn geschehen würde. Vielleicht war es ja Wunschdenken, aber…

Sie schaute auf Maggies Tagebuch, das auf dem Beifahrersitz lag. Darin enthalten tausendfaches Bedauern. Lillian wusste, dass auch wenn das Leben für Quinns Mutter nach der Geburt des ersten Kindes zu anstrengend und voll gewesen war, um noch Tagebuch schreiben zu können, Maggie es bedauert hatte, es nicht geschafft zu haben, alle Träume wahr werden zu lassen.

„Auch wenn wir einander nicht kennen", Lilly sprach laut in den engen Begrenzungen ihres Autos, ohne jemanden anzusprechen, und ihre eigene Stimme klang fremd in ihren Ohren, „ich werde mein Leben so gestalten, dass es zählt, Maggie. Ich werde das tun, was ich gerne tue, und ich werde für den Mann kämpfen, den ich liebe. Danke für die Inspiration."

Als sie intensiv in die Stille lauschte, konnte sie beinahe Maggie hören, wie sie ihr antwortete.

Lilly kam an der Brücke an, parkte den Wagen und stieg aus. Ein Windstoß fegte durchs Tal, ließ sie frösteln, und sie hüllte sich enger in ihr Sweatshirt ein. Unter der Brücke blubberte das Wasser im Bach und rauschte über das steinige Flussbett.

Lilly wollte Fotos davon machen und von der Umgebung. Sie hatte natürlich andere Fotos, aber keine, nachdem sie und Quinn hier gewesen waren und auch nicht davon, als sie diese besondere Zeit in der Waldhütte verbracht hatten.

Die Erinnerung daran ließ ihre Arme kribbeln und ihre Knie weich werden.

Kein Mann hatte je solche Gefühle in ihr ausgelöst. Kein Mann würde je solche Gefühle auslösen.

Lilly zog ihr Handy hervor, öffnete die Kamera-Funktion und fing an, Fotos zu machen, von der Brücke und den Bäumen in der Umgebung. Dann ging sie bis zu der Hütte im Wald und fotografierte auch diese.

Sie blieb stehen und starrte auf die Stelle, wo sie und Quinn sich hingelegt und sich geliebt hatten. Tränen traten ihr in die Augen, doch sie wischte sie schnell weg. Sie weigerte sich, zu akzeptieren, dass sie nie wieder mit Quinn zusammen sein würde.

Schließlich kehrte sie zu ihrem Auto zurück, beugte den Kopf und verlor die Fassung. Sie weinte, nicht weil sie das Vertrauen verloren hatte, dass es mit Quinn doch noch klappen könnte, sondern weil sie ihn so sehr enttäuscht hatte. Egal, wie sehr sie sich bemüht hatte, ihn sich wie zu Hause fühlen zu lassen – angefangen von ihrer Fahrt zum Pazifik, über die Tour durch den Weinberg ihrer Familie bis zu ihrem Termin mit Suzanne in der Weinkellerei seiner Familie – es war nicht genug gewesen. Dieser eine Moment der Wahrheit hatte für ihn den Ausschlag gegeben, und sie hatte ihre Chance vertan. Wenn sie doch nur die Zeit zurückdrehen könnte!

Doch das konnte sie nicht. Aber sie konnte den Rest ihres Lebens darauf verwenden, es ihm gegenüber wiedergutzumachen. Anfangen würde sie, indem sie ein Fotobuch erstellen würde, das die Stadt dokumentieren würde, in der seine Mam aufgewachsen war. Sie würde mehrere Kopien machen. Eines für Quinn und je eins für jeden seiner Brüder. Und eines für sich selbst.

Mit mehr Ruhe und Entschlossenheit als je zuvor stöberte Lilly durch die vorher gemachten Fotos. Dann griff sie nach Maggies Tagebuch, blätterte die Seiten durch und scannte deren Worte sozusagen ein. Mit kleinen Stückchen einer Serviette, die sie im Auto hatte, kennzeichnete sie wichtige Momente – als sie Grant O'Neill das erste Mal geküsst hatte, den Augenblick, als er ihr Blumen gebracht hatte, und den Zeitpunkt, als sie am Laden an der Ecke angehalten hatten, um Sachen für ein Picknick einzukaufen, und es dann zu regnen angefangen hatte. Deshalb hatte er sie unter den Dachvorsprung gezogen und fast eine ganze Stunde lang geküsst.

Lilly legte den Rückwärtsgang ein und fuhr zur Hauptstraße zurück. Sie war ganz versessen darauf, unbedingt noch das Sonnenlicht ausnutzen, bevor es völlig verschwunden war. Fünf Minuten später war sie am Forestville Town Park angekommen und ausgestiegen. Lächelnd schaute sie den lärmenden Kindern zu, die auf dem Spielplatz das Beste aus diesem Tag herausholen wollten. Zwei Mädchen schaukelten so hoch sie konnten, als wollten sie den Himmel erreichen.

Während Lilly ihnen zusah, erinnerte sie sich an die Zeit, als das Leben noch einfach war.

Lilly machte ein paar Schnappschüsse von den spielenden Mädchen und las dann noch einmal Maggies Worte über ihren ersten Kuss: *Und dort, unter dem Pavillon des Parks, fragte er mich, ob er mich küssen dürfe…und dann senkte er seinen Kopf, und unsere Lippen berührten sich. Es war wie Magie, Zauberei und Schicksal in einem.*

Lilly wusste genau, wo der Pavillon war, im hinteren Teil des Parks, weil sie sich dort früher selber viele Male aufgehalten hatte. Es war ein herrlicher Ort, um sich zu küssen. Als sie dort ankam, legte sie das alte Tagebuch auf die hölzerne Sitzfläche, wo wahrscheinlich Maggie einst gesessen war, trat einen Schritt zurück, komponierte eine schöne Gesamtaufnahme und machte einige Bilder dieser Szenerie.

Zufrieden mit ihren Fotos ging sie zum Auto zurück.

Nun machte sie sich auf den Weg zum Blumenmarkt. Dort kaufte sie von Frau Garcia einen kleinen Strauß Sonnenblumen und überlegte sich ein anderes großartiges Foto. Sie legte Maggies Tagebuch auf einen alten Stuhl außerhalb des Blumengeschäfts, trat einen Schritt zurück und komponierte eine weitere schöne Aufnahme, sodass sie ein Bild des alten Tagebuchs vor dem Blumenladen erhielt. Ein weiterer historischer Ort von Maggie und Grant.

Danach kamen die überdachten Tribünen des Football-Stadions hinter der GREEN VALLEY High School an die Reihe, wo die Blaskapelle gerade für das große Spiel an diesem Freitag probte. Lilly schlug die passende Seite auf.

Und genau da, hatte Maggie geschrieben, *unter der zweiten Säule der Tribüne bat er mich, mit ihm nach Irland abzuhauen. Das war der romantischste Moment meines Lebens. Wir ritzten unsere Namen in die Bänke, damit die Nachwelt sie sehen könnte. Ha! Was waren wir doch für Rebellen!*

Sie erwähnte Ken, Lillys Vater, mit keinem Wort.

Sie äußerte keine Schuldgefühle wegen des Schmerzes, den sie bei ihm womöglich verursachte.

Lilly verstand dies als ein Zeichen, wie stark Maggie in Grant verliebt gewesen war. Sie musste über diese Worte lächeln, und über ihre eigene Fähigkeit, zu vergeben und zu vergessen, und suchte nach den eingeritzten Namen auf den Sitzen unter der Tribüne. Diese post-mortem-Schnitzeljagd machte ihr großen Spaß.

Es dauerte eine Weile, aber dann fand sie an der Unterseite der Sitze in das dünne, glänzende Metall die Initialen MP<3 GO eingeritzt.

Lillian steckte das Tagebuch zwischen zwei senkrechte Pfosten und betrachtete das Bild durch den Rahmen. Die Trompetenfanfare der Blaskapelle bildete gerade das Ende eines Liedes, als Lilly auf den Auslöser drückte und das Bild machte. Der perfekte Schluss.

„Erwischt."

Sie steckte ihr Handy weg. Wie ein Tornado schossen die Ideen durch ihren Kopf und vermischten sich zu einem gelungenen Cocktail an Kreativität. Heute Abend würde sie all diese Bilder für Quinn zu einem Geschenk zusammenstellen. Wenn sie überhaupt etwas von typischen Männern wusste, dann das: Die meisten von ihnen würden sich nicht die Zeit dafür nehmen, die Bilder in einem sinnvollen Zusammenhang anzuordnen.

Auf diese Weise würde Quinn immer ein handfestes, konkretes Andenken an seine Zeit hier in Forestville haben, an seine Mam und seinen Dad und womöglich auch an sie.

An diesem Abend saß Lillian an ihrem Laptop und arbeitete wie besessen an ihrem Fotoprojekt. Dabei bedauerte sie nicht zum ersten Mal, dass sie im entscheidendsten Moment nicht für Quinn eingetreten war. Irgendwie musste sie das rückgängig machen. Dies sollte der Anfang sein – eine Art Friedensangebot. Sie war nicht perfekt, aber sie bemühte sich nach bestem Willen, sich ihm gegenüber anständig zu verhalten.

Mit einem Glas Wein neben sich hörte sie während ihrer Arbeit auf die Texte der Lieder von Billie Holiday und dachte daran, wie schwer es manche Menschen hatten, wie sehr sie kämpfen und sich für ein mageres Gehalt abrackern mussten. Umso mehr freute sie sich auf die auf sie zukommenden Gelegenheiten. In gewisser Weise wurde dieses Fotobuch, das sie unter Verwendung des Mosaik-Programms gestaltete, zu einem Testament der Träume – Maggies Träumen – und hielt diese Träume gleichzeitig auch am Leben.

Sicherheitshalber fügte sie auch ein paar Bilder von sich zusammen mit Quinn mit ein, jene, die sie im Weinberg gemacht hatten, vom Hotel an der Pazifikküste, sogar welche der insgeheim fotografierten in *Phillips Vineyard & Winery*. Zum Spaß baute sie auch Schnappschüsse mit ein, die sie von Con und Quinn gemacht hatte, als sie sich mit ihren Muffins vollgestopft hatten. Zuletzt schmuggelte sie noch ein weiteres – ein Selfie von sich selbst, wie sie Maggies Tagebuch hielt – mit hinein.

Auf die letzte Seite des Fotoalbums schrieb sie:
In Liebe
Dein Muffin Girl
– Lilly

Nun überprüfte sie alle Einträge noch ein weiteres Mal und legte das Gesamtpaket in ihren Online-Warenkorb. Sie bezahlte für den Eilservice, sprach ein kleines Gebet und schickte die Bestellung ab. Auf dem Bildschirm erschien ein lachendes Gesicht und ‚Danke für

Ihren Auftrag'. Lilly klappte den Laptop zu.

„Gut, das war's", murmelte sie.

Sie warf sich aufs Bett, starrte den Ventilator an der Zimmerdecke an und fragte sich, was Quinn wohl in diesem Moment machte. Hatte er bemerkt, dass das Tagebuch fehlte? Hatte er es aber lieber verschoben, deswegen noch einmal hierher zurückkommen zu müssen? Vermisste er sie überhaupt? Denn sie vermisste ihn ganz fürchterlich!

Sie vermisste seine witzige Art, seine dunkelbraunen Augen und seinen unwiderstehlichen Blick, bevor er sie küsste. Sie vermisste seine Lippen, seine starken Arme und das Gefühl, wie geborgen sie sich darin gefühlt hatte. Aber am allermeisten vermisste sie ihn – ihren Quinn.

KAPITEL
EINUNDZWANZIG

Am Tag nachdem Quinn vom Haus der Kindheit seiner
Mam weggefahren war, schaute Quinn zum Pub *The
Cat's Meow* hinüber, zum Park und zur katholischen
Kirche gegenüber und dachte darüber nach, wie schnell er
sich in dieser nur kurzen Zeit an all diese Anblicke und
Sehenswürdigkeiten gewöhnt hatte. Quinn drückte die
Klinke an der Eingangstür von *Mulligan's Tavern*
hinunter, die Glocke ertönte, und er trat ein.

„Bist du dir wirklich sicher, dass dies okay für dich
wäre, Kumpel?", fragte Quinn Paul Brennan zwanzig
Minuten später.

„Das würde ich keine Sekunde lang bedauern, Quinn.
Ich würde die Kneipe ja in großartige Hände übergeben."
Paul zwinkerte ihm zu und fuhr fort, den Tresen
abzuwischen.

Wie viele Male in ihrer ganzen Lebensspanne

wischten Barkeeper wohl dieselbe Bar sauber? fragte sich Quinn. Er rief sich ins Gedächtnis, dass wenn er dies tun würde, er dem gleichen Ratschlag folgen müsste, den er Lilly gegeben hatte, nämlich nicht zum Sklaven seines Unternehmens zu werden.

„In Ordnung", meinte Quinn und kippte sein Bier hinunter. Er stellte das Glas auf dem Tresen ab, bezahlte seine Rechnung und eilte zu seinem Motelzimmer zurück, um alles durchzukalkulieren. Erst als er seine Reisetasche auf der Suche nach seinem Notizbuch, in dem er immer seine Ideen notierte, durchwühlte, fiel ihm etwas auf.

Das Tagebuch seiner Mutter fehlte immer noch. In seinem Koffer hatte er es gestern Abend auch nicht gesehen. Er raste noch einmal zum Auto zurück, schaute auf den Sitzen und darunter nach, überprüfte den Kofferraum und auch den Weg vom Auto zum Zimmer, für den Fall, dass es herausgefallen und irgendwo dort gelandet wäre.

„Verdammt, verdammt, verdammt!"

Er zog in Betracht, Lilly eine Textnachricht zu schreiben, aber da sie im selben Haus gewohnt hatten, hatten sie nie ihre Telefonnummern ausgetauscht. Außerdem wollte er nicht, dass nach all dem, was am Tag zuvor passiert war, ihr allererster Kontakt so etwas wäre wie: „Hey, hast du vielleicht das Tagebuch?" Das würde ihn in ihren Augen noch mehr als Trottel dastehen lassen als es sowieso schon der Fall war.

Er würde noch einmal zum *Russian River House* zurückkehren müssen, um das Tagebuch zu holen. Das würde ihm auch eine gute Ausrede liefern, Lil nochmals wiederzusehen, damit er sich für sein Verhalten entschuldigen konnte.

Ohne nochmals darüber nachzudenken, stieg er ins Auto und fuhr die lange, kurvige Straße zurück zur Frühstückspension, voller Bewunderung, was für ein fantastischer Tag heute war mit all diesen goldenen Brauntönen, Grün- und Gelbtönen. Mit offenem Autofenster, sodass ihn die frische, saubere Luft überströmte, fuhr er dahin und wünschte sich einmal mehr, dass Lilly bei ihm wäre. Sie könnten eine Fahrt auf der Küstenstraße am Pazifik entlang unternehmen, so wie Mam es vor so vielen Jahren mit Ken hatte machen wollen. Unterwegs könnten sie irgendwo mit Lillys herrlichen Leckereien picknicken. Dann könnten sie sich auf den Rücksitz begeben und übereinander herfallen und sich hemmungslos miteinander vergnügen.

Er hasste es, dass Lil solch unauslöschliche Spuren in seinem Herzen hinterlassen hatte. Und er hasste sich selbst dafür, dass er nicht mehr Verständnis aufgebracht hatte, wie schwer es für Lilly war, sich gegenüber ihrer Mutter zu behaupten, vor allem da er gewusst hatte, dass dies für sie ja schon seit Langem ein Problem dargestellt hatte, auch bevor sie Quinn überhaupt kennengelernt hatte. War es möglich, dass sie ihm die Art und Weise, wie er sich verhalten hatte, und die schrecklichen Dinge, die er zu ihr gesagt hatte, verzeihen könnte?

Wahrscheinlich nicht, aber er wollte nichts unversucht lassen. Er würde sein Geld in die Unternehmung stecken, für die er sich vorhin ausgesprochen hatte, und das tun, wofür er seine Mutter so sehr kritisiert hatte, was sie nicht getan hatte. Er würde kämpfen. Er würde in jeder Form für seine Familie kämpfen, und dazu gehörte auch Lilly mittlerweile irgendwie. Sie war die Frau, die er liebte.

Sie war ein Teil seiner Familie.

Als er schließlich bei der Pension ankam, stellte er den Motor ab und betrachtete das reizende Haus und die herrliche Umgebung. Lillys Wagen stand nicht in der Einfahrt, und das bedeutete, dass sie entweder Lebensmittel einkaufte oder Blumen für die Gästezimmer besorgte. Er nahm allen Mut zusammen, strich sich durchs Haar und begab sich zur Eingangstür. Er stellte sie sich voller Spinnweben und Spinnen vor, da er ja wusste, dass er heute höchstwahrscheinlich Penny Parker antreffen würde. Gleichzeitig musste er angesichts der Ironie dieser unheimlichen Vorstellung lachen.

Wie erwartet, sollte er Recht behalten.

Blaue Augen, so hübsch wie die ihrer Tochter – was er erstmals überrascht zugeben konnte – musterten ihn über den Empfang hinweg. „Ach sieh mal an, wen haben wir denn da?"

„Hallo, ist Lilly da?" Quinn schloss die Tür und bemerkte die Halloween-Dekorationen, die neu dazugekommen waren, seit er hier ausgezogen war. „Mannomann, ganz schön unheimlich hier drin!"

„Sie ist weg", entgegnete Frau Parker mit leicht siegreichem Zusammenkneifen ihrer Augen.

Quinn sackte zusammen und starrte sie entgeistert an.

„Weg?" War sie bereits abgereist? Aber sie hätte doch erst in einer Woche abreisen müssen! War sie so stinksauer auf ihn, dass sie sich überlegt hatte, so früh wie möglich abzufahren?

„Ja, weg. War das nicht das, was Sie wollten?" Eine todernste Frage. Mit hochgezogenen Augenbrauen funkelte sie ihn an. „Sie sollte doch ihre Heimat verlassen, die Welt erkunden, ihre veritablen Flügel ausbreiten? Tja, nun haben Sie, was Sie wollten! Herzlichen Glückwunsch!" Sie nahm weitere Eintragungen in ihrem Gästebuch vor.

Quinn reckte den Hals, um hinter der Säule vorbei im rückwärtigen Bereich nach Lilly Ausschau zu halten, da er Frau Parker nicht ganz glaubte. Er sah neue Gesichter von anderen Gästen, die alle ein wunderbares Frühstück genossen. Einige strichen Butter auf Stücke, die verräterischerweise sehr wie Lillys Muffins aussahen.

Aber keine Lilly.

„Was? Glauben Sie mir nicht?" Frau Parker funkelte ihn an.

„Können Sie mir das vorwerfen?" Er trommelte auf die Empfangstheke und steuerte dann auf sein ehemaliges Schlafzimmer zu, um nachzusehen, ob das Tagebuch noch dort lag.

„Ich kann Ihnen eine ganze Menge Dinge vorwerfen, ja. Ist es das, was diese O'Neills immer tun, wenn sie nach GREEN VALLEY kommen? Unruhe stiften, Vieles durcheinanderbringen und alles auf den Kopf stellen?"

Quinn blieb stehen und drehte sich um. „Ich weiß

nicht, was man Ihnen erzählt hat oder was Sie denken, aber ich habe nichts auf den Kopf gestellt. Ihre Tochter hatte bereits Pläne, von hier wegzugehen, bevor ich überhaupt hier ankam. Wenn überhaupt, dann könnte ich ihre Abreise eventuell verzögert haben."

„Schmeicheln Sie sich ruhig selbst, Herr O'Neill!" Frau Parker kicherte mit leicht sarkastischem Unterton, aber Quinn entdeckte verräterische Tränen, die an ihren Wimpern glitzerten.

„Ist sie weg – weg auf Dauer, nach Miami, oder meinen Sie, Lilly ist nur für ein paar Besorgungen außer Haus?"

„Ich sagte Ihnen, sie ist weg. Sie können auch nicht in dieses Zimmer gehen. Sie haben bereits ausgecheckt. Neue Gäste wohnen jetzt dort."

„Ist etwas gefunden worden? Etwas von mir? Ich glaube, ich habe dort etwas vergessen", sagte er.

„Nicht, dass ich wüsste. Das Zimmer wurde wie üblich saubergemacht, und alles, was Sie zurückgelassen haben, war ein Abfalleimer voll Klopapier. Höchste Zeit, einmal an die Umwelt zu denken, O'Neill."

„Tut mir leid." Quinn stand da und focht einen inneren Kampf aus, ob er ihr von dem Tagebuch erzählen sollte oder nicht.

„Kann ich sonst etwas für Sie tun?" Die Schärfe war wieder in ihre Stimme zurückgekehrt.

Quinn machte den Mund auf, um mit ‚ja' zu antworten und ‚*Haben Sie zufällig das Tagebuch gefunden, das meiner Mutter gehörte?*' Aber er machte den Mund wieder zu, weil er meinte, es wäre doch besser so. Das Letzte, was er brauchte, war, Penny Parker darauf aufmerksam zu machen, dass die eigenen, handgeschriebenen Gedanken ihrer Feindin so nahe bei der Hand wären, falls sie es tatsächlich noch nicht wusste.

„Nein. Das war es schon." Er lächelte so aufrichtig wie möglich. „Und vielen Dank für alles. In meiner Eile, hier wegzukommen, vergaß ich zu erwähnen, wie überaus charmant und gastfreundlich das gesamte Personal des *Russian River House* zu mir und zu meinem Bruder war. Ich werde ganz sicher eine positive Bewertung über Ihre Pension ins Internet stellen, damit die Welt von Ihrer Freundlichkeit erfährt." Er drehte sich auf dem Absatz um und steuerte auf die Tür zu.

Wie sollte er das Tagebuch in diesem Haus finden, wenn er sich nicht dazu überwinden konnte, es vor dem Wachposten zu erwähnen? Quinn seufzte, suchte schnell noch den Aufenthaltsraum mit den Augen ab und prägte sich dessen Symmetrie, die alten Möbel und die neuen, gruseligen Dekorationen ein, bevor er diesen Ort verließ, um ihn nie mehr wiederzusehen.

„Quinn?"

Langsam drehte er sich um und starrte Lillys Mam an.

„Ich weiß, dass Sie nichts falsch gemacht haben", sagte sie und tupfte sich die Augen ab. „Ich habe nur Angst, meine Tochter zu verlieren."

Er überdachte, warum sie auf einmal diesen anderen Ton anschlug. Doch irgendwie ergab es Sinn. Quinn wusste, dass es irgendeinen unterschwelligen Grund geben musste, warum sie so hart war, obgleich er nichts getan hatte, um sie zu beleidigen. „Ich verstehe, Frau Parker. Es tut mir auch leid, mich in Ihrer Küche ausgezogen zu haben. Das war sicher nicht hilfreich."

Sie schüttelte den Kopf und blickte zu Boden. „Entweder liebt man es, in einer Kleinstadt zu leben, oder man hasst es. Wenn man es hasst, kommt man wohl kaum zurück, um hier zu leben."

„Ich glaube nicht, dass Lilly es hasst, hier zu leben, Frau Parker, aber sie steht an der Kippe."

„Und ich mache ihr keinen Vorwurf." Frau Parker stieß ein sarkastisches Lachen aus und putzte sich mit einem Papiertaschentuch die Nase. „Mit einer solch überbehütenden, alten Schrulle wie ich es bin als Mutter?"

„Sie meinen mit einer liebenden Mutter wie Sie es sind?", sagte Quinn und bedachte sie mit einem zurückhaltenden Lächeln. „Es wird alles in Ordnung sein. Vertrauen Sie Lilly einfach, und alles wird in Ordnung kommen! Sie haben eine prächtige Tochter großgezogen."

„Ja", sagte sie und gewann ihre Fassung wieder. „Und Sie? Bleiben Sie oder fahren Sie ab?", fragte sie, und es klang so, als würde sie sich wirklich interessieren, was mit ihm passierte.

„Ich bleibe zumindest noch eine weitere Woche." Natürlich hatte er vor, noch viel länger zu bleiben, aber das brauchte sie noch nicht zu wissen.

„Na, dann viel Glück", sagte sie. „Und Quinn? Herzliches Beileid wegen Ihrer Mam."

Ihre Anteilnahme war echt. Er konnte dies aus ihrem

sanfteren Gesichtsausdruck und ihrem Lächeln ablesen. „Danke." Er machte die Tür auf und trat in das helle Sonnenlicht hinaus. Während er seufzte, wunderte er sich, wie viele unterschiedliche Seiten ein Mensch in seiner Persönlichkeit haben konnte und wodurch die schlechtesten davon hervorgebracht wurden. Es war zumindest befriedigend, zu wissen, dass sie nichts gegen Quinn persönlich hatte, auch wenn sie wirklich sehr stark fürchtete, Lilly zu verlieren.

Das konnte er ihr nicht vorwerfen. Er fühlte dasselbe.

Plötzlich kam ihm eine Idee, und er flitzte über den Rasen Richtung Parkplatz und umrundete eine Ecke. Ihm fiel der Weg wieder ein, den Lilly ihm gezeigt hatte, als sie sich in jener wunderbaren Nacht unter den Sternen heimlich in ihr Zimmer geschlichen hatten. Er bewegte sich an der Seitenwand der Pension entlang, bis er die Seiteneingangstür erreichte. Da er sie unverschlossen vorfand, schlüpfte er hinein in die Wärme und steuerte auf das seitliche Treppenhaus zu.

Es war niemand da. Er konnte also schnell die Stufen hochsteigen, ohne befürchten zu müssen, mit jemandem zusammenzustoßen und sich verteidigen zu müssen. Innerlich zuckte er zusammen, wenn er sich vorstellte, wie schnell Penny Parker wohl ihre Meinung über ihn ändern würde, wenn sie wüsste, dass der Kerl, dem sie so plötzlich verziehen hatte, jetzt in ihrem Haus herumschlich. Vor sich hin kichernd erreichte er die oberste Stufe der zweiten Etage und näherte sich Lillys Schlafzimmer.

„Bitte, lass es bitte offen sein!", murmelte er, als er seine Hand auf den Türknauf legte und ihn zu drehen versuchte.

Abgeschlossen.

„Mist!"

Er tastete den Türrahmen ab und glücklicherweise berührten seine Finger ein dünnes Stück Metall. Er holte es herunter und starrte in seine offene Handfläche. Ein Schlüssel für eine Innentür. Ohne noch viel nachzudenken und bevor er es sich anders überlegen konnte, stieß er die schmale Spitze des Schlüssels in das Loch in der Mitte des Türknaufs und drehte ihn nach rechts.

Sesam öffne dich!

Sofort brachte der Anblick ihres Schlafzimmers die Erinnerungen an diese eine, fantastische Nacht zurück. Für eine Frau, die angeblich für sechs Monate nach Miami aufgebrochen war, hatte sie anscheinend nicht viel mitgenommen. Auf ihrem Bett lagen verstreut verschiedene Kleidungsstücke herum, sogar frisch gewaschene Unterwäsche. Obwohl ihn seine Neugierde in Versuchung führte, ein Stück davon hochzuheben und genauer in Augenschein zu nehmen, widerstand er diesem Drang, in Lillys Kleidung herumzustöbern, während sie nicht zugegen war. Ja, er war scharf auf sie, aber er war kein Widerling oder Spion.

Er suchte das Zimmer ab, konnte das Tagebuch aber nirgends entdecken. „Komm schon, komm schon…"

Er hielt überall, wo er es sich nur vorstellen konnte, dass es versteckt sein könnte, nach dem ledernen Buch

Ausschau – auf dem Schreibtisch, unter dem Berg von Kleidungsstücken, auf dem Nachttisch…Quinn hielt inne. Dort war ihr Laptop. Warum sollte sie ihren Laptop hiergelassen haben, wenn sie doch nach Miami unterwegs war? Unter der silbernen Metallkante lugte ein Stück Papier hervor. Quinn zog es hervor – eine Haftnotiz, auf der L<3Q stand.

Also war sie noch nicht abgereist, und außerdem hatte sie an ihn gedacht, wie?

Er lächelte.

Es war, als würde sich eine schwere Last von seinem Brustkorb heben, bloß weil er wusste, dass sie immer noch hier in der Gegend war und dass sie genauso sehr in ihn verliebt war wie er in sie. Er steckte das Stück Papier in die Hosentasche und begab sich zu den Balkontüren, die auf die Veranda hinausführten. Als er sie aufsperrte und öffnete, war es so, als würde auf einmal ganz GREEN VALLEY zu ihm nach Hause zurückkehren. Die leicht gewellte Hügellandschaft mit den nun altbekannten, unzähligen Reihen von Weinstöcken sowohl von *Parker House* als auch von anderen Familien dieser Stadt wirkte auf ihn ein, als wäre sie sein Zuhause.

Quinn seufzte. Er war sich nicht sicher, was schöner war – dieser Anblick unter dem Sternenhimmel oder im frühen Morgenlicht. Leichten Schrittes überquerte Quinn die Veranda und atmete den Duft der Gardenien und Hortensien ein, die das Sonnenlicht förmlich aufsaugten. Der Wohlgeruch erinnerte ihn an Lilly. Ob ihre Haut nach Blumen geduftet hatte oder ob ihre Blumen nach Lilly dufteten, konnte er nicht sagen. Vielleicht war das ja ein- und dasselbe.

Er zog den Liegestuhl heran, setzte sich darauf, lehnte sich zurück und genoss die Aussicht.

Eine Windbö strich durch das Tal und schickte eine frische Ladung trockener Blätter, die überall über die Planken tanzten. Neben ihm flatterte etwas auf. Auf dem hölzernen Beistelltisch neben dem Stuhl wurden vom Wind die Seiten eines Buches aufgeblättert. Da entdeckte er den ledernen Einband – es war Mams Tagebuch.

Und auf einmal erinnerte er sich genau, dass er es auf dem Nachttisch in seinem Zimmer liegen gelassen hatte. Lilly musste es für ihn mitgenommen haben und hatte dann hier draußen gesessen, um es zu lesen. Und warum auch nicht? Auch für sie war es eine faszinierende Geschichte, und er hatte ihr bereits gesagt, er hätte nichts dagegen, wenn sie es lesen würde. Er nahm das Tagebuch und blätterte es durch. Sofort erkannte er wieder die Handschrift seiner Mam und bemerkte, dass jemand besondere Seiten eingemerkt hatte – den Pavillon im Park, die Tribünen im Footballstadion, das Blumengeschäft…alles Plätze, die Maggie mit Grant aufgesucht hatte.

Lilly hatte sie natürlich besonders gekennzeichnet.

Auch sie war von der Stimme der Vergangenheit genauso fasziniert wie Quinn. Nachdem Lilly ihr ganzes Leben hier zugebracht hatte, fragte er sich, wie es sich für sie angefühlt hatte, es durch die Augen seiner Mam zu betrachten. Ob dadurch ihre Wertschätzung, in der Nähe des Russian River zu leben, erneuert worden war, dort zu leben, wo der Boden fruchtbar und die Nächte magisch waren. Er fragte sich, ob sie, wenn sie erst einmal erfahren hätte, dass Quinn sich hier ansiedeln würde, dann in Versuchung geführt werden würde, nach ihrem Praktikum in Miami wieder hierher zurückzukommen. Denn er machte sich keine Sorgen mehr darüber, dass ihre Entscheidungen auf unfaire Weise beeinflusst werden könnten, wenn er ihr seine Pläne mitteilen würde.

Er tat das, was er wollte, um seine eigenen Träume Wirklichkeit werden zu lassen. Ein Teil dieses Traumes war, dass Lilly ein großer Teil seines Lebens wäre, aber das konnte er nicht entscheiden. Alles, was er tun konnte, war, sich zu entschuldigen für das, was geschehen war, ihr zu sagen, wie sehr er sie liebte und dass er sie immer unterstützen würde. Alles andere lag ganz allein bei ihr.

KAPITEL
ZWEIUNDZWANZIG

Seit Lilly Autofahren konnte, hatte sie große Freude daran, Tagesausflüge nach San Francisco zu unternehmen, um zu träumen. Es hatte ihr gefallen, sich auf den Wettbewerb vorzubereiten, indem sie Leckereien von verschiedenen angesagten Konditoreien bestellt, ihre eigenen Ideen aufgeschrieben und sich überlegt hatte, wie ihre eigene Konditorei eines Tages aussehen sollte und was sie darin anbieten wollte.

Der einzige Unterschied war, dass sie diesmal nicht davon träumte, ihre eigene Konditorei in irgendeiner Großstadt, tausende Kilometer von GREEN VALLEY entfernt, oder direkt in San Francisco zu eröffnen, sondern in GREEN VALLEY selbst.

Nach so viel Gewissenserforschung am gestrigen Tag hatte sie beschlossen, dass dies am meisten Sinn machen würde. Es wäre ein natürlicher Zwischenschritt, bevor sie eine zweite Konditorei in einer größeren Stadt eröffnen würde. Und sie hatte es bloß niemals in Betracht gezogen, weil sie sich machtlos und gefangen gefühlt hatte. Doch diese Gefühle hatte sie jetzt nicht mehr, dank der Tatsache, dass sie endlich gelernt hatte, ihre eigenen Bedürfnisse in Worte zu fassen.

Ob sie und Quinn sich nun versöhnten oder nicht, sie musste entscheiden, was sie nach Miami wirklich machen wollte. Nur dann würden sie die Chance haben, ihre eigenen Träume mit seinen zu verbinden.

Wenn ihr Praktikum in Miami beendet sein würde, würde sie 20000Dollar, das Preisgeld von *Food Network* ihr eigen nennen können, und das würde sie in ein eigenes Geschäft stecken können. Dazu hätte sie auch noch die unbezahlbar wertvolle Erfahrung, mit Guy Santoli gearbeitet zu haben, und die zehn Jahre, während denen sie in der Frühstückspension ihrer Mutter gebacken hatte. *Ihrer Mutter...* das war das erste Mal, das sie das *Russian River House* als Besitz ihrer Mutter ansah und nicht auch als ihren Besitz. Sie war bereit, etwas Neues zu wagen. Noch nie hatte sie ein besseres Gefühl gehabt. Sie würde in GREEN VALLEY beginnen. Wenn sie dann bereit war, zu expandieren, dann würde sie in Betracht ziehen, hier, in San Francisco eine Zweigstelle zu eröffnen. Von da aus? Tja, die Welt stand ihr offen. Oder um genau zu sein: Die Welt stand ihren Muffins offen.

Um den Plan, den sie sich in ihrem Kopf zurechtgelegt hatte, zu festigen, hatte sie beschlossen, sich diesen Vormittag in der Stadt für sich selbst zu genehmigen, bevor sie nach GREEN VALLEY zurückkehren würde, um Quinn aufzuspüren. Denn aufspüren würde sie ihn. Auf die eine oder andere Art würde sie ihn schon dazu bringen, mit ihr zu reden. Und dass heute so ein schöner Tag war, trug noch zu ihrer neu erwachten Hoffnung bei.

Die Sonne leuchtete von einem strahlend blauen Himmel, der Tag war einfach perfekt, um mit offenen Fenstern zu fahren. Das Einzige, was diesen Tag noch besonderer machen könnte, war, wenn Quinn auch hier wäre, aber sie könnten doch bald einen Besuch einplanen. Angenommen, sie würden einen Tag festlegen, an dem seine anderen Brüder auch angekommen wären, dann könnte Lilly für sie alle Stadtführerin spielen. Sie könnten in der Nähe des Ghirardelli Square frühstücken und dann losziehen, um einige großartige Orte in der Stadt aufzusuchen – nicht zu angesagt und teuer, aber auch nicht irgendwo weit draußen in der Provinz.

Auf diese Weise inspiriert begab sich Lilly zum Ghirardelli Square und bestellte sich einen Café Latte mit einigen Erdbeeren, die mit Schokosplittern dekoriert waren – zwei Milchschokoladen mit weißen Schokoladenstreifen und zwei Mal weiße Schokolade mit Milchschokoladenstreifen. Ben hatte es normalerweise verabscheut, wenn sie den Tag mit einer Nachspeise begann. Er hatte ihr immer gesagt, dass sie eines Tages durch den Zucker negative Auswirkungen spüren würde, aber jetzt gab es niemanden, der ihr so etwas einreden könnte, nicht wahr?

Quinn hätte bloß gesagt: „Zum Geier, klar! Beginne den Tag mit dem, was immer du willst!" Das war etwas, das sie so sehr an ihm liebte – er ließ sie so sein, wie sie war, und versuchte nicht, sie zu ändern.

Nach diesem Nachspeisen-Frühstück streifte sie durch einige ihrer Lieblingsgegenden und träumte, welche Örtlichkeit sich wohl am besten für ihre *zweite* Konditorei eignen würde. Da gäbe es zum einen *Pacific Heights* mit ihren Multi-Millionen-Dollar-Häusern, aber das befand sich definitiv außerhalb ihres Preisspektrums. Etwas weniger teuer, aber nicht viel, war *Cow Hollow*. Lilly parkte in einer beliebigen Straße und ging los. In dieser speziellen Straße gab es eine Brotbäckerei und eine Bäckerei, die nur Cupcakes verkaufte, aber keine Konditorei, die alle möglichen Leckereien anbot.

Lilly betrat eine Boulangerie, die nach verschiedenen Kaffee-Aromen duftete und röstige, angenehme, wohlriechende Wärme verbreitete, und freute sich ekstatisch, dass sie immer noch ihren beliebtesten Sommer-Muffin, den Pfirsich-Cilantro verkauften. Sie wartete zehn Minuten in einer langen Schlange, um einen zu bekommen. Er schmeckte fruchtig und süß, und der Koriander harmonierte einmalig gut mit dem Pfirsich. *Notiere: Erfinde etwas Ähnliches, wenn du in Miami bist, mit Echten Limetten, Mango und Rosmarin!* Ein Versuch könnte nicht schaden.

Lilly besuchte fünf weitere Geschäfte in fünf weiteren Stadtbezirken, einschließlich *Western Addition*, *Laurel Heights* und *Lone Mountain* in der Nähe der Universität von San Francisco. Je mehr sie suchte, desto sicherer wurde sie, dass sie sich für den richtigen Weg entschieden hatte. In der Stadt eine Konditorei zu eröffnen wäre wirklich die Erfüllung eines Traumes. Eines Tages.

Aber so sehr sie auch dagegen ankämpfte, im Herzen war sie doch ein Mädchen aus einer Kleinstadt. So sehr sie auch die Großstadt liebte, hier fehlte ihr der ländliche Charme, den GREEN VALLEY ausstrahlte. Vielleicht lag es daran, weil sie gestern die Fotos für Quinns Fotobuch gemacht hatte oder weil sie Zeit zugebracht hatte, Quinn viel von der Gegend zu zeigen, jedenfalls war ihre Wertschätzung für ihre Heimatstadt irgendwie neu erwacht. Tief im Herzen wusste sie, sie wäre höchst zufrieden, wenn sie mit ihrem Geschäft klein anfangen könnte und es dann allmählich erweitern würde. Das würde sie in die Lage versetzen, auch noch ein persönliches Leben zu haben und ein hilfreiches und loyales Team aufzubauen, das sie unbedingt brauchen würde, wenn sie gleichbleibende Qualität garantieren und expandieren wollte. Ihr wurde ganz kribbelig zumute, nur daran zu denken.

Es war noch früher Nachmittag, als sie nach Hause zurückkehrte. Sie hatte vor, sich frischzumachen, ehe sie sich auf die Suche nach Quinn begeben wollte. Als sie ankam, fand sie ihre Mutter in schlechter Laune vor. Verschlimmert wurde die Lage noch dadurch, dass Avery auch da war und ihrer Mutter half, eine Schachtel mit alten Rechnungen durchzusehen und abzuheften.

„Tolle Idee, heute einfach abzuhauen und nur

fünfzehn Muffins hierzulassen, Lillian!"", sagte Lillys Mutter.

„Es waren bestimmt mehr als fünfzehn"", versicherte Lilly.

„Wirklich nicht. Wir haben momentan so viele Gäste, und du weißt, dass jeder mindestens zwei probieren will. Du hättest also deinen Ausflug ein bisschen besser planen können, bevor du einfach verschwindest und uns auf dem Trockenen sitzen lässt." Mam schob die Papiere energisch beiseite und schnaubte. Sie stützte sich mit dem Ellbogen auf dem Tisch auf und legte ihre Hand an die Stirn.

„Mam, es sind doch auch noch welche in der Gefriertruhe, ungefähr fünf Erdbeer-Basilikum- und gleich viele Limone-Mohn-Muffins. Du hättest bloß nachschauen und sie auftauen müssen. Das wäre nicht allzu schwierig gewesen."

„Das sind doch Sommer-Muffins"", rief ihr ihre Mutter ins Gedächtnis, „und mittlerweile weißt du, dass alle die Kürbis-Cranberry-Muffins wollen."

„Zufällig habe ich heute in *Cow Hollow* eine Konditorei besucht, wo sie immer noch Sommer-Muffins anbieten – nämlich Pfirsich-Koriander. Mam, es spielt keine Rolle. Der Punkt ist, es waren mehr da. Außerdem nehme ich mir heute den ganzen Tag frei, wie du weißt. Ich schaue nur kurz herein und bin dann gleich wieder weg."

Lilly drehte sich um und eilte aus der Küche. Kam sie dafür nach Hause? Wenn sie es nicht besser wüsste, würde sie sich fast fragen, ob ihre Mam sie etwa absichtlich vertreiben wollte. Entweder sie oder Avery wollte sie vertreiben, und ihre Mutter hatte nicht den Mumm, vor ihrer besten Freundin für Lilly einzustehen.

„Quinn war da", sagte ihre Mutter ausdruckslos.

Lilly erstarrte im Gang. Ihr Herz setzte zwei langsame Sekunden lang aus und begann dann wieder gleichmäßig zu schlagen. Langsam schaute sie ihrer Mutter wieder ins Gesicht. „Was?"

„Er war hier. Heute Morgen."

„Was wollte er?"

„Er hat dich gesucht", schaltete sich Avery ein, während sie zwei Quittungen zu sich heranzog und in einem Ordner abheftete.

„Und du hast ihm gesagt, dass ich in die Stadt gefahren und später wieder da sei, nicht wahr, Mam?"

Ihre Mutter schnaubte, während sie Lilly genau musterte, als würde sie innerlich einen Kampf ausfechten, was sie sagen oder wie sie es sagen sollte. Lilly wurde beinahe übel, als sie die Schuldgefühle und ja, auch Bedauern in der Miene ihrer Mutter sah. „Ich sagte ihm, du seist weg. Ich glaube, er verstand das so, dass du auf Dauer, also für länger weg seist."

Diese Worte hauten Lilly beinahe um. Ihr blieb die Luft weg. „Hat er das wirklich so verstanden? Und du hast dir nicht die Mühe gemacht, es richtigzustellen?"

„Es ist das Beste so, Lillian." Avery bedachte sie mit einem vorgetäuscht mitleidsvollen Blick mit zusammengepressten Lippen. „Hab ich nicht Recht, Pen?"

Ihre Mutter sagte nichts. Ihrem Gesichtsausdruck nach

zu urteilen, schien sie fast unglücklich darüber zu sein, wie die Sache gelaufen war. Als würde sie einsehen, dass sie zu weit gegangen war, und bedauern, nicht nur ihrer Tochter, sondern auch Quinn weh getan zu haben. Aber im Moment war Lilly zu aufgebracht, um Mitleid mit ihr haben zu können.

„Mutter, wie konntest du nur?", flüsterte sie und wandte sich dann ab.

„Du regst dich doch nicht auf, Lillian, oder?", rief Avery. „Du hast in ihm doch nicht mehr als einen Muskelprotz gesehen, oder?"

Daraufhin verlangsamte Lilly ihren Schritt.

Sie hatte die Wahl: Sie konnte dort rübermarschieren und diese entsetzliche Frau in die Schranken weisen, eine Szene in der Nähe der Gäste machen und ihre Mam in Aufregung versetzen, die anscheinend ausnahmsweise einmal auf ihrer Seite stand. Oder…sie könnte die andere Wange hinhalten. Es spielte keine Rolle, was Avery sagte, um sie zu ärgern – Lilly wusste, dass Quinn, auch wenn er gut aussah und einen sehr beeindruckenden, athletischen Körper hatte, in der Tat Muskelprotz-Qualitäten, viel viel mehr als das war. Er war witzig, nett, klug, charmant, und er hatte sogar Geschäftssinn. Dazu war er auch noch verdammt sexy!

Lilly unternahm einige zögerliche Schritte Richtung Foyer. Dann noch einige, bis sie Avery Benson und ihrem rundlichen, unverschämten Gesicht direkt gegenüberstand.

„Ich weiß nicht, was dir angetan wurde, indem Neil dich verlassen hat", sagte Lilly und goss damit Wasser auf die

Mühlen. „Aber das ist nicht nett. Du hast nicht eine Minute mit Quinn O'Neill zugebracht, wohingegen ich zwei Wochen mit ihm verbracht habe. Also rate mal! Du bist absolut unqualifiziert, eine Meinung über ihn zu haben. Ich schlage also vor, du hältst die Klappe, bevor ich dir deinen Fuß so weit in deinen Mund stecke..."

„Lillian!", rief ihre Mutter warnend dazwischen. „Du hast deinen Standpunkt klargemacht."

„...bis er auf der anderen Seite wieder herauskommt", beendete Lilly ihren Satz.

Avery klappte die Kinnlade herunter. Die Rechnungen flatterten auf den Schreibtisch. Energisch schnappte sie sich den Pullover an der Rückenlehne von Mams Stuhl und wickelte ihn sich um. „Das war jetzt aber unnötig unverschämt. Penny, aus Respekt für unsere Freundschaft werde ich sie links liegen lassen. Sie ist deine Tochter. Aber ich sage nur so viel: Ich wollte gar nichts sagen, aber Bernie sah, dass dieser Quinn-Junge heute mit einem Blumenstrauß aus dem Blumenladen kam." Avery setzte ein triumphierendes Grinsen auf. „Dann sah sie, wie er später mit denselben Blumen *Mulligan's Tavern* betrat. Ich frage mich, wenn er wusste, dass Lilly nicht mehr in der Stadt war, warum kauft er dann Blumen. Hmm. Für mich sieht es so aus, als hätte er eine andere gefunden, mit der er eine Abschieds-Nummer schieben konnte, da du ja nicht verfügbar warst, Lillian."

Lilly sah, wie Mams Kinnlade herunterfiel, kurz bevor sie herumwirbelte, um Avery wütend anzufunkeln. „Ach, steck dir selbst einen Socken rein, Ave, bitte?! Um

Himmels willen!"

Erstaunt starrte Avery einen Augenblick Penny an. Dann warf sie sich ihren Pullover über, nahm ihre Handtasche, holte ihre Schlüssel heraus und betrat die Küche, um zur Hintertür hinauszugehen. „Bis später!"

Lilly schäumte vor Wut. Innerlich kochte sie, und ihre Augen schmerzten, weil sie so außer sich war, dass sie nur noch schreien wollte. Sie stürmte aus dem Foyer, flitzte den Gang entlang, raste die Hintertreppe hinauf, taumelte in ihr Schlafzimmer und knallte die Tür zu. Gott, diese Frau machte sie fuchsteufelswild! Lilly warf ihr Zeug aufs Bett und stürzte durch die Balkontüren hinaus auf die Veranda und machte erst am Balkongeländer halt.

Dort sammelte sie all ihre Frustration zusammen und stieß den gellendsten Schrei aus, den sie je ausgestoßen hatte. Er hallte durch das ganze Tal. Hunde bellten, Türen und Fenster gingen auf, und Menschen streckten ihre Köpfe heraus, um zu sehen, was da los war.

„Alles okay?", rief irgendjemand von irgendwo, vielleicht ein Gast, der irgendwo im benachbarten Weingarten saß.

„Nein", flüsterte sie. Dann runzelte sie die Stirn und sagte viel lauter: „Aber das wird es bald sein." Sobald sie Quinn gefunden hätte. Es war grausam, was ihre Mutter getan hatte, aber Lilly glaubte nicht eine Sekunde, dass Quinn die Blumen einer anderen Frau gebracht hatte. Er liebte sie, und trotz ihres Streits liebte er sie immer noch, genauso wie sie ihn liebte.

Ein Geräusch aus dem Inneren ihres Zimmers ließ sie

aufblicken. Dann stand ihre Mutter an den Balkontüren und hielt etwas in ihren Händen. Sie streckte es Lilly entgegen und sagte sanft: „Dies ist heute für dich angekommen, Lillian. Mir tut alles wirklich furchtbar leid, was Avery gesagt hat. Ich stimme nicht mit ihr überein. Naja... nicht völlig. Ich weiß, wie viel er dir bedeutet. Ich weiß, dass ihr beide ein starkes Band geknüpft habt, in relativ kurzer Zeit. Und ich weiß, dass du ihn suchen gehen wirst. Doch das Wichtigste ist: Er liebt dich auch. Das habe ich selbst in seinem Gesichtsausdruck gesehen, als er dich gesucht hat und gedacht hat, du seist für immer abgereist. Verdammt, vielleicht wirst du nach Dublin ziehen, nachdem du in Miami warst!" Ihr Mund bebte, während sie Lilly das Päckchen reichte. „Aber der Punkt ist, es ist dein Leben, nicht Averys und nicht meins. Und ich will, dass du weißt, dass du, so sehr ich auch fürchte, dich zu verlieren, meine volle Unterstützung hast."

Lilly konnte kaum glauben, dass sich ihre Mam nach all dem schließlich doch noch bemühte, das Richtige zu tun. Lilly ging zu ihr und umarmte sie. „Vielen Dank, Mam!"

„Es ist wahr. Ich liebe dich so sehr. Du bist eines der besten Dinge, die mir in meinem Leben passiert sind."

„Du bist auch eines der besten Dinge, die mir jemals passiert sind", erwiderte Lilly und meinte es auch tatsächlich so, auch wenn sie mittlerweile einen gewissen Iren mit einbeziehen konnte.

„Du kannst also verstehen, wie traurig und verschreckt ich bin, weil ich weiß, dass du mich allein mit

Avery zurücklassen wirst." Mam kicherte und schluchzte an Lillys Schulter und wusste nicht, ob sie lachen oder weinen sollte. „Jedenfalls muss ich jetzt zurück. Und ich weiß, dass du einen gewissen irischen Typen finden musst." Sie zwickte Lilly in die Wange.

Lilly lächelte und sah ihrer Mutter nach, wie sie durch ihr Zimmer latschte und zur Tür hinausging.

Das Päckchen hielt sie immer noch in der Hand. Als sie es anschaute, wusste sie plötzlich genau, was es war, und das Herz ging ihr auf. Die Fotobücher! Lilly riss den Umschlag auf und zog eins der quadratischen Bücher mit festem Einband heraus, blätterte die von ihr zusammengestellten und beschrifteten Fotos durch. ‚Wo das Leben begann', weil es stimmte. Von dem Augenblick an, als Maggie Phillips Grant O'Neill getroffen hatte, hatte das Leben für sie begonnen. Ohne es zu wissen, hatte auch für Quinn das Leben begonnen. Ohne seine Eltern gäbe es keinen Quinn, keinen Con, keinen Brady und keinen…wie hießen die Zwillinge gleich wieder?

Sean und Riley. Die Kleinen!

Und ohne Quinns Eltern gäbe es auch Quinn und Lilly nicht.

Sie hielt das Fotobuch weiterhin fest und wollte gerade nach Maggies Tagebuch greifen. Sie runzelte die Stirn, da sie es nicht sogleich sah. Wo hatte sie es bloß hingelegt? Hatte ihre Mutter es mitgenommen? Und wenn ja, was hatte sie damit gemacht?

Panik fing an, in ihr aufzusteigen, doch auf einmal entdeckte sie ein Stück Papier, das dort lag, wo das

Tagebuch gewesen war. Mit zitternder Hand nahm sie es.

Und lächelte.

Schon stürmte sie die Treppen hinunter, raste zu ihrem Auto und fuhr los. Fünf Minuten brauchte sie, um zu der Brücke zu kommen, wo Quinn sich mit ihr treffen wollte. Seine Bitte ergab Sinn. Das war schließlich der Ort, den er am meisten mit seiner Mutter in Zusammenhang brachte, der erste Ort, den er hatte besuchen wollen, als er in Forestville angekommen war. Es war auch der Ort, wo er und Lilly ihre eigenen ersten denkwürdigen Gespräche und Erlebnisse hatten. Hier lernten sie einander besser kennen, erklärten sich ihre Liebe und liebten sich zum ersten Mal in der Waldhütte. Lilly stellte sich vor, wie Quinn die Beine in den Fluss baumeln ließ, während er auf sie wartete. Doch als sie ankam, war er nicht da.

Enttäuscht ging sie den Weg zur Brücke hinunter.

Dann sah sie etwas.

Auf den Holzplanken, auf der Stelle, wo sie gesessen waren, sich über das Leben unterhalten und gelacht hatten, lag ein Strauß Margeriten. Mit in das Band hineingesteckt, war ein Zettel, der im Wind flatterte. Lilly zog ihn heraus und entfaltete ihn. Darauf stand:

Ich liebe dich, Lil. Egal, was passiert. Warte auf mich!

KAPITEL
DREIUNDZWANZIG

Quinn bremste ab, um zur Langley Brücke abzubiegen.

Nachdem er eine Stunde lang gewartet hatte, dass Lilly bei der Brücke auftauchte, sie aber nicht kam, fuhr Quinn zu *Mulligan's Tavern*, um zum dritten Mal an diesem Tag mit Paul Brennan zu reden. Aber erst nachdem er mit all seinen Brüdern, einschließlich Con, Rücksprache gehalten hatte, was sie von seinem Vorhaben, den Pub zu übernehmen, hielten, und erst nachdem er die Blumen, die er für Lilly gekauft hatte, dort gelassen hatte. Er war überzeugt, dass Lilly auf keinen Fall abgefahren war, ohne sich von ihm verabschiedet zu haben. Irgendwann würde sie wieder zurück sein, aber für den Fall, dass sie zur Brücke gefahren war, ehe er wieder dorthin zurückkehrte, hatte er die Blumen und seine Nachricht dort gelassen. Jetzt, da er sich mit Paul einig geworden war und mit dem

Wissen, die volle Unterstützung seiner Brüder zu haben, war Quinn fest entschlossen, den ganzen Tag und die ganze Nacht auf Lilly zu warten, wenn es sein musste. Seine Brüder hatten ihm zugesichert, sie würden ihm bei der Renovierung und Wiedereröffnung der Kneipe helfen, auch wenn dies nicht bedeutete, dass sie alle auf Dauer in Amerika bleiben würden.

Quinn bog in den Weg ein und fuhr noch siebzig Meter oder so, bevor er ihre schemenhafte Gestalt in der Ferne erkannte. Sie hielt die Blumen in der Hand.

Lilly winkte zögernd. Mit heftig pochendem Herzen parkte Quinn neben ihrem Auto. Ohne ein Wort und so schnell er konnte, strebte er auf sie zu. Da er nicht wusste, ob sie immer noch wütend auf ihn war, blieb er direkt vor ihr stehen und steckte seine Hände in die Hosentaschen, obwohl er nichts lieber täte als seine Arme um sie zu legen und sie zu küssen. „Hallo, Lil!"

„Hallo", sagte sie.

Er tupfte auf die Blütenblätter einer Margerite. „Wie ich sehe, hast du die Blumen gefunden. Und meine Nachricht."

„Ja. Ja, hab ich." Sie zögerte einen Moment, machte den Mund auf, als wolle sie etwas sagen, schloss ihn aber wieder.

Und warf sich in Quinns Arme.

Sie umarmten und küssten sich mit einer Dringlichkeit, als wären sie Jahre getrennt gewesen, und nicht bloß zwei Tage. So sollte es immer für sie sein, wenn sie sich wieder vereinten, dachte er.

Irgendwann wurden ihre Küsse langsamer und leichter, bis es sanfte Liebkosungen waren und er sich schließlich zurückzog. „Lil, es tut mir so leid, wie ich mich gestern verhalten habe. Ich war wütend und bin fast durchgedreht wegen der Frage, was ich bloß mit meinem Leben anstellen sollte. Aber ich hatte kein Recht, auf die Weise wegzugehen, wie ich es getan habe."

„Gott, nein, Quinn. Du hattest jedes Recht dazu. Ich meine, verdammt nochmal, du hast dir von mir Liebe und Solidarität erhofft, und ich konnte meiner Mutter einfach nicht die Stirn bieten. Das tut mir leid, Quinn."

„Schon in Ordnung." Er kam wieder auf sie zu und hob ihr Kinn an. Was hatte sie nur für ein wunderhübsches Gesicht! Er würde sich niemals an ihrer Schönheit sattsehen können. „Jetzt sind wir zusammen. Und so soll es immer bleiben. Selbst wenn es nicht möglich ist, körperlich zusammen zu sein, so will ich, dass wir im Herzen eins sein sollen. Willst du das auch?"

„Gott, ja! Ich werde nicht lügen. Ich habe immer noch Angst, Quinn. Ich hatte niemals erwartet, mich ausgerechnet zu dem Zeitpunkt zu verlieben, wenn ich zu einem Abenteuer aufbreche."

„Ich habe auch nicht erwartet, mich zu verlieben, ausgerechnet nachdem ich zu einem Abenteuer aufgebrochen war." Wieder berührten sich ihre Lippen, und Quinn sog den Duft ihrer Haut ein und den Geruch ihres Haars. Er schmeckte den salzigen Geschmack ihrer Tränen auf ihren Lippen und Wangen und streifte instinktiv über ihre Augenlider.

Lilly brach den Kuss ab und lehnte ihre Stirn an seine. „Was hast du mit mir gemacht?"

„Da fallen mir so einige Dinge ein." Mit einem harten Schlag schlug sie seinen Arm weg. Er lachte. „Au, gute Frau! Ich könnte ja dasselbe von dir sagen. Ich weiß auch nicht, was du mit mir gemacht hast. Und es ist ein grausamer Streich des Schicksals, dass du genau in dem Moment abfährst, wenn ich beschließe, zu bleiben."

Hellbraune Augenbrauen zogen sich über spektakulär schönen, funkelnd blauen Augen hoch. „Was meinst du?"

„Ich bleibe, Lil. Ich war bei Paul in *Mulligan's Tavern*, und er verkauft mir die Kneipe. Wenn meine Brüder hierher kommen, werden sie ihren Aufenthalt etwas ausdehnen und mir helfen, den Laden zu modernisieren und zum Laufen zu bringen. Wir werden den Namen ändern müssen. Vielleicht sowas wie *The Cranky Yankee*, aber irisch, und etwas gehobener. Ich möchte mich etwas mehr im oberen Marktsegment ansiedeln, ziele einen anspruchsvollen Kundenkreis an, junge Touristen, die am Weinanbaugebiet interessiert sind und Geld zum Ausgeben haben."

Ein Lächeln breitete sich auf ihrem Gesicht aus. „*The Bubblin' Dublin*?"

Er lachte. „*The Roguish Irish*?"

Er liebte es, wenn sie mit ihrer Zunge schnalzte und verführerisch lächelte.

„Das gefällt mir. Hmm…wie wär's mit *The Stylish Irish*? Das klingt noch trendiger, nicht wahr?" Sie schlüpfte mit ihrer Hand in seine und legte ihre Wange an seine Brust.

„Nicht schlecht, gar nicht schlecht. Wir werden darüber nachdenken müssen. Aber Lil, ich finde es toll, dass du dich mit engagieren willst. Ich weiß, dass du Verpflichtungen in Miami hast, um die du dich zuerst kümmern musst, sonst werde ich dir sowas von in den Hintern treten, aber…wenn du das erledigt hast, dann könnten wir vielleicht darüber reden, dass du wieder heimkommst. Können wir das?"

„Ich habe mich bereits entschieden", sagte sie mit gedämpfter Stimme, da sie so an seine Brust geschmiegt war. Lilly legte den Kopf schräg, um ihm in die Augen zu schauen. „Auch wenn mich dieser Ort manchmal verrückt macht, so ist es doch der Platz, wo ich hingehöre, Quinn. Nachdem ich meinen Spaß in Miami gehabt habe, werde ich zurückkommen und hier eine Konditorei eröffnen."

„Super. Schätze, wir werden also beide nach GREEN VALLEY heimkehren. Mam wäre stolz." Er beugte sich zu der Frau seiner Träume, um sie zu küssen. Da war nichts außer einem kühlen Herbstwind, der ihnen überdeutlich bewusst machte, wie erhitzt ihre Körper waren und wie warm sich ihre Lippen anfühlten, die seine heranzogen. Er legte seine Arme um sie. Sie schien sich darin zu verlieren, hielt sich an ihnen fest und drückte ihren Körper an seinen. „Ich liebe dich, Lil", flüsterte er an ihrer Wange, „Das tue ich wirklich. Ich weiß, das könnte sich ändern, wenn einmal dein wahres Gesicht zum Vorschein kommt und du mit der Zeit immer hässlicher wirst, aber—"

„Hey!" Lilly gab ihm mit der ebenen Handfläche einen festen Klaps auf seinen Hintern. „Oder wenn du nicht mehr steinhart sein wirst, und sich deine tollen Muskeln in eine Bierbauchwulst um deine Taille verwandelt haben."

„Touché, gut gekontert, junges Mädchen!" Quinn lachte und umarmte Lilly noch fester. „Nein, im Ernst, ich liebe dich tatsächlich. Und nicht, weil du fantastisch bist, sondern weil du talentiert, witzig und naja, weil das Zusammenleben mit dir bedeutet, ein Leben lang kostenlos mit deinen Frühstücks-Muffins versorgt zu werden."

Lilly drückte ihren Körper noch näher an seinen. „Nichts im Leben ist kostenlos, Quinn. Du wirst irgendwie für diese Muffins bezahlen müssen."

„Wird ein Kuss dafür reichen?" Er legte alles, was er hatte, in diesen Kuss hinein, umfasste ihr Gesicht, zeigte ihr seine Liebe und schmeckte sie, bis er merkte, dass sie sich in seinen Armen seiner Leidenschaft ergab. Ihre Knie wurden weich. Das gefiel ihm über alle Maßen. „Ist das nicht genug?", fragte er. „Also gut, wie wär's damit?" Locker hob er sie einfach hoch und trug sie den ganzen Weg bis zur Brücke hinunter. Sie flehte ihn an, heruntergelassen zu werden, während sie mit den Blumen an seinen Rücken haute.

„Was machst du da? Quinn, oh mein Gott, ich schwöre, wenn du mich in das Wasser werfen willst, dann werde ich nie wieder ein Wort mit dir—"

Quinn presste seine Lippen auf ihre, um sie zum Schweigen zu bringen. Er lachte bloß angesichts ihrer ausgestoßenen Drohungen. Er trug sie den ganzen Weg entlang und setzte sie dann sanft auf der Motorhaube seines Wagens ab, sah zu, wie sich ihr Rücken auf sehr verlockende Weise wölbte. Er neigte den Kopf, um ihren Hals und ihre Brust zu küssen. Als sie unter seinen Liebkosungen aufstöhnte und ihm ihren Körper entgegenstreckte, wusste er, dass sie die seine war.

„Liebe mich!", sagte sie in kaum vernehmbarem Flüsterton und mit geschlossenen Augen.

Es war niemand da, denn sie befanden sich ja doch ein paar Kilometer außerhalb von Forestville und die nächste Stadt war eine ziemliche Strecke entfernt. Quinn zog seine Jacke aus. Lilly zitterte, ob vor Kälte, vor Aufregung, vor Angst, vor Liebe oder vielleicht auch von allem auf einmal. Der Mann ihrer Träume küsste sie sanft, da er ihr Sicherheit vermitteln wollte, aber das war nicht das, was sie wollte. Sie knabberte an seiner Unterlippe, während sie ihm sein Hemd auszog. Sie wollte ihn ganz und nackt und unverfroren, und sie wollte ihn jetzt.

Mit ihren Fingern hantierte sie an seinem Hosenknopf herum und als sie seine endlich aufgeknöpfte Jeans hinunterschob, küsste sie ihn hemmungslos, ungezügelt, ohne Zurückhaltung. Quinn schaffte es in Windeseile, ihre Hose aufzuknöpfen und über ihre schlanken Hüften zu ziehen. Ein kurzes Luftschnappen verriet ihm, dass ihre Haut mit der noch warmen Motorhaube in Kontakt gekommen war. „Bist du okay?"

„Etwas heiß", murmelte sie an seinen Lippen. „Aber du bist heißer."

Quinn war niemals mehr gewillt und bereit, jemanden zu lieben, sich in Wärme und Weichheit zu begeben, sie zu füllen und zu erfüllen, bis sie in Ekstase aufschrie. Wenn er jemals eine To-Do-Liste hätte, mit tausend Dingen, die er zu erledigen hätte, alle mit höchster Priorität, dann stünde trotzdem der Punkt, Lilly ein gutes Gefühl zu geben, an erster Stelle.

Dieses Mal jedoch müsste es ein Quickie sein, wie ihre mit Stöhnen durchsetzten, ungestümen Bewegungen bewiesen. Gleichzeitig zerrte sie an ihrem Shirt, wollte aber auch im Gleichgewicht bleiben, da sie mit ihrem Seidenslip an ihrem Hintern ständig von der Motorhaube abrutschte. Beide brachen sie wiederholt in Lachen aus.

Schließlich befahl Lilly: „Rein mit dir ins Auto!" Sie zog Quinn an der Hand in Richtung Rücksitz. Er machte die Tür auf, stieg ein und ächzte, als er sah, dass Lilly ihren Slip auszog. Der süße, ideale Punkt zwischen ihren Beinen spielte mit ihm Verstecken, da Lilly immer noch ihr Shirt anhatte, und das war etwas, worum er sich sofort kümmern musste, dass dies geändert wurde. „Lilly..." ächzte er.

Sie rutschte auf den Sitz mit einem aufgestützten Knie, als würde sie darauf warten, dass er eine angenehme Position fand. „Leg dich zurück!", wies sie ihn an.

„Ja, Ma'am", sagte er und brachte damit die Cowboy-Stimme wieder in Verwendung, was sie zum Lachen brachte. Er war überglücklich, ihrer Anweisung Folge zu leisten, wenn das bedeutete, dass er ihr wunderbares Lächeln sah. Quinn lag abschüssig da, schaute in Lillys gerötetes Gesicht, als sie auf ihn kletterte und sich rittlings auf ihn setzte. Dann lehnte sie sich zurück und zog ihr Shirt aus. Sie schenkte ihm ein sündhaftes Lächeln und legte ihre Hände hinter sich auf seine Oberschenkel. Heilige Scheiße! Er konnte nicht glauben, was er da sah! Sie war eine Vision, als sie so dasaß, und er konnte es kaum fassen, dass diese Frau ihn so sehr liebte wie er sie. Was hatte er getan, um sie zu verdienen?

„Das wird nicht lange dauern", meinte sie.

„Da stimme ich dir zu." Er langte hinauf, um ihren BH abzustreifen, damit er freien Blick auf ihre Brustwarzen hatte. Dann sah er zu, wie diese wunderschöne Frau sich öffnete, auf ihn glitt und wieder weg, zuerst langsam, dann schneller, dies allmählich steigerte und sie beide zu einem höheren Grad an Intensität brachte. Ihre Finger bearbeiteten sich selbst auf so sachkundige Weise, wie es nur eine Frau konnte – kein Mann würde jemals genau wissen, wie er es machen musste. Mittendrin wurde sie wieder auf seine Brust- und Bauchmuskeln aufmerksam und strich leicht kratzend mit ihren Fingerspitzen darüber hinweg.

„Wie fühlt sich das an?", fragte sie durch halbgeschlossene Augenlider. Sie sah so sexy aus, so unglaublich sinnlich und entflammt, dass er nicht wusste, wie lange er es noch aushalten konnte.

„Verdammt umwerfend", brachte er heiser flüsternd hervor.

„Da stimme ich dir zu", stöhnte sie. Sie warf den Kopf zurück und bog ihren Rücken durch, sodass ihre wunderschönen Brüste ihm entgegenkamen.

„Ich liebe dich, Lilly, du perfekteste aller Frauen. So sehr!"

Ihre Augen flatterten, und sie schrie unkontrolliert auf. „Ja…"

Erst jetzt gestattete er sich, selbst an den Rand der Ekstase zu gelangen, aber es war das Durchbeben ihres Körpers und die Anspannung ihrer Beine an seinem Oberkörper, wodurch er torkelnd und taumelnd in das höchste Glücksgefühl geschickt wurde und sich in ihr ergoss. Und dann brach sie keuchend und erschöpft auf ihm zusammen, mit ihrem Ohr an seinem Herzen, und langsam flauten ihre heftigen Atemzüge wieder ab.

Mit einem Lächeln auf den Lippen und dem ruhigen Tal um sie herum wusste Quinn ohne den Hauch eines Zweifels, dass er den richtigen Ort ausgesucht hatte, den er sein Zuhause nennen wollte.

Und die richtige Frau, die er die Seine nennen wollte.

KAPITEL
VIERUNDZWANZIG

Mit einem Koffer voller Träume fuhr Lilly auf dem Beifahrersitz neben Quinn diesem stürmischen Oktobertag entgegen. Es herrschte noch Nebel, die Blätter wirbelten im Wind, und graue Wolken hingen tief über dem Tal. Aber jeden Augenblick konnte die Sonne durchbrechen und ihren Schein auf alles werfen, was sie berührte. Es war der perfekte Tag für Neuanfänge.

Gestern waren Quinn und seine vier Brüder, die mehrere Tage eher angekommen waren, mit Lilly, Paul und Dara in *Mulligan's Tavern* zusammengekommen. Nachdem sie in gemütlicher Runde geplaudert hatten, hatten sie ein letztes Mal zusammen angestoßen. Dann war Paul zur Eingangstür gegangen und hatte gepfiffen, um ihre Aufmerksamkeit zu bekommen. Mit einer schwungvollen Bewegung hatte er das Schild ,Geschlossen' hochgehoben, bedachte sie mit einem traurigen Lächeln und verschwand dann auf der anderen Seite der Tür, um das Schild aufzuhängen. Als er wieder hereinkam, hatte er Tränen in seinen Augen. Dara stand auf, um ihren Vater zu umarmen.

Langsam waren die beiden auf die Bar zugegangen und hatten alte, gerahmte Fotografien abgenommen. Nur das eine von Maggie Phillips und Grant O'Neill ließen sie hängen. Dann hatte Paul die O'Neill-Jungs zu sich gerufen, weil er einen Schnappschuss von ihnen fünfen machen wollte, um ihn für die Nachwelt aufzuheben. Nachdem dieses Bild gemacht worden war, bat Quinn Lilly, eines zu machen, das auch Paul und Dara miteinschloss. Daraufhin wollte Quinn unbedingt, dass auch Lilly mit dabei wäre. Jede Sekunde verdeutlichte Quinn, dass Lilly unbestreitbar zur Familie gehörte, auch wenn sie für die nächsten sechs Monate auf der anderen Seite des Landes leben würde.

Innerhalb weniger Minuten fuhr Quinn nochmals vor dem *Mulligan's* vor, nur jetzt war es die Taverne, die früher als *Mulligan's* bekannt war. Er und Lilly würden hier zusammen mit seinen Brüdern einen Brunch veranstalten. Lilly gab Quinn einen festen Händedruck und lächelte, als er ihr zuzwinkerte. Gemeinsam holten sie mehrere Einkaufstüten mit Leckereien aller Art von der Rückbank. Lilly hatte genügend Muffins aller Art auf Vorrat gebacken; sie sollten reichen, bis der neue Bäcker nächste Woche bei ihrer Mutter eintreffen würde. Und sie hatte von jeder Geschmacksrichtung einige für die Jungs abgestaubt. Zusätzlich gab es noch Brioches,

Schokoladenbrot und buttrige, selbstgemachte Croissants.

„Mir schmecken diese hier besonders", sagte Brady fünfzehn Minuten später mit seiner tiefen, gewaltigen Männerstimme.

Dass Liebe durch den Magen geht, war bei diesen Kerlen allemal richtig. Schon waren sie Lilly, der Muffin-Bäckerin, verfallen.

Sean hielt einen Orangen-Cranberry-Muffin hoch und redete mit vollem Mund. „Das sind die allerbesten", nuschelte er und schob sich die zweite Hälfte des Muffins in den Mund.

„Danke." Lilly reichte ihm ein Glas Orangensaft. „Spül ihn damit runter, und du wirst mich für immer lieben."

„Ich liebe dich jetzt schon", murmelte er flegelhaft, legte seinen Arm um ihre Schulter und kippte den Orangensaft wie ein Draufgänger hinunter. Er seufzte und küsste sie auf die Wange.

Als er zum Tisch schlenderte, um einen weiteren Muffin zu probieren, wischte sich Lilly den Orangensaft-Kuss von ihrer Wange ab und ging auf Quinn zu. „Deine Brüder sehen aus, als hätten sie seit Wochen nichts mehr gegessen."

„Wahrscheinlich haben sie das auch nicht."

„Hey", sagte Lilly, während sie Quinns Arm drückte. „Ich muss zum Auto zurück und noch etwas holen. Ein Geschenk für dich."

„Mir gefällt es sehr, wenn du mich zu Autos führst, um mir Geschenke zu geben", sagte er und warf ihr einen unzüchtigen, lüsternen Blick zu.

„Nicht sowas."

„Verdammt."

Sie lächelte. „Eigentlich habe ich Geschenke für euch alle, aber ich wollte es dir zuerst zeigen."

Er stellte sein Glas Cranberry-Saft ab und folgte ihr zur Tür hinaus und hinüber zum Wagen. „Was ist es denn?", fragte er.

„Komm mit und schau es dir an!"

Miteinander gingen sie zum Auto zurück. Lilly machte den Kofferraum auf und holte eines der Fotobücher, das zusammen mit dem Tagebuch seiner Mutter mit einem purpurfarbenen Band zusammengebunden war. „Hier", sagte Lilly und reichte ihm beide Bücher. „Das habe ich für dich gemacht. Naja, zumindest dieses", sagte sie und deutete auf das Fotoalbum.

„Ach, ja? Das ist so nett von dir, Lil. Danke!" Er lehnte sich an den Wagen und schlug die erste Seite des Fotobuchs auf, und Lilly beobachtete seine Reaktionen ganz besonders genau. Sie wollte keinen einzigen Gesichtsausdruck verpassen, kein einziges trauriges Lächeln, kein einziges Lippenzusammenpressen. „Krass!" Er schaute ausgiebig direkt die Fotos an; viele davon zeigten auch das Tagebuch seiner Mutter, das mit drauf war, als es bei den einzelnen Motiven aus der ganzen Stadt mit dabei lag, aufgestellt und hingehalten wurde. „Sind das...?"

„Das sind alles Orte, die deine Mam in ihrem

Tagebuch erwähnt hat. Orte, die sie liebte. Ob sie dort alleine hinging oder auch mit deinem Dad. Ich weiß es nicht... ich dachte bloß, da sie es ja nie geschafft hat, wieder nach Hause zurückzukommen, da ...könnte ich sie ja vielleicht irgendwie als Andenken aufbewahren. Vielleicht war es auch eine dumme Idee, aber—"

„Machst du Witze?" Quinn riss die Augen auf, starrte immer noch die nächste Seite an, und seine Augenlider röteten sich. „Die hier sind wirklich ausgezeichnet. Sieh dir nur das an, der Blumenladen, wo sie anhielten und Dad Maggie Blumen kaufte. Ist das der Spielplatz...und der Pavillon?"

Lilly nickte und konnte sich ihr Lächeln kaum verkneifen.

„Wunderbar, Lil. Ist das die Sporttribüne?", fragte er, als er das entsprechende Foto betrachtete.

„Ja. Da sind ihre Initialen. Geh mal mit deinen Brüdern irgendwann dorthin! Quinn, deine Eltern haben sich wirklich sehr geliebt. Sie waren dreißig Jahre verheiratet. Das kann keiner heruntermachen, keine einzige Person – mir ist es egal, ob es dein Großvater, deine Tanten oder meine Mam ist – die nicht damit klarkommen, dass die beiden eine starke Verbindung hatten. Es hatte so sein sollen. Du solltest stolz darauf sein."

„Das bin ich." Mit seinem Handrücken wischte er sich über die Augen und blätterte zur letzten Seite. „Ist ja irre, schau uns an!" Aus tiefstem Herzen kam ein Lachen, das seine Schluchzer in nichts auflöste. „Das ist ein großartiges Bild. Vielen Dank dafür. Du weißt nicht, was das für mich bedeutet." Starke, muskulöse Arme umfassten Lilly, und sie atmete den würzigen Duft seiner Haut ein. Diesen Duft würde sie in Miami vermissen, aber sie hatten sich versprochen, dass sie sich spätestens alle zwei Wochen von Angesicht zu Angesicht gegenüberstehen wollten. Das würde zwar eine Menge Fliegerei für sie beide bedeuten, aber das war es auf jeden Fall wert, in diese großen braunen Augen schauen und den Mann ihrer Träume in ihren Armen spüren zu können.

„Ich bin froh, dass es dir gefällt. Ich war mir nicht sicher, ob ich ohne dich diese Orte aufsuchen sollte, aber ich war von Maggies Geschichte so fasziniert, und Quinn…für mich ist sie auch eine Heldin. Ich will einfach, dass du das weißt."

Quinn nahm das Tagebuch seiner Mam und legte es oben drauf auf das Fotobuch. „Du bis eine erstaunliche Frau, mit einer noch erstaunlicheren Seele. Vielen Dank, Lilly Parker, dass du so einzigartig bist! Und ich habe auch etwas für dich."

Ihr Gesicht leuchtete vor Überraschung auf. „Was ist es?"

„Ach, du wirst schon sehen. Komm mit!" Er lief quer über den Parkplatz zur Eingangstür der Taverne und hielt für Lilly die Tür auf. Als er sie zur Bar führte, lächelten seine Brüder sie an. Offenbar waren sie in Quinns Überraschung eingeweiht. Er blieb vor einer gewöhnlichen Tür neben der Bar stehen, sperrte sie auf und ließ sie aufgehen. Dort sah es aus wie in einem riesigen

Lagerraum. „Toll, Quinn, willst du mir einen Schrank kaufen? Ich…ich weiß nicht, was ich sagen soll." Sie unterdrückte ein Kichern.

Er warf ihr ein tadelndes Lächeln zu. „Scherzkeks. Stell dir doch einmal all das vor…" Er breitete seine Arme aus und ging durch den leeren Raum, „wenn es offen ist. Wir schlagen diese Wand hier heraus, dann wird all das hier ein großer offener Raum, nur mit ein paar Säulen, die die beiden Geschäfte trennen."

„Geschäfte?"

Er ließ die Arme sinken. „Ja, eine Konditorei. Für dich. Wenn du sie willst. Genau hier. Ein Drittel von dem allen kann dir gehören. Ich meine, ich stellte mir vor, ein Drittel, weil du ja bloß eine Front, eine Theke, einige Ausstellungsvitrinen und einige Stühle brauchst, und dann wird die hintere Hälfte von hier aus…bis hier…da wären dann Küchenflächen, Öfen, Arbeitsplatten…"

Er redete immer weiter.

Er redete weiter und erklärte weiter, und Lilly konnte ihn nur voll Bewunderung anstarren. Je mehr er redete, umso größer wurde seine Begeisterung. Seine Augen leuchteten auf, und Lilly konnte es tatsächlich sehen – seine Vision. Direkt vor ihren Augen entstand ihre neue Konditorei, und sie malte sich weiße Bistrotische aus, und Stühle und eine Vielfalt von leckeren Backwaren, die alle in gekühlter Luft ausgestellt waren, dazu der Duft von frisch geröstetem Kaffee, der durch den Raum zog, und das Beste daran: Sie würde an Quinns Seite arbeiten.

Ja!

Das wäre der perfekte Start. Wenn es ein Erfolg

würde, was eigentlich sicher war, dann könnte sie expandieren und auch in San Francisco eine Zweigstelle eröffnen, genau so wie sie es sich vorgestellt hatte. Aber das war nicht der Punkt. Der Punkt war, dass er sich das alles ausgedacht hatte. Er wollte ihren Erfolg genauso sehr wie sie. Er wollte, dass sie glücklich war. Und das war sie. Ihr stiegen Tränen in die Augen, und in ihrer Kehle steckte ein Schluchzen.

„Hey...bist du okay? Ich wollte dich nicht aufregen." Er umarmte sie fest.

„Ich bin nicht aufgeregt, Quinn. Du weißt nur nicht, wie lange ich mir dies schon gewünscht habe."

Mit seinen Fingern führte er ganz sanft ihr Kinn nach oben. „Also ist das ein ja? Du willst, dass ich loslege und, während du weg bist, diese Seite so umgestalte, dass es eine Konditorei wird? Ich meine...ich muss es nicht gleich in dieser Sekunde wissen. Ich will, dass du darüber nachdenkst. Es war bloß ein Vorschlag, weil ich gerne vorausdenke und gewisse Geistesblitze habe und—"

Ihre Lippen versiegelten seine, und ihre Arme flogen um seinen Hals und zogen ihn heran. All seine Brüder brachen in Jubel aus, pfiffen und johlten. Quinn lächelte, während sie sich küssten. Gott, sie liebte ihn so sehr!

Als sie sich schließlich trennten, sagte Lilly: „Ja. Vielen Dank, Quinn! Ja zu der Konditorei. Ja dazu, mit dir Seite an Seite zu arbeiten. Ja dazu, dass wir unsere Träume gemeinsam wahr werden lassen."

Nach dem Brunch fuhren Quinn und seine Brüder direkt

zur Langley Brücke. Türen öffneten sich und schlossen sich. Füße knirschten über trockenes Laub. Der Fluss strudelte unter ihnen.

Quinn zeigte ihnen den Weg. Lilly hielt ein wenig Abstand und blieb an dem einen Ende der Brücke stehen, während die O'Neill-Brüder sich über die ganze Länge des Bauwerks verteilten und manche ins Wasser starrten. Con setzte sich im Schneidersitz hin, und Quinn, der in der Mitte stand, hielt eine kleine metallene Schachtel.

Lilly wollte ihre Privatsphäre nicht stören und dachte, es wäre vielleicht gut, wenn sie aus einer gewissen Entfernung ein paar Fotos von den Jungs machte, aber sie sah, wie Quinn seine Hand hob und sie zu sich winkte. Lilly schluckte und machte einige zögerliche Schritte, wartete aber immer noch in respektablem Abstand, unter dem Vorwand, Fotos zu machen.

„Also, Jungs", murmelte Quinn. „Es wird Zeit."

Lilly hatte nicht genau gewusst, was sie vorhatten. Zumindest nicht bis jetzt. Quinn hatte sie nicht eingeweiht, aber von dem Moment an, da sie in diese Straße eingebogen waren, sozusagen mit der ganzen Familie im Schlepptau, hatte sie richtig vermutet und fühlte sich geehrt, dass sie ein Teil davon war.

Brady, der zweitälteste, der ein Double von Andre, dem Riesen, sein könnte, tauschte mit Quinn die Gegenstände – das Tagebuch ihrer Mutter im Gegenzug die kleine Box. Quinn schlug das Tagebuch auf einer eingemerkten Seite auf und blickte auf. „Wie ihr wisst, Jungs, wollte unsere Mam, dass jeder sein eigenes Leben führen solle, aber sie wollte auch, dass wir zusammenbleiben, als eine Familie arbeiten und füreinander da seien."

Mit geneigten Köpfen nickten alle Brüder zustimmend.

„Und ihr wisst, Mam hatte Träume – viele Träume – die unerfüllt blieben. Wir alle werden auch einige solche haben, nehme ich an. Aber bevor sie GREEN VALLEY wegen Irland verließ, schrieb sie etwas sehr Wichtiges auf. Lasst es uns laut vorlesen. Ich werde anfangen." Quinn räusperte sich und las aus dem Tagebuch, musste gegen eine Windbö ankämpfen, die ihm die Seiten verblättern wollte. *„Es ist mir nicht wirklich wichtig, was ich mit meinem Leben anfangen werde...* " Er reichte das Buch an seinen jüngeren Bruder weiter – einen der Zwillinge, doch Lilly wusste nicht genau welchen.

Der Zwilling las die nächste Zeile: *„...wohin der Wind mich weht, oder wie ich es verbringen werde...* "

Der andere Zwilling nahm das Buch aus den zitternden Händen seines Bruders entgegen. *„Solange ich liebe und zwar gut liebe.* " Er hielt das Buch Brady hin, der immer noch die kleine Box in seinen großen Händen hielt.

Lilly machte mehrere Bilder aus verschiedenen Winkeln, versuchte, den Fokus nicht zu sehr auf ihre Gesichter zu legen, sondern dachte mehr an das Licht, ihre Haltung und ihre Hände. Sie konnte den Schmerz ihres Verlusts nachfühlen, ohne dass sie ihre Gesichter sah.

Während er ein Schluchzen unterdrückte, las Brady weiter: *„Und wenn meine Zeit vorüber ist...* "

Der Zwilling kauerte sich nieder und streckte dem weinenden Con das Buch entgegen. „*...dann bete ich, dass der Wind mich wieder nach Hause bringen wird, heim nach GREEN VALLEY.*" Ein paar Tränen liefen an seinem Gesicht hinab. Der Zwilling klappte das Tagebuch zu, stand auf und drückte es an seine Brust.

Quinn trat hinüber zu Brady und klappte den Deckel der Schachtel auf. „Ja... du bist jetzt zu Hause, Mam. Wir lieben dich." Er langte in die Box, nahm eine Handvoll Asche seiner Mutter und wartete, dass seine vier Brüder dasselbe taten. Lilly bereitete ihr Foto vor und vergewisserte sich, dass alle fünf Brüder gut zu sehen waren. Dann tat es Quinn als erstes – er warf seine Handvoll Staub und Asche über die Brücke in den Fluss.

BÜCHER VON VIRNA DEPAUL

KISS TALENTAGENTUR

Band 1: Küss mich für immer (Bastian)
Band 2: Halt den Mund und küss mich (Simon)
Band 3: Küss mich, du sexy Typ (Caleb)

LIEBE AM SPIELFELDRAND

Band 1: Gelbe Karte für die Liebe (Heath)
Band 2: Blaues Blut und tiefe Pässe (Kyle)
Band 3: Ganz tief drin (Alec)

HART WIE STAHL-REIHE

Band 1: Harte Zeiten für Schwere Jungs
Band 2: Harte Fälle für Toughe Anwälte
Band 3: Harte Entscheidungen, Sanfte Liebe
Band 4: Harte Jungs - Zwischen Hammer und Amboss
Band 5: Harte Schale, Weicher Kern

DIE SERIE, ROCK'N'ROLL CANDY

Die Rock'n'Roll Candy Serie handelt von einer Gruppe von Freunden, Schauspieler Bad-Boys und sexy Rock Stars Anfang 20, die jeweils der Frau ihrer Träume begegnen.

Band 1: Sexy wie Rock'n'Roll
Band 2: Stark wie Rock'n'Roll
Band 3: Crazy wie Rock'n'Roll
Band 4: Süß wie Rock'n'Roll
Band 5: Wild wie Rock'n'Roll

DIE SERIE ‚MIT DEN JUNGGESELLEN IM BETT' UMFASST

Band 1: Mit dem falschen Bruder im Bett (Rhys)
Band 2: Mit dem schlimmen Zwilling im Bett (Max)
Band 3: Mit dem Milliardär im Bett (Jamie)
Band 4:Mit dem besten Freund im Bett (Ryan)
Band 5: Mit dem Biker von nebenan im Bett (Cole)
Band 6: Mit dem Bodyguard im Bett (Luke)
Band 7: Mit dem Trauzeugen im Bett (Gabe)
Band 8: Mit dem Boss im Bett (Eric)
Band 9: Mit dem Vater des Babys im Bett (Dante)

DIE SERIE, HEIMKEHR NACH GREEN VALLEY

Band 1: Wozu Liebe in der Lage ist
Band 2: Wohin die Liebe führt
Band 3: Ich will Dich lieben
Band 4: Das Beste meiner Liebe
Band 4.5: Denn du liebst mich

Verrückt nach dem verkehrten Kerl

Einem Werwolfkämpfer verfallen

ÜBER DIE AUTORIN

Virna DePaul ist eine *New York Times* Bestsellerautorin und steht auch auf der Bestselling-Liste von *USA Today* für erregende, spannungsvolle Erzählliteratur. Ob es um Vampire, eine Spezialeinheit für paranormale Phänomene, heiße Polizisten oder umwerfende identische Zwillingsbrüder geht, ihre fiktiven Geschichten handeln immer von komplexen Individuen, die gewillt sind, auch die unglaublichsten Schwierigkeiten zu überwinden, um der Liebe den Weg zu bahnen.

Um weitere Informationen zu erhalten und den kostenlosen Newsletter zu abonnieren, besuchen Sie mich bitte auf: www.virnadepaul.com

Website: www.virnadepaul.com
Facebook: www.facebook.com/booksthatrock
Twitter: twitter.com/virnadepaul